Peter Walker

Der junge William Fox

MANA

Das Buch:
Als Peter Walker bei den Vorbereitungen zu einem Reisebuch zufällig die 130 Jahre alte Fotografie eines Maori-Jungen in die Hände fiel, bekam sein Buchprojekt unversehens eine völlig neue Richtung und entwickelte sich zu einer detektivischen Recherche.

1869, nach der britischen Niederlage in der Schlacht im Wald von Taranaki, wurde der fünfjährige Ngataua Omahuru von loyalistischen Maori entführt. Später wurde er von niemand geringerem als William Fox, dem zweiten Premierminister Neuseelands, adoptiert. Als erstem Maori mit juristischer Bildung sollte William Fox junior in der Folge eine Schlüsselrolle in der neuseeländischen Geschichte zukommen.

Peter Walker folgt den Spuren des Jungen aus den neuseeländischen Wäldern in die englische High Society und zeichnet dabei ein Panorama der politischen Umwälzungen, Kämpfe und Intrigen in der Zeit der neuseeländischen Kolonisation. Zugleich unternimmt er eine ganz persönliche Reise in die eigene Vergangenheit.

Der Autor:
Peter Walker, 1947 in Wellington geboren, studierte Kunst und Jura und arbeitete als Journalist zunächst in Wellington und Sydney. Seit 1986 lebt er in London, wo er als Auslandsredakteur sieben Jahre beim Independent und anschließend drei Jahre beim Independent on Sunday tätig war. Neben „The Fox Boy" (2001) hat er den historischen Roman „The Courier's Tale" (2010) veröffentlicht. Vor kurzem hat er einen weiteren Roman mit dem Arbeitstitel „Cape Runaway" abgeschlossen.

Peter Walker

Der junge William Fox

Die Geschichte eines entführten Kindes

Biografische Erzählung

Deutsch von
Anja Welle

MANA-Verlag

Die Übersetzung aus dem Englischen wurde gefördert durch:

BEVOR ES BEI EUCH HELL WIRD

The Publishers Association of New Zealand (PANZ)

Die Originalausgabe erschien 2001 unter dem Titel
»The Fox Boy« © Peter Walker
Als Übersetzungsvorlage diente die Paperback-Ausgabe,
erschienen bei Bloomsbury Publishing © 2002
© 2012 MANA-Verlag, Berlin
Satz und Layout: MANA-Verlag
Umschlaggestaltung: MANA-Verlag, Jürgen Boldt
Redaktion: Patrick Pohlmann
Druck und Bindung: Aalexx, Großburgwedel, Deutschland, EU
ISBN 978-3-934031-15-9
Titelbild: Ngatau Omahuru, 1868, Alexander Turnbull Library
Übrige Bilder: (29) Westlich von Patea, 1915; Alexander Turnbull
Library (ATL), Wellington, Neuseeland. (50) Karte der Schlacht;
Wanganui Chronucle. (74) Terewai Horomona; The Royal Collec-
tion © HM Queen Elizabeth II. (76) Ngatau Omahuru, 1868; ATL.
(82) Karte der Stämme, Nordinsel. (118) Renata Kawepo, ATL.
(142) Fox und Buller auf dem Wanganui River, 1869, ATL. (153)
William Fox Omahuru (stehend, vierter von links) in der Schule,
ATL. (156) Vereinfachte Karte von Tauranga Ika. (183) William
und (evtl.) Sarah Fox in Westoe, ca. 1970, ATL. (221) Maori-Dorf
in Taranaki, gemalt von Sir William Fox, 1880, ATL. (224) Buller
und ein Stammesführer unterzeichnen einen Landvertrag, ATL.
(246) Festnahme von pflügenden Maori auf einem Europäischen
Einwanderern gehörenden Feld in Taranaki, Te Graphic, London,
1.11.1979, Britisch Newspaper Library. (280) Parihaka, gemahlt
von Sir William Fox, 1882, ATL. (297) Militäraufmarsch in Nelson,
ca. 1880, ATL. (300) Truppen marschieren zum Angriff von Rahotu
nach Parihaka, ATL. (322) Sir William Fox, ATL. (341) Komet
über Taranaki, 1882, Huriana Raven Collection.

Für Miri Rangi

Danksagung

Wir danken Amira Rangi, Raukura Coffey, Huriana Raven, Piripi Walker, Oriwa Solomon, Te Miringa Hohaia, Jim Vivieare, Jane Campion, Richard McArley, Sue Hancock, Sandy und Lorna Parata, Te Rapa Broughton, Rauru Broughton, Melissa Collow, Brian Tracy, Kathy Walker, John und Eve Wallace, Samantha Russell und Dan Witters; und in Erinnerung an Matthew Pohio Timms.

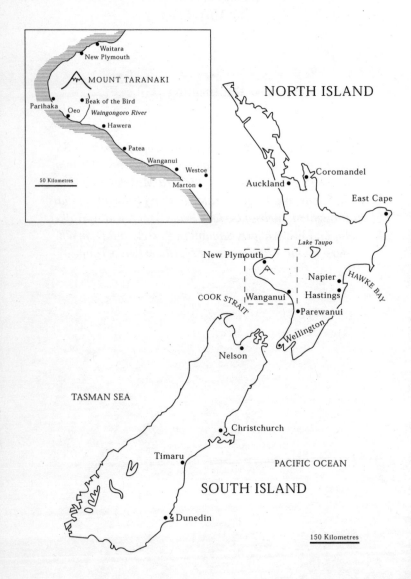

Inhaltsverzeichnis

Chronologie

ca. 1000 v.Chr.	Polynesier entdecken Neuseeland
ca. 1300	Kolonisierung Neuseelands durch Polynesier
1658	Entdeckung durch Abel Tasman
1769	Entdeckung durch Captain Cook und Cooks Landung
Okt. 1769	Entführungen in Hawkes Bay und anderswo
1840	Begründung der britischen Herrschaft über Neuseeland durch den Vertrag von Waitangi
1860	Kriegsausbruch
1862	Untergang der Lord Worsley
1862	Ngatau Omahuru wird geboren
1863	Verabschiedung von Konfiszierungsgesetzen
1866	Abklingen der bewaffneten Auseinandersetzungen
1867	Waffenstillstand
Mai 1868	Titokowaru greift an, der Krieg flammt wieder auf
September 1868	Schlacht bei The Beak of the Bird
Jan. 1869	William Fox junior wird nach Wellington geschickt
Feb. 1869	Titokowarus Flucht
Juni 1869	William Fox wird Premierminister, Wiederherstellung des Friedens
1875/1876	Familie Fox auf Weltreise
1878	Beginn der unter Androhung von Waffengewalt durchgesetzten Vermessung der Waimate-Ebene
1879	Te Whitis Protest – das Pflügen
1880	Te Whitis Protest – das Wiederaufrichten der Zäune
1881	Angriff auf Parihaka
1882	Freilassung Te Whitis
1907	Tod Te Whitis
1818	Tod William Fox Omahurus

1

Cape Kidnappers

Mit 21 Jahren stand ich einmal mitten auf einem frischge-
pflügten Acker und hörte einem Farmer zu, der eine Geister-
geschichte erzählte. Das war an einem sonnigen Herbsttag und
die Ackerfurchen rochen nach alten Polstermöbeln, trocken
und staubig. Um zu zeigen, dass er ein vernünftiger Mann sei
und nicht verantwortlich für die Informationen, die er weiter-
gab, sprach der Farmer wie beiläufig.

Ein paar Fuß von uns entfernt stand noch jemand. Mir war
nicht klar, ob er zuhörte oder nicht. Er lächelte, vielleicht peinlich berührt oder zustimmend. Möglicherweise war er mit
seinen Gedanken ganz woanders. Oder er blinzelte nur in die
Sonne. Das war der Landarbeiter, der mit Frau und Kindern in
einem ungestrichenen Haus weiter unten auf der Straße wohnte, nah an der Küste. Ein Maori. Ebenso wie anscheinend auch
der Geist.

Folgende Geschichte erzählte mir Gordon: Auf einem Teil
der Farm, und zwar genau auf dem Acker, auf dem wir gerade standen, folgte lange Zeit ein Unglücksfall dem anderen,
fast von dem Tag an, an dem er von seinem Stück Land – es
handelte sich um einen von diesen neuen Höfen, die die Regierung nach dem Zweiten Weltkrieg an Soldaten verteilte – Besitz genommen hatte. Traktoren hatten Pannen, der Zaundraht
riss und schlug dem Mann, der ihn gerade spannte, peitschend
ins Gesicht, Schafe kämpften sich durch Stacheldraht, um sich
dann in einen Abgrund zu stürzen. An die ganze Liste land-
wirtschaftlicher Missgeschicke kann ich mich nicht mehr erinnern. Eines Tages landete der Pilot eines Düngeflugzeugs und
verkündete, sein Motor habe ständig ausgesetzt, als er diese
bestimmte Stelle überflog.

„Schließlich", meinte Gordon und zeigte mit dem Daumen
auf den Landarbeiter, „hat mir einer von diesen Jungs erklärt,

wo das Problem lag. Er sagte, es gebe hier oben einen Maori-Geist, dem es nicht passe, dass ich auf seinem Gebiet sei. Ich müsse mit ihm reden und sozusagen die Unstimmigkeiten ausräumen. Also kam ich hier eines Tages hoch und schaute mich um, und dann habe ich gesagt: „Hör mal: ich wollte keinen Schaden anrichten. Es tut mir leid, wenn ich dich gestört habe. Ich versuche hier nur, meinen Lebensunterhalt zu verdienen, und ich wäre dir dankbar, wenn du mich in Ruhe ließest."

„Und seitdem", so Gordon, „hat der alte Knacker nichts mehr von sich hören lassen."

Eindeutig war das keine der ganz großen Spukgeschichten. Es mangelte ihr an Spannung und dieser gewissen Hartnäckigkeit, die man von dunklen Mächten erwartet. Anfänglich hielt ich sie für eine der vielen Ausreden, mit denen man begründete, weshalb Gordons Farm irgendwie ein Misserfolg war, eine Schande für den Bezirk. Der Besitz war zu klein – nur 800 Morgen Hügelland. Der Boden war schlecht. Der Preis für Düngemittel war hoch. Gordons Frau hatte es sich in den Kopf gesetzt, in einem teuren Hotel auf der Marine Parade in Napier zu leben. Und dann gab es auch noch die Flaschen Scotch auf der Anrichte, denen man auf dieser Farm zum Feierabend nur allzu gern zusprach.

Aber ich hatte die Geschichte doch gerne gehört. Sie verlieh der nüchternen Landschaft und selbst Gordon, dem Vater eines alten Schulfreundes, eine zusätzliche Dimension. Mir gefiel die Vorstellung, dass er auf seinem Traktor widerwillig den Berg herauf getuckert war, um sich hier, auf diesem Acker an der Mohaka-Schlucht, mit einem Geist zu verständigen.

Der interessanteste Aspekt dieser Erzählung allerdings ist meiner Aufmerksamkeit jahrelang entgangen.

Trotz der Disteln auf den Weiden, trotz der leeren Flaschen an der Hintertür war diese Farm in Kotemaori ein schöner Ort. Hier gab es den schwärzesten Nachthimmel, zu dem ich je aufgeblickt hatte, mit Sternen wie von van Gogh über dem Haus und dem Wollschuppen; hinter der Farm strebte das ansteigende Hügelland auf eine dunkle Linie zu, auf den Rand des Urewera-Waldes, der Heimat der Tuhoe, des am wenigsten assimilierten Maori-Stammes Neuseelands.

Von einer näher an der Straße gelegenen Hügelkuppe aus konnte man in der anderen Richtung die weite Wölbung der Hawke Bay sehen, 60 Meilen breit, immer leer, immer azurblau. Mit einem Fernglas ließ sich manchmal gerade noch erkennen, wie mitten in der Bucht weiße Gischt aufspritzte, wo die Tölpel aus großer Höhe ins Wasser stießen. Es war, als beobachte man aus der Ferne eine Schlacht, die Schlacht um Iwojima oder um Midway, wo die Schiffe für einander unsichtbar bleiben und die Explosionen zwischen ihnen aufschlagen, zufällig, weiß, wie im Traum.

Mindestens eine echte Seeschlacht wurde wirklich in der Hawke Bay ausgefochten. Sie fand unweit des südlichen Endes der Bucht bei einem Landvorsprung namens Cape Kidnappers statt, und es war dieser Zusammenstoß, der dem Landvorsprung seinen Namen gab. Hätte sich jemand im Oktober 1796, zufällig ausgerüstet mit einem Feldstecher, auf dem Hügel befunden, auf dem nun Gordons Haus steht, dann hätte dieser jemand eine erstaunliche Reihe von Gefechten zwischen einem englischen Dreimaster – einem Kohlenschiff aus Whitby – und einer Flotte Maori-Kanus beobachten können. Zwei Tage lang kreuzte das Schiff auf einem Zickzackkurs in der Bucht umher und war in Scharmützel mit den Maori verwickelt, deren Kampfeslust die Engländer überraschte. „Dieser Mut hat seinesgleichen nicht“, schrieb ein Matrose, „diese Menschen zeigen nicht die geringste Spur von Furcht...“ Beide Völker waren einander völlig fremd. Hier ein Bericht über diese erste Begegnung aus der Sicht eines Maori:

Es war in den Nächten von Tangaroa [23. bis 26. Nacht des Mondzyklus], in der Nacht, die wir Whatitiri Papa [‚Krachender Donner‘] nennen. Die See war ruhig und es wehte kein Wind. Vor Sonnenaufgang lagen die Kanus im Wasser, um die Brise abzupassen, die landauswärts weht. Sie segelten hinaus und bei Sonnenaufgang erreichten sie die Fischgründe. Dann ruderte ein großes Boot voller *turehu* [‚Feenwesen'], *purehurehu* [‚neblig aussehend'], *ma* [‚weiß'], bleich wie Albinos, auf uns zu. Ihre Sprache klang so:

Pakepakeha pakepakeha
Hoi hoi hii, hoi hoi hii
Hihi hii, hihi hi

Im Nu schien ihr Boot aus der See aufzusteigen, es sah aus, als ruderten sie durch neblige Luft, und schließlich verschwanden sie in den Wolken.

Es gibt in der Maori-Sprache kein „s". Das *hihi hii* war ein Versuch, die Zischlaute des Englischen nachzuahmen. Es hätte die englischen Matrosen überrascht, dass dies der Haupteindruck war, den sie machten. Sie **zischten**. Einfach gesagt: Zwischen zwei Ethnien, die einander nie begegnet sind, gibt es eine Lücke. Weder die eine noch die andere würde sich selbst in dem Bild erkennen, das sie über diesen Abstand hinweg in den Augen des Gegenübers abgibt. Die Zeit – tausende oder zehntausende Jahre des getrennten Lebens – ist plötzlich verdichtet. In der Luft mag zum Beispiel ein eigentümlicher Zischlaut hängen. Die Geschichte wird dichter und dichter und normale Verhaltensregeln lassen sich nicht anwenden.

Zu den eigentümlichsten Phänomenen in diesem Zwischenraum gehört, was mit Kindern geschieht, die zufällig in ihn hineinspazieren oder hineinfallen. Entführungen werden ohne Gewissensbisse verübt, gar im Gefühl, etwas Gutes zu tun.

Während der folgenreichen Begegnung am Cape Kidnappers kam es zu einer Rangelei, als beide Seiten um Fisch und Stoffstücke feilschten. Ein Junge an Bord des Schiffes wurde gepackt, die Infanteristen schossen auf die Entführer, der Maori, der den Jungen festhielt, wurde tödlich getroffen, das Kind sprang ins Meer, ein Kanu setzte ihm nach, eine Kanone wurde abgefeuert, Kanus stoben in alle Richtungen davon, weitere Maori wurden getötet, dann floh die Kanuflotte eiligst und der Zusammenstoß war vorüber.

Zu diesem Zeitpunkt bestand der Kontakt zwischen Maori und Engländern zwar erst seit einer Woche, doch handelte es sich nicht um die erste interethnische Entführung, die stattgefunden hatte. Wenige Tage zuvor hatten die Engländer hundert Meilen nördlich drei Maori-Jungen ergriffen. Sie hatten ein paar Einheimische in ihre Gewalt bringen, an Bord holen und dort gut behandeln wollen, um so ihre Freundschaft zu gewinnen.

Die drei Jungen aßen mit herzhaftem Appetit, tanzten, schliefen ein, wachten mitten in der Nacht auf, weinten, und sangen im Dunkeln um sich zu trösten ein Lied, dessen Melodie „an einen Psalm erinnerte, mit vielen Tönen und Halbtönen".

Um dieser Fremden habhaft werden zu können, hatten die Engländer zwei Männer töten und zwei weitere verwunden müssen. Einen Landvorsprung benannten sie nach diesem Vorfall nicht.

Der Menschenraub, der in dieser Woche des Jahres 1769 zwischen Maori und Engländern stattfand, stand am Anfang einer Reihe von Entführungen, die in Neuseeland von beiden Seiten verübt wurden. Und sie alle sind natürlich nur ein kleiner Teil des uralten Themas von Entfernung und Verwandlung – eines Themas, das, wie mir ein jüdischer Freund sagte, so alt ist wie die Geschichte von Moses. Über drei Jahrhunderte hinweg betrieben die Türken des Ottomanischen Reiches den Raub von Kindern griechischer und serbischer Christen im Auftrag des Staates. Dass die Nazis polnische Kinder zu Tausenden verschleppten und dass eine weiße Regierung eine unbekannte Anzahl von Aborigines ihren Eltern entzog, um ihnen ein sogenanntes besseres Leben zu ermöglichen, ist noch in lebendiger Erinnerung.

Was auch immer das Motiv sein mag, der eigentliche Impuls, der Eifer, der die Durchführung antreibt, entspringt der Idee der Verwandlung.

Es lohnt sich, darüber kurz nachzudenken. Das Kind gerät unversehens in die Lücke hinein, aber die Lücke ist kein realer Ort, sie existiert nur im Kopf. Mit anderen Worten, es ist eigentlich nicht so, dass sich das Kind in der Lücke befindet, sondern die Lücke ist im Kind. Und dort kann sie verkleinert werden, ausgelöscht, oder in ihr genaues Gegenteil verkehrt, so dass die ethnische Gruppe, der das Kind bei Geburt zugehörig war, diesem fremd wird. Es gibt hier ein Paradoxon: je größer die Distanz zwischen zwei Völkern erscheint, je stärker die Feindschaft zwischen ihnen ist – zwischen Polen und Deutschen, beispielsweise, oder Aborigines und weißen Australiern – desto bereitwilliger wird das Experiment der Verwandlung unternommen.

Hundert Jahre, nachdem sich diese Ereignisse beim Cape Kidnappers zugetragen hatten, wurde ein anderes Kind, ein fünf- oder sechsjähriger Maori-Junge, in einem Wald aufgegriffen, anschließend vom damaligen Premierminister adoptiert und dazu erzogen, ein Rechtsanwalt und „englischer Gentleman" zu werden.

Sein Fall zeichnet sich durch einen besonderen Umstand aus. Bei all den tausenden Fällen von Kindern, die durch ein Niemandsland in die Hände von Fremden verschleppt wurden, standen nur wenige Fotografen bereit, um den Augenblick festzuhalten. Dieser Junge jedoch wurde einige Tage nach seiner Entführung in einem Studio in der Stadt Wanganui fotografiert.

Er trägt einen Anzug mit kurzer Jacke und steifem weißem Kragen, wie er in England nach dem Vorbild der Eton-Schüler Mode war, und gute englische Stiefel. Auf einem Ebenholztisch mit einem gedrechselten Tischbein sehen wir eine Blumenvase und ein Buch – sagen wir, eine Bibel. Eine gemalte klassische Landschaft dient als Hintergrund. Jemand hat dem Jungen die Haare gekämmt und ihn aufgefordert, eine Hand in die Hosentasche zu stecken. Er sieht aus, als habe er einen Geist gesehen.

Von dieser Fotografie existiert nur ein einziger Originalabzug. Er befindet sich in der Nationalbibliothek in Wellington. Man weiß weder, wer ihn dort abgab, noch wann er abgegeben wurde. Auf seiner Rückseite sind in sorgfältiger, verblasster Handschrift einige Ungenauigkeiten vermerkt. Es liegt in der Natur von Bildern, dass sich ihre Wirkungskraft ändert, und

diese Fotografie eines entführten Kindes – das Bild der Macht-
losigkeit – hat inzwischen, nach über hundert Jahren, eine unerwartete Potenz erworben. Zum Beispiel lauerte es nun mir
auf. Einige Monate, bevor ich nach Neuseeland fliegen sollte,
um ein Buch über eine Reise zu schreiben, sah ich eine Reproduktion des Bildes. Nun, dachte ich, während ich den Gesichtsausdruck des Kindes studierte, ich frage mich, was wohl
aus *dir* geworden ist.

Ich wusste, dass der Junge von Sir William Fox adoptiert
und als der „erste Maori-Rechtsanwalt" ausgebildet worden
war. Ich wusste aufgrund von knappen veröffentlichten Ver-
merken auch, dass er im Alter von 19 Jahren zu seinem eigenen Volk zurückgekehrt war, was, wie man sagte, „Sir William und Lady Fox außerordentlich missfiel". Und ich dachte,
dass es interessant sein müsste, seinem Lebensweg aus einem
Maori-Wald zu den Palmen und Farnen der Empfangsräume
Wellingtons und Londons und darüber hinaus nachzuspüren.
Und so wie ich Neuseeland und die Maori, ein Volk, das seine
Erinnerungen pflegt, kannte, dachte ich auch: Ich wette, dass
ich ihn herausfinden kann.

In ungefähr 30 Meilen Entfernung kann man von Gordons
Farm aus in der Nähe der Küste einen Fleck ausmachen, der
wie ein grauer Daumenabdruck wirkt – die Stadt Napier, wo
ich von meinem fünfzehnten bis zu meinem achtzehnten Lebensjahr lebte. Auf der Ebene dahinter liegt ihre Schwester-
stadt Hastings, wo ich zur Schule ging. Am äußersten Ende der
Bucht, hinter beiden Städten, erstreckt sich eine Reihe gezähn-
ter Klippen bis zu einem Kap, wo die Tölpel nisten. Der letzte
Zahn ist derjenige, den man Cape Kidnappers taufte, und die
Vögel haben ihn schmutzig-weiß eingefärbt.

In einem Jahr, als ich noch auf die High School ging, nahm
ich an einem Ausflug nach Cape Kidnappers teil. Wir fuhren
den Kiesstrand auf einem Anhänger entlang, der von einem
Traktor gezogen wurde, und stiegen dann ein paar hundert
Fuß das Kap hinauf, um uns die Vögel anzusehen. Später

schrieb ich über diesen Ausflug einen Schulaufsatz. Ich war ziemlich stolz auf einen Satz, in dem ich kundtat, dass die Wellen „aus den grünen Höllen" des Meeres aufstiegen – obwohl ich später noch einmal auf diese Formulierung stieß, weiß ich nicht mehr, woher ich diesen reißerischen Ausdruck gestohlen hatte, was bedeutet, dass ich seine Quelle jetzt zweimal vergessen habe. Unser Englischlehrer, ein ruhiger, träger Mann namens Gill, benotete jede Woche alle Aufsätze aller Jungen in all seinen Klassen mit „gut", und so fand nie jemand heraus, was er von grünen Höllen oder von überhaupt etwas hielt.

Als ich diesen Aufsatz schrieb, kam es mir nicht in den Sinn, das Wichtigste zu erwähnen, was auf diesem Ausflug geschehen war - nämlich, dass ich beinahe ums Leben gekommen wäre. Nachdem wir die Tölpel-Kolonien erreicht hatten, schlenderte ich alleine um die Klippen herum, bevor mir wieder einfiel, dass ich nicht schwindelfrei war. Daran sterben Teenager – an Zerstreutheit. Ich landete auf einem Felsvorsprung, auf dem ich nicht genug Platz hatte, mich umzudrehen. Vorwärts ging es nicht weiter, es sei denn, ich konnte mich – vielleicht – an einer Nische im Fels direkt vor mir festhalten und einen höher gelegenen Felsvorsprung erreichen.

Allerdings war die Nische bereits besetzt: Ein Tölpel saß darin. Tölpel sind ungefähr so groß wie Gänse, haben fesche gelbe Pilotenstreifen und lange, scharfe Schnäbel, die mit ungefähr 80 Stundenkilometern die Meeresoberfläche durchschlagen. Ich war überzeugt, dass ich stürzen würde, wenn er mir mit diesem Schnabel auf die Hände oder ins Gesicht hackte. Die Klippe fiel steil, fast senkrecht, zum Meer hin ab. An ihrem Fuß, weit unten, konnte man große, blaue, manierliche Wellen sehen, aber nicht hören.

Tatsächlich war ich nicht in großer Gefahr. Tölpel sind friedliebende Vögel, denen Eindringlinge in ihren Kolonien in der Regel nichts ausmachen. Aber das wusste ich damals nicht. Der Tölpel und ich schauten einander an. Ich bewegte meine Hand auf den Fels zu. Ein Schnabel neigte sich seitwärts, ein Auge mit einer grauen Iris stellte sich nachdenklich schräg. Es ist ein seltsames Gefühl, sich vorzustellen, wenn auch irrtümlich, dass das eigene Leben, sozusagen, in der Hand eines gansgroßen Seevogels liegt.

Dann wandte der Vogel langsam, bedächtig, seinen Kopf ab, als sei ich einfach nicht vorhanden. Vielleicht existierte ich für ihn in einem gewissen Sinne wirklich nicht, oder besaß nicht mehr Existenz als ein Windstoß oder ein Wolkenschatten. Immerhin hatten sich die Wege unser Spezies vor hunderten Millionen Jahren getrennt und keine zwei Geschöpfe könnten weniger miteinander verbunden sein. Aber mir, der ich davon nichts wusste und nicht schwindelfrei war, erschien es, als ob das Tier seinen Kopf wie beleidigt fortdrehte, traurig, um genau zu sein, als ob – als ob was? Als ob ich die guten Absichten, den Anstand, das Verbundenheitsgefühl eines betagten Verwandten angezweifelt hätte.

Selbstverständlich konnte hiervon nichts in einen Schulaufsatz, der im neunten Schuljahr für Pater Gill verfasst wurde, einfließen, auch wenn viele davon ausgingen, dass er die Aufsätze nicht las. Gemäß den Gepflogenheiten war der Schulaufsatz kein Ort, an dem irgendetwas von Bedeutung erwähnt werden durfte. Wir betrachteten unsere Lehrer als, vor allem, zutiefst unwissend, nicht nur im Hinblick auf die Rolling Stones und BH-Träger, sondern auch im Bezug auf uns, auf die Atmosphäre, in der wir lebten – jede Generation kam für sich und richtigerweise zu dem Schluss, dass sie und die Welt gleichzeitig entstanden waren und dass nun alles neu und anders ist. Es erschien uns klüger, die Unwissenheit unserer Lehrer nicht zu stören, denn man wusste nie, welche Folgen das haben konnte. Selbst Pater Gill, dieser gleichmütige, gelassene Mann, der zugleich Rektor der Schule war, war zu plötzlichen, bizarren Ausbrüchen fähig.

„Ich werde nicht dulden, dass Schüler dieser Schule in der Stadt mit chinesischen KOCH-Hosen herumlaufen!", donnerte er eines Morgens in der Schulversammlung. Keiner hatte die geringste Ahnung, wovon er sprach, aber wir waren alle höchst interessiert: Zum allerersten Mal sahen wir ihn in Aufregung.

Einmal wurde ich in sein Büro bestellt, nachdem ein Präfekt berichtet hatte, ich sei am Freitagabend im XL gesehen worden. Das XL war eine Milchbar auf der Hauptstraße, wo es altmodische Sitzbänke mit hohen Rückenlehnen und eine Jukebox gab. Geführt wurde sie von einem griechischen Paar, das ein irgendwie beunruhigendes Desinteresse an seinen Kunden und dem Geschäft überhaupt an den Tag legte. Gewöhnlich tauchte ich dort mit Fly Kennedy und Terry Pulen, den Rowdys der achten Klasse auf, um die Mädchen, die hereinkamen, anzuschauen und manchmal sogar mit ihnen zu reden. Vielleicht trugen wir an diesem Freitagabend diese chinesischen Koch-Hosen – von denen wir inzwischen annahmen, es handele sich um die Hosen aus Baumwoll-Drillich, in die sich ungefähr der Hälfte der männlichen Bevölkerung kleidete.

Pater Gill saß hinter seinem Schreibtisch in einem mit Möbeln voll gestellten Raum, in dem geologische Schichten von Papieren und Kamine von Büchern, leicht von Staub und Pfeifenasche überzogen, jede freie Fläche bedeckten. In einem glockenförmigen Drahtkäfig saß neben ihm auf seinem Schreibtisch ein Habicht, genauer gesagt eine einheimische Sumpfweihe, ein *kahu*, mit seinen rostfarbenen Federhosen und seinem ungläubigen, grausamen, starren Blick.

„Ah", sagte der Rektor, als ich eintrat. „Ah. Ja." Er schnupperte an seiner Pfeife, legte sie nieder, nahm sie wieder auf, kratzte mit einer glänzenden Klinge in ihrem geschwärzten Kopf herum, betrachtete dann mit blauen Augen, die ganz in den Anblick versunken waren, die Sportanlagen. Lange schaute er zum Fenster hinaus. Schließlich sprach er.

„Nun", sagte er, „lass uns innig hoffen, dass das nicht noch einmal vorkommt." Das, so verstand ich, war alles. Ich durfte gehen, und so ging ich.

Während der gesamten Unterredung beobachtete die Weihe jede meiner Bewegungen, als wache sie über eine öde Wüstenlandschaft. Die englische Weihe zeigt auf ihren Federn eine Reihe von schwachen Zeichnungen, wie die hohen Zirrus-Wolken des Sommers, doch das Wolkenmuster auf den Federn der hiesigen Sumpfweihe ähnelt einer schwarzen Wand von Gewitterwolken, die sich zusammenballen.

Woher dieser wilde Besucher stammte, weshalb der Rektor ein paar Tage lang mit ihm in seinem Büro Umgang pflegte, und wohin er danach verschwand, gehörte nicht zu den Dingen, über die man uns je Auskunft gab. Pater Gill war kein Mann, der sich mit seinen Schülern verbrüderte. Er besaß keinen Spitznamen: Darüber war er erhaben. Die Vorstellung – die einige seiner Schüler tatsächlich hegten – dass er unsere wöchentlichen Schreibaufgaben las, war lächerlich. „Gut!" unter den Aufsätzen, die uns zurückgegeben wurden – in Schulheften, die wie Frisbees durch das Zimmer sausten – bedeutete, dass es gut war, dass wir sie geschrieben hatten und gut, dass er sie nicht gelesen hatte.

Wenn die Schule in meinen Worten exzentrisch klingt, dann weil sie es war. Sie gehörte zu den kleinsten Schulen, die die Maristen-Schulbrüder im Land betrieben, und man hegte die Vermutung, dass die komischen Käuze des Ordens, seine Außenseiter, nach Hawke's Bay [1] geschickt wurden, wo sie weniger Schaden anrichten konnten als in den großen und wichtigen Sekundarschulen des Ordens, die mit den protestantischen und den staatlichen Schulen in Wellington und Christchurch konkurrierten. Wir hatten einen Chemielehrer, einen winzigen, zornigen Mann, der keine Armbanduhr besaß, sondern stattdessen immerzu einen braunen Koffer mit sich herumschleppte, in dem ein Wecker tickte. Für die körperliche Züchtigung zuständig war ein kräftiger Mann mit rosigem Gesicht und freundlichem Gemüt, dessen Brille beschlug, wenn er gezwungen war, den Rohrstock zu benutzen. Der Religionslehrer litt unter einer Kriegsverletzung, die sein Nervensystem angegriffen hatte. Oft verbrachte er seine gesamte Stunde mit uns in Schweigen, starrte die Klasse einfach an, hielt in der Hand ein Taschentuch und betupfte sich gelegentlich die Augen.

Das Lehrbuch für seinen Unterricht hieß „Living with Truth" („Die Wahrheit leben"). Viele Jungen veränderten den Titel in diesen Phasen der stummen Anspannung zu *„Living with Ruth"*. Obwohl wir ihn nicht besonders mochten, machte sich seltsamerweise nie jemand über ihn lustig oder quälte ihn oder benahm sich auch nur einfach besonders daneben, obwohl das leicht gewesen wäre.

Die Schule befand sich in der Nähe des Stadtzentrums von Hastings, einer kleinen, flachen Stadt auf dem Lande mit ungefähr 30.000 Einwohnern, deren Hauptindustrie die Herstellung von Lebensmittelkonserven war. Aus einem Umkreis von einhundert Meilen kamen Äpfel, Pfirsiche, Tomaten, Erbsen und Mais nach Hastings und verschwanden in den Öfen von Watties Canneries. Und dann, eines Vormittags, kurz vor dem Mittagsläuten, kam es zur Katastrophe. In der Konservenfabrik brach ein Brand aus. Eine gewaltige schwarze Rauchsäule, eine Meile hoch und so dick wie der Bauch eines Riesen, stieg während unserer Mittagspause über der Stadt auf.

Nach einer Weile sahen wir, dass diese Säule glitzerte. Hier und da erschienen in ihren dunklen Tiefen tausende Lichtpunkte.

Es dauerte nicht lange, bevor die Erklärung hierfür um uns herum eintraf. Die eigentliche Konservenabteilung, wo die Dosen hergestellt wurden, war in Rauch aufgegangen und es hatte sich dort eine solche Hitze entwickelt, dass tausende glänzender Konservendeckel in den Himmel schwebten. Einer nach dem anderen begannen sie, auf die Erde zu fallen.

Ich kann das Hochgefühl, das mich erfüllte, als diese silbernen Scheiben bei ihrer Rückkehr vom Himmel um uns herum auf dem Rasen des Rugby-Platzes landeten, nicht recht erklären. *Ping... Stille... Ping... Stille... Ping.*

Zur gleichen Zeit landeten sie überall in der langweiligen Provinzstadt Hastings, auf ihren Dächern und Rosenbeeten und Straßen und Tankstellenauffahrten. Monotonie und Konformität waren natürlich Dinge, die für uns allgegenwärtig waren, akzeptiert, sogar kaum noch bemerkt. In einer kleinen Provinzstadt waren sie so etwas wie das Wetter. Und doch schien darin auch etwas Betrügerisches zu liegen, als ob es sich dabei nicht um das wirkliche Wetter handelte, sondern um eines, das künstlich von oben verordnet worden war und dann streng und verbissen durchgesetzt wurde. „Die Wut und die

Monotonie unser Vorstädte", schrieb einst Neuseelands einziger großer Dichter, James K. Baxter.

Der Tölpel-Moment auf der Klippe, der Rektor und seine Weihe, die silbrigen Scheiben auf der Wiese, selbst Gordon und sein Geist (obwohl diese Geschichte erst später hinzukam) waren wie Risse in diesem Gewebe, die uns enthüllten, dass es über uns noch etwas Anderes gab, etwas altes und reales, wie ein flüchtiger Blick auf einen Felsen durch einen Wolkenschleier hindurch, der einen Berg verdeckt hatte.

Irgendwann fand die Idylle unseres Schullebens ein Ende. Der Rektor wurde an eine andere Schule versetzt. An seiner Stelle schritt eines Morgens ein neuer Lehrer in die Schulversammlung. Er warf einen missbilligenden Blick auf uns, und in den nächsten zwei Jahren sollte dieser Ausdruck des eisigen Tadels nie aus seinen Zügen weichen. Wir waren eine Schande, die Schule ein Pfuhl des Faulenzertums. Eiserne Disziplin, Respekt, harte Arbeit, Furcht... die jüngeren Schüler erbebten, doch meine Freunde und ich waren zu diesem Zeitpunkt bereits in der Oberstufe und hatten das Gefühl, über all dem zu stehen. Höchstens betrachteten wir den neuen Mann, Davenport hieß er, als Langweiler. Aber wir unterschätzten ihn. In seinen Augen glänzte ein kriegerischer Funke. Auch ich geriet eines Morgens in sein Radarfeld.

Zu jener Zeit beschäftigte die Schule ungefähr zwölf Priester und einige Laien, die natürlich in der Hackordnung des Lehrkörpers ganz unten standen. Zu den Laien zählte auch ein Mr. Karaitiana, der die unteren Klassen unterrichtete und deshalb wenig mit uns zu tun hatte. Aber gerade weil er kein Priester war und sogar gemeinsam mit uns im Schulbus nach Hause fuhr, auf halbem Weg nach Napier im Städtchen Clive (Ortsnamen in Hawke's Bay lehnten sich an Britisch-Indien an) ausstieg, um eine Nebenstraße hinunter in Richtung seines Hauses, seiner Frau und Kinder zu verschwinden, erschien er uns zugänglicher, vernünftiger und friedfertiger als die unter dem neuen Davenport-Regime angetretenen Soutanenträger. Uns trennte noch nicht einmal ein großer Altersunterschied –

kurz, wir fühlten uns ihm freundlich verbunden, grüßten ihn locker und vermuteten, dass er unsere Einstellung zum neuen Direktor mit seiner grimmigen Bassstimme und seiner hohen, glänzenden Stirn teilte.

Am fraglichen Morgen ging ich gerade zum Lehrerzimmer, um eine schriftliche Aufgabe abzugeben, als ich dort Mr. Karaitiana traf.

„*Hi*", sagte ich.

„*Hi*", sagte er.

Wir gingen aneinander vorbei und jeder seines Weges.

Ungefähr dreißig Sekunden später hörte ich jemanden brüllen:

„Du!"

Aus irgendeinem Grund weiß man immer, wenn man selbst mit „du" gemeint ist. Ich drehte mich um und schaute direkt in ein wutentbranntes graues Gesicht.

„In mein Büro", befahl der Direktor. Ich folgte ihm mit unbeschwerter Neugier.

„Ich habe das gehört", sagte er. „Ich habe alles gehört."

„Was denn?" fragte ich.

„Dein schändliches Benehmen Mr. Karaitiana gegenüber. Er ist zwar ein – Laie –" (oder sagte er „Maori"? Ich denke schon, aber ich kann mich nicht dazu bringen, es wirklich zu glauben; wie auch immer, die ethnische Zugehörigkeit des Junglehrers lag deutlich in der Luft). „Aber das ist kein Grund, ihm nicht den Respekt zu erweisen, der einem Mitglied meines Lehrkörpers zukommt."

„Aber Pater, ich glaube, Sie irren sich", antwortete ich. „Ich empfinde für Mr. Kariatiana viel mehr Respekt als für alle anderen Lehrer dieser Schule."

Das war einfach spontan dahingesagt, womöglich nicht einmal wahr, und außerdem eine bewusste Frechheit. Aber ich fühlte mich dabei auf relativ sicherem Boden: Er konnte wohl kaum im selben Moment von einer Anschuldigung – dass ich einem bestimmten Lehrer zu wenig Respekt entgegenbrachte – zu ihrem Gegenteil umschwenken, egal wie beleidigend das für ihn selbst sein mochte.

Der Rektor saß mit flach auf den Schreibtisch gepressten Händen da. Nach einer Pause neigte er seinen Kopf zur Holzmaserung hinunter.

„Raus", sagte er, sehr düster, sehr leise.

Es war das letzte Wort, das er je an mich richtete. So endete unser einziges irdisches Gespräch. Meine Bemerkung hatte den angenehmen Effekt, dass der Bruch zwischen uns total war. Während meines letzten Schuljahres kam und ging ich, wie es mir passte. Ich verbrachte viel Zeit mit Prüfungsvorbereitungen zu Hause oder am Strand von Napier, wo ich las oder in der gefährlichen Brandung schwamm, oder einfach über die Bucht hinweg in Richtung Cape Kidnappers schaute. Auf eine gewisse Weise wartete ich einfach ab, dass noch ein paar Monate vergingen, bis der Tag käme, an dem ich Napier für immer verließ. Und so geschah es dann auch. Ich ging zum Studium, meine Eltern zogen aus der Stadt fort, und jahrelang sah ich den Ort nicht wieder, bis ich auf dem Hügel bei Gordons Farm stand und auf einen Flecken an der Küste schaute, der einmal mein Zuhause gewesen war.

Das Interessanteste an Gordons Spukgeschichte war, wie ich schon sagte, nicht, dass er daran glaubte – und das tat er – sondern dass er nur deshalb daran glaubte, weil der Geist ein Maori war, und dass außerdem Geister in Neuseeland immer Maori sind. Irgendwie hatten die Engländer, als sie auf ihren Segelschiffen zu einem neuen Leben im Südpazifik aufbrachen, die Fähigkeit oder das Verlangen verlegt, einander nach ihrem Tod als Geister zu erscheinen, ungefähr so, wie sie ihre Akzente änderten und bestimmte Worte, Mimik und die extremeren Aspekte des Klassensystems über Bord gehen ließen. Der Gedanke, dass Maori auf diesem Gebiet Exklusivrechte haben könnten, kam mir erst einige Jahre später an einem Straßenrand an der gegenüberliegenden Küste der Nordinsel.

Ich war gerade von einer Reise durch Europa und Amerika zurückgekehrt und befand mich nun an einem der Orte, die mir auf der ganzen Welt am besten gefielen – in der zugigen Fahrerkabine eines alten Chevrolet Kleinlasters, Baujahr ca.

1947, grün lackiert – **wald**grün, wie sein Besitzer erklärte –, mit seinem Besitzer am Steuer.

Das war Richard, der seit meinem 21. Lebensjahr mein bester Freund war. Wir waren uns beim Studium begegnet und hatten uns anfänglich nicht gut verstanden. Ich mochte Partys, Debatten, Worte, das Stadtleben, und mit Gewehren oder mit dem, was sich unter der Kühlerhaube eines Lasters befand, kannte ich mich gar nicht aus. Er war musikalisch, schweigsam, mochte Tiere, seine Winchester 22 und seinen Chrevrolet. Nach und nach wurden wir aber doch Freunde; uns verband die Kameradschaft, die auf der Landstraße entsteht. Immer wieder fuhren wir in die ungezähmten Landschaften der Nordinsel hinaus, schliefen auf Bergkuppen im Freien, stiegen durch den Moehau-Wald, wanderten die gewaltigen, leeren Sanddünen im Landesinnern beim Ninety Mile Beach entlang.

Als ich ihn nach meinen zwei Jahren im Ausland aufsuchte, lebte er gerade auf der Coromandel-Halbinsel und war im Bezirk so etwas wie ein Held. Ein paar Wochen zuvor hatte er mit zwei oder drei sauberen Hieben den örtlichen Raufbold niedergestreckt, einen Maori namens Camp Potae, Bulldozerfahrer von Beruf und ein Riese von einem Mann, der, da waren sich die Einheimischen einig, die Arbeitswoche über sanft wie ein Lämmchen war und von Freitagabend bis zum frühen Sonntagmorgen eine Gefahr für die öffentliche Sicherheit darstellte. „Haltet euch von Camp fern, wenn er ein paar Bierchen intus hat", lautete die gängige Weisheit in Coromandel.

Anlass für den Ärger war Richards Freundin. Sie war eine große Schönheit, hatte in Paris (wo ihr Vater Botschafter war) die Schule besucht, den Papst getroffen, am Washington Square Straßenmusik gemacht, bevor das in der ganzen Welt Mode wurde, und trug einen diamantenen Nasenstecker.

Die um zwanzig Jahre verfrühte Ankunft dieses Piercings im Pub von Coromandel löste den Aufruhr aus. Camp Potae kam spöttelnd auf sie zu und betatschte sie, wobei er Richard wie selbstverständlich mit dem Ellenbogen beiseite drängte. Ein paar Minuten später lag er benommen auf dem Boden des

Schankraums. Dann trat ihm Richard, der seine Kricketschuhe trug, in die Eier.

„Das war nicht besonders toll, ich weiß", erzählte er mir heiter. „Aber Camp war ein Irrer. Er hätte mich garantiert erschlagen, wenn er wieder hochgekommen wäre." Camp lag stammelnd auf dem Boden, sein Ruf war ruiniert. In einem Umkreis von 20 Meilen war Richard nun berühmt, draußen auf den Gehöften und draußen auf dem Meer, wo die Trawler und die Muschelfischer ihre Bahnen zogen.

Ich für meinen Teil, so dachte ich, wäre ebenso wenig fähig gewesen, Camp niederzuschlagen, wie zum Mond zu fliegen.

Und so saßen wir wieder zusammen in der Fahrerkabine des Chev, mit seinem dünnen, tänzelnden Schaltknüppel und dem heimeligen Gestank nach Motoröl. Richard und seine Freundin hatten sich vor Kurzem getrennt und er war nach Wellington hinunter gefahren, um ihr ihren Webstuhl zu bringen – einen gewaltigen, klaviergroßen Handwebstuhl, den sie zurückgelassen hatte, als sie Coromandel verließ. Nachdem Webstuhl und Weberin wieder miteinander vereint waren, machten wir uns erneut auf den Weg nach Norden und fuhren durch die im Westen der Insel gelegene Provinz Taranaki, die abseits der üblichen Reiserouten lag und für uns beide Neuland war.

Tatsächlich hatte ich einmal in Taranaki gewohnt, aber ich war damals noch ein sehr kleines Kind. Mir waren von dieser längst vergangenen Ära nur ein paar einfache Erinnerungen geblieben: ein Volk von Grashüpfern, gelbbraun und begabt, das zwischen den Stengeln des hohen Grases hinter dem Haus lebte; große Hummeln, die in die roten und orangefarbenen Gladiolen neben dem Haus krochen; ein Bulle auf einer Weide am Ende der Straße, dem man nachsagte, bösartig zu sein.

Diese sonnigen Tupfen eines Freskos waren bar jeglicher Verbindung zu dem kalten, dunklen Taranaki, in das wir nun hinein fuhren. Es war zu Anfang des Winters. Immer wieder peitschten Regenschauer gegen die Windschutzscheibe. Wir fuhren durch eine Reihe kleiner Städtchen, die allesamt für den Abend dicht gemacht hatten. Gegen elf Uhr hielten wir am Straßenrand an, um dort die Nacht zu verbringen. Auf all unseren Fahrten war es uns niemals in den Sinn gekommen, in ein Motel zu gehen: Motels waren für eine andere Sorte von Reisenden, für Vertreter, Rentnerpaare, kanadische Schullehrer auf Rundreise, die überprüften, dass die Seife jungfräulich war und die Tütchen mit dem Gratis-Instantkaffee ordentlich auf dem Regal über dem Kühlschrank aufgestellt waren. Aus Prinzip campten wir lieber ganz primitiv, meilenweit abgeschieden, wie Könige der Dunkelheit. Und so hielten wir uns auch in dieser Nacht an unser übliches System: ein paar Plastikplanen und zwei alte Daunenschlafsäcke unter der Ladefläche des Lasters, wohin auch die beiden Hunde, die tagsüber auf der Ladefläche mitfuhren, krochen, um dort die Nacht zu verbringen. Wir alle schliefen ein.

Etwas später legte sich eine Hand auf meine Schulter.

Das hätte mich erschrecken können, aber ich war bereits völlig aufgelöst vor Furcht. Ich war in einem Albtraum, dem ich nicht entfliehen konnte.

Ich muss wohl gestöhnt haben, denn Richard war davon aufgewacht und hatte nach einer Weile den Arm unter der Achse durchgesteckt und meine Schulter geschüttelt.

„Alles in Ordnung bei dir?"

Nichts war bei mir in Ordnung, überhaupt gar nichts. Ausführliche Traumbeschreibungen sind bei Lesern ja im Allgemeinen verpönt, aber selbst wenn eine solche an dieser Stelle erwünscht wäre, könnte ich nicht damit dienen. Es gab so gut wie nichts zu sehen. Dieser Albtraum bestand ausschließlich aus einer Menge von Männern, Frauen und Kindern, die durch die Dunkelheit kamen, flehend und gleichzeitig hasserfüllt, und dann... nichts. Dreimal, viermal, fünfmal... erhob sich vor mir dieselbe Menschenmenge, die ich in der schauerlichen Dunkelheit kaum ausmachen konnte, und verschwand.

Im Allgemeinen ist ein sehr lebhafter Traum für den Schläfer ein Signal zum Erwachen, gleichsam damit er sich an ihn erinnert, aber in diesem Fall konnte ich nicht entkommen. Es war Richard, der von der anderen Seite des Lasters aus die Rolle des unsichtbaren Wächters spielte, der uns weckt, damit die Träume sich nicht in Luft auflösen. Und von all den kleinen

Diensten, die wir einander aus Freundschaft zuteilwerden ließen, war ich ihm für diesen – dass er mich wachrüttelte – am dankbarsten. Jahre später fragte ich ihn einmal, wo wir an diesem Abend gehalten hatten, aber er erinnerte sich überhaupt nicht an die Situation. Die Fahrt nach Süden mit dem Webstuhl seiner Freundin, der Augenblick, an dem er den großen, freistehenden Berg Taranaki zum ersten Mal sah, daran erinnerte er sich sehr wohl, aber alles andere war ihm entfallen.

Nach meinem Erwachen lag ich da und war in einer Art von Schock. Was hatte das alles zu bedeuten? Träume folgen gewöhnlich einer inneren Logik und zumindest für die Dauer ihres Verlaufs glaubt man ihnen und meint sogar, sie zu verstehen. In diesem Fall war ich während des Traums ebenso verwirrt gewesen wie hinterher, angesichts dieser feindseligen und hoffnungslosen Gestalten von Männern, Frauen und Kindern. Ich hatte das Gefühl, ungerecht angegriffen worden zu sein. Ich fühlte mich vor den Kopf gestoßen, wie ein Autofahrer, auf dessen Wagen ein Stein prallt, den jemand von einer Überführung geworfen hat, oder ein Golfer, der von einem Gewitter den Fairway entlang gejagt wird.

Am Morgen wachten wir früh auf und bereiteten uns auf die Weiterfahrt vor. Ich konnte jetzt erkennen, dass wir in einem kleinen Tal mit ein paar Baumreihen und ein, zwei Weiden an den Berghängen gehalten hatten. Während wir zusammenpackten, sah ich im grauen Licht ungefähr 50 Yards [etwa 50 Meter] entfernt ein halbverfallenes Maori-Haus mit geschnitztem Giebel stehen. Sobald ich es sah, war ich überzeugt, dass mein Traum „von dort gekommen" sein musste. Das war so leicht. Ohne jedes Zögern gesellte ich mich zu den Menschen, die wie Gordon zwar niemals an solche Phänomene glauben würden, wenn man diesen nachsagte, aus ihrer eigenen Welt zu stammen, die aber durchaus bereit waren, sie dem Maori-Hintergrund zuzuschreiben, der an so vielen Orten hinter dem gewöhnlichen, ländlichen Neuseeland dunkel und atmosphärisch aufsteigt. Der Traum, so dachte ich, war mit diesem Ort verbunden. Er hätte mich nie erwischt, wenn wir, zum Beispiel, ein paar Meilen weiter die Straße hinunter übernachtet hätten, und in diesem Sinne war er gar nicht „meiner", denn es handelte sich noch nicht einmal wirklich um einen Traum, sondern um eine Art von Spuk. Ich warf noch einen Blick auf das Gebäude: Es war einfach ein altes Maori-Versammlungshaus, das im Licht des regnerischen Tages in einer Ampferwiese stand – die perfekte Adresse, mit anderen Worten, wenn man bei Tagesanbruch die Verantwortung für einen Albtraum zu übergeben hatte. An diesem Punkt meines Lebens hatte ich bereits gehört, wie verschiedene andere Weiße – weitere Farmer aus Hawke's Bay, ein hochrangiger Regierungsjurist, eine Gruppe von Straßenbauingenieuren – „ihre" Geschichten von Maori-Geistern und Dingen, die *tapu* waren, beschrieben. Ich weiß nicht, was diese äußerst praktischen Menschen zum Aussetzen ihrer Zweifel bewog. Es mag sein, dass die Welt der Maori ihnen als eine Art Ventil diente, als Ausweg aus der Enge eben dieser von ihnen konstruierten Welt. Oder vielleicht handelte es sich um die stillschweigende Anerkennung der Tatsache, dass zwischen Weißen und Maori noch viele offene Fragen bestanden, dass die Bilanz noch nicht gezogen war, und dass, bis dem so sein würde, solche Anomalien im Kraftfeld zwischen den Ethnien nur zu erwarten waren.

Über den Ort, an dem Richard und ich aufwachten, wusste ich nichts, überhaupt gar nichts über den Bezirk, der mir ohnehin nicht gefiel. Die Landschaft wirkte eintönig, das Weideland war auf das Nötigste beschränkt, es gab Maschendrahtzäune, hier und da ein paar Koniferenhaine. Wir fuhren fort.

Nur aus einem glücklichen Zufall heraus war ich überhaupt in der Lage, diesen Ort wiederzufinden. Ich erinnerte mich nur noch daran, dass wir irgendwo zwischen Wanganui und New Plymouth Halt gemacht hatten – zwischen diesen Städten liegen 150 Meilen Landstraße. An jenem Morgen machten wir uns wieder auf den Weg, fuhren durch ein paar Weiler, deren Bewohner noch schliefen, tranken in einer kleinen Stadt Kaffee und dann, als sich nach ein paar Meilen der Nebel auf der Straße lichtete und über die Stromkabel stieg und die Sonne schien, erhob sich vor uns der Berg, Mount Egmont, wie man ihn damals nannte. (Inzwischen trägt er wieder seinen alten Namen: Taranaki.)

„Da ist er!", rief Richard im selben Ton wie Menschen früher wohl „Da spuckt er!" riefen. Er sah Mount Egmont zum ersten Mal. Der Berg, freistehend, symmetrisch, 8.000 Fuß [etwa 2.500 m] hoch, thronte über 1.000 Quadratmeilen neblig verschleierten Weidelands. Die Kühlerhaube des Chevy war direkt auf den weißen Mittelstreifen ausgerichtet. Die Straße führte in gerader Linie auf den Berg zu. Zu beiden Seiten der Fahrerkabine streckten die beiden Hunde, zwei ernsthafte und scheinheilige graue Terrier, Vater und Sohn, ihre Schnauzen nach vorn.

Eine halbe Minute lang fiel das Licht der aufgehenden Sonne durch das Rückfenster, beleuchtete das Armaturenbrett und hielt den Augenblick wie auf Silbernitrat fest. Wir hatten uns nicht in Kameras verwandelt. Wir waren zu einer Fotografie geworden.

„Da ist er!"

Allein aufgrund dieser Erinnerung konnte ich Jahre später unsere Route rekonstruieren und an den Ort zurückfinden, wo wir im Freien übernachtet hatten. Als ich nach Westen Richtung Taranaki fuhr, stellte ich fest, dass die Straße an nur wenigen Stellen direkt auf den Gipfel zu führt. Von dort arbeitete ich mich rückwärts vor, fand das schläfrige Städtchen, wo wir angehalten und Kaffee getrunken hatten, und ein paar Meilen

von dort, an dem einen oder anderen an einer Weggabelung gelegenen Weiler vorbei, entdeckte ich auf der linken Straßenseite auf einer Weide in einem flachen Tal 50 Yards hinter einem Zaun ein baufälliges Maori-Versammlungshaus – weniger baufällig allerdings, als ich in Erinnerung hatte – jemand hatte ihm einen neuen, hellgrünen Anstrich verpasst und daneben war ein Toilettengebäude aus dem Boden geschossen.

Als ich das Foto von dem entführten Jungen sah, erinnerte ich mich an dieses Erlebnis, und das war ein weiterer Grund für mein Interesse an seiner Geschichte. Ich wusste, dass er in ungefähr dieser Gegend entführt worden war, und ich vermutete, dass seine Geschichte, wie auch immer sie verlaufen sein mochte, etwas Licht auf eine Gegend werfen würde, die zumindest mir – denn wir alle tragen eine persönliche Landkarte unserer Heimat im Kopf – immer problematisch erschienen war, unbequem, geradezu dunkel.

Was ich nicht zu finden erwartete, waren Beweise für eine Reihe von verborgenen Verbrechen, deren Opfer und Täter in enger Verbindung zu diesem Kind standen. Ebenso wenig erwartete ich herauszufinden, dass dieser Junge, über den in Geschichtsbüchern vielleicht fünf oder zehn Zeilen geschrieben worden sind, eine entscheidende Rolle bei einem der verwirrendsten und zugleich versöhnlichsten Ereignisse in der Geschichte der europäischen Kolonialpolitik gespielt hatte. Er sollte das Land mitten in sein größtes moralisches Drama hineinführen und sich dann, genau in dem Augenblick, als dieses Drama seinen Höhepunkt erreichte, mit der Bescheidenheit eines Führers, der weiß, dass er nur eine Nebenrolle spielt, daraus zurückziehen. Danach verlor man ihn aus dem Blick.

Der Ort, wo wir im Freien schliefen, hieß Whenuakura. Die kleine Stadt, in der wir Kaffee getrunken hatten, war Patea. Die Hauptverkehrsstraße führte weiter nach Hawera, eine etwas größere Provinzstadt. Und genau dieser Straße, durch Patea County nach Hawera, folgte anfänglich diese Geschichte eines im Wald entführten Jungen, der ich nun nachgehe.

Hawera – der Name bedeutet „ abgebrannter Ort" oder „Atem des Feuers" – eine wohlhabende, geschäftige Stadt von 8000 Seelen auf der Ebene von Süd-Taranaki, kehrt dem Berg schon immer ihren Rücken zu; nur zufällig erhascht man hier einen Blick auf seinen schneebedeckten Gipfel – vom Parkplatz des „Price Chopper"-Supermarkts aus, in der Gasse bei den öffentlichen Toiletten, oder über der Wäscheleine in jemandes Hintergarten, so als seien diese Orte den Stadtplanern entgangen. Das Hauptwahrzeichen der Stadt ist ein enormer Wasserturm aus Beton, skizzenhaft als normannischer Bergfried dekoriert, der die Hauptstraße beherrscht und den man auf den Hauptverkehrsstraßen von Norden, Osten und Westen kommend schon aus der Ferne erspäht. Früher führte auch noch eine Eisenbahnlinie in die Stadt, doch inzwischen ist der Bahnhof für den Personenverkehr geschlossen; das einzige, was heutzutage mit der Bahn in Hawera eintrifft oder von dort fortgeschafft wird, sind Milchprodukte. Direkt vor der Stadt liegt die größte Milchfabrik des Landes oder des Universums – welche, habe ich vergessen. Ihr hat die Stadt ihren Wohlstand zu verdanken, weshalb sie, verglichen mit den anderen Landstädtchen der Gegend, recht selbstgefällig wirkt. Aus Sicherheitsgründen ist die Anlage für Besucher geschlossen, obwohl man sich schon fragt, wem es in den Sinn käme, einen nahezu endlosen Cheddar-Käse in die Luft zu jagen? Es gibt jedoch ein Besucherzentrum, dass sich „Dairyland" – „Molkereiland" – nennt. Draußen vor Dairyland steht eine schwarzweiße und von den Hufen bis zu den Ohrenspitzen mindestens 20 Fuß [6 m] hohe Kuh aus Fiberglas. Drinnen wartet hinter einem Schreibtisch eine schöne junge Frau mit auffallend blauen Augen und den Gesichtszügen einer Maori auf Besucher.

„Wie groß ist die Kuh?" fragte ich, als wir hineingingen.

„Keine Ahnung."

„Gibt es Postkarten davon?"

„Ausgegangen."

Die knappe Antwort machte klar, dass ich zumindest zur falschen Besucherorte zählte. Ich lehnte mich zurück und überprüfte die Schrifttafel über ihrem glänzenden Kopf. Richtig:

Information. Wenn sich schöne und wohl informierte Menschen abschätzig verhalten, deprimiert mich das immer, und so hatte ich keine Lust mehr, an einer Besichtigung von Dairyland teilzunehmen, auch wenn es dort noch ganz viele andere Fiberglaskühe zu sehen gab, wie ich den Fotos der Broschüre entnahm. „Genießen Sie bei uns eine simulierte Fahrt auf dem Milchtanker, mit dem wir die Milch bei den Milchbauern im Umland abholen…" stand dort geschrieben.

Wir gingen nach draußen und stellten uns unter die Kuh. Über ihren waagerechten Fiberglasrohren schien die Sonne auf den schneebedeckten Gipfel und beleuchtete verschiedentlich Straßen, Bäche, fahrende Tanker, den Rauch, der von Fabriken aufstieg, grüne Gehöfte, sowie hier und da kleine verspätete Nebelschleier, die noch am späten Vormittag aus den Schluchten aufstiegen.

Das war im September 1998. Ich besuchte Hawera mit meiner Schwester, meinem Schwager und meiner Nichte. Mein Schwager Dene, ein Maori, besaß einen entfernten Vetter in Hawera, von dem er glaubte, dass er mir dabei helfen könnte, Einzelheiten über das Kind herauszufinden, das ein Jahrhundert zuvor entführt worden war. Wir verließen Dairyland, fuhren in die Stadt und parkten auf der Hauptstraße. Es war ein heißer Morgen und der Himmel schillerte so blau wie in einer Kodak-Werbung. Das Stadtzentrum wurde gerade mit Ziegelpflaster und schnörkeligen Laternenpfählen aufgehübscht. Ich ging ins White Hart Hotel, das an der größten Straßenkreuzung lag, der einzigen Ecke, an der man schwach die schrillen Geräusche einer Innenstadt vernehmen konnte. Drinnen war es dunkel, die Atmosphäre bierselig, halb-freundlich und fragend. Ein dünner, krank aussehender Maori in fortgeschrittenem Alter, der einen roten Damenpullover mit V-Ausschnitt trug, und seine Gefährtin, eine dickliche weiße Frau in einem Herrenjackett aus Tweed und mit steinharten blauen Augen, begannen, mir von ihren Erfolgen beim Pferderennen zu erzählen. Der Barmann setzte dazu eine skeptische Miene auf und bemerkte nach einer Weile, dass er im Gegensatz zu einigen Leuten, die er nennen könnte, tatsächlich einmal einen Anteil an einem Rennpferd besessen habe. Den alten Mann und seine Freundin ließ diese Zurechtweisung kalt; sie begannen auf eine automatische Weise zu tanzen, als ob nicht sie sich an den Twist erinnerten, sondern als ob der Twist sich an sie erinnerte. Es war Mittag.

Draußen, etwas weiter die Straße hinunter, traf ich meine Schwester, die gerade für meine Nichte in der Bonanza Burger Bar Pommes Frites bestellte. Die Frau hinter der Theke war ungefähr 65 Jahre alt und hatte ein Gesicht wie aus Granit, sie war kolossal, eine Mutter von Rugby-Stürmern und Gefängniswärtern. Ein Mädchen im Teenager-Alter kam herein und die Frau rief, ohne damit jemand besonders anzusprechen: "Was will **die** denn jetzt?"

Auf der Speisekarte hinter ihr stand:

Ausgebackene Paua-Küchlein	*Nicht/Erhältlich*
Austern	*N/E*
Junge Sprotten	*N/E*
Backfisch	
Pommes Frites	
Muscheln	
Kumara-Chips	*N/E*
Ketchup	*nicht im Preis inbegriffen*

„Ich habe Schmerzen in meinen Beinen, Schmerzen in meiner Seite und meine Schulter schmerzt auch", erklärte die Frau meiner Schwester, „und ich bin den ganzen Tag hier und stehe über dem heißen Öl."

„Oh, Sie Ärmste", sagte meine Schwester. „Ich weiß ja nicht, wie Sie das aushalten."

„Um ehrlich zu sein", meinte die Frau, „ich weiß nicht, ob ich es aushalten kann!"

Ein ungefähr 14-jähriges Maori-Mädchen saß im Schneidersitz auf einem Briefkasten und beobachtete uns von der anderen Straßenseite aus mit zwar verdeckter, aber lebhafter Aufmerksamkeit. Ein Jugendlicher ohne Hemd, ebenfalls Maori, sehr dunkel, ungefähr 18, der einen roten Turban, eine Sonnenbrille im Stil von Bette Davies und Bermudashorts trug und seinen Kopfhörern lauschte, tänzelte an uns vorbei. Sobald diese exotische Gestalt verschwunden war, erschien ein zweiter Maori ungefähr im selben Alter aus der gleichen Richtung, sehr feierlich und nachdenklich. Er war komplett in einen schmuddeligen grauen Jeansstoff gekleidet und wirkte, als habe man ihn ausgeschickt, um den Eindruck, den der erste hinterließ, zu löschen. Er sah aus, als sinniere er über die innere Physik der Sterne nach. Eine weiße Familie – Vater, Mutter, zwei Kinder – machte auf der Straße einen Schaufensterbummel und stand lange schweigend vor einer Reihe von Rasenmähern, die in einem Schaufenster ausgestellt waren. Ein junger weißer Mann kam daher, er war ungefähr 25 Jahre alt, kräftig gebaut, trug einen Schlapphut und eine schwarze Windjacke mit einer Art Sheriff-Plakette.

Er stoppte und schaute uns an.

„Wissen Sie, was wir hier tun?" fragte er.

„Na ja, das ist eine große Frage", sagte mein Schwager.

Der Mann warf ihm einen misstrauischen Blick zu, fuhr aber fort: „Unsere Firma bietet Ihnen heute zu einem Sonderpreis an, Ihre Autonummer auf Ihrer Windschutzscheibe einzugravieren. Nur heute können wir Ihnen 20 % Rabatt gewähren."

„Und dieser Sonderpreis beträgt?", fragte ich.

„Der Preis, inklusive Rabatt, beträgt $25,99 plus MwSt."

„Vielleicht ein andermal", sagte ich.

„Na, das ist ja super!", meinte er und eilte mit großen Schritten davon, während er sich nach rechts und links umschaute.

Am äußersten Ende der Hauptstraße liegt hinter sehr hohen Hecken versteckt ein großer, schöner und verschwiegener Park. Darin gibt es mehrere kleinere, von Mauern umgebende Gärten. Einer davon weist ein Mond-Tor auf und wurde, so steht es auf einer Bronzetafel, 1968 vom chinesischen Botschafter, seiner Exzellenz Hong Sin C. Shah, eröffnet. Doch für wen genau war sdiese Reihe von Paradiesen (das Oxford English Dictionary erklärt zu *paradise*: aus dem Griechischen, von *paradeisos*, „königlicher Park", französisch *pairi* „herum"

+ *diz* „formen") bestimmt? Um ein Uhr mittags lief ein einzelner Jogger hindurch. Zwei blonde Mädchen im Teenager-Alter, träge die Schule schwänzend, schlugen auf den Kinderschaukeln die Zeit tot, standen dann aber auf und zogen ab. Die Zedern, die Palmen, die Kiefern, Laubbäume, immergrüne Bäume, Bäume aus allen Gegenden der Welt standen unter dem Himmel Taranakis und warteten.

Als an diesem Tag der Abend dämmerte, befanden wir uns auf einer Anhöhe im Norden der Stadt mit Aussicht auf das Umland. Ich war mit Dene und seinem Vetter Sandy Parata zusammen, der die Stadt gut kannte. In Hawera ginge es den Leuten gut, sagte er. Arbeit gäbe es genug. Die Beziehungen zwischen den Bevölkerungsgruppen? Hervorragend. Die Polizei und die örtlichen Behörden begegneten dem *iwi* – dem hiesigen Stamm – mit Wohlwollen. „Das sind alles unsere Freunde. Wir sind Kumpel. Sie achten auf unsere Kinder. Als unser *marae* [Versammlungsplatz] abgebrannt ist, haben wir den Hut herumgehen lassen, und sie haben diesen Hut gefüllt – mit viel Geld!"

Auf diesem Bergrücken stand einst das größte *pa* – befestigte Siedlung – der in Taranaki ansässigen Maori. Der Berg war lang und gewunden und auf seinem Gipfel wuchs eine Reihe riesiger und altehrwürdiger *Cabbage trees* – nicht eigentlich Bäume, sondern Keulenlilien, baumförmige Liliengewächse mit einem narbigen Stamm, die bis zu 40 oder 50 Fuß [etwas 12 bis 15 m] hoch werden können und wie primitive Palmen aussehen. Die historische Terrassierung des *pa* war in der Dämmerung noch erkennbar. Sandy erzählte Dene, was sich hier auf diesem Berg zugetragen hatte. Es war eine schreckliche Geschichte, die seltsamerweise an eine Erzählung aus dem 1. Buch Mose erinnert, aus der frühen Zeit der Wanderungen des Volkes Israel: die Einwohner der Stadt des lüsternen Sichem hatten es zugelassen, dass man sie beschnitt, und wurden wenige Tage später, „da sie Schmerzen hatten", mit Leichtigkeit von den unbarmherzigen Söhnen Jakobs getötet.

In der polynesischen Version fielen die Einheimischen nicht der Religion und dem Beschneidungsmesser zum Opfer, sondern der Eitelkeit und dem Tätowierungsmeißel. Ihre Nachbarn und Rivalen waren so zuvorkommend gewesen, einen der gefragtesten Tätowierungskünstler des Landes vorbei zu schicken. Er war wahnsinnig beliebt. Mit besonderer Aufmerksamkeit widmete er sich zwei *rape* und *puhoro* genannten Tätowierungen auf Hüfte und Oberschenkel. Sie waren extrem qualvoll – oft verloren Männer vor Schmerzen das Bewusstsein – und heilten sehr langsam. Und dann, ein paar Tage später, als die Männer noch unter den Schmerzen litten... Das Gemetzel war fürchterlich.

Seinen ursprünglichen Namen hatte der Berg verloren. Niemand erinnerte sich daran. Alle, die dort lebten, waren getötet worden. Seitdem hieß dieser Ort Turuturu-mokai – benannt nach den kunstvoll tätowierten Menschenköpfen, die auf Pfählen aufgespießt vom Gipfel, wo man sie zurückgelassen hatte, herab starrten.

Diese Erzählung, die nur ungefähr 300 Jahre alt war, schien unglaublich fern – so alt wie das 1. Buch Mose – und doch auch recht nah, so nah wie die grobe Rinde der Cabbage trees, deren Reihe sich links und rechts in die Dunkelheit fortsetzte. Zum ersten Mal, so dachte ich, hatte ich einen nicht irgendwie durch Weiße vermittelten Bericht aus der Maori-Vergangenheit dieses Landes gehört, einer Zeitspanne, die fünfmal so lang ist wie seine weiße Geschichte.

Sandy wusste auch ein bisschen von der Geschichte des Jungen, der entführt worden war. Er konnte in Richtung des Schlachtfeldes deuten, dort unten im Weideland zu unseren Füßen, wo sich die Entführung zugetragen hatte. Eine winzige orangefarbene Flamme, wo man an der Gasgewinnungsanlage Gas abfackelte, markierte mein nächstes Ziel.

Diese Nacht verbrachten wir im Motel Rembrandt an der Ortsausfahrt. Unsere Unterkunft war eigentlich eine hinter den Motelzimmern gelegene alte Villa, die wir ganz für uns hatten. Ich schaltete den Fernseher ein und schaltete ihn dann schnell wieder aus. Nach einem Jahrzehnt von Reformen im

Namen der freien Marktwirtschaft war das Fernsehprogramm in Neuseeland so schlecht geworden, dass man es sich nicht ansehen konnte – ein Wirbelsturm aus Werbesendungen, Seifenopern, billigen Filmen und Nachrichtensendungen, in denen es bei jedem Bericht um Geld ging.

„Sie glauben, alle Zahncremes sind gleich?", brüllte eine Frau mit perlweißem Gebiss. „Ganz falsch!"

Wir verließen das Motel und gingen Pizza essen. Neben dem Moteleingang stand eine Shell-Tankstelle, es gab einen beleuchteten „Kentucky Fried Chicken"-Becher, Laster fuhren vorüber. Bei Tageslicht war Hawera ein Ort mit einem ausgeprägtem Charakter gewesen. Bei Nacht wurde es zum Irgendwo, zu irgendeiner westlichen Stadt, wie es sie millionenfach gab. Zum ersten Mal seit ich über die Geschichte des entführten Jungen nachzudenken begonnen hatte, spürte ich, mit welch kraftvoller Gleichgültigkeit die Gegenwart der Vergangenheit begegnet, besonders der ungeschriebenen Vergangenheit, der verlorenen Vergangenheit, der Vergangenheit, die nicht siegte.

Nach unserer Rückkehr begann meine Nichte mit ihren acht Jahren, einen Roman zu schreiben. Ich las im Motel an der Wand des Aufenthaltsraums ein gerahmtes Plakat:

FairPlay im Sport – Die Charta von Neuseeland
Wir an unserer Schule geloben, dass wir beim Sport *Freude haben, *den Schiedsrichter respektieren, *den Gegner und seine Fans respektieren, *im Sieg wie in der Niederlage Würde beweisen, *mit allem Einsatz, aber fair spielen werden.

MIT ALLEM EINSATZ ABER FAIR
Unterschrift:
Wilson Whineray.
Vorsitzender
Hillary Commission

Wilson Whineray war in den längst vergangenen frühen Sechzigern Kapitän der All Blacks gewesen. Hillary war Sir Edmund Hillary, der erste Mann, der den Mount Everest bestieg.

Um neun ging meine Nichte zu Bett. Ihr Roman war bereits vier Seiten lang. Den Text hatte sie auf jeder Seite in die linke obere Ecke gequetscht – sie erklärte, dass der übrige Platz für Änderungen in letzter Minute gebraucht werde:

Es war einmal
eine freundliche alte
Frau die
in einem kleinen Dorf

in Russland lebte.
Sie hatte zwei
Töchter die

beide verheiratet waren.
Eine heiratete einen Fischer und
die andere heiratete

einen Händler.
Eine bekam ein Baby,
während die andere Luxus bekam.

In der Nacht hörte man aus dem Süden das Pfeifen der Züge auf dem Weg zur Molkereifabrik, und ab und zu, wenn gewaltige Tanklaster vorüberfuhren, bebte das Haus. Irgendwo dort draußen im Westen lag die inzwischen von Milchbetrieben umgebene Stelle, wo ein Junge seiner Welt entrissen und auf eine große Reise geschickt wurde, die ihn nach Wanganui, Wellington und – auch wenn ich das zu diesem Zeitpunkt noch nicht wußte – nach San Francisco, Yosemite, London, Beirut und zu den Pyramiden von Gizeh führen sollte. Und schließlich zurück nach Hawera. Einige seiner Verwandten, die Nachfahren seiner Geschwister, lebten hier nun über die Stadt und die Ebene verstreut.

Ab und zu bebte das Haus. Während wir schliefen, waren wir von Milchbächen, von Flüssen aus Milch umgeben, die durch die Nacht reisten.

2

Te Ngutu O Te Manu – The Beak of the Bird

Am nächsten Tag fuhr ich über die Ebene zu einem Ort namens Ngutu O Te Manu, dem Schauplatz einer Schlacht, die 1868 zwischen Maori und einer Streitmacht der Kolonisten ausgefochten wurde. Es war ein überaus friedlicher Ort, wie es, so vermute ich, auf ehemaligen Schlachtfeldern oft der Fall ist: Während in unseren Köpfen der Lärm der Geschichtsbücher tobt, liegt vor uns... nichts: grünes Gras, ein singender Vogel, Verkehrsgeräusche in der Ferne. Eine Biene surrte über den Rasen. Zwischen den Bäumen ließ der Wind nach, doch eine Wolke zog weiter und über uns bewegte sich ein Schatten. Dann schien wieder die Sonne auf die wenigen Morgen kurz geschnittenen Rasens und das hohe Steinkreuz, das man aufgestellt hatte, um die Stelle zu kennzeichnen, an der einer der britischen Kommandeure fiel, auch wenn Experten meinen, das Kreuz stehe am falschen Platz.

In einer Ecke der Fläche stand ein Hausmeister-Bungalow, durch dessen Fenster ein Radio klang. An die Tür einer mit einem Vorhängeschloss gesicherten öffentlichen Toilette hatte man in schwarzer Farbe das Wort Geschlossen gekleckst. Um den Park herum steht noch immer eine dünne Abschirmung heimischer Bäume, durch die man hier und da die Landwirtschaftsflächen im Hintergrund sehen kann: schwarzweiße Kühe, ein roter Traktor, und die orangefarbene Flamme, wo das entweichende Erdgas abgefackelt wird.

Ngutu O Te Manu bedeutet „The Beak of the Bird" – „Der Vogelschnabel" und gehört zu jenen Namen (wie „Eulennest" und „Millionen-Blätter"), die uns, wenn wir sie auf den alten Landkarten finden, auf einen unvergleichlichen Tieflandwald hinweisen, der ganz und gar verschwunden ist.

Stunde für Stunde kann man heute durch Neuseeland fahren, ohne an einem Überrest des großen Waldes vorbei zu kommen, der das Land vor 150 Jahren bedeckte. Natürlich stehen überall Gürtel von Schwarzkiefern und Pappelreihen, es gibt Stiel-Eichen und australische Eukalyptusbäume, und eine Zeile kalifornischer Zypressen mit ihren grauen unordentlichen Herzen steht hinter jedem Kuhstall. Doch vom urzeitlichen Buschwald im Tiefland, Te Wao Nui a Tane, „Tanes Großem Wald", ist kaum ein Blatt geblieben.

Das hat etwas Gespenstisches an sich. In den ersten 90 Jahren europäischer Präsenz in diesem Land wurde die bewaldete antipodische Landschaft auf Gemälden dargestellt und in den Himmel gepriesen. Sie war sowohl malerisch (Schluchten und schneebedeckte Gipfel, seltsame, unbekannte Kreaturen, ausnahmslos ungefährlich) als auch romantisch (wild, vielfältig und voller Energie – mit Wasserfällen und den Gesängen schier unendlicher Vogelschwärme). Darüber hinaus war das Holz extrem wertvoll. Es war ein Viktorianisches Ideal.

Dann änderte sich etwas. Zuerst begann der Wald zu verstummen. Die unendlichen Vogelschwärme schrumpften mit dem Eintreffen neuer Räuber und Konkurrenten – der Hunde, Katzen, Wiesel und Marder, der Ratten, der Männer mit ihren Gewehren, und sogar, wie Maori berichteten, der europäischen Biene. Viele heimische Vögel ernährten sich von Nektar und die eingewanderte Honigbiene schwärmte in die Wälder und räumte die Blüten aus.

Nachdem der Wald so verstummt war, begann er auch, sich wie im Märchen zu verdüstern. Im Neuseeland der Kolonialzeit gab es viele Amateur-Landschaftsmaler und anhand ihrer Gemälde kann man leicht verfolgen, wie sich der Busch vor ihren Augen wandelte. Die Waldlichtungen und das Blattwerk, auf dem die Sonne spielte, werden enger und dunkler, die Bäume drängen sich dichter aneinander, und der Maori schlüpft misstrauisch in ihre Schatten.

In den 1870er Jahren war es üblich geworden, dass Sonntagsausflügler bei einem Picknick außerhalb der Stadt den größten *Totara*- oder Rata-Baum, den sie finden konnten, in Brand setzten. So ein Brand konnte sechs Monate lang weiter schwelen. 1881 verbot die Polizei es den Geschäftsleuten in Wellington, ihre Veranden zur Weihnachtszeit mit Nikau-Palmen und den auch Pungas (vom Maori-Wort *ponga*) genannten heimischen Silberfarnen zu schmücken. Auch wenn das einfach verrückt klingt, wird doch jeder zugeben, dass Polizisten, selbst die jüngsten Wachtmeister, ein scharfes Auge für Symbole haben. Punga und Nikau waren als Botschafter der heimischen Wildnis auf der unteren Cuba Street nicht erwünscht. Sie waren, wie die Polizei erklärte, eine „Verkehrsbehinderung". Unmöglich sich vorzustellen, dass man Stechpalme und Efeu mit einem ähnlichen Vorwurf verbannt hätte. Kurz, der Busch war zum Feind geworden. Er war nicht länger wild, romantisch und sicher, sondern dunkel, gefährlich und unentwirrbar. Vor allem aber hatte er sich zum Verbündeten der Maori gewandelt. Das Schicksal des Waldes und der Stand der Beziehungen zwischen den Bevölkerungsgruppen waren miteinander verbunden.

Gegen zwei Uhr an einem Nachmittag im September 1868 verschmolzen während der Schlacht bei The Beak of the Bird im Denken der Europäer die heimischen Bäume und die Maori miteinander und wurden zu einem einzigen Feind.

Neuseeland war 1840 britische Kolonie geworden und für die Dauer der ersten 20 Jahre hatten die beiden Bevölkerungsgruppen vergleichsweise friedlich miteinander gelebt, oder standen zumindest in einem besseren Verhältnis zueinander, als es in anderen Kolonien der westlichen Mächte der Fall war. Ein Abkommen, der Vertrag von Waitangi, garantierte den Maori Rechte und die volle Staatsbürgerschaft. Mischehen, die Verschmelzung der Ethnien, betrachtete man als Ideal. Die Regierung war entschlossen, Übergriffe und den Diebstahl von Ländereien der Maori durch Siedler zu verhindern. Ihrerseits genossen die Maori viele Vorteile des britischen Rechtssystems und der Zivilisation. Um das Jahr 1860 herum brach jedoch der Krieg aus.

Über die Ursprünge des Konflikts ist vieles geschrieben worden. Die ihm zugrunde liegende Ursache war simpel: Zahlreichen Siedlern, insbesondere jenen in Taranaki, angeführt vom ‚Mob', wie sich die verschwägerten Familien Atkinson, Richmond und Hursthouse, die den Lauf der Dinge in dieser Provinz bestimmten, selbst nannten, war die Geduld mit dem Gründungsprinzip der Kolonie ausgegangen – der Gleichberechtigung von Maori und Europäern. Die Maori, so argumentierten sie, waren ihnen nicht gleich, sie waren eine „in absurder Weise gehätschelte" barbarische Rasse, „geschätzte Nigger", die „es verdienten, getreten zu werden", denen man gestattet hatte, die Besiedelung und den Fortschritt 20 Jahre lang aufzuhalten. Nachdem sich alles andere als unwirksam erwiesen hatte, war nun Krieg nötig, um die Vorherrschaft zu ergreifen. „Ein paar Zeilen zu dem dunklen Schatten, der über uns schwebt, den Maoris...", schrieb ein Atkinson nachdenklich an einen Richmond. „Wir werden das Land bekommen. Doch wie?"

1860 brach über einen Streit um ein paar hundert Morgen Land der Krieg aus; 1863 beschloss die Regierung, mehrere Millionen Morgen Land zu konfiszieren, um diejenigen Maori zu bestrafen, die man als aufständisch einstufte. Bei den Stämmen, die ihren Grundbesitz verlieren sollten, handelte es sich allerdings nicht unbedingt um diejenigen, die gegen die Krone gekämpft hatten. Für enteignet erklärt wurde einfach der begehrenswerteste Boden in der Hand von Maori. Die Provinz Taranaki, ein großes Kap, wo sich über einer weiten, sanft geschwungenen Ebene ein einzelner, schneebedeckter Berg erhebt, erschien vielen Siedlern nicht nur als der schönste Teil des Landes, sondern als der schönste Ort der ganzen Welt. Sie nannten sie den „Garten Neuseelands". Als sich der Premierminister Alfred Dommet die Enteignung einfallen ließ, war es eines seiner Hauptziele, diesen Garten seinen Besitzern zu stehlen. Das Land in einem großen Halbkreis nördlich, westlich und südlich des Berges erklärte man für beschlagnahmt.

Nachdem die Feindseligkeiten 1866 verklungen waren, hielten die Kolonisten allerdings noch keinen großen Teil des Areals besetzt. Die Stämme befanden sich noch im Besitz ihrer Ländereien und glaubten nicht, dass die während des Krieges erlassenen Gesetze durchgesetzt werden würden. Doch dann, Bissen für Bissen, wie die Maori sagten, wie eine Kuh das Gras abfrisst, kamen die Landvermesser und die bewaffnete Polizei, immer und immer wieder. Den Maori, die nicht anerkennen wollten, dass ihnen Land, das man ihnen nicht im offenen Kampf hatte nehmen können, nachträglich per Proklamation genommen werden konnte, erschien das sowohl feige als auch unehrlich.

An dieser „schleichenden Enteignung" entzündete sich unweit von Hawera erneut der Krieg zwischen den Kolonisten und einem örtlichen Häuptling namens Titokowaru, einer jener imponierenden Persönlichkeiten, die die maorische Gesellschaft als Reaktion auf die durch die Kolonisation hervorgerufene Krise hervorbrachte. Er war ein Mann mit vielen Seiten. Als junger Mann war er für seine leidenschaftlichen Liebesaffären und für einen starken Hang zur Theologie bekannt. Er vertiefte sich sowohl in die alten Maori- als auch in die neuen christlichen Lehren. Er war ungefähr fünf Fuß und neun Zoll groß [über 1 Meter 80], dunkelhäutig und sehnig. Seine auffälligste körperliche Eigenschaft war seine ungemein kräftige Stimme. Man sagte, dass man ihn, wenn sein Zorn erregt war, noch aus zwei Meilen Entfernung hören konnte; seine Stimme war wie Löwengebrüll.

In seinen Zwanzigern konvertierte er zu den Methodisten und wurde auf den heute recht unwahrscheinlich klingenden Namen Joe Orton getauft.

Als die Landvermesser näher und immer näher rückten, verlor der christliche Glaube unter den Maori an Bedeutung. Es war ihnen nicht möglich, die Lehren des Evangeliums mit den Handlungen der Engländer beziehungsweise mit den Erfordernissen des Krieges in Einklang zu bringen, und es entstanden unter der allgemeinen Bezeichnung Pai Marire – „Gut und Friedfertig" verschiedene Formen einer spirituellen Tradition, die Elemente des Alten Testaments mit traditionellen Glaubensvorstellungen der Maori verknüpfte. Die Anhänger der neuen Religion wurden oft als „Hau Hau" oder „Hauhau" bezeichnet, ein Name, der von einem ihrer Gesänge abgeleitet war. Schon 1868 gab es den methodistischen Laienprediger Joe Orton nicht mehr –Titokowaru war wieder da, als Kriegsherr und als Priester von Uenuku, dem Gott des Regenbogens, einer in ganz Polynesien verehrten Gottheit, die sich aber in Neuseeland zu einem erschreckenden Dämon gewandelt hatte, den man auch „den Menschenfresser" nannte.

Titokowaru begann seinen Krieg in der Mitte des Jahres 1868 mit dem Mord an drei Siedlern, die von der Regierung für enteignet erklärte Ländereien der Maori rodeten. Im September wurde sein Hauptquartier, The Beak of the Bird, von einer 400 Mann starken Elitetruppe angegriffen, den besten Soldaten der Kolonie.

Die kolonialen Streitkräfte wurden von zwei damals berühmten Offizieren geführt, von denen einer völlig in Vergessenheit geraten ist, während der andere noch in einem undeutlichen Netz aus Legenden weiter lebt. Thomas McDonnell, der befehlshabende Offizier, war eine lächerliche Gestalt, tapfer, voller Selbstlob und Selbstmitleid, mit einem Walrossbart und einer Ausstrahlung von empörter Unschuld.

Als er eines Tages auf The Beak of the Bird vorrückte, war dieser Ort bereits zur Zufluchtstätte für eine große Zahl nicht Krieg führender Bewohner anderer Dörfer geworden, die sich an ein von McDonnell geführtes nächtliches Massaker in einer Siedlung namens Pokaikai erinnerten, ein Name der grob übersetzt soviel bedeutet wie „Festmahl der Dunkelheit". Der junge Londoner Charlie Money beschreibt den Angriff auf Pokaikai folgendermaßen:

> Plötzlich erhoben sich die geisterhaften Gestalten, sie schlichen den schmalen Pfad entlang, das Wort „Attacke" erklang und eine irre, brüllende, springende Menge dunkler Schatten... feuerte in die wharries [Hütten der Einheimischen], in denen sich die Nigger drängten...

Um einem solchen Besuch „geisterhafter Gestalten" zu entgehen, hatten neutrale und sogar einige mit der Kolonialmacht verbündete Maori bei The Beak of the Bird Unterschlupf gesucht, obwohl sie wussten, dass der Krieg eines Tages auch diesen Ort erreichen würde.

McDonnells stellvertretender Kommandeur war Gustavus von Tempsky, skrupellos, gut aussehend und sowohl bei seinen Männern als auch im gesamten Land beliebt. Dieser polnische Aristokrat war einmal Adjutant des Prinzen von Liechtenstein gewesen, wanderte an die Miskitoküste aus und führte dort eine Partisanentruppe von Indianern gegen die Spanier, reiste durch Mexiko und schrieb darüber ein Buch, „Mitla" (1858) – heute ist es unlesbar, aber mit Gemälden von seiner Hand hübsch illustriert. In San Francisco wurde er seines Goldes wegen beinahe ermordet und entkam nur, indem er in den Hafen sprang und um sein Leben schwamm.

Er griff früh in die neuseeländische Kriege ein und beteiligte sich an „blutigen Gemetzeln" in den Hunua-Wäldern, aus denen er „mit Kartoffeln und maorischen Knüppeln beladen" wieder auftauchte, wie der Verfasser eines seiner Nachrufe schrieb.

Auf diesem Feldzug fand er den Ort, an dem er sich mit seiner ihm frisch angetrauten Ehefrau niederlassen wollte – ein Grundstück im Flachland unter den bewaldeten Hängen des Mount Pirongia. Mit seinen Pfaden, die den Berg hinabführen, seinen Flüssen und seiner blauen, schier unendlichen Ebene wirkt Pirongia auf eine Weise beispielhaft wie manche Landschaften von Brueghel, die nicht nur einen einzelnen Ort abzubilden scheinen, sondern die ganze weite Welt.

Auch Pirongia und sein Umland hatte man beschlagnahmt. Der Berg war einer von nur drei Orten im Land, von denen die Maori glaubten, dass dort *patupaiarehe* spukten, ein hellhäutiges Volk, das man nie zu sehen bekam, aber im Wald manchmal sprechen oder lachen hören konnte, immer bei Nacht und sich immer entfernend, sobald man sich ihnen näherte.

Diesem Ort wandten sich von Tempskys Gedanken nun zu. Er plante, diese Expedition nach The Beak of the Bird zu seinem letzten militärischen Abenteuer zu machen, und das sollte sie dann auch werden.

Die Streitmacht, die *The Beak* angriff, bestand aus einigen regulären Armeeeinheiten und verschiedenen Siedlermilizen, Freiwilligeneinheiten und ungefähr 100 verbündeten Maori, sogenannten *kupapa* aus verschiedenen Stämmen. Unterdessen saßen 70 Meilen entfernt in der Stadt Soldaten der britischen Krone, die erpicht darauf waren einzugreifen, doch unter dem strengen Befehl aus London standen, sich in keinerlei Kämpfe einzumischen. Schon lange begegnete Großbritannien der Politik der Siedler mit Misstrauen. „Im Allgemeinen", schrieb Gladstone an seinen alten Schulfreund Bischof Selwyn in Neuseeland, „teile ich von ganzem Herzen deine Abneigung gegen den schiedsgerichtlichen Einsatz von Gewalt, zu dem wir Engländer bei unserem Umgang mit anderen Rassen in Übersee ebenso neigen, wie wir für unsere begrüßenswerte Nachlässigkeit dabei bekannt sind, uns ihrer zur Lösung von Streitigkeiten untereinander zu bedienen."

Doch der wahre Grund dafür, dass Gladstone der Krieg in Neuseeland ein Gräuel war, lag in seinen Kosten. Einen anderen Brief schrieb er an den Minister Lord Lyttleton:

> Lieber George,
> die Kolonisten werden jetzt schon so lange auf den Armen einer Amme herumgetragen, dass sie nicht auf eigenen Füßen stehen können. Es ist meine Überzeugung, dass dieser Krieg gegen etwa 2.000 Eingeborene den armen John Bull beinahe 3 Millionen gekostet hat. Wie die Kolonialminister zu unrechten und absurden Zwecken über Gelder Englands verfügen, kennt auf der ganzen Welt keinen Vergleich.

Lange bevor am Tag der Schlacht der Morgen dämmerte, verließ die Streitmacht der Kolonisten ihr Lager, durchquerte den brusthoch fließenden Waingongoro River um vier Uhr früh und erreichte den Wald vor Sonnenaufgang.

Die Soldaten irrten ein paar Stunden umher, fanden sich jedoch noch vor Mittag auf einem Pfad wieder, der durch den Wald führte.

Um zwei Uhr nachmittags schaute der Hauptteil der Streitkräfte über einen flachen Bach auf eine Rodung, in der ein leicht befestigtes *pa* zu erkennen war. Sie hatten The Beak of the Bird gefunden.

Fast unmittelbar geschah etwas Seltsames. Männer begannen zu schreien und zu stürzen. Aus dem *pa* heraus ertönte wieder und wieder eine vertraute Stimme.

„*Whakawhiria! Whakawhiria!*" – „Umzingelt sie! Umzingelt sie!"

Die Furcht einflößende Stimme klang wie Löwengebrüll. Überall fielen jetzt die Soldaten. „Das Gewehrfeuer war grauenvoll", schrieb ein Soldat später, „die Männer kippten um wie Kegel", und doch hatte niemand auch nur einen einzigen Maori gesehen. Der Feind war überall, doch er blieb unsichtbar, versteckt in den Wipfeln der Bäume, in hohlen Baumstümpfen oder Schlupflöchern, in Gruben, die man zwischen Wurzeln und unter dem Humus des Waldbodens ausgehoben hatte.

In genau diesem Moment verschmolzen der Wald selbst und die Maori zu einem einzigen, dunklen Feind. Ich erinnere mich daran, wie ich im Alter von zehn Jahren in einem sonnigen Klassenzimmer saß und eine zeitgenössische Illustration der Schlacht betrachtete, die in den Schulbüchern der 1950er Jahre noch abgedruckt war: Die Soldaten sind auf einer Waldlichtung etwas heller dargestellt. Sie feuern zwar in alle Richtungen, aber wie blind, aufwärts, in die Bäume, aus denen fast nackte Krieger wie die Verdammten kopfüber herabstürzen. Der Himmel ist so imperial düster gehalten wie auf allen viktorianischen Radierungen. Ringsum ragen drohend gewaltige Bäume auf, von denen Ranken herabhängen wie Schlingen von einem Galgen. Dieser Wald ist so dunkel – und stammt fast bis auf den Monat aus der gleichen Zeit – wie der grausige Wald, aus dem Tenniels Jabberwocky kreischend herausspringt, oder der, in dem Diedeldei und Diedeldum darin übereinstimmten, einen Kampf auszutragen [2].

Das Bild war mehr oder weniger korrekt, bis auf einen Umstand: Kaum ein Maori verlor bei dieser Auseinandersetzung sein Leben. Die Streitmacht der Kolonisten dagegen wurde völlig zerschlagen. Ob die Männer versuchten vorzurücken, in Deckung zu gehen oder sich zurückzuziehen, durch das Laub erreichte sie der Tod. Man konnte die vielen Verwundeten nicht fortschleppen und ließ einige zurück, die dann von den Siegern getötet wurden. Der Rückzug war ein Desaster. Die Männer rannten in alle Richtungen davon, einige, so sagte man, hielten erst am 100 Meilen entfernten Rangitikei River an. Andere flüchteten nach Norden und liefen tagelang im Kreis herum, bevor sie aufgegriffen und getötet wurden oder einfach entkräftet starben.

Von Tempsky war einer der ersten Offiziere, die fielen. In seiner letzten Schlacht wurde er als „seltsam schwunglos" beschrieben. „Er hackte mit seinem Schwert auf eine herabhängende Ranke ein... schnitt Späne davon ab", und murrte einem jungen Soldaten zu: „Das widert mich an. Wenn ich aus diesem Fiasko lebend herauskomme, will ich mit all dem nichts mehr zu tun haben."

Zwar war von Tempsky ein Söldner und daran gewöhnt zu töten, erbarmungslos und, wie manche sagten, sogar etwas verrückt, doch er besaß eine eigentümliche Würde. Er hatte nur noch Minuten zu leben, als er mit dem Soldaten sprach. Seine junge Frau Emilia sollte er nie wieder sehen und nie an den Berghängen Mount Pirongias von einer Veranda aus das Panorama genießen. Aber er nahm mit einem gewissen Stil vom Leben Abschied. In seinen letzten Minuten kehrt er sich selbst den Rücken zu, will mit seinem Beruf nichts mehr zu tun haben. Das ist einer Bekehrung auf dem Totenbett sehr ähnlich, doch in einer Hinsicht ist es nobler: Er hatte nicht vor zu sterben und ahnte nichts vom Ausmaß des Desasters, das die Armee erleben sollte.

Dann wurde er von einer Kugel durch die Stirn getötet. Sein Krummschwert, das ihm aus der Hand glitt, als er auf den Waldboden stürzte, war die große Trophäe dieser Kriege und liegt immer noch irgendwo in Taranaki versteckt. Von Zeit zu Zeit tauchen Schatzsucher und Hobbyhistoriker auf und klopfen an die Türen der Maori, um sich nach seinem Verbleib zu erkundigen. Ich habe mit einem weisen und wohl informierten Maori gesprochen, der weiß, wo es ist, es mir aber natürlich nicht gesagt hat. Und ich habe nicht danach gefragt. Was er aber sagte, war, dass Titokowaru das Schwert persönlich an sich genommen hatte und es, bevor er selbst starb, mit den Worten begrub:

„Möge der Krieg zu den großen Nationen des Nordens zurückkehren."

Das Schwert wurde ohne Scheide begraben, damit es umso schneller verroste. Einem sanften kleinen Mythos zufolge wird es wieder zum Krieg zwischen den „zwei Stämmen" Neuseelands, den Maori und den Engländern, kommen, falls es je wieder ans Tageslicht kommt.

Die Schlacht bei The Beak of the Bird war schlimmer als eine militärische Niederlage. Sie war ein nationales Unglück. Die Streitmacht der Kolonisten war im Kern zerbrochen. Zur gleichen Zeit kam es an der Ostküste zu einem weiteren Aufstand. Wenn sich in diesem Moment alle Maoristämme erhoben hätten, dann wäre es durchaus möglich gewesen, dass die Krone die Nordinsel hätte aufgeben müssen – was der größten Beschneidung britischer Macht seit dem Verlust der amerikanischen Kolonien gleichgekommen wäre. Ohnehin sprach man unter den Siedlern schon darüber, sich vom britischen Weltreich zu lösen – die Kolonisten ärgerten sich nicht nur deswegen über ihr Mutterland, weil es ihnen nicht beigestanden hatte, sondern auch, weil es sie höflich darauf hinwies, dass sie sich ihre Probleme durch ihre Gier, Ungerechtigkeit und ihr ungeschicktes Vorgehen selbst zuzuschreiben hatten.

In noch stärkerem Maße richtete sich die journalistische Energie gegen die siegreichen Maori. Die Presse überbot sich darin, sie zu dämonisieren. Die Regeln der Kriegsführung zwischen zivilisierten Nationen waren auf sie nicht anzuwenden. Sie waren gar keine Menschen, sondern „Menschenfresser" und „wilde Tiere, die man jagen und töten muss". Sie waren „rasende Teufel in Menschengestalt" und sogar „Vogeldämonen, wie wir sie aus Büchern zur Hexenkunst kennen". Und The Beak of the Bird selbst wurde in der kolonialen Vorstellungswelt zu einem schauerlichen Ort, wie dieser Brief im Wanganui Chronicle demonstriert: „Die Knochen des edlen von Tempsky verbleichen am Boden... und die Häupter seiner

Kameraden – alles tapfere Männer – blicken mit leeren Augenhöhlen aus dem trostlosen Buschwald bei The Beak of the Bird heraus, des Vogels, der Neuseeland in seinem blutigsten Krieg das Leben aushackte – doch muss ich hier aufhören, damit die Schrift auf dieser Seite nicht unter meinen Tränen verschwimmt." Vor Ort wirkte sich die Niederlage sofort aus. Sechs Militärstützpunkte in Taranaki wurden aufgegeben, von Tempskys Waldaufsehertruppe meuterte und wurde aufgelöst. Die Garnisonsstadt Patea wurde, wie die Zeitungen es ausdrückten, „an Bacchus übergeben". Siedler verließen ihre Gehöfte und strömten in die Stadt.

So verlief die erste militärische Expedition, die der junge Staat auf sich allein gestellt unternommen hatte.

In jener Woche wurde in der Presse eine schematische Darstellung des Zusammenstoßes abgedruckt. Sie sah so aus:

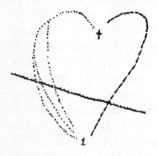

Das Armeelager war der Punkt ganz unten. Die kräftige Linie rechts beschreibt die Vorwärtsbewegung und die gestrichelten Linien links die verschiedenen Rückzugsbewegungen. Die von Ost nach West verlaufende Linie ist der Fluss, der Waingongoro. Die Darstellung ist nicht besonders genau, aber ich glaube, dass der Zeichner sie nicht absichtlich wie ein gebrochenes Herz gestaltete. Das Kreuz oben inmitten der schmerzlichen Einbuchtung, wie man sie an den Wänden von U-Bahnstationen auf der ganzen Welt sieht, war die genaue Lage von The Beak of the Bird.

Als die Männer sich an diesem Abend nach und nach wieder im Lager sammelten – einem schrecklichen Ort in der Nacht des 7. September, wo sie „jubelten, einander abwechselnd die Hände schüttelten und Tränen vergossen, was unter den starken, bärtigen Männern recht seltsam anzusehen war" – dauerte es eine Weile, bis jemand bemerkte, dass einer der Männer eine Trophäe mitgebracht hatte. Es war ein fünf oder sechs Jahre alter Junge.

Folgendes war geschehen:

Während die Armeekolonne gegen Mittag noch im Wald herum stolperte und The Beak of the Bird suchte, hörten die Späher der Vorhut Stimmen. Obwohl sie nichts sehen konnten, änderte die Kolonne in diesem Augenblick vorsichtig ihre Aufstellung. Die verbündeten Maori bildeten nun die Nachhut, während von Tempsky mit ein paar maorischen Spähern die Führung übernahm.

Sie kamen zu einer Rodung mit zwei mit Baumrinde gedeckten Hütten und einem Zelt. Es handelte sich um die „Krankenstation" von Titokowarus Leuten. Eine Frau kam heraus, sah die Fremden, kreischte und floh auf einem Pfad in den Wald. Man sah sie nie wieder.

Dann erschien im Eingang einer der Hütten ein Mann, der einen einzelnen Schuss abfeuerte. Er wurde erschossen. In den Hütten fanden die Soldaten nur zwei Patienten – ein sehr krankes kleines Mädchen und einen verkrüppelten Jungen von ungefähr 9 Jahren. Während sich von Tempsky und McDonnell berieten, trafen immer mehr Männer ein.

Währenddessen erreichte auch ein maorischer Späher namens Pirimona die Rodung. Er hatte ein drittes Kind bei sich, einen Jungen, der ihm im Wald über den Weg gelaufen war. Der Junge hieß Ngatau Omahuru und war eines der Kinder aus dem Dorf Mawhitiwhiti, dessen Bewohner sich bei The Beak of the Bird in Sicherheit gebracht hatten.

In diesem Augenblick geschah etwas Bestialisches. Der Mord an Kindern begann. Jemand schnappte sich den verkrüppelten Jungen und „schlug ihm den Schädel ein", „weil er nicht aufhören wollte zu heulen".

Bereits die beiden Gewehrschüsse hatten Titokowarus Streitmacht vor der Ankunft des Feindes gewarnt.

Was das kleine Mädchen betrifft, gibt es unterschiedliche Berichte: Sie war schwer krank und wurde in Ruhe gelassen.

Sie wurde getötet, indem man sie „in die Höhe warf und mitten in der Luft auf einem Bajonett aufspießte". Sie wurde „gefangengenommen" (McDonnell). Sie wurde „zurückgelassen" (ein gewisser Captain Newland). Sie wurde „herausgeholt und von unseren Maori getötet, weil sie nicht still sein wollte" (ein Siedler namens Livingstone). „Niemand hat den Vorschlag gemacht, sie ... zu töten" (Omahuru selbst, vierzig Jahre später). Was auch immer ihr an diesem Tag angetan wurde, sie verschwindet aus unserer Geschichte.

Alle schriftlichen Berichte weisen den Maori die Schuld an dem Mord oder an den Morden zu, obwohl man daran durchaus Zweifel haben kann. Es erscheint unwahrscheinlich, dass ein paar maorische Späher die Tat auf eigene Initiative oder ohne Zustimmung der auf ihrer Seite stehenden europäischen Offiziere begangen haben könnten. Von Tempsky war dabei und er tat nichts, um das Morden zu verhindern.

Wie auch immer Ngatau Omahuru selbst die Sache 40 Jahre später sah, in diesem Moment befand er sich in großer Gefahr. Wie alles andere ist auch Mord ansteckend. In einem Wald, bei Krieg, kann eine moralische Dunkelheit einsetzen. Das war an diesem Mittag vor der Krankenstation auf der Rodung bereits geschehen.

Doch der Junge hatte Glück. Pirimona war ein recht gewöhnlicher Typ. Als Späher hatte er das Kind aufgegriffen, ohne sich besonders dafür zu interessieren, was mit ihm geschehen würde, so, wie ein Polizist einen Ladendieb am Kragen packt. Doch als er die Rodung erreichte, übergab er den Jungen einem Mann namens Herewini, der ein ganz anderes Naturell besaß. Die mit den Kolonisten verbündeten Maori gehörten verschiedenen Stämmen an: Sowohl Pirimona als auch sein Freund Herewini waren Außenseiter aus einem kleinen, aber „mannhaften und kriegerischen" Stamm namens Ngati Te Upokoiri, der in Hawke's Bay ansässig war. Welcher Wind diese beiden jungen Männer in diesen fernen Feldzug getrieben hatte, ist unklar. Vielleicht ging es ihnen einfach um den Sold von drei Shilling und sechs Pence, die die Regierung sowohl maorischen als auch weißen Soldaten zahlte.

Jedenfalls vertraute Pirimona den Jungen Herewini an. Herewini war eine väterliche, man könnte sogar fast sagen, mütterliche Gestalt im Alter von 25 Jahren. Er und seine Frau liebten Kinder, doch es scheint, als seien sie selbst kinderlos gewesen. Herewini erkannte die Gefahr sofort, in der sich der Junge wie ein aus dem Nest gefallenes Vogelküken befand. Mindestens ein Kind war bereits ermordet worden, weil es den Fehler gemacht hatte zu weinen. Vielleicht beugte sich Herewini hinunter, griff den Neuankömmling bei beiden Armen und zischte ihm eine strenge Warnung zu.

„Sei mucksmäuschenstill."

Der Junge wurde starr wie ein Holzscheit. Oder, wie es eine in Christchurch erscheinende Zeitung mit einer gewissen unbekümmerten Brutalität formulierte: „Er war ein hübsches Kind, das nicht plärrte, und so wurde ihm nicht der Schädel eingeschlagen."

Dann schwand die Gefahr – jedenfalls einigermaßen. Die Armee zog weiter und teilte sich in drei ungefähr gleich große Teile auf. Die verbündeten Maori übernahmen die linke Flanke und gingen sofort in Deckung, sobald das vernichtende Gewehrfeuer aus dem Wald um sie herum losbrach. Im Verlaufe des Massakers, das die unsichtbaren Verteidiger anrichteten, erlitten sie kaum Verluste, marschierten, sobald der Rückzug angeordnet wurde, geordnet zurück, durchquerten den Wald, überquerten den Fluss, und trafen noch vor acht Uhr an diesem Abend im Lager ein.

Der kleine Gefangene Ngatau Omahuru verbrachte die Schlacht und den Rückzug auf Herewinis Rücken gebunden. Wurde er entführt? Oder dachte Herewini einfach, dass der Wald eine Todeszone war, dass der Junge, falls er ihn niedersetzte und alleine fortlaufen ließe, leicht von jemandem in mörderischer Geistesverfassung getötet werden könnte, oder völlig geistlos von einer Kugel?

Noch einmal wurde der Junge während der Schlacht gesichtet. Irgendwann im Verlauf des sechs Stunden dauernden Gefechts wurde er getauft.

Dieses überraschende Ereignis ging auf das Konto eines

Frere Jean Baptiste Hollande, eines französischen Priesters, der die britischen Streitkräfte oft während der kriegerischen Auseinandersetzungen in Taranaki begleitete. Berichten zufolge eilte er bei The Beak of the Bird durch das Gewehrfeuer und zwischen den Bäumen hin und her, mit „schwarzem Haar, blauen Augen, dynamischem Gang, in Gehrock und schwarzen Beinkleidern". Mehreren Männern gab er die letzte Ölung und tauchte aus dem Wald mit einem Hut voller Einschusslöcher auf. Später erklärte er dem Wanganui Evening Herald, er habe „den Jungen mit Taufwasser besprenkelt, damit er nicht als Hau-Hau stirbt, falls er getötet werden sollte".

Später sprossen um diesen Vorfall eigentümliche Ranken der Fantasie. In einer Version erzählte man, der Priester habe das Kind getauft und es sei daraufhin sofort von den *kupapa* mit der Begründung getötet worden, dass es nun ein Christ sei und in den Himmel komme, aber in ein paar Monaten – wer weiß – möglicherweise zu den Hauhau zurückkehren würde und seine Seele dann verloren wäre.

In einer zweiten war der Priester im Begriff, den Jungen zu taufen, als er merkte, dass er kein Wasser hatte. Er war in die Schlacht gezogen, um die Sterbenden zu segnen, aber für eine Taufe war er nicht ausgerüstet. Als Franzose jedoch hatte er selbstverständlich etwas Wein dabei. Er entkorkte die Flasche, sprach darüber ein Gebet, der Wein wurde zu Wasser, und er konnte mit dem Sakrament beginnen. Noch in den 1930er Jahren zirkulierten Berichte über dieses umgekehrte Wunder von Kana in frommen katholischen Zeitschriften.

Unmittelbar nördlich von der Rodung bei The Beak of the Bird fließt immer noch ein kleiner Bach zwischen den Bäumen hindurch, wo die Streitmacht den ersten tödlichen Kugelhagel erlebte. Als ich 1998 eines Nachmittags diesen Ort besuchte, ging ich durch den Busch zum Wasser. Der Bach war keine Handbreit tief und floss über braune Steine. Im Wasser lag eine leere Cola-Dose. Dort unten am Ufer stieg mir der scharfe Geruch von Waldfäulnis in die Nase. Ab und zu hörte man den Ruf eines Tui, immer dieselben sieben Töne, obwohl sich sein

Gesang von Region zu Region unterscheidet. Tuis gehören zu den wenigen Singvögeln der Welt, denen man nachsagt, unter akustischer Umweltverschmutzung zu leiden. Der Tui ist ein großer Imitator und man glaubt, dass sein Gesang über die Jahre vom Lärm der modernen Welt kontaminiert wurde – durch Autohupen, Sirenen, Lokomotivpfeifen, das Knallen von Gewehrschüssen, und so weiter. Zwischen den flötenähnlichen anderen klang einer der sieben Töne genau wie ein Korken, der aus einer Flasche gezogen wird. Und noch in anderer Hinsicht ist dieser Vogel einzigartig, wie ein Korrespondent der Zeitschrift Forest and Bird 1944 vermerkte: „Als sich unsere Familie vor 50 Jahren in einer stark bewaldeten Gegend niederließ, fiel uns regelmäßig auf, dass der Tui seinen Gesang jeden Monat wechselte oder variierte, und zwar ungefähr bei Neumond."

Der Tui, den ich hörte, irgendwo oberhalb des Baches, gab einen Gesang zum Besten, der in diesem dünnbestanden Hain seit 1868 1560 Variationen durchlaufen hatte – 130 Jahre lang 12 pro Jahr.

Die kleine Siedlung Mawhitiwhiti, aus der der entführte Junge stammte, liegt einige Meilen von The Beak of the Bird entfernt. Von Sandy und Lorna Parata wusste ich, dass ich dort eine ältere Dame namens Amiria Rangi finden könnte, seine nächste lebende Verwandte, die mehr als jeder andere über seine Geschichte wissen würde. Mawhitiwhiti zu finden war leicht, aber Tantchen Miri, wie sie von allen genannt wurde, zu fassen zu bekommen, war ein Problem. Sie ist inzwischen in ihren Siebzigern und Rentnerin und führt daher ein Leben von beispielloser Geschwindigkeit – mehrere Wochen lang hatte ich das Gefühl, ständig den Staubwolken hinterher zu starren, während Tantchen Miri über den Horizont verschwand, auf dem Weg zu Sitzungen und Beerdigungen und zu Symposien zu Maori-bezogenen Themen wie Gesundheit, Jugend, Rauchen, Kultur, Gesang, Museumspolitik und so weiter.

Als ich sie endlich am Telefon erwischen konnte, war sie recht reserviert. Was war doch gleich mein Anliegen? Warum?

Wer war ich noch einmal? Aber schließlich stimmte sie einem Treffen zu.

Mawhitiwhiti war nicht einmal ein Dorf, nur eine Reihe hölzerner Bungalows aus den 1950er Jahren neben der Einmündung einer Straße zwischen Weiden und Hecken und einem ländlichen Golfplatz. Eines der Häuser wurde von einer kleinen Armee aus Gipszwergen bewacht; einige waren angemalt und andere einfach weiß geblieben, wie Zwerge, die man nackt in der Öffentlichkeit ertappt hatte; dazwischen gab es auch Flamingos und Enten aus Gips sowie eine seltene Spezies – ein einzelnes weißes Gipshuhn.

„Mein Haus ist das mit den Gipsenten", sagte Miri am Telefon.

Wir trafen dort an einem Nachmittag ungefähr einen Monat nach meinem Besuch in Hawera ein. Ich fand das Haus mit den Gipsenten. Am Ende der Landstraße glänzte der Mount Taranaki erhaben in der Sonne. Miri Rangi war sehr klein, adrett, drollig, und bestand an diesem Tag ziemlich auf ihrer Würde. Sie trug große flauschige Pantoffeln und begegnete mir, wie ich spürte, mit einer leichten Feindseligkeit. Ich war froh, dass ich meinen Schwager dabei hatte.

Wir setzten uns in ein Wohnzimmer, das mit Schränkchen, Spiegeln, Topfpflanzen, Zierrat, Kissen und Vasen vollgestopft war. An einer Wand hing dort zwischen Dutzenden anderer Fotos, Porträts und Landschaftsgemälden auf Samt das inzwischen vertraute Foto des Jungen neben dem Tisch mit seinem spiralförmigen Standsockel.

Miri Rangi kannte seine Geschichte besser als jeder andere, von Anfang an. Wieso zum Beispiel spazierte er ausgerechnet an dem Tag, an dem man einen Angriff der *Pakeha* [der Weißen] erwartete, im Wald herum?

„Oh, er war ein *tutu*-Kind. Machte immer Unsinn, der Junge.

Er hatte *taringa maro* – harte Ohren, steife Ohren. Watte auf den Ohren, wie Sie sagen würden", fuhr sie fort.

„Nie gehorchte er, er dachte gar nicht daran. Hinewai, seine Mutter – die arme Hinewai, sie war hübsch, aber sie hatte Asthma. Sie war nie besonders gesund. Sie konnte diesen Jungen nicht bändigen. Und so war es auch an diesem Tag – er lief los... und er kam nie wieder zurück.

Niemand wusste, was ihm passiert war. Sie grübelten: ‚Wo ist Ngatau?‘ Sein älterer Bruder Ake Ake war ungefähr 18 Jahre alt. Der Kleine versuchte immer, ihm nachzulaufen, überallhin. Nach der Schlacht suchte Ake Ake den Busch nach ihm ab. Sie konnten keine Leiche finden, aber sie dachten: ‚Der Junge ist tot.‘"

Doch bevor sie mir all das erzählte – und noch eine ganze Menge anderer Dinge – trug sich etwas anderes zu. Die Atmosphäre war leicht angespannt. Bei vielen Gelegenheiten gehen Maori und Weiße unbeschwert und freundlich miteinander um, aber wenn an der Vergangenheit gerührt wird, verändert sich häufig die Atmosphäre. Sofort steht die Luft ein wenig unter Strom. Etwas muss ausgesprochen werden; etwas deutet an, dass ein Sturm heraufzieht.

Man erzählt von seltsamen Geschichten, die sich aus einer solchen Atmosphäre entwickeln. Bereits nach ein oder zwei Wochen in Taranaki hatte ich einige davon gehört. So beschloss beispielsweise in den 1970er Jahren ein älterer weißer Mann, der Sohn eines Mannes, der bei The Beak of the Bird gekämpft hatte, dass für ihn der Zeitpunkt für eine persönliche Aussöhnung mit seinen maorischen Nachbarn gekommen war, die er sein ganzes Leben aus der Ferne gesehen, aber nie kennengelernt hatte.

Seine Wahl fiel auf eine extrem alte Dame – 103 Jahre, um genau zu sein –, die als Säugling in The Beak gewesen war, als die Schlacht stattgefunden hatte. Er machte sich auf den Weg zu ihrem Haus irgendwo auf dem Flachland in Süd-Taranaki. Er klopfte an die Tür und man bat ihn einzutreten. Er erklärte ihr sein Anliegen und sie verstand es.

„Setzen Sie sich. Nehmen Sie etwas *kai* [Essen]", sagte sie.

Sie gab ihm etwas (ungesäuertes) Maori-Brot.

„Wenn wir dies zusammen essen, dann haben wir Frieden."

Nach ein paar Tagen beschloss er, sie noch einmal zu besuchen. Er fuhr durch den ganzen Bezirk zu ihr nach Hause. Er klopfte an die Tür.

Niemand antwortete. Er klopfte an ein Fenster. Er spähte in den Garten. Ganz plötzlich wirkte das Anwesen verwahrlost. Ein Nachbar, ebenfalls ein Maori, kam herüber und fragte ihn, was er wolle.

„Ich wollte die alte Dame besuchen."

„Oh, wir haben sie verloren."

„Verloren?"

„Ja, sie ist vor drei Monaten gestorben."

Nun gut... aber allein schon die Tatsache, dass eine solche Geschichte tatsächlich in Umlauf ist, sagt etwas über die Atmosphäre aus, die im nüchternen Sonnenlicht des bi-ethnischen und ländlichen Taranaki herrscht.

Die Spannungen bei meiner Zusammenkunft mit Miri Rangi waren weniger sensationell.

Wir saßen in Lehnstühlen in ihrem Wohnzimmer und ihre pantoffelbeschuhten Füße reichten fast bis zum Boden. Sie richtete sich auf und sagte entschieden:

„Wissen Sie... Ich wollte Ihnen eines sagen, bevor wir über irgendetwas anderes sprechen. Eines muss ich sagen: Mir gefällt gar nicht, was ihr Pakehas... getan habt."

Das kostete sie einige Anstrengung. Es lief ihrer instinktiven Gastfreundschaft zuwider (sie hatte eine unglaubliche Menge Tee und Kuchen für drei völlig Fremde vorbereitet). Aber sie sprach es aus, und dann herrschte Schweigen.

Was sollte ich darauf erwidern? Worauf hatte sie sich überhaupt bezogen? Was hatten wir getan? Es gibt eine ziemlich hohe Anzahl von Vergehen, die als Kandidaten in Frage kamen.

Vielleicht war es das Einfachste, an diese sonnenbeschienenen grünen Wiesen zu denken, die sich von Tante Miris Haus meilenweit in die Landschaft erstreckten. Sie waren ein Zeichen für ein großes Unrecht – ein gebrochenes Versprechen, einen gebrochenen Vertrag, über den 1847 (durch Gladstone) im Unterhaus gesagt wurde: „Was England angeht, so gibt es keinen Vertrag, der uns stärker bindet, als der von Waitangi."

Diese ganze Fläche Land, von Tante Miris Eingangstor bis hin zum Berg, war nur eine von vielen, die man sich unter

Bruch des Vertrages angeeignet hatte. Für die Besitzer war das natürlich ein enormer Verlust, aber auch für uns. „Tut das nicht", hatten einige Siedler eindringlich die Männer gebeten, die an der Macht waren. „Die Maori werden sagen, wir seien eine Nation von Lügnern".

Aber schließlich taten sie es doch, und der Preis war zu hoch. Manchmal ist nicht zu überhören, wie verarmt die Sprache, wie hölzern die Ausdrucksweise unter Neuseeländern ist – ganz anders, zum Beispiel, als bei den redseligen Australiern direkt auf der anderen Seite des Meeres. Wurde damit auf raffinierte Weise ein Urteil an uns vollzogen? Stehen uns deshalb nur seltsam gebrochene Worte zur Verfügung, eine Sprache rätselhafterweise wie aus zweiter Hand, weil wir unser Wort brachen?

„Nun", sagte ich nach einer zu langen Pause, „auch vielen von uns gefällt nicht, was wir getan haben." Miri Rangi erstarrte, so, als ob sie von dieser Einstellung unter Pakeha gehört habe und nicht daran glaube, aber andererseits noch nie gehört hatte, dass jemand ihr gegenüber diese Worte aussprach. Es war keine besonders großartige Bemerkung, keine üppige Entschuldigung, aber ich denke, dass sie mir glaubte.

Wie schon gesagt, es war nur ein leichtes Gewitter. Danach wurden wir Freunde.

3

Ein Gefangener vor der Linse

Die Nachricht von der kleinen Trophäe, einem Kriegsgefangenen im Kindesalter, beeindruckte die Öffentlichkeit nicht sonderlich. Eine Zeitung machte ihn zu einem Mädchen, eine andere erhöhte sein Alter auf zehn. Und die militärischen Informationen im Besitz des Sechsjährigen waren von nicht sehr hohem Wert. Allerdings hatte er seinen Befragern mitteilen können, dass zwei oder drei weiße Männer an der Seite Titokawarus kämpften und dass einer von ihnen kürzlich ermordet worden war.

Die Behörden hörten diese beiden Nachrichten gern. So manchem fiel es immer noch schwer zu glauben, dass die Maori die Engländer jemals auf sich allein gestellt hätten besiegen können. Es musste unter ihnen einfach ein böswilliges Genie geben, einen Verräter, einen abtrünnigen Iren oder Amerikaner, dessen Beteiligung dieses Phänomen erklären würde. Und wenn ein solcher Abtrünniger dann noch von seinen maorischen Freunden abgeschlachtet wurde, war das umso besser.

Omahuru erzählte seinen Befragern, dass Titokowaru am Morgen vor der erwarteten Schlacht die Frauen des *pa* gebeten hatte, einen *haka* für ihn zu tanzen – „eine Unterhaltung, auf die er versessen ist", schrieb The Taranaki Herald düster, obwohl die Zeitung erst 50 Jahre nach Waterloo nicht recht herausarbeiten konnte, wieso Tanz am Vorabend einer Schlacht tadelnswürdig sei.

Danach entgleitet der Junge dem Blick der Öffentlichkeit. Zwischen all den Bitten nach Pantoffeln für die Verwundeten, Portwein und Brandy, Krücken und Gehstöcken, die eilends von Patea nach Wanganui und in die Hauptstadt gesandt wurden, wird er nicht wieder erwähnt. Ebenso wenig erscheint er im offiziellen Abschlussbericht über die Katastrophe, die der

Minister für Eingeborenenfragen, ein Mann namens Richmond, für den Gouverneur verfasste. Richmond gehörte der neuen Generation von Männern an, die die Kolonie in den frühen 1860er Jahren in den Krieg geführt hatte.

Der unentschiedene Ausgang und die Brutalität des Krieges sowie schließlich die Katastrophe von The Beak of the Bird, all das hätte Richmond Anlass genug sein können, an der Klugheit seines Vorgehens zu zweifeln, aber einen derart drastischen Schritt zog er nicht in Betracht. Den Ernst der Lage jedoch konnte er in seinem Schreiben an den Gouverneur nicht schmälern:

„Eine katastrophalere Niederlage haben unsere Truppen in Neuseeland nie zuvor erlitten", kommentierte er die Schlacht. „Nach dem Verlust mehrerer Offiziere scheint es in der Nachhut zu einer völligen Auflösung von Ordnung und Befehlsgewalt gekommen zu sein – viele Männer warfen ihre Waffen und Ausrüstung fort und wir haben es nur dem Beistand unseres Kontingentes verbündeter Eingeborener zu verdanken, dass wir nicht noch massivere Verluste erleiden mussten. Es gibt nur allzu guten Grund für die Befürchtung, dass die Maoris anschließend barbarische Grausamkeiten an den Verwundeten verübten, unter denen sich auch ein Offizier befand, der ihnen lebend in die Hände fiel... Welche Verluste dem Feind zugefügt wurden, ist nicht genau bekannt."

Letztendlich unterließ es Richmond, den Mord an einem oder mehreren Kindern, die man auf der Lichtung gefunden hatte, zu erwähnen. Aber er zog es in Erwägung: In einem ersten Entwurf seines Berichts, der sich noch im Nationalarchiv befindet, schrieb er: „Mit Sicherheit weiß man nur, dass drei Männer und zwei Kinder getötet wurden."

Dann strich er die Worte: „und zwei Kinder".

Diese erste Fassung enthält zahlreiche Streichungen, einfache, mit schwarzer Tinte ausgeführte Federstriche. Aber über den Worten und zwei Kinder hielt Richmond inne. Seine Feder hing in der Luft; er grübelte, er überlegte. Dann, schließlich, tilgte er die Worte mit einer langen Reihe verketteter o, wie ein Kind den Rauch einer Dampflok kritzelt, oder wie die

Stimmen kleiner Geister in einem Comic gezeichnet werden.

Diese schwebende Ausradierung – OOOOO**OOOOO** – wird in ihrem Verlauf immer schwerer und dunkler, bis sie über dem dritten Wort zu einer dichten Masse schwarzer Ringe wird. Es handelt sich um den einzigen Hinweis einer Regierungsquelle darauf, dass die Kinder je existierten.

Während dieser Brief an den Gouverneur geschrieben wurde, befand sich das dritte Kind, der kleine Kriegsgefangene, sicher in den Händen von Mr. und Mrs. Herewini im Militärstützpunkt von Patea. Als sich das Eingeborenenkontingent zusammen mit anderen Truppenteilen und vielen Siedlern nach Westen zurückzog, nahmen sie ihn mit in die Stadt Wanganui.

Zu diesem Zeitpunkt verschwindet er aus dem Blickfeld in eine maorische Welt, in der er womöglich einfach hätte untertauchen können, wie eine an ihren Lebensraum perfekt angepasste Motte auf der Rinde eines Baumes. Viele Jahre später erklärte er selbst, dass er von mehreren Kindern wusste, die während der Kriege aufgegriffen und unter ähnlichen Umständen wie er verschleppt worden waren; vor ihrem neuen Hintergrund wurden sie unsichtbar und man hörte nie wieder von ihnen.

Auch Omahuru hätte es leicht so ergehen können. Doch eines Tages, bald nach seiner Ankunft in Wanganui, geriet er in den Blick der weit auseinander stehenden, leicht starrenden Augen des Amtsrichters Mr. Walter Buller.

Buller war ein seltsamer Mann, eine Art sackartiges viktorianisches Monstrum, doch obwohl er ein Monstrum war, so doch eher ein menschliches als ein unmenschliches. Er war gierig und großzügig, der weltlich eingestellte und ehrgeizige Sohn eines methodistischen Missionars, ein großer Naturkundler, dessen Jagdeifer zum Aussterben des seltensten und edelsten Vogels des Landes, des legendären Huia, beitrug.

Als erstes in den Kolonien geborenes Mitglied der Royal Society korrespondierte er mit Darwin und mit Lady Hyacinth Hooker aus Kew, mit Lord Kelvin, Sir John Lubbock, Lord Walsingham und Dr. Sclater; zugleich war er ein reueloser

Betrüger, der einmal eine „neue" Unterart des Weißwangenkauzes aus Staubwedelfedern bastelte und sie an einen der englischen Rothschilds zu verkaufen versuchte, der das Objekt entrüstet zurückwies.

In Wanganui begegneten ihm viele Siedler mit Ablehnung und Misstrauen, da sie ihn für „maoriphil" hielten. Diese Formulierung ging in dieselbe Richtung wie „Niggerfreund" in Amerika, war jedoch vielleicht weniger kraftvoll. Folgende berühmte Bemerkung wird Buller zugeschrieben: „Die Maori sterben aus und nichts kann sie retten. Als gute, mitfühlende Kolonisten haben wir die einfache Pflicht, ihnen ihr Sterbekissen zu glätten."

Ein Biograf, der Rückschau auf Bullers Werdegang hielt, kommentierte: „Weniger glättete er den Maori ihr Sterbekissen, als dass er es ihnen unter dem Kopf wegzog."

Buller war erst 31 Jahre alt, als er 1868 auf den jungen Ngatau Omahuru aufmerksam wurde. Er war verheiratet, hatte Kinder, war knapp bei Kasse und voller Ehrgeiz, gesellschaftlich aufzusteigen. Er stieg und stieg – auf dem Rücken seltener Vögel und mehr oder weniger ausgebeuteter Maori – und wurde zum Millionär, Magnaten und Freund des Königshauses. Eines Morgens begab er sich in Windsor Castle zum Frühstück bei einer kleinen, alten Dame, die schwarze Fäustlinge trug, den Tee einschenkte, kleine Scherze machte, kicherte, und ihn später am Tag als KCMG (Knight Commander of the Order of St. Michael and St. George) adelte. Es war die letzte Ritterwürde, die Victoria persönlich verlieh.

Als Buller einige Jahre später starb, geschah dies im Schatten der öffentlichen Aufmerksamkeit; bis zu einem gewissen Grad in Schande.

Ein allererstes Mal treffen wir ihn ein paar Jahre vor seiner Begegnung mit Omahuru während eines großen Landverkaufs am Ufer des Rangitikei River, 50 Meilen östlich von Wanganui. Diese Veranstaltung wurde von Sir Charles Dilke beschrieben, einem britischen Parlamentsabgeordneten, der Mitte der 1860er Jahre das gesamte Empire bereiste und darü ber ein Buch veröffentlichte: *„Greater Britain"* („Größeres Britannien"). Es lohnt sich, seine Darstellung des Landverkaufs ausführlich zu zitieren, denn die Ereignisse dieses Tages und die Personen, die daran beteiligt waren, sind alle für unsere Geschichte von Bedeutung. Außerdem wird darin die Idealvorstellung und offizielle Sicht der Kolonie ganz wunderbar heraufbeschworen: die beiden Bevölkerungsgruppen unter dem Union Jack vereint.

Der Ort, an dem der eigentliche Verkauf abgeschlossen wurde, hieß Parewanui. Heute sieht man dort flaches, recht eintöniges Weideland. Ohakea, der wichtigste Luftwaffenstützpunkt des Landes, liegt ganz in der Nähe. Jets donnern und blitzen durch den Himmel. Die Engländer, die dort an jenem Tag des Jahres 1866 in ihren schwarzen Anzügen und mit ihren Hauptbüchern unter dem Arm eintrafen, hatten das Gefühl, in eine Versammlung auf der Ebene vor Troja hineinspaziert zu sein.

Das Schauspiel beginnt mit einem maorischen Lied, mit dem die Frauen Dr. Featherstone, den gewählten Vorsitzenden des Rats ihrer Provinz begrüßten („Petatone" auf Maori, das über kein f oder andere Zischlaute verfügt), als er endlich mit dem Geld für den Abschluss des Verkaufs eintraf.

Hier ist Petatone
Am zehnten Dezember;
Die Sonne scheint und die Vögel singen;
Klar ist das Wasser in den Flüssen und Bächen;
Hell ist der Tag und hoch steht die Sonne am Himmel.
Es ist der zehnte Dezember,
Doch wo ist das Geld?
Drei Jahre wurde dieses Geschäft in vielen Debatten besprochen,
Und hier ist endlich Petatone!
Doch wo ist das Geld?

Am Tor stand eine Gruppe Maori-Frauen, die Sprechgesänge in lang gezogenen, hohen Tönen vortrugen und mit diesem

Lied einige Engländer empfingen, die in schnellem Tempo auf ihr Land fuhren.

Unser Pfad verlief durch einen mit neuseeländischem Flax bestandenen Sumpf. Riesige, schwertähnliche Blätter verdeckten fast den Blick auf die Palisaden der Maori. Links lag ein aus niedrigen Hütten bestehendes Dorf, das von einer doppelten Reihe hoher, mit groben Schnitzereien von Götter- und Menschenfiguren versehenen Pfosten umzäunt war. Rechts befanden sich Haine von Karaka-Bäumen, den Kindern des *Tane Mahuta*, den heiligen Bäumen Neuseelands. Einen starken Kontrast zu ihrer üppigen, ölig glänzenden Belaubung bildete eine weit ausgedehnte, hellgrüne Grasfläche mit weiteren Lagern und einem hohen Fahnenmast, an dem eine weiße Flagge und der Union Jack zum Zeichen britischer Herrschaft und des Friedens wehten.

Tausend Maori in Kilts wirkten mit ihren leuchtenden Schottenmustern und scharlachroten Stoffen wie Farbtupfer auf der grünen Landschaft. Von allen Seiten der Lichtung schallte der Willkommensruf der Maori zu uns hinüber. Wir befanden uns schließlich mitten in einer dichten Menge stämmiger Männer mit brauner Hautfarbe, die zumeist nicht viel dunkler als die Spanier waren, aber unter deren Reihen sich hier und da ein wollhaariger Neger befand.

Während man uns eilig durch sie hindurchführte, sahen wir, dass die Männer einen robusten Körperbau hatten, groß waren und kräftige Gliedmaßen besaßen. Sie begrüßten uns freundlich und schenkten uns so manches heitere, offene Lächeln, doch die Gesichter der älteren waren mit spiralförmig geschwungenen Linien grausig tätowiert. Die Häuptlinge trugen Kampfkeulen aus Jade und Knochen, die Frauen waren mit fremdartigen Verzierungen geschmückt.

Der Erwerb einer gewaltigen Landfläche – des Manawatu – war ein Vorhaben, auf das die Provinzregierung schon lange hingearbeitet hatte. Der Abschluss des Verkaufs hatte den Vorsitzenden des Provinzrates, Dr. Featherstone, und weniger illustre *pakeha* nach Parewanui geführt.

Es war nicht nur so, dass das Land für die Flut weißer Siedler benötigt wurde – der Ankauf durch die Regierung war auch das einzige Mittel, um Krieg zwischen den verschiedenen eingeborenen Parteien, die darauf Anspruch erhoben, zu verhindern.

Pakeha und Maori hatten sich auf einen Preis geeinigt; offen war noch die Frage, wie das Geld aufgeteilt werden sollte. Ein Stamm besaß das Land seit frühesten Zeiten, ein anderer hatte einige Quadratmeilen davon erobert, ein Häuptling eines dritten war auf dem Gelände gekocht und verspeist worden...

Die Ngati Apa waren gut bewaffnet; die Ngati Raukawa hatten ihre Gewehre; die der Wanganuis waren auf dem Weg. Dr. Featherstone würde ein Höchstmaß an Takt aufbringen müssen, um zu verhindern, dass ein Streit ausbrach, in den halb Neuseeland hineingezogen würde. Auf ein Zeichen des Provinzratsvorsitzenden hin gingen die Boten von einem Lager und *pa* zum anderen und riefen die Stämme zur Beratung.

Ihr Ruf erklang als lang gezogene Abfolge von Molltönen: eine traurige Kadenz, die in der Ferne zu einem glockenähnlichen Akkord verschmolz. Die Worte bedeuteten:

,Kommt hierher! Kommt hierher! Kommt! Kommt! Maori! Kommt!' – und es dauerte nicht lange, bis Männer, Frauen und Kinder von allen Seiten herbeiströmten, wobei die Männer zeremonielle Zepter in den Händen hielten und die Frauen das *Hei-tiki*, die Gottesfigur aus Jade, als Symbol des Adelsstandes um den Hals trugen.

Zusammen mit Mr. Buller, dem Amtsrichter aus Wanganui, setzten wir uns unter den Fahnenmast. Ein Häuptling begrüßte die Herbeikommenden, erwartete sie mit der Geste, die Homer Hektor [3] zuschreibt, und bat sie, in einem weiten Kreis um den Mast herum Platz zu nehmen.

Kaum saßen wir auf unseren Matten, als langsam und mit blitzenden Augen ein mit Federn und einem Kilt bekleideter Häuptling in die Mitte des Kreises lief, das perfekte Beispiel eines Wilden. Das war Hunia te Hakeke, der junge Häuptling der Ngati Apa.

Nachdem er sein Plaid abgeworfen hatte, begann er zu sprechen, wobei er mit leopardengleicher Geschmeidigkeit mal hierhin, mal dorthin schnellte und manches Mal hoch in die Luft sprang, um ein Wort zu betonen. So hitzig seine Gesten auch waren, seine Rede war versöhnlich und die maorische Sprache mit ihrem sanften, toskanischen Klang strömte ihm von den Lippen. Ringsum hörten wir zustimmendes Summen und Brummen.

Ihm folgte Karanama, ein kleiner Häuptling der Ngati Raukawa mit einem weißen Schnurrbart, der aussah wie ein greiser französischer Concierge ... und unter ausführlichem Einsatz seines Zepters einen Traum erzählte, der den Erfolg der Unterhändler prophezeite. Die Maori glauben, dass die Seher in ihren Träumen Sprechgesänge von Chören vieler Geistwesen hören. Wenn sie erwachen, enthüllen sie sie ihrem Volk; es wird allerdings angemerkt, dass die Vision in der Regel von Vorteil für den Stamm des Sehers ist.

Mr. Buller – ein großer Kenner der maorischen Sprache und einigen der anwesenden Häuptlinge freundschaftlich verbunden – dolmetschte für Dr. Featherstone, und wir durften uns so nah über ihn lehnen, dass wir jedes Wort, das gesprochen wurde, hören konnten.

Dilke beschreibt den Austausch ungestümer Schmähungen, den Applaus, die Dichtung. Er erwähnt die Existenz einer vierten Gruppe, die nicht anwesend und grundsätzlich gegen den Verkauf sei, von der man glaubt, sie sei bewaffnet und in der Nähe, angespornt von einigen mysteriösen „weißen Männern, die dem Verkauf nicht wohlwollend gegenüber stehen." Am nächsten Tag scheint Krieg zu drohen. Der Union Jack wird eingeholt, die englischen Offiziellen verlassen den Ort. Dann kühlen sich die Gemüter wieder ab, die Verkaufsverhandlungen gehen weiter und Dr. Featherstone – Petatone – kehrt zurück.

Am folgenden Tag fuhr Dr. Featherstone umringt von einer prächtigen Kavalkade der Maorikavallerie unter viel Geschrei und Gewehrschüssen in das Lager ein. Die Versammlung wurde rasch aufgelöst und die Häuptlinge zogen sich zurück, um sich auf den imposantesten Kriegstanz vorzubereiten, den man seit Jahren gesehen hatte. Angeführt wurden die Verbündeten von Hunia in der ganzen Pracht seines Kriegskleids. In seinem Haar trug er eine Reiherfeder, eine weitere war an der Mündung seines Karabiners befestigt. Seine Glieder waren unbedeckt, doch über seinen Schultern lag ein strahlend weißer Satinschal. Sein Kilt war aus dreifarbiger Seidengaze – rosa, smaragdgrün und kirschrot – und so gelegt, dass ebenso viel von der grünen Farbe wie von den anderen beiden Farben sichtbar war. Der Kontrast, der auf weißer Haut von greller Hässlichkeit gewesen wäre, wirkte perfekt vor dem Nussbraun von Hunias Brust und Beinen. Als er hinauslief, um sich vor seinem Stamm zu zeigen, war er der vollkommene Wilde.

Sobald die Herolde zurückgekehrt waren, fand eine Attacke statt: Die Krieger schritten gegenseitig durch ihre Reihen wie auf einer Bühne, doch unter fürchterlichem Gebrüll. Danach bildeten sie zwei Längsreihen, angeordnet in drei Kompanien, und tanzten den „Musketenübungskriegstanz" ganz wunderbar im Takt, von den Frauen geführt, die ihre Zungen herausstreckten und ihre langen, herabhängenden Brüste schüttelten.

Es fällt nicht schwer, das Verhalten von Lord Durhams Siedlern zu verstehen, die hier 1837 landeten. Die freundlichen Eingeborenen empfingen die Gruppe mit einem solchen Tanz, der die Einwanderer derartig beeindruckte, dass sie sofort Richtung Australien davon segelten, wo sie blieben.

Als wir am folgenden Tag Hunia aufsuchten, um ihm Lebewohl zu sagen, hielt er uns zwei Ansprachen, die es wert sind, als Beispiele der maorischen Redekunst aufgezeichnet zu werden. Durch Mr. Buller sagte er:

‚Gegrüßt seid ihr, unsere Gäste! Ihr wurdet Zeugen der Beilegung eines großen Streites – des größten der Neuzeit. Er war ein schwerwiegendes Ärgernis, ein massives Problem. Viele Pakeha haben versucht, es zu bereinigen – ohne Erfolg. Petatone blieb es vorbehalten, es zu beenden. Sollte Petatone mich in Zukunft brauchen, so werde ich für ihn da sein. Wenn er auf einen hohen Baum hinaufsteigt, so werde ich gemeinsam mit ihm hinaufsteigen. Wenn er hohe Klippen erklimmt, so werde ich sie neben ihm erklimmen. Wohin er führt, werde ich folgen. Dies sind die Worte Hunias.'

Auf diese Rede antwortete jemand aus unseren Reihen und erklärte unsere Position als Gäste aus England.

Dann begann Hunia erneut zu sprechen:

,Oh, meine Gäste, wenn ihr zu eurer großen Königin zurückkehrt, dann sagt ihr, dass wir wieder für sie kämpfen werden, wie wir schon früher für sie gekämpft haben. Sie ist unsere Königin ebenso wie eure Königin – die Königin der Maori und die Königin der Pakeha.

Als wir Petatone schrieben, baten wir ihn, er solle Pakeha aus England und aus Australien mitbringen – Pakeha aus allen Teilen des weiten Reiches der Königin. Pakeha, die heimkehren würden und ihrer Königin mitteilen, dass die Ngati Apa ihre Gefolgsleute sind.

Möge euer Herz unter uns bleiben, doch möget ihr wieder in eure englische Heimat zurückkehren und allen Leuten berichten, dass wir Petatones treue Untertanen sind, und die Untertanen der Königin. Genug gesagt.'

Hunia hielt Wort. Er wurde zu einem der großen *kupapa*-Häuptlinge. Ursprünglich bedeutete das Wort „diejenigen, die sich ducken" – z.B unter den Schlägen, die im Streit zwischen zwei Fremden fallen. Doch die *kupapa*-Stämme waren üblicherweise diejenigen, deren Glück (und Reichtum) sich durch ein aktives Bündnis mit den Weißen mehrte. Hunia war der Anführer der Ngati Apa, eines einst mächtigen, inzwischen heruntergekommenen Stammes. Der Minister für Eingeborenenangelegenheiten beschrieb ihn 1850 als „grobschlächtiges und unzivilisiertes Volk" von nur wenigen Hundert Menschen, doch durch ihr Bündnis mit den Weißen waren sie nun wieder reich und stark bewaffnet. Hunia war einer der Häuptlinge, die an der zwei Jahre nach der beschriebenen Szene stattfindenden Schlacht bei The Beak of the Bird beteiligt waren, und es waren zwei Männer unter seinem Kommando, Herewini und Pirimona, die den Jungen entführten. Und durch Hunia erfuhr auch der ihm „freundschaftlich verbundene" Amtsrichter Walter Buller von dem Kind, als es in Wanganui eintraf.

Beim Anblick des kleinen Gefangenen müssen sich Bullers Augen geweitet haben, wie die einer Katze beim Anblick eines Vogels. Naturkundler, Linguist, Regierungsvertreter – und vor allem Unternehmer, der er war, hatte er das Gespür eines Journalisten für eine Story. Hier war die Gelegenheit, mit wenig Aufwand etwas Geld zu verdienen.

Seit einigen Jahren betrieb er einen Handel mit Maori-Artefakten, tätowierten Häuptern, altehrwürdigen Jadestücken, Grünsteinkeulen und *heitiki* – fantastischen Anhängern oder Amuletten, die im Keim den ersten von Tane erschaffenen Menschen darstellten, zum Teil hunderte Jahre alt und gemäß der Überlieferung mit einer langen Ahnenreihe früherer Besitzer verbunden waren. Dieser Handel war einträglich und der junge Amtsrichter kam dadurch in Kontakt mit den Direktoren großer Museen und adliger Sammler im Ausland. Als er in den frühen 1870er nach England kam, fand er bei ihnen sofort Einlass. Er dinierte mit dem Duke of Newcastle – Seine Hoheit war „sehr liebenswürdig" – und soupierte mit Lord Kinnaid, der ihn auf seinen Landsitz mitnahm und ihm einen „schön tätowierten Kopf" zeigte, „der in der Eingangshalle ausgestellt war ... sehr hoch taxiert."

„Ihre Bitte um ein *heitiki* habe ich nicht vergessen", schrieb er aus Wanganui. „Seit meinem Eintreffen hier habe ich jeder alten Dame, die eines trägt, ,den Hof gemacht'".

Aber er wusste auch, dass man mit anderen Aspekten der Maori-Welt Profit machen konnte, insbesondere im florierenden Markt für Visitenkartenporträts, den steifen, kleinen Vorgängern der Postkarte, die erstmalig in den frühen 1860er Jahren auftauchten. Die beliebteste *carte-de-visite*, die in Neuseeland je hergestellt wurde, war ein Bild von von Tempsky, gefolgt von Bildern, auf denen Maori posierten.

In den 1860er Jahren war die Einstellung der Weißen zu den Maori recht konfus. Auf der einen Seite waren sie „Dämonen in Menschenform", „schweinische Nigger" und so weiter. Doch gleichzeitig sah man sie als „überlegene Menschenrasse, ein genaues Gegenstück zu den Engländern", „die edelste Menschenrasse der Welt – die Briten nicht ausgenommen" (so der Historiker Froude) oder schlicht die „Edle Rasse".

„Ich kenne ihre Namen nicht, aber ich habe sie aufgrund der großen Schönheit ihrer Antlitze usw. ausgewählt", schrieb ein Siedler, der einen Satz solcher Karten an seine Freunde in England schickte. „Unter den Männern gibt es ein paar edle Köpfe, die eines besseren Schicksals würdig wären, als ihnen zuteil wurde. Nichtsdestotrotz handelt es sich um schöne Beispiele der Edlen Rasse."

Auch wenn sich kein eindeutiger Beweis dafür findet, kann man mit großer Wahrscheinlichkeit davon ausgehen, dass es Buller war, der die Fotografie des Jungen in Auftrag gab. Es war überaus schlau, im hilflosen kleinen Ngatau Omahuru ein Geschäft zu wittern. Wanganui war überschwemmt von vertriebenen Menschen, Siedlern in Lumpen, deren Gehöfte in der Ferne brannten, Maori, die in die Stadt kamen, um den Gefechten zu entgehen, Söldnern, die ihre Uniformen loswerden wollten. Doch Buller griff vermutlich in die Tasche, kaufte dem Kind einen guten Anzug, ein neues weißes Hemd, hervorragende englische Halbstiefel; vielleicht kämmte er sogar selbst dem Jungen das Haar und zeigte ihm, wie er eine Hand in seine Hosentasche stecken sollte, wenn er vor der Kamera stand.

Der Auftraggeber des Fotos erkannte, dass man das Genre der Edlen Rasse an die veränderten Zeiten anpassen konnte. Auf der Rückseite der einzigen noch vorhandenen *carte* stehen folgende Worte:

Der Neffe Ti Kuwarus, eines Rebellen, der sagte, er habe das Fleisch des weißen Mannes gegessen und es schmackhaft gefunden. Beide Eltern dieses Jungen wurden erschossen und er wurde allein in einer Hütte gefunden. Man brachte ihn in die Stadt, schickte ihn zur Schule und nannte ihn William Fox.

Der Junge war nicht Titokowarus Neffe und seine Eltern hatte man nicht erschossen. Er war kein Waisenkind. Man hatte ihn nicht allein und verlassen in einer Hütte gefunden. Und Titokowaru selbst hatte vermutlich nie Menschenfleisch gegessen. Doch indem das Düstere an den Maori betont wurde, aus dem er aufgetaucht war, und indem man ihn in einer semi-klassischen, zivilisierten Welt mit guten Schuhen an den Füßen zeigte, konnte ein cleverer Bildgestalter in einer einzigen Aufnahme alle drei Komponenten – Wildheit, den potenziell edlen Charakter der Maori und die Güte des kolonialen Unterfangens – unterbringen.

Fotografen verlangten fünfzehn Schillinge für ein Dutzend Karten. Buller, dem es immer an Geld fehlte, konnte sie für je eine halbe Krone verkaufen, mit hundert Prozent Profit.

Vielleicht probte er zu diesem frühen Zeitpunkt ja auch unbewusst bereits für den Höhepunkt seiner Karriere, den er zwanzig Jahre später erleben sollte. Wir befinden uns nun in London, im Jahre 1886, auf der „Colonial and Indian Exhibition". Buller, der sich mit 49 Jahren zur Ruhe gesetzt hatte und durch den Handel mit Maori-Land sehr reich geworden war, war dort für den neuseeländischen Pavillion verantwortlich, für den er bei einem Künstler namens Lindauer 20 Gemälde von „Maoris in typischer Tracht" in Auftrag gegeben hatte.

Der folgende Bericht über das, was anschließend geschah, wurde einige Jahre nach seinem Tod im New Zealand Free Lance veröffentlicht.

Es gelang Sir Somers Vine, einem Freund Bullers, den Prinzen von Wales zur Besichtigung des neuseeländischen Platzes in der Ausstellung zu bewegen. Höflich, aber müde warf der Prinz einen kurzen Blick auf das Kauriharz, auf Wolle und Flax und wollte sich eigentlich schon verabschieden, als ihm ein Bild an der Wand auffiel, ein Gemälde Lindauers von einem hübschen Maori-Mädchen aus Hawke's Bay, das einen Klematiskranz achtlos über den Kopf geschlungen trug.

Der Prinz bat um einen Stuhl und schaute sich das Bild einige Minuten lang an.

Als er sich schließlich erhob, sagte er zu Sir Somers Vine und Dr. Buller:

‚Wissen Sie, das ist eines der schönsten Bilder, die ich je gesehen habe!'

Sobald der Prinz den Ort verlassen hatte, kam Sir Somers Vine eilig zurück und meinte: ‚Das ist jetzt Ihre Chance, Buller. Packen Sie das Bild sofort ein und schicken Sie es dem Prinzen von Wales mit der Bitte, es als ein Andenken an seinen Besuch mitzunehmen.' Gesagt, getan. Der Einsatz machte sich bereits am nächsten Tag bezahlt. In einer Aufstellung zusätzlicher Titel- und Ordensverleihungen anlässlich des Geburtstags der Monarchin wurde verkündet, dass Dr. Walter Buller zum KCMG erhoben worden war.

Wenige Tage später erschienen Buller und seine Frau im Frühstücksraum von Windsor Castle. Die Königin schenkte den Tee ein. Sie erzählte den Bullers eine lustige Geschichte: „Einer meiner Enkel schrieb mir vom College aus und bat mich, ihm ein Pfund zu leihen. Ich antwortete ihm, dass er über seine Verhältnisse gelebt habe und warten müsse, bis sein Taschengeld wieder fällig sei. Seine Antwort lautete folgendermaßen: ‚Macht nichts, Großmutter. Ich habe Ihren Brief für £ 3 an einen Freund verkauft, also bin ich jetzt wieder flüssig.'"

Die Königin kicherte.

Als sie sich zum Gehen erhoben, küsste sie Lady Buller auf beide Wangen.

„Ich war von ihrer mütterlichen Freundlichkeit ganz überwältigt und hätte die alte Dame gern kräftig umarmt", schrieb Lady Buller später.

Das lief selbst für Bullers Verhältnisse gar nicht schlecht – von der Herrscherin über ein Fünftel der Welt auf beide Wangen geküsst zu werden, und alles aufgrund eines Klematisbüschels im schwarzen Haar eines Maori-Mädchens.

Und es ist eine ausgesprochen bullereske Situation: Genau genommen handelte es sich bei dem Gemälde um Diebesgut. Gemäß seinem Auftrag hatte Buller nicht das Recht, Staatsbesitz an das erstbeste Mitglied der königlichen Familie zu verschenken, das zufällig vorbeischaute, und das auch noch zur Erhöhung seines persönlichen Ansehens. („Das ist jetzt

Ihre Chance, Buller!") Aber er scheint seine Spuren recht gut verwischt zu haben. Die übrigen Lindauer-Porträts wurden nach Neuseeland zurückgeschickt und die meisten sind nun im Museum von Wanganui ausgestellt. 1999 fragte ich die Kuratorin nach dem zwanzigsten Bild, dem Maori-Mädchen mit Klematis im Haar. Sie hatte nie davon gehört. Der Verantwortliche für die Gemäldesammlung der Königin jedoch bestätigte die Zeitungsgeschichte. Das Bild befindet sich noch in der königlichen Sammlung, wo es folgendermaßen beschrieben wird:

„Terewai Horomona. Halbkörper-Porträt eines jungen Maori-Mädchens; sie schaut nach vorn und hält ihre Hände zum Tanz erhoben; von ihrer linken Hand hängt ein langer Poi herab: langes, dunkles Haar, auf dem ein Kranz aus weißer Klematis

liegt; weiße Bluse und dunkler Faltenrock; Landschaft im Hintergrund BP 2323 406702. "

Terewai Horomona wusste selbstverständlich ebenso wenig von einem KCMG und einem Frühstück in Windsor wie 20 Jahre zuvor der junge Ngatau Omahuru von dem hundertprozentigen Profit wusste, der im Visitenkartenporträt-Geschäft erzielt werden konnte. Und wahrscheinlich wäre es ihr so oder so auch egal gewesen. Ihr Porträt sollte Auswirkungen auf die Leben anderer haben, insbesondere auf Bullers, aber nicht auf ihr eigenes. Sie verlässt diese Geschichte, das Bild verschwindet in der Königlichen Sammlung. Aber für den fünfjährigen Omahuru lag der Fall anders: Sein Foto sollte sein Leben verändern. Es sollte die Aufmerksamkeit auf ihn bei einer Reihe von interessierten Parteien wecken, Maori ebenso wie Pakeha, in der am Fluss gelegenen Stadt Wanganui und ihrer Umgebung, wo der Krieg näher rückte.

Da ist er also endlich, der Junge aus der Dunkelheit des Waldes, hier vor der Kamera, und schaut den Fotografen beklommen an. Neben Leid verdüstert vielleicht ein Anflug von Ärger seine Miene. Man sieht das häufig bei Maori-Kindern, die sich ihrer Rechte stärker bewusst zu sein scheinen als andere Kleinkinder. Er fürchtet sich, aber er missbilligt auch das Vorgehen. Er mag den Mann, der so wichtigtuerisch unter einem schwarzen Tuch abgetaucht ist und seinen eigenen Kopf verschwinden ließ, nicht.

Anfänglich, als ich feststellte, dass man das Foto in ein paar Büchern reproduziert hatte, schienen die Bildunterschriften darauf hinzudeuten, dass es aufgenommen wurde, nachdem der Junge von Sir William Fox adoptiert wurde. Bis dahin hätte er sich ein wenig an die Sitten der privilegierten Pakeha-Gesellschaft in ihren großen Holzhäusern entlang von The Terrace oder hinter dem Parlamentsgebäude in Wellington gewöhnt gehabt.

Tatsächlich zeigt es ihn an seinem ersten Tag, vielleicht seiner ersten Stunde, außerhalb der Welt der Maori. Es ist möglich, dass er am selben Morgen im Studio war wie „die Helden von Te Ngutu", die Überlebenden und Verwundeten, die man nach der Schlacht bei The Beak of the Bird nach Wanganui transportiert hatte. Der Tisch mit dem gedrechselten Tischbein, auf dem seine Hand liegt, erscheint auch in ihren Porträts, fast verdeckt von Hosenbeinen, Krücken und Gehstöcken. Die Veteranen strecken der Kamera ihre Bärte herausfordernd entgegen.

Der Junge ist verloren. Er ist völlig von Pakeha umringt, von den Fremden, von denen er sein ganzes Leben schon gehört hat, und man hat ihn vor diese Maschine mit ihrem Bediener und ihrem schwarzen, undurchdringlichen Auge gestellt. Vor der Maschine der Pakeha, deren Zweck er wohl nur vage hat verstehen können, wirkt Omahuru ernst und böse, aber auch ziemlich verloren, wie ein Kind, das in einen Brunnen gefallen ist – nicht nur jetzt allein, sondern vielleicht auch allein für immer.

4

Fingerabdrücke auf der Trophäe

Aber am Ende war es dann doch nicht ganz so schlimm. Als der Fotograf mit seiner Arbeit fertig war, kam Buller, der selbst bei der Aufnahme nicht anwesend war, vermutlich zurück und holte Omahuru wieder ab. Vielleicht nahm er den Jungen auf ihrem Weg durch die Stadt an die Hand und sprach Maori mit ihm, eine ordentliche Sprache ohne all diese Zischlaute, die er von allen Seiten hörte. Sie kamen zu Bullers Haus. Später sollte sich Omahuru erinnern, dass es drinnen warm und hübsch war, wenn es auch für seine Nase seltsam gerochen haben muss, so als ob Essen und Sonnenlicht bei diesem Stamm unterschiedlichen Verbindungen angehörten. Omahuru hatte nie zuvor auf einem Teppich gestanden.

Mrs. Buller nahm ihn in den Arm und brachte ihn dann in ein anderes Zimmer, wo ein Feuer in einem eisernen Schrank brannte, und gab ihm eine Flüssigkeit zu trinken, die zischte und prickelte, weil sie versuchte, mit ihm zu sprechen. Buller und Mrs. Buller schauten zu, wie er der sprechenden Flüssigkeit lauschte, und aus irgendeinem Grund mussten sie über ihn lächeln.

Dann ging Buller mit ihm hinter das Haus und zeigte ihm einige Käfige, in denen er Vögel hielt – eine schläfrige Eule, mehrere wilde Tui, eine piratenhafte *Weka* (eine heimische Waldralle), die die Umgrenzung ihres Zwingers abschritt.

In einer leeren Box im Pferdestall versteckten sich im Stroh drei oder vier Kiwis. Wie kleine Schweinchen lagen sie zusammengerollt übereinander. Buller holte einen Stock und stieß damit nach ihnen. Sie gaben ein knurrendes Glucksen von sich und strampelten sich vom Stock los. Jeder einzelne von ihnen versuchte, den dunkelsten Ort ihres Gefängnisses zu finden.

Abseits von den anderen gab es einen Käfig mit einem *mokai*, einem alten, weisen, zahmen Tui, der das Sprechen gelernt hatte. Sobald Buller etwas sagte, unterbrach ihn der Tui und intonierte das immergleiche Wort: „*Tito… tito*" – „Lügner… Lügner".

Buller musste brüllen vor Lachen und plötzlich brach auch Omahuru in Gelächter aus; er lachte zum ersten Mal seit Wochen.

Dann kam Herewini vorbei und nahm Omahuru wieder mit zum Lager in der Nähe des Flusssandes, wo einige der *kupapa* wohnten. Als sie ihn im Glanz seiner neuen Garderobe sah, schlug sich Mrs. Herewini vor Erstaunen mit der Hand auf die Wange. Sie sorgte dafür, dass er seine neuen Kleider auszog, und legte sie vorsichtig in eine flache Kiste. Wieder in seinem üblichen Aufzug, in einem schmuddeligen Baumwollhemd und weiten Hosen, rannte er barfuß los, um im Schlamm mit ein paar anderen *kupapa*-Kindern zu spielen, mit denen er sich angefreundet hatte. Und dort, wie eine Motte auf der Baumrinde, wurde er wieder für die Außenwelt unsichtbar.

Das war im Oktober. Wie genau und weshalb Ngatau Omahuru bis zum darauf folgenden Januar zu Master William Fox wurde, das nach ihm benannte Patenkind des mächtigsten Mannes im Lande, lässt sich nicht leicht beantworten. Die näheren Umstände, wie ein Historiker unter solchen Umständen sagen würde, sind unklar. Ein Problem für jeden Forscher auf diesem Gebiet der Beziehungen zwischen Maori und Weißen ist die außerordentliche Anzahl von Bränden, die durch das Land fegten. Das aus Holz errichtete Neuseeland der Kolonialzeit scheint sich in einem halb-permanenten Zustand der Feuersbrunst befunden zu haben. Erst 1907 fand der für unser Anliegen verheerendste Brand statt, als das Parlament und ein Großteil des Nationalarchivs, darunter die meisten Akten der Behörde für Eingeborenenangelegenheiten, die Licht auf Lebenswege wie denjenigen Ngatau Omahurus geworfen hätten, in Flammen aufgingen. Immer wieder lodert dieser Großbrand zwischen uns und unserer Jagdbeute auf, dem jungen Omahuru/Fox– manchmal zeigen sich seine Konturen, dann wieder verschwindet er in den Flammen wie ein kleines Irrlicht, dem wir nachlaufen.

Zu den wenigen Dokumenten der Behörde für Eingeborenenangelegenheiten, die erhalten blieben, gehörten die Briefbücher, in denen eine Kopie aller ausgehenden Korrespondenz angefertigt wurde. Ein Briefbuch ist, wie so vieles in Archiven, ein tristes und enttäuschendes Objekt. Wir sehen seinen abgewetzten Ledereinband und unsere Hoffnung steigt. Dann öffnen wir seine Seiten: Die Handschrift ist nicht zu entziffern, das Papier ist außerordentlich dünn und saugfähig, jeder Federstrich ist inzwischen pelzig verwaschen; überall, wo die Spitze der Feder innehielt, um einen Punkt zu setzen oder die Eintönigkeit eines Büronachmittags zu unterstreichen, wurde diese Pause mit den Jahren zu einem dicken Fleck. Hunderte solcher sepiafarbener Flecken, alle durch die Korrespondenz mehrerer Tage hindurch sichtbar, sind wie zwergenhafte braune Sterne auf der Fotoplatte eines Spektrografen über die transparenten Seiten verteilt. Zudem sind Akten, die ausschließlich aus ausgehender Korrespondenz bestehen, zwangsläufig verrätselt. Man sieht nur die eine Seite der Medaille. Mysteriöse Themen werden angesprochen, brüsk abgehandelt und ohne Lösung fallengelassen.

Und dennoch, eines Nachmittags mitten in diesem wurmzerfressenen Universum voller Rätsel blättern wir eine Seite um und sehen ein vollkommen lesbares Dokument, so schön wie ein blauweißer Planet, das für unsere Suche relevant ist und keiner weiteren Erklärungen bedarf.

Hier ist zum Beispiel die Kopie eines Briefes, den der Sekretär des Ministers für Eingeborenenangelegenheiten, Mr. Richmond, an den Oppositionsführer Mr. Fox verfasste. Die beiden Männer mochten einander nicht und lösten einander von Zeit zu Zeit in den verschiedenen Ministerien ab. Ihre Korrespondenz ist daher extrem höflich und dieser Brief beginnt damit, die Mitteilung von Mr. Fox, auf die er sich bezieht, sorgfältig zu wiederholen.

Sir,

hiermit bestätige ich den Erhalt Ihres Briefes vom 22. dieses Monats an Mr. Richmond, in dem Sie sich auf einen Knaben beziehen, der von zwei Angehörigen des Ngati-Upokoiri-Stammes gefangen genommen wurde und in Bezug auf den die Ngati-Raukawa-Hauhaus die Absicht zum Ausdruck gebracht hatten, ihn notfalls gewaltsam zurückzuholen. Sie erklären, dass Sie zur Verhinderung eines zu erwartenden Konflikts vorgeschlagen hatten, dass das Kind der Regierung übergeben werden sollte, und dass dieser Vorschlag die Zustimmung beider Parteien gefunden habe, mit der Einschränkung seitens der Entführer, dass er ihnen nach Abschluss seiner Ausbildung wieder überstellt werden sollte.

Die Regierung ist gerne bereit, Mittel für den Unterhalt und die Ausbildung des Jungen in Wellington bereitzustellen, aber ein Versprechen, ihn wieder seinen Entführern zu übergeben, ließe sich wahrscheinlich nicht erfüllen, da die Entscheidung über seinen Aufenthalt nach Abschluss seiner Ausbildung bei ihm selbst liegen wird.

Es wäre wahrscheinlich besser, ihn so bald wie möglich hierher zu schicken, ohne, soweit dies möglich ist, irgendeine Verpflichtung hinsichtlich seines zukünftigen Schicksals einzugehen, und es der Zeit zu überlassen, gegenwärtig bestehende Schwierigkeiten auszuräumen.

Bitte seien Sie so freundlich, den Knaben mit Cobb's Kutschendienst in die Stadt zu schicken und dem Kustos der Maori-Herberge zu überhändigen, den wir anweisen werden, für ihn die Verantwortung zu übernehmen.

Und im Wanganui Evening Herald erschien drei Wochen später folgender Bericht:

Man wird sich daran erinnern, dass ein kleiner Junge zu Beginn des Angriffs auf Te Ruaruru [die Lichtung ausserhalb von The Beak of the Bird] in einem *whare* [Haus], das den Vorposten des Feindes darstellte, gefangen genommen wurde. Reverend B. Tayler hielt es für notwendig, ihn einer feierlichen Taufe zu unterziehen (natürlich denken alle treuen Anhänger der Kirche ebenso), bevor er wie andere Eingeborene in Putiki im christlichen Glauben erzogen werden könne, und so wurden die Vorbereitungen für den Empfang des Sakraments mit aller gebotenen Eile und entsprechend der durch so außergewöhnliche Umstände bedingten Bedeutung des Ereignisses getroffen.

Der Dienstag war der vereinbarte Tag und zu der verabredeten Stunde waren Wohlgeboren Wm. Fox MHR [Member of the House of Representatives – Mitglied des Abgeordnetenhauses], Aperhama Puke und Wikitoria Tumua anwesend. Der Junge wurde getauft, in die Glaubensgemeinschaft aufgenommen und erhielt den Namen William Fox nach einem seiner Paten.

Diese Angelegenheit wirft eine sehr bedeutende rechtliche Frage auf. Der kleine Fox wurde zum Zeitpunkt seiner Gefangennahme von Pater Rolang [sic] mit Taufwasser besprengt, damit er, wie uns dieser ehrenwerte Kleriker persönlich versicherte, im Falle seiner Tötung nicht als Hauhau sterben sollte. Durch diesen Akt wurde er in die römisch-katholische Kirche aufgenommen und wird der kirchlichen Norm gemäß darin verbleiben, bis er sie auf eigenen Wunsch verlässt.

Sollte man diesem heldenhaften Mann angesichts der Gefahr, der er trotzte, nicht lieber erlauben, seinen kleinen Konvertiten in seiner eigenen Kirche zu behalten?

Also war alles ganz einfach. Zu diesem Zeitpunkt wütete der Krieg westlich von Wanganui und man befürchtete, dass jeder kleine Funke den Konflikt auch nach Osten tragen könnte, in die besiedelten Bezirke von Rangitikei und Manawatu. In diesem Bezirk lebte ein Stamm namens Ngati Raukawa, dem wir bereits während des zuvor beschriebenen Landverkaufs begegneten. Ein Teil dieser Raukawa waren Hauhau, sie waren auf die Existenz des Jungen aufmerksam geworden – möglicherweise durch sein Foto –und hatten beschlossen, ihn im Namen ihrer Glaubensbrüder wieder zurückzuholen. Der Junge war der Funke, der einen Krieg 50 Meilen östlich von hier entzünden konnte.

Indem sie dem Vorschlag zustimmten, ihn der Regierung zu überlassen, konnten beide Maori-Gruppierungen ihr Gesicht wahren und einen gewaltsamen Konflikt vermeiden. Um die Übereinkunft zu besiegeln und unabänderlich zu machen, ließ William Fox den Jungen taufen und gab ihm seinen eigenen Namen. Dann sollte das Kind in die Hauptstadt verschwinden, weit weg von den Unruhen.

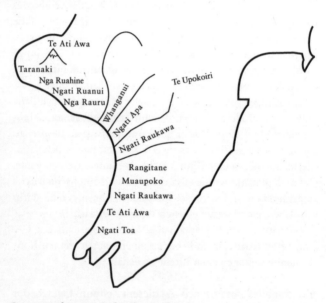

Stammesgebiete im Süden der Nordinsel.
Sämtliche Namen sind Stammesnamen, keine Ortsnamen

Es ist alles sehr stimmig und einleuchtend. Doch es gibt eine Schwierigkeit: Man darf der Geschichte keinen Glauben schenken. Denn William Fox, M.A. (Oxon.) [Master of Arts, Universität Oxford], Barrister der Honourable Society of Inner Temple (einer der vier englischen Anwaltskammern), fünfmaliger Premierminister der Kolonie, Gutsbesitzer, Künstler und Abstinenzler, war auch ein Lügner. Er log wiederholt im Laufe seiner Karriere. In diesem Falle belog er nur Richmond und

Herewini und sorgte dafür, dass einige falsche Angaben auf dem Taufschein des Jungen eingefügt wurden.

Zwei Tage nach der Taufzeremonie schrieb Fox, der sich inzwischen wieder in Westoe [4], seinem 40 Meilen östlich von Wanganui gelegenen Landhaus aufhielt, folgende Nachricht:

> Mein lieber Buller,
> bei meiner Rückkehr erfuhr ich, dass Herewini mit einem Gewehr über der Schulter hier war, um unseren Gefangenen zurückzuerobern. Niemand konnte verstehen, was er sagte, außer, dass er einen *pukapuka* [Brief] an dich gerichtet haben wollte, damit du ihn herausgibst. Das ist vielleicht ein Hinweis darauf, dass er ihn in Wanganui suchen wird, deshalb sage ich dir hiermit Bescheid...

Daraus wird eines klar – Herewini war nicht damit einverstanden, den Jungen zu übergeben. Das Kind war nun, in Fox' eigenen Worten, „unser Gefangener". Die Gestalt von Herewinis, die mit einem Gewehr über der Schulter in Westoe herumstreift, entlarvt Mr. Fox so deutlich als Lügner, wie sich ein Schatten vor einem gerade aufgegangenen Mond abzeichnet.

Möglicherweise wird man nie genau wissen, unter welchen Umständen die zweite Entführung vor sich ging, aber um ihren Hintergrund besser zu verstehen und zumindest das Ausmaß von Fox' Betrug in diesem Fall zu ermessen, ist es nötig, dass wir uns wieder den Monaten Oktober und November des Jahres 1868 zuwenden, den harten Frühsommermonaten, in denen der Krieg den Außenbezirken Wanganuis immer näher rückte. Nach der Schlacht bei The Beak of the Bird verschlechterte sich die Situation der Kolonisten zunehmend. Über eine Strecke von hundert Meilen im Westen von Wanganui waren die Streitkräfte Titokowarus im Vormarsch begriffen. Überall brannten die Häuser und Gehöfte. Fast alle Siedler waren geflohen. Ein Drittel der in diesem Bezirk ansässigen Maori hatte sich den Aufständischen angeschlossen, andere zogen sich in die Wälder zurück oder kamen in die Stadt. Nur die Alten, die Dickköpfigen und die realitätsfernsten Optimisten blieben daheim.

Im frühen November kam es zu einer zweiten großen Schlacht zwischen den Kolonialtruppen und den Aufständischen, die ebenfalls mit einem Sieg der Maori endete. Schlimmer noch, ein Streit um die Befehlskette hatte zur Folge gehabt, dass sich die meisten verbündeten *kupapa*-Maori geweigert hatten, an der Schlacht teilzunehmen.

Titokowaru kam immer näher, überquerte den Kai Iwi River und steckte fünf Meilen von Wanganui entfernt Häuser in Brand.

Eines Nachts hörte Captain Dawson von der in Wanganui stationierten Kavallerie auf seiner Patrouille am Stadtrand „einen grauenvollen Schrei, der langsam in der Ferne abklang. Es war beinahe windstill. Eine solche Luft gab es nur selten – es war ein Hauhau-Schrei der teuflischsten Art."

Er löste den Alarm aus. Männer, Frauen und Kinder rannten in ihren Nachtgewändern durch die Straßen Wanganuis, um hinter den Palisaden der Armee Schutz zu suchen. Der Feind jedoch ließ sich nicht sehen und am nächsten Morgen deutete nichts auf seinen Aufenthaltsort hin.

Eines Tages zog Pater Jean-Baptiste Rolland über das riesige Niemandsland, um die Mitglieder seiner Gemeinde auf der anderen Seite des Kriegsgebiets zu besuchen. Er war allein und führte nur sein Brevier und von Tempskys Peitsche mit, den einzigen Besitz, der ihm etwas bedeutete. Er ritt meilenweit und sah keine einzige Menschenseele. An einer Stelle in der Nähe des Waingongoro River glaubte er „einen Schrei" zu hören, „der wie der einer Maori-Frau klang", aber dann schloss er, dass es nur das Kreischen einer Möwe gewesen sein, die ihre Kreise über dem Landesinneren zog.

Wenn der Feind vor den Toren steht, aber sie nicht wirklich durchschreitet, dann geht das Leben oft seinen gewöhnlichen Gang. Buller war in seinem Gericht beschäftigt. Dort stand eine Entschädigungsklage an, weil eine Lieferung Mehl „stark nach Kerosin schmeckte". Kate Hickey, „dem Gericht wohlbekannt", wurde von Mr. Trimble beschuldigt, ein Taschentuch gestohlen zu haben. James Nixon, Dienstbote, wurde „für die allerschändlichste Ausdrucksweise" zur Zahlung von fünf Shilling verurteilt; William Alfrey stand als Irrer vor dem Richter. J. Griffith und jemand, der nur als Pompey bekannt ist, wurden für Trunkenheit und Schlägerei zu zehn Shilling verurteilt, angezeigt hatte sie Constable Coakley.

„Es ist ein hübscher, kleiner Ort, aber die Leute sind... verabscheuenswert", schrieb ein gewisser Colonel Lyon, ein Neuankömmling. Er hatte nur einen Arm und seine Frau war weit weg und hartherzig. „Ich bin halb wahnsinnig, nur ein Brief in fünf Wochen", schrieb er. „Nennst du das liebevoll? Ich werde von grässlichen Gedanken gequält. Ich habe eine winzige Zeichnung gemacht, die deinen Beinen sehr ähnlich sieht. Ist es nicht unanständig von mir, dass ich darauf gekommen bin, sie zu zeichnen? Aber ich denke Tag und Nacht so oft an dich, dass ich bestimmt verrückt bin... Wusstest du, dass es in der Bibel zwei genau gleiche Kapitel gibt, das eine bei den Königen, das andere bei Jesaja?"

Wanganuis Pferderennen fanden planmäßig statt, aber es kamen nur wenige Zuschauer. Titokowaru, der Favorit auf der Strecke über anderthalb Meilen, der von seinem Besitzer Mr. J. Day geritten wurde, siegte mit Leichtigkeit.

Die Lokalpresse vernachlässigte die große weite Welt nicht. Sie zitierte aus der Rede, die der Earl of Dudley in London anlässlich des Begräbnisses eines gewissen Barons des Schatzamtes hielt: „Er war ein guter Mann, ein ausgezeichneter Mann. Seine zerlassene Butter war die beste, die ich in meinem ganzen Leben gekostet habe."

In einer Zeitung wurde ein wehmütiger Brief abgedruckt, der das grausige Wesen moderner Waffen beklagte. „Bald", so legte sein Autor nahe, „wird es niemanden mehr geben, den man töten könnte. Werden wir gezwungen sein, einander zu lieben?"

Zwei schlafende Siedler wurden von einem Kriegstrupp ein paar Meilen außerhalb der Stadt überrascht und sollten gerade niedergemetzelt werden, als ein junges Mädchen aus ihrem

Bezirk in Tränen ausbrach. Die Henker wandten sich ihr zu.

„Was hast du denn nur?"

„Oh", sagte sie und jammerte noch lauter als zuvor, „ihr wollt unsere Pakeha mit nach Okotuku nehmen und sie töten!"

„Woraufhin", berichtete der Wanganui Evening Herald, „die Hauhaus nachgaben."

Währenddessen braute sich in der Stadt etwas Unschönes zusammen. Zwischen den Weißen und ihren verbündeten Maori, den *kupapa*, wuchs die gegenseitige Ablehnung. Ein Mann trägt eindeutig die Schuld daran, ein gewisser John Ballance, der Redakteur des Evening Herald. In unserer Geschichte erscheint Ballance, ein Ire aus Ulster in seinen späten Zwanzigern, ein erstes Mal beim bereits beschriebenen großen Landverkauf in Parewanui, als Dr. Featherstone mit 25000 £ in Gold in einer hölzernen Truhe auf dem Boden der Kutsche vorfuhr.

In seinem Kielwasser, wie ein Möwenschwarm hinter einer Müllschute, war eine Reihe von Geschäftsleuten aus Wanganui, die darauf brannten, die plötzlich reich gewordenen Maori um ihr Geld zu erleichtern. Ballance war zu diesem Zeitpunkt im Juwelengeschäft tätig und er hatte seine Taschen mit goldenen Uhren und anderen Schmuckstücken bepackt. Die Maorihäuptlinge, denen er sich näherte, betrachteten ihn misstrauisch. Da war etwas an diesem kleinen Mann mit seinem feinen Schnurrbart und seiner streitlustigen Unterlippe, dem sie nicht ganz trauten. Sie baten Buller um Rat. Waren diese goldenen Uhren und Ketten von guter Qualität?

Buller – auch er selbstverständlich ein Betrüger, aber ein subtiler, und sich seiner Stellung als Amtsrichter bewusst – lehnte es ab, sich zu den Waren zu äußern. Die Häuptlinge schickten Ballance daher fort. Wutschnaubend ritt er durch den goldenen Nachmittag davon. Er verzieh Buller nie, und was er von den *kupapa*-Häuptlingen hielt, die ihn elegant fortgewinkt hatten, war nicht druckreif.

Nur dass Ballance, der den entrüsteten Blick eines Ochsenfrosches hatte, schließlich seine eigene Abendzeitung besaß und es eines Tages doch druckte.

Der resolut auftretende und ungebildete Ballance zählte zu den Kolonisten, die sich mit dem vollständigen Titel von Darwins Werk vertraut gemacht hatten: „On the Origin of Species by means of Natural Selection, or the Preservation of Favoured Races in the Struggle for Life" („Über die Entstehung der Arten im Thier- und Pflanzenreich durch natürliche Züchtung, oder Erhaltung der vervollkommneten Rassen im Kampfe um's Daseyn" (Übersetzung Dr. Heinrich Georg Bronn, E. Schweizerbart'sche Verlagsbuchhandlung, Stuttgart 1860)). Bei einer öffentlichen Versammlung, die in Wanganui zur Besprechung des Krieges abgehalten wurde, sprang er auf. Einem Bericht zufolge rief er: „Die Maori müssen lernen, dass sie es mit einer überlegenen Rasse zu tun haben!"

Zu diesem Zeitpunkt verspritzte er den Großteil seines Giftes allerdings nicht in Richtung des im Westen plündernd umherziehenden Titokowaru, sondern gegen die *kupapa*-Verbündeten in der Stadt. Ballance konnte die Tatsache nicht ertragen, dass die Sicherheit von Wanganuis weißer Bevölkerung – Briten! – von einer minderwertigen Rasse abhängen sollten.

„McAuleys Traum, in dem der Maori auf einem zerbrochenen Bogen der London Bridge sitzt und der uns die Ruinen von St. Paul's vor Augen führt, könnte nur zu leicht wahr werden", prophezeite der Evening Herald. „Wir sind kein Organ der *kupapa*. Wir werden von unseren eigenen Landsleuten gelesen." Als sich jedoch andererseits einige der verbündeten Maori weigerten, in der kürzlich ausgefochtenen Schlacht bei Moturoa zu kämpfen, nannte sie der Herald „Feiglinge oder Verräter", deren Verhalten „schändlich" sei. Ganz außer sich war der Herald, dessen Redakteur persönlich in einem städtischen Kavalleriekorps mit ritt, als eine Kavallerieeinheit aus Maori aufgestellt wurde: „Eine zusammengewürfelte Truppe von Maori in vorschriftsmäßigen Feldmützen ... einige in Stiefeln, manche in Schuhen und andere in ihrer natürlicheren Tracht der nackten Haut. Eine lächerliche Darbietung... einfach absurd."

Ballance und der Evening Herald diffamierten verbündete Häuptlinge, scheinen die Bevölkerung einmal dazu aufgerufen zu haben, bestimmte Maori, die die Stadt besuchten, anzugreifen und zu lynchen, und forderten, die Taten der Aufständischen mit umfassenden Vergeltungsmaßnahmen, die sich gegen die gesamte Maori-Bevölkerung richteten, zu rächen. Eine Zeitlang ersetzte der Herald den Großbuchstaben M im Wort „Maori" durch ein kleines „m", um damit den niedrigeren Rang der Eingeborenen kenntlich zu machen.

Das Klima in der Stadt wurde hässlich. Es gab Pöbeleien in den Straßen und in den Bars der Hotels wurde gestoßen und geschubst. Einige Jahre zuvor hatte sich der Reverend Taylor in seinem Tagebuch über betrunkene weiße und Maori-Soldaten beklagt, die nachts singend Arm in Arm durch die Straßen wankten. Jetzt drückten die *kupapa* die Befürchtung aus, dass die Kavalleristen kurz davor stehen könnten, sie anzugreifen.

Doch gleichzeitig fand verborgen vor den Augen der Öffentlichkeit etwas Tödlicheres als dieses öffentliche Zerwürfnis unter Verbündeten statt. Eine Blume des Bösen – um eine in jenem Jahrzehnt geprägte Formulierung aufzugreifen – hatte sich in aller Stille geöffnet. Der Herald bezog sich nur mit augenzwinkernden Andeutungen und verschleiernden Phrasen auf das, was geschehen war:

Krieg wird nicht mit Rosenwasser geführt.
Der Feind hat nun eine gesunde Furcht vor der Kavallerie und diese wird sich noch verstärken...
Die Kavallerieeinheit Kai Iwi ist eine wahrhaft teuflische Truppe und völlig unbezähmbar. Wenn ihre Männer die Witterung der Eingeborenen aufgenommen haben, dann folgen sie Bryce wie ein Rudel Jagdhunde und metzeln, erschlagen und vernichten die armen Eingeborenen, bevor man noch Zeit hat, sich umzuschauen...
Die Kavallerie hat immer klar ausgesprochen, dass sie jeden Mann umbringen würde, dem sie auf der anderen Seite von Kai Iwi begegnete, es sei denn, er könnte nachweisen, dass er ein *kupapa* sei.
Sämtliche Fakten, die hinter diesen bedrohlichen, von ei-

nem süffisanten Grinsen umspielten Worten standen, kamen erst zwanzig Jahre später in einem großen Verleumdungsprozess in London ans Licht. Kurz zusammengefasst, geschah Folgendes: Nach der Gründung der Kavallerieeinheit Wanganui, die zweckdienlich war für das Offenhalten der Kommunikationslinien und das Patrouillieren der Grenzgebiete, wurde ein zweiter Trupp formiert. Es handelte sich um die Kavallerieeinheit Kai Iwi, die zum größten Teil aus jungen, weißen Farmern bestand. Viele von ihnen hatten ihr Land verloren und waren durch die aufständischen Maori in die Stadt getrieben worden. Die zwei Korps verstanden sich als die Elitetruppen dieses kleinen Krieges – verwegen, flott, oft betrunken, eine Stufe besser als die regulären Streitkräfte, mit guten Reitpferden (die sie selbst stellten) und unter dem Befehl von Offizieren, die sie selbst wählten.

Im späten November rückte die Kavallerieeinheit Kai Iwi unter Befehl von Lt. John Bryce, einem schwarzbärtigen jungen Farmer aus Kai Iwi, zu ihrem ersten Streifzug im Feindesgebiet aus. Zwei Tage später kehrte sie ruhmbekleckert in die Stadt zurück. Man hatte den Feind gesichtet, überrascht und mit Säbelhieben und Schüssen getötet. Zugegeben, es handelte sich nur um eine kleine Gruppe von vielleicht zehn oder einem Dutzend Maori, aber der Sieg war vollkommen. Zwei waren mit Sicherheit tot, vier oder fünf schwer verletzt, der Rest entsetzt geflohen.

Als der Tumult vorbei war, umringten die Reiter einen der gefallenen Feinde. Aus einer Schussverletzung schoss stoßweise das Blut und ein gewaltiger Säbelhieb hatte ihn am Kopf verletzt. Sie stiegen nicht ab, während sie ihm beim Sterben zusahen.

Weder in den offiziellen noch den inoffiziellen Berichten wurde erwähnt, dass es sich dabei um ein achtjähriges Kind handelte.

Zwei Jahrzehnte später beschrieb ein Zeuge im Kreuzverhör den Vorfall so:

F. War er ein kleiner Junge oder ein großer Junge?
A. Er war ungefähr vier Fuß und sechs Inches groß. [1,40 m]

F. War er nackt?

A. Er trug nur ein Hemd.

F. Konnten Sie seine Genitalien sehen?

A. Sein Penis war sichtbar und die Haut war nicht so zurückgezogen wie bei einem 14 oder 15 Jahre alten Jungen.

F. Konnten Sie von dem, was Sie von seinen Genitalien sahen, auf sein Alter schließen?

A. Ja.

F. Haben Sie gesehen, ob seine Genitalien behaart waren?

A. Ich habe gesehen, dass sie nicht behaart waren.

Die feindliche Streitmacht, die man angegriffen hatte, bestand aus einem Dutzend Kinder im Alter von sechs bis zehn Jahren, die einer Schar Gänse und einem Schwein in der Nähe eines Wollschuppens auf einem verlassenen Gehöft nachjagten.

Die Verfolgung und das Gemetzel inmitten der schnatternden Gänse dauerte ungefähr zehn Minuten. Mit anderen Worten, die Männer wussten, was sie taten. Sie waren keine schlechten Menschen – junge, rotgesichtige Bauern und Landvermesser und Saatguthändler namens George oder Arthur oder Ginger. Es gab unter ihnen mehrere Brüderpaare, sie spielten Kricket, sie gingen tanzen, sie besoffen sich. Die alte Frage, die hier gestellt werden muss – wieso gibt es immer wieder junge Männer, die ein Massaker an Unschuldigen verüben? – ist leicht zu beantworten. Für sich genommen waren George, Arthur und Ginger gesellig, lustig, darum bemüht, es richtig zu machen. Auch innerhalb einer Gruppe wäre es ihnen nicht in den Sinn gekommen, Kinder zu töten. Aber die Gegenwart einer vagen Autorität – eine unausgesprochen Zustimmung, das imaginierte Lob einer Zeitung – genügte, um die Georges und Arthurs für ungefähr fünfzehn Minuten in eine „Horde von Teufeln" zu verwandeln.

Jahre später deutete der Verfasser seines Nachrufs an, dass Ballance an dieser Szene beteiligt gewesen sei, aber ob er nun körperlich anwesend war oder nicht, er war in jedem Fall im Geiste mit von der Partie. Würde man diese „verwegene Geschichte", wie der Herald sie nannte, im barocken Stil malen, mit paradierenden Pferden, einem fernen Wald und einem Dutzend Kinder, die Gänsen hinterherlaufen, dann erschiene in den Wolken auch eine Gottheit mit ausgestrecktem Finger. Seine Fingerkuppen wären voller Tintenflecke, seine Manschetten schäbig und sein Name lautete in etwa Die Macht der Presse.

Als die Kavalleristen wieder in der Stadt eintrafen, wurde die Geschichte sowohl zur Sensation als auch sofort vertuscht. Man hörte, wie einige Kavalleristen in der Kneipe prahlten und schilderten, wie schwierig es für einen Reiter sei, ein Kind, das sich in einer Hecke versteckt, mit dem Säbel zu erwischen. Die Behörden bekamen Wind von der Sache. In Wellington begab sich der Provinzratsvorsitzende Dr. Featherstone zum Erzdiakon Octavius Hadfield, der auf moralischem Gebiet führenden Persönlichkeit der Kolonie, und klagte händeringend: „Dieser Krieg ist jetzt barbarisch." Zwar bejubelten die beiden anderen Zeitungen in Wanganui anfänglich die Attacke, doch als sie die Wahrheit darüber erfuhren, verstummten sie und veröffentlichten keine weiteren Einzelheiten.

Die Wahrheit erreichte auch bald die maorische Bevölkerung der Stadt Wanganui und von Putiki direkt am gegenüberliegenden Flussufer, wo sich das Hauptquartier der *kupapa* befand und ihre wichtigsten Häuptlinge, Mete Kingi und Kepa Te Rangihiwinui, lebten. Sie wurde mit Unglauben und Abscheu aufgenommen.

„Me i mohio au ka penei to mahi e kore ahau e haere mai" – „Wenn ich gewusst hätte, wozu du fähig bist, dann hätte ich mich nie an deine Seite gestellt", schleuderte Kepa Lieutenant John Bryce wutentbrannt entgegen.

Obwohl die *kupapa* in Wanganui die Stadt auch weiterhin gegen Titokowaru verteidigen würden – sie befand sich auf ihrem Stammesgebiet – so schwand doch für eine Weile ihre Lust darauf, gegen ihn Krieg zu führen. Zu diesem Zeitpunkt scheinen Mr. und Mrs. Herewini beschlossen zu haben, ihre Sachen zu packen, Wanganui zu verlassen und wieder nach Hawke's Bay zu ziehen. Als sie sich auf den Weg nach Ahuriri machten, in Herewinis alte Heimat am Mündungsgebiet bei Napier, kam die Frage auf, was mit dem Kind geschehen sollte, ihrem Diebesgut, Ngatau Omahuru. Dass er sich in Wanganui aufhielt, war aufgrund der *carte-de-visite* bereits bekannt. Nach dem Massaker an den Kindern bei Handleys Wollschuppen muss er unter den Maori zum Gegenstand einiger unbequemer Überlegungen geworden sein. Wir sollten uns an dieser Stelle daran erinnern, dass es zwischen den Stämmen einer Region, selbst solchen, die gegeneinander Krieg führten, beinahe immer starke Verbindungen gab – man war untereinander verschwägert und empfand Mitgefühl füreinander – und diese Verbindungen konnten sich zum Ärger der Weißen in den unpassendsten Augenblicken zeigen.

Ist es möglich, dass in diesem Moment unter einigen *kupapa* das Gefühl aufkam, dass der Junge seinen eigenen Leuten zurückgegeben werden sollte? Zu viele Kinder waren getötet worden; um ihr eigenes Gewissen zu beruhigen und um die Hinterbliebenen zu trösten, sollte das geraubte Kind nach Hause geschickt werden. Mit anderen Worten, genug war genug.

Es ist auch möglich, dass hier ein seltsamer Zufall ins Spiel kam. Der kleinste der getöteten Jungen, genau derjenige, den die Kavalleristen umringten, als er im Sterben lag, hieß zufällig Herewini. Ein Kind namens Herewini war gestorben. Ein Erwachsener namens Herewini hatte einen seiner Vettern entführt. Daran war etwas falsch, es lag ein Ungleichgewicht darin, ein Unglück verheißendes, schlechtes Omen, das man nicht länger bestehen lassen durfte. Herewini selbst mag dies am stärksten empfunden haben.

Den Jungen zurückzugeben jedoch wäre leichter gesagt als getan gewesen. Was war aus seinen Eltern geworden? Wo waren Titokowarus Spähtrupps? Wer konnte unbeschadet in diesem wütend brummenden Niemandsland im Westen die Rolle des Kindermädchens und Pfadfinders übernehmen?

Im Osten bot sich eine andere Lösung an. 50 Meilen entfernt befand sich unter den vermischten Stämmen der Regionen Rangitikei und Manawatu eine Anzahl von Hauhau-Anhängern, „sehr friedliebende und gute Nachbarn", wie einige weiße Siedler attestierten. Sie verfügten über alte Verbindungen sowohl zum Stamm des Jungen als auch zu Herewinis Volk.

Diese Gruppe, eine Untergruppe der Ngati Raukawa, konnte sich um den Jungen kümmern und ihn zum gegebenen Zeitpunkt sicher zu Hause abliefern.

Doch hier stehen wir vor einem neuen Hindernis. Zu jener Zeit waren Fox und Buller in einen erbitterten Rechtsstreit und eine persönliche Fehde gegen genau diese Gruppierung, die Ngati-Raukawa-Hauhau, verwickelt. Die Vorstellung, dass es diesen Leuten gestattet sein sollte, die diskrete und ehrbare Rolle von Treuhändern und Mittelsmännern zu spielen, musste den beiden Juristen ein Gräuel sein. Um ihre feindselige Haltung zu verstehen, wollen wir uns noch einmal dem Landverkauf zuwenden, der einige Jahre zuvor in Parewanui stattgefunden hatte, diesem wunderbar goldenen Nachmittag, wie ihn Sir Charles Dilke beschrieb, *„an dem eine weiße Flagge und der Union Jack zum Zeichen britischer Herrschaft und des Friedens wehten. Tausend Maori in Kilts wirkten mit ihren leuchtenden Schottenmustern und scharlachroten Stoffen wie Farbtupfer auf der grünen Landschaft. Von allen Seiten der Lichtung schallte der Willkommensruf der Maori zu uns hinüber."*

Das war alles äußerst malerisch, doch wie es oft der Fall ist, verdeckt das Malerische die eigentliche Geschichte. Dilke erläuterte die Transaktion und beschrieb die Auseinandersetzungen unter den Maori, wie der Erlös aufzuteilen sei. Später hatte er die Klagen der Frauen über den Verlust der Ländereien ihrer Vorfahren gehört, aber dies vornehmlich als Schauspiel verstanden, da sie auf dem Land, das sie gerade verkauft hatten, nie tatsächlich gelebt hatten.

So wurden uns die Verkäufer ebenso wie die Käufer vorgestellt. Aber im gesamten Bericht wird eine weitere Partei nur einmal äußerst knapp erwähnt – diejenigen Maori, die zu den Besitzern zählten und gegen den Verkauf waren. Man hatte Dilke, dem angesehenen Durchreisenden aus dem britischen Unterhaus, vermutlich nur wenig von ihnen erzählt: Tatsächlich gaben sie Anlass zu großer Verlegenheit, denn ihr Anspruch auf das Land war der bestbegründete von allen. Wo die anderen Stämme und Unterstämme nur flüchtige Ansprüche geltend machen konnten, die auf alten Schlachten und historischen Eheschließungen beruhten, waren die „Verkaufsunwilligen", wie sie genannt wurden, die Leute, die tatsächlich auf der fraglichen Landfläche lebten. Der Verkauf, dieses malerische und schöne Ereignis, war in Wirklichkeit eine Verschwörung von Maori und Weißen gegen die eine Gruppe, für die das Land wirklich wichtig wár – diejenigen, die dort geboren und aufgewachsen waren und es tatsächlich besaßen.

Aber es handelte sich um eine kleine Minderheit von nur ungefähr zweihundert Menschen. In den Jahren vor dem Verkaufsabschluss war Buller weit und breit herumgereist und hatte sich von Leuten, deren Verbindung zu diesen Ländereien so weitläufig war, wie man sich nur vorstellen konnte, ihr Einverständnis mit dem Verkauf schriftlich bestätigen lassen. Niemand hörte auf die Einwände der Bewohner. Featherstone verschloss seine Ohren. Fox brannte darauf, hunderte weiße Farmer in der Region anzusiedeln. Die verkaufswilligen Maori verschwanden mit ihrer Beute hinter dem Horizont. Die Verkaufsunwilligen waren mit einem Schlag verarmt und obdachlos, Bettler unter ihrem heimatlichen Himmel. Und womöglich hätten sie in dieser Lage ebenso verharren müssen wie einige andere betrogene Stämme, die zu klein waren, um eine Rolle zu spielen und nun mal hierhin, mal dorthin trieben, ohne irgendwo verankert zu sein.

Doch in ihrem Fall geschah etwas anderes. Jemand trat für ihre Sache ein. Er war bloß ein ortsansässiger Siedler, und das Wort „bloß" trifft auf ihn einerseits zu und andererseits auch wieder nicht. Er war ein Wirbelwind, ein Daniel [5], der erschien, um ein Urteil zu sprechen. Genauer gesagt war es Gerechtigkeit, wofür Alex McDonald, ein vierzigjähriger staatlicher Schafinspektor und Vater von zwölf Kindern, seine Leidenschaft entdeckte.

Nachdem sie sich zwei Jahre lang darum bemüht hatten, war es den Verkaufsunwilligen gelungen, vor dem Native Land Court [dem Gericht für die Grundbesitzangelegenheiten der Eingeborenen] Einspruch einzulegen, doch sobald die Sitzung begann, wussten sie, dass sie in Schwierigkeiten steckten. Für einen Rechtsanwalt fehlte ihnen das Geld, und ohne Rechtsanwalt waren sie dem schlauen Mr. Fox, der im Auftrag der Krone erschien, hoffnungslos unterlegen. McDonald befand sich an diesem Tag rein zufällig im Sitzungssaal und erkannte, dass die Verkaufsunwilligen – „so ehrlich und geradlinig wie je ein Volk von Gottes Sonne beschienen wurde", wie er sie nannte – hoffnungslos überfordert waren. Eine Frau namens Poi-Te-Ara bat ihn um Hilfe und zu seiner eigenen Überraschung stand er plötzlich auf.

Fox, der erwartet hatte, diesen Fall ohne Widerstand leicht zu gewinnen, war empört.

„Das ist schändlich", rief er. „Dieser Mann ist ein Angestellter der Provinz und nun stiftet er Unruhe und hetzt die Maori auf, sich der Obrigkeit zu widersetzen."

McDonald verehrte Fox, der „mir und den Meinen einst einen sehr großen Dienst erwiesen" hatte und fühlte sich „ihm moralisch zutiefst verpflichtet". Doch nun erwiderte er das Feuer: „Sie ist ebenso ehrlich wie Sie und sie ist in Bedrängnis. Wenn ich kann, dann helfe ich ihr."

Die Anhörung wurde vertagt. McDonald ging nach Hause und vergrub sich in Gesetzestexten. Seine amtliche Stellung wurde ihm gekündigt, aber sobald die Anhörung fortgesetzt wurde, erschien er wieder im Gerichtssaal. Im November 1868 gewann er eine strategisch wichtige Schlacht gegen Fox. Er schrieb an den Minister für Eingeborenenangelegenheiten und beschwerte sich darüber, dass der Anwalt der Krone sich auf rein formale Argumente berief, um den Urteilsspruch hinauszuzögern. Fox wurde gerügt und entwickelte einen leidenschaftlichen Hass auf den jüngeren Mann, seinen Nachbarn und früheren Protegé, der bis vor kurzem in seinem ganzen Leben noch kein einziges Gesetzbuch aufgeschlagen hatte.

Fox verstärkte auch seine Diffamierungskampage und verbreitete im Bezirk alarmierende Berichte, aus denen hervorging, dass die Ngati-Raukawa-Hauhau kurz davor standen, zu rebellieren und die Weißen anzugreifen. „Daran ist nicht ein Körnchen Wahrheit", schrieb der Wanganui Chronicle. „Es käme ihnen gar nicht in den Sinn, den Frieden zu stören." Die Ngati Raukawa selbst beteuerten ihre friedlichen Absichten.

Sie erklärten, über die gesamte Küste ein *tapu* gegen den Krieg ausgesprochen zu haben. Doch Panik verbreitete sich, Palisaden wurden errichtet, Schafscherer vom Stamm der Ngati Raukawa wurden von Farmern entlassen, während Fox den Flammen immer neue Nahrung zuführte und seinen Groll auf McDonald und die Verkaufsunwilligen, die sich ihm widersetzt hatten, weiter schürte.

McDonald war ein charmanter, unsteter Mann und an der ganzen Küste in der Schankstube jeder Gaststätte wohlbekannt, in genau jenen Räumlichkeiten also, die der Abstinenzler Mr. Fox nie betreten konnte. 1840 war er im Alter von elf Jahren nach Neuseeland gekommen. Während der Schiffspassage hatte er sich verliebt. Seine Angebetete war neun. Er machte ihr ein Jahrzehnt lang den Hof, dann heirateten sie und machten sich auf den Weg in die äußerste Wildnis des Rangitikei-Distrikts. Die Sprachen, die man in diesem ungezähmten Bezirk sprach, waren in der Reihenfolge ihrer Bedeutung: Maori, Gälisch und Englisch. McDonald, der im Alter auf seine frühen Tage in Rangitikei zurückblickte, war in seiner Freundschaft so treu wie in der Liebe.

„Wir waren so glücklich wie Larry[6] ...“ schrieb er. „Nicht selten veranstalteten wir einen Tanz und bliesen die Musik dazu auf einem Kamm, über den wir ein Stückchen Papier gelegt hatten. Den Takt schlugen wir auf einer blechernen Milchschüssel, die uns als Tamburin diente... Oh! Bob Knox – Bob Knox, Freund und Kamerad meiner Jugend! Du bist nun tot, aber wie gut ich mich daran erinnere, dass du dir die Knöchel auf der Milchschüssel blutig schlugst.“

Alex' Vater war ein Deputy Lieutenant [ein Vertreter des Lord Lieutenant, der wiederum der Vertreter der Krone in einer Grafschaft ist] von Argyllshire gewesen, was ihn in seinen Augen gesellschaftlich auf die gleiche Stufe wie Sir William Fox stellte, dessen Vater Deputy Lieutenant der Grafschaft Durham gewesen war. Mehr Bedeutung jedoch maß er der Tatsache bei, dass er der Familie McDonald aus Glencoe angehörte. Ein Ururgroßonkel, Aeneas McDonald, hatte 1745 Bonnie Prince Charles bei seiner Landung begleitet – in einem buntgemischten Trupp aus Schotten, irischen Rabauken und vor Alter torkelnden Marquisen – „Spießgesellen, so allagrugous [grauslich], wie ich sie je gesehen habe", wie ein Augenzeuge vermerkte.

„Allagrugous" ist kein Wort, das man im Wörterbuch findet, noch nicht einmal in den zwölf Bänden des Complete Oxford Dictionary, was die Kraft seiner mutmaßlichen Bedeutung wohl allenfalls noch verstärkt. Die ‚allagrugousness' muss Alex wohl im Blut gelegen haben: Er hatte unzählige Freunde, Engländer, Gälen, Maori – selbst der Evening Herald gehörte dazu, der seine politischen Einstellungen zwar verabscheute, aber doch zugeben musste, ihn zu mögen und ab und zu mit ihm einen zu trinken, wenn er in die Stadt kam.

Seine Freundschaft mit den ihres Besitzes beraubten Maori des Bezirks war ein persönlicher Affront gegenüber Featherstone, Fox und Buller, die die Eingeborenenangelegenheiten dort seit Jahren regelten. Aber mehr als nur das – sie konnte ihnen auch gefährlich werden. „Ich bin bis auf die Knochen ein Tory", schrieb McDonald. „Ein Tory hat seinen Platz immer fest auf dem Felsen des Prinzips... ein Whig [7] dagegen auf einem Wellenkamm im Ozean, wo er hin- und hertreibt, wie der Wind ihn bläst."

Sein Platz war auf dem Felsen des Prinzips! Er war ein wiedergeborener Jakobit [8] und hatte nicht vergessen, wie die verruchte Staatsgewalt mit seinen eigenen Vorfahren in Glencoe verfahren war. Jetzt hörte er nicht auf, den Maori das Unrecht, das man ihnen angetan hatte, und den Vertrag von Waitangi, das Gründungsdokument der Kolonie, das die Rechte der Maori ausdrücklich garantierte, ins Gedächtnis zu rufen. Besonders Fox gab sich seit Jahren die größte Mühe, über den Vertrag zu spotten. Es handele sich dabei um ein Mittel, die Wilden abzulenken, er bedeute nichts, er sei durch den Positivismus und durch Dr. Arnold aus Rugby widerlegt worden. Die Maori selbst hätten ihn nie verstanden und erinnerten sich heute nur noch deshalb daran, weil über den Unterzeichnern ein „wundersamer Regen roter Decken" niedergegangen sei.

Dass Fox im Gerichtssaal sitzen und McDonald zuhören

musste, wie er über den Vertrag von Waitangi predigte, war schlimm genug. Bei der Vorstellung, dass McDonald durch den Manawatu zog, gemeinsam mit den Maori Whisky trank und ihnen von ihren Rechten erzählte, sah er rot. „Er ist wahrhaftig ein größerer Wilder, als es die Maori sind oder je waren", schrieb Fox über seinen Nachbarn, „und für die Gemeinschaft ist er sehr viel gefährlicher als 100 Hauhaus mit Schaum vor dem Mund."

Zu genau dieser Zeit, gegen Jahresende, befasste sich Fox mit der Frage des entführten Jungen und schrieb in seiner Sache an den Minister für Eingeborenenangelegenheiten. Es scheint, dass sein Brief nicht nur eine Lüge enthielt. Wir können seiner Behauptung, dass „wahrscheinlich" ein „Konflikt" anlässlich des Jungen ausbrechen würde, unmöglich Glauben schenken. Auch wenn sie hätten kämpfen wollen, wären die Ngati-Raukawa-Hauhau gar nicht in der Lage gewesen, es mit den zahlenmäßig gut aufgestellten und besser bewaffneten *kupapa*-Stämmen mit ihren neuen Karabinern und ihrem Kavallerie-Korps aufzunehmen. Die Verkaufsunwilligen verfügten über weniger als einhundert kampftaugliche Männer. Sie hatten den anderen Stämmen gegenüber wegen des Verlustes des Landes, auf dem sie lebten, niemals zu Gewalt gegriffen; es erscheint daher unvorstellbar, dass sie dieselben Leute wegen eines Jungen, den sie nie gesehen hatten und der mit ihnen nur entfernt verbunden war, überfallen würden.

Also bleibt uns jetzt, nachdem wir uns des Briefes entledigt haben, noch das Problem zu erraten, war wirklich geschah. Wieso diese Lügen über Herewini und die Verkaufsunwilligen? Weshalb mischte er sich überhaupt in die Geschichte ein? Kann es sein, dass er den Gedanken nicht ertragen konnte, dass der Junge, der es inzwischen zu einer gewissen Berühmtheit gebracht hatte, den Verkaufsunwilligen und dem Mann, der ihre Sache vertrat, übergeben werden sollte? Fox hatte, wie wir noch sehen werden, kein persönliches Interesse an dem Kind, aber er war ein seltsamer Mann, jemand, der von ganzem Herzen hasste – „der Wesenszug unsterblicher Rachsucht", sagte McDonald später dazu; in den Worten eines seiner eigenen Verbündeten, des *kupapa*-Häuptlings Hunia, war er „griesgrämig, gehässig und neiderfüllt". Ist es möglich, dass er einfach einschritt, um seinem edelgesinnten und beliebten Nachbarn zu ärgern?

Es ist nicht ganz klar, wie der nächste Schritt des Plans ausgeführt wurde. Irgendwie gelang es Buller, Omahuru von seinen Maori-Pflegeeltern wegzuzaubern und ihn in Reverend Taylors Kirche zu befördern, wo sich eine kleine Taufgemeinde versammelt hatte. Fox war anwesend. Es gab zwei neue Paten aus der *kupapa*-Gemeinde. Es war ein heißer Sommernachmittag. Die holzgetäfelte Kirche war dunkel und die Sonnenstrahlen fielen schräg durch die Tür und die hohen Spitzfenster.

Die Zeremonie begann. Zumindest zum zweiten und wahrscheinlich zum dritten Mal in seinem Leben (sein Vater war ein methodistischer Laienprediger) wurde der Junge mit Wasser besprenkelt, als sei er ein kleines, hartnäckiges Feuer, und man sprach über ihm Gebete. Für einige Augenblicke, stellen wir uns vor, verschwanden das Sonnenlicht vor der Tür und die Rufe und Echos, die vom Fluss herüberklangen, in der Ferne. Als der Junge aus der Kirche herauskam, war er im Besitz eines neuen Namens. Ngatau Omahuru war nun Master William Fox.

Zu diesem Zeitpunkt hegte William Fox senior keinerlei Absicht, das Kind zu adoptieren. Wir können nur raten, weshalb er ihm seinen eigenen Namen aufzwang. Eitelkeit mag dabei eine Rolle gespielt haben. Die Königin persönlich war die Patin von mindestens einem Maori-Mädchen, das man natürlich auf den Namen Wikitoria getauft hatte. Ebenso der letzte Gouverneur, Sir George Grey: In der Kolonie lief mindestens ein Maori namens George Grey herum. Mit einem kleinen Maori namens William Fox begab sich der stämmige, weißbärtige William Fox in ausgewählte Gesellschaft. Eitelkeit also, aber auch Gehässigkeit... Indem er Omahuru zu einem Fox machte, indem er auf der Trophäe überall seine eigenen Fingerabdrücke hinterließ, zeigte der Oppositionsführer, dass niemand sonst den Jungen in die Hände kriegen würde.

Welche Motive ihn auch immer dazu bewogen haben mögen, sie müssen dringlich gewesen sein, denn die Namensänderung war keine einfache Angelegenheit. Sie war mit mehreren Lügen verbunden, die an diesem unwahrscheinlichsten aller Orte, einer stillen und beinahe leeren Kirche, ausgesprochen werden mussten. Und sie mussten im Taufregister niedergeschrieben werden, wo man sie heute noch einsehen kann. Der Eintrag im Taufregister lautet folgendermaßen:

Taufname des Kindes: *William Fox, 7 Jahre alt*
Eltern: *Hane und Ani*
Familienname: *Ngaruahine-Stamm*
Rang, Handwerk oder Beruf: *Kleiner Hauhau-Gefangener*
Zeremonie durchgeführt durch: *Basil K. Taylor*

Wenn man den Namen eines Kindes ohne Zustimmung seiner noch lebenden Eltern ändern möchte, wirft das schwerwiegende Probleme auf. Omahurus Eltern mussten daher entweder für tot erklärt oder zumindest aus den offiziellen Akten getilgt werden. „Hane" war der Name eines der drei feindlichen Maori, von denen man mit Sicherheit wusste, dass sie bei der Schlacht bei The Battle of the Beak gefallen waren, des einzigen unter ihnen, der kein Häuptling war. Der Name „Ani" kommt so häufig vor, dass er eine genaue Zuordnung unmöglich macht. An Stelle seines Nachnamens (den man hätte verzeichnen können – mit Sicherheit kannte der Junge seinen eigenen Familiennamen) wurde nur sein Stammesname angegeben.

Seine wahren Eltern, Te Karere und Hinewai Omahuru, sehr wohl am Leben und vielleicht nur 50 Meilen entfernt, wurden so aus dem Leben des Kindes getilgt.

Die Spalte „Rang, Handwerk oder Beruf" bezieht sich natürlich auf die Eltern, nicht auf den Täufling. Andere Antworten, die in diesem Register auf diese Frage gegeben wurden, lauten zum Beispiel Farmer oder Infanterist oder Straßenarbeiter. An dieser Stelle umgingen die neuen Herren des Jungen die Frage, indem sie sie auf den Jungen selbst bezogen. Was war sein Rang? Was war sein Beruf? Nun, er war einfach nur... ein kleiner Gefangener. Sie enthüllten damit mehr, als sie beabsichtigten: Die Antwort ähnelt der Formulierung, die Fox zwei Tage später verwendet: „... dass Herewini mit einem Gewehr über der Schulter hier war, um unseren Gefangenen zurückzuerobern."

Ob aus Versehen oder um wirklich sicher zu gehen, wurde das Kind auch noch ein Jahr älter gemacht.

Nach der Zeremonie führte Buller den Jungen fort und versteckte ihn ein paar Tage lang irgendwo, bis er in der Postkutsche nach Wellington verfrachtet werden konnte. Sein Pate und neuer Namensvetter beschäftigte sich mit seinen Wählerbesuchen und vergaß ihn offensichtlich. Herewini merkte bald, dass etwas nicht stimmte. Man hatte hin betrogen. Er brauchte zwei Tage, um zu Fuß zu Fox' Haus zu kommen, wo er „mit einem Gewehr über der Schulter" auftauchte und einen Brief verlangte, der Buller anweisen sollte, den Jungen herauszugeben. Er ging mit leeren Händen fort.

Fox jedoch war vorsichtig. Die Vorstellung, dass Maori von Ferne einen dunklen Groll gegen ihn hegen könnten, gefiel ihm nicht. Er arrangierte, dass die Behörde für Eingeborenenangelegenheiten Mr. und Mrs. Herewini £ 15 als „Geschenk" der Regierung zum Dank für die Betreuung des Kindes übersandte, und schließlich traf das Bargeld tatsächlich bei ihnen ein, am Rande des Mündungsgebiets bei Ahuriri in der Nähe von Napier, wohin sie gezogen waren und von wo man nie wieder etwas von ihnen hörte.

Gegen McDonald hegte Fox einen lebenslangen Groll. Der Landverkauf wurde vor Gericht neu verhandelt und die Verkaufsunwilligen, für die McDonald eintrat, hatten die Dreistigkeit, die Verhandlung zu gewinnen. Man sprach ihnen tausende Hektar Land zu, während Fox, Featherstone und Buller bei all dem unstaatsmännisch und tölpelhaft wirkten.

Dann bekam Fox seine Rache. Er kam an die Macht, er war wieder einmal Premierminister, und er schritt ein, um sich des Falles persönlich anzunehmen. Es kam zu unendlichen

Verzögerungen bei der Feststellung des Rechtstitels der Anspruchsberechtigten. Sie durften das Land nicht verpachten; vorhandene Pachteinnahmen, die aus der Zeit vor dem Verkauf des Landes stammten, wurden eingefroren. Eine neue Hauptverkehrsstraße zwischen Palmerston zum rasch wachsenden Städtchen Bulls wurde ohne Erlaubnis mitten durch ihr Land geführt.

Die heutigen Bürger von Bulls unterliegen dem Eindruck, dass sich der Name ihrer Stadt auf die Tiere gleichen Namens bezieht. An der Ortseinfahrt haben sie den großen Schattenriss eines Bullen aufgestellt, der an die Plakatwände erinnert, die für Osborne Sherry werben und die die Fahrt nach Madrid an einem dunklen Wintertag so bedrohlich machen. Tatsächlich erhielt die Siedlung den Namen eines ihrer führenden Bürger, eines englischen Zimmermanns namens James Bull, der erst die Vertäfelung des Warteraums im Bahnhof von Worcester geschnitzt hatte, dann die Innenräume des Oberhauses, und anschließend in den Rangitikei-Distrikt gezogen war, um die Wälder dieser Region in Hausverschalungen zu verwandeln. Unermüdlich war die Sägemühle in Betrieb, Arbeiter schwärmten herbei, Kutschen und Fußgänger reisten auf der neuen Straße hin und her, und bald wurde ein neuer Postdienst versprochen. Wieder einmal verschlossen sich alle Ohren vor den Beschwerden der Verkaufsunwilligen.

Dann erhob sich noch einmal der Tory von seinem Felsen des Prinzips, der Jakobit McDonald ließ sich wieder sehen. Am ersten Morgen, an dem die Königliche Postkutsche auf der Straße, die das Land der Maori durchquerte, erschien, trat Alexander McDonald mit einem Gewehr vor und rief dem Kutscher zu, er solle anhalten. Als der sich weigerte, schoss McDonald das Leitpferd an und es stürzte scheinbar tot zu Boden.

Fox war hocherfreut. „Diesmal ist er wirklich zu weit gegangen!" jubelte er in einem Brief an einen Politiker-Kollegen. McDonald wurde verhaftet, vor Gericht gestellt und zu drei Jahren Gefängnis verurteilt. Der Wanganui Evening Herald kritisierte

solch ein Urteil für einen „Mann von empfindsamem Gemüt":
„Auch wenn wir das Urteil für gerecht halten, empfinden wir
Mitgefühl für einen Mann, dessen Absichten, wie jedermann
weiß, stets ehrbar waren." Der Herald hielt den Gewehrschuss
jedoch nicht für eine politische Stellungnahme, sondern für
„durch Alkoholgenuss ausgelöst... eine weit verbreitete Schwäche, die ihn zu unverantwortlichen Taten verleitete."

Tatsächlich hatte der Protest genau die erwünschte Wirkung.
Der Gouverneur persönlich eilte nach Norden, um zu prüfen,
wo das Problem lag. Fox wurde umgangen. Die Verkaufsunwilligen erhielten den Rechtstitel für das ihnen ursprünglich
zugesprochene Land sowie mehrere tausend Morgen Land zusätzlich.

Das Pferd, ein Schimmel, erholte sich und man sah es noch
Jahre später die Kutsche nach Otaki weiter unten an der Küste
ziehen. Es hatte eine Narbe über dem Auge und trug nun den
scherzhaften Namen „Mac".

McDonald jedoch wurde nicht begnadigt. Eines Abends,
nicht lange, nachdem er seine Haft angetreten hatte, bemerkte seine Frau, die mit ihren Kindern allein im Haus war, die
schattenhaften Gestalten einiger Maori im Hof. Dann kamen
mehrere Ngati Raukawa zu ihr ins Haus.

„Ihr habt für uns gesorgt, und nun werden wir für euch sorgen", sagten sie und schütteten 999 Guineas auf eine Insel aus
Lampenlicht auf dem Küchentisch. Daneben legten sie den
Rechtstitel zu 850 Morgen von ihrem Land als Geschenk an
die Familie. Die Goldmünzen reichten aus, um das Land mit
Vieh zu bestücken und Mrs. McDonald und ihre Kinderschar
– zwölf an der Zahl – zwei oder drei Jahre lang zu ernähren.
„Wer kann da sagen, dass die Maori keine Dankbarkeit kennen?" fragte McDonald rhetorisch.

In späteren Jahren heirateten einige der McDonald-Kinder
in den Stamm der Ngati Raukawa ein, der das Land um das
Haus der McDonalds erst verloren, dann wiedergewonnen
und schließlich verschenkt hatte. Heute findet man Maori-
McDonalds in den *marae* überall auf der windigen, grünen
Ebene des nördlichen Manawatu.

Anfänglich, als ich begann, der Geschichte des entführten Jungen nachzugehen, konnte ich zwei oder drei Monate lang keine Verbindung zur Geschichte von Alexander McDonald erkennen. In der Entfernung konnte ich diesen großen, verwickelten Rechtsstreit sehen und ich gab mir Mühe, ihm auszuweichen. Das wurde zunehmend schwierig – wohin ich auch schaute, in Zeitungen, in Regierungsdokumenten, in Fox' Briefen und so weiter, überall tauchten sie auf – McDonald und seine Freunde vom Stamm der Ngati Raukawa und die Ländereien im Manawatu. Ich begann sogar, mich über McDonald zu ärgern: Er schien sich mit Gewalt in diese Geschichte hineindrängen zu wollen und ich konnte nicht verstehen, was er da sollte. Schließlich gab ich widerwillig nach – denn Archive sind voller falscher Fährten und Brücken, die plötzlich in der Luft abbrechen – und wandte mich ihm zu, nicht, um ihn in die Geschichte aufzunehmen, sondern um mich selbst zu vergewissern, dass ich ihn daraus fernhalten konnte. Und so fand ich seine unveröffentlichten Erinnerungen und weitere Quellen und fügte daraus die Geschichte, die ich soeben umrissen habe, zusammen.

Ich habe auch noch etwas anderes entdeckt, das ebenfalls wichtig war, für mich zumindest, obwohl es auf einer völlig anderen Ebene lag als die Geschichte, der ich nachspürte. Es scheint, dass Alex ein entfernter Verwandter von mir sein könnte. Auch mein eigener Urgroßvater war ein McDonald aus Glencoe, der nach Neuseeland auswanderte, wenn auch einige Jahrzehnte nach Alex. Er hieß Archibald und nur ein einziges scharfes Bild von ihm wurde in der Familie von Generation zu Generation weitergereicht – darauf geht Archibald in den 1890er Jahren auf dem Bahnsteig am Bahnhof von Timaru mit dem Premierminister „King" Dick Seddon auf und ab und bespricht die politischen Themen des Tages. Archibalds soziale Stellung erscheint unklar. Sein Beruf wird als „Fuhrmann" angegeben, und doch war er der Freund und Vertraute eines der bedeutendsten Premierminister der Kolonialzeit. Seine Familie in Schottland war „vornehm" – daran ließen meine Großtanten keinen Zweifel – und er war mit der Familie Bowes-Lyons verwandt, obwohl das immer in einem Ton erwähnt wurde, der nahelegte, dass man sich dafür schämen müsse. Vielleicht fürchteten die Tanten, für die Behauptung einer Verbindung zum Adel verspottet zu werden, oder vielleicht gingen sie davon aus, dass die Manieren dieses bestimmten Zweiges der Familie in dem Maße gelitten haben mussten, wie er gesellschaftlich aufgestiegen war. Archibald besaß das schönste Schimmelgespann in ganz Timaru, und diese Pferde waren sein Untergang. Immerzu liehen die Leute sie sich für Begräbnisse aus, und es kam vor, dass Sterbende sie für die Fahrt zum Friedhof im Voraus buchten. Bald verbrachte Archibald zu viel Zeit damit, die Toten zu verabschieden, und der Begräbnis-Whiskey bekam ihm nicht. Frau und Kinder verließen ihn, und zu früh lag er in einem rasch vergessenen Grab. Ich selbst zum Beispiel hatte wenig von ihm gehört und nie an ihn gedacht, bevor ich über Alex und die Verkaufsunwilligen nachlas, über das Pferd mit der Narbe am Auge, die 999 Guineas. Ist es möglich, dass die beiden Männer miteinander verwandt waren? Glencoe war ein kleiner Ort und vielleicht war im Laufe der Auswanderungswellen ein jüngerer Vetter oder gar jüngerer Bruder einem älteren in das ferne Neuseeland gefolgt.

Darin lag auch ein wenig Wunschdenken: Ich hätte gerne eine Verbindung zu Alex beansprucht, dem meines Wissens einzigen Siedler, der je für die Verteidigung der Rechte der Maori ins Gefängnis ging.

Und in jedem Falle interessierte mich die Symmetrie. Mir gefiel die Möglichkeit, dass Alexander McDonald nicht nur möglicherweise eine Ursache dafür war, dass das Leben des jungen William Fox diese Entwicklung nahm, sondern dass er vielleicht auch, durch die ganz entfernte Herbeiführung meiner Existenz in Neuseeland ein Jahrhundert später, einen Anteil daran hatte, dass nun ein Buch über genau dieses Leben entstand.

5

„Das Haus fährt schnell"

Natürlich ahnte der Junge nichts von den Stürmen, die hoch über seinem Kopf in erwachsenen Höhen wüteten. Er wusste nur, dass Buller ihn eines Morgens früh mit der Drahtseilfähre über den Fluss und zum „Red Lion Hotel" in Putiki brachte, wo er in die Cobb & Co-Kutsche nach Wellington gesetzt wurde. Das war wahrscheinlich am 25. Januar 1868. Am 24. Januar war der junge William Fox noch bei Buller, aber zum Monatsende befand er sich in Wellington. Am 1. Februar wurde eine brüske Mitteilung von der Eingeborenenherberge an die Behörde für Eingeborenenangelegenheiten versandt und von dort an den Kolonialsekretär weitergeleitet.

„Der Knabe Wm. Fox kann für weniger als 10 Shilling und 6 Pence pro Woche nicht untergebracht und versorgt werden."

Sie stammte von einem gewissen E. Clark, dem Aufseher der Eingeborenenherberge, einem Mann, von dem wir noch mehr hören werden. Es ist erstaunlich, wie nur 20 Worte von E. Clark eine neue Welt heraufbeschwören – einen kalten Salon, die Suppenkelle, Karbolseife, Bürokraten über ihren Wirtschaftsbüchern. Kurz gesagt, es wird einem das Herz schwer, wenn man an den „Knaben Wm. Fox" denkt, der aus seinem grünen Wald heraus und unter die Obhut E. Clarks von der Eingeborenenherberge an der Ecke von Molesworth Street und Tinakori Road befohlen worden war.

Doch wir greifen vor. Wir befinden uns noch im „Red Lion". Der Duft von schalem Bier und alter Nacht strömt durch seine Eingangstür in den strahlenden Morgen hinaus. Es gibt Rufe und Geschrei und mit schnellen Schritten werden eilige Sendungen in letzter Minute herangeschafft. Buller hebt den kleinen William Fox hoch und setzt ihn in die Kutsche. Einer von Bullers Bekannten, ein alter Mann mit Koteletten, fährt in die

Hauptstadt und verspricht, auf den Jungen aufzupassen. Und dann fahren sie los.

„Das ist ein sehr gutes Haus, es bewegt sich sehr schnell." So lautete die erste protokollierte Reaktion eines Maori während eines Besuchs in London, der in den frühen Jahren des Jahrhunderts stattgefunden hatte, auf den Anblick einer Kutsche – und der kleine Fox muss etwas Ähnliches empfunden haben. Hier ist er in einer kleinen Holzhütte voller Pakeha, und plötzlich knallt die Peitsche, die Straßenkinder kreischen, dann gibt es einen Ruck, das Zimmer beginnt zu schwanken, dann gleitet es aus dem Hof des „Red Lion", die unbefestigte Straße nach Süden hinunter, aus der Stadt hinaus.

Die Kutsche von Wanganui nach Wellington fährt jeden Montag und Donnerstag um sieben Uhr früh fährt am „Red Lion" ab und macht Halt in:

Turakina,
Tutaenui,
Upper Rangitikei,
Bulls,
Lower Rangitikei,
Scotts,
Manawatu,
Otaki,
Waikanae,
Paekakariki,
Porirua,
Johnsonville und
Kaiwharawhara, bevor die Fahrt in Wellington endet.

Die Kutsche ist ein Sechssitzer. Gelegentlich wird noch ein siebter Passagier im Innenraum zugelassen, aber nur, wenn er (oder sie) tot ist. Der Sarg wird auf den Boden gestellt und die Lebenden müssen während der Fahrt ihre Knie hochziehen und ihre Schuhsohlen auf dem hölzernen Dach des Verstorbenen abstellen.

Die Reise kann bis zu drei Tage dauern, je nach Zustand der Straße. Die Straße ist immer schlecht, aber im Sommer besser als im Winter. An einer Stelle an der Küste verläuft sie durch ein Sumpfgebiet und ist manchmal völlig unpassierbar. Wenn das der Fall ist, wendet sich die Kutsche nach rechts und folgt ungefähr zwanzig Meilen weit dem uralten Verbindungsweg der Maori – dem festen Sandstrand zwischen Manawatu (das bald den neuen Namen Foxton erhalten sollte, nach Sir William Fox) und Otaki. Einige Jahre zuvor hatte diese Route als gefährlich gegolten: Ein riesiger schwarzer Bulle hatte sich in den Dünen niedergelassen und pflegte sich brüllend auf die Reisenden, insbesondere die Fußgänger zu stürzen und sie bis zum Hals in die Brandung zu treiben, wo sie gezwungen waren, auf und ab zu hüpfen, bis das gewaltige Rind das Interesse an ihnen verlor und sich trollte. Bis zum Jahr 1869 jedoch hatte entweder irgendein örtlicher Theseus das Tier ins Jenseits befördert oder es hatte sich friedlich ins Landesinnere zurückgezogen und ward nicht mehr gesehen.

Über die Reise des Jungen wissen wir nur wenige Einzelheiten, doch jeder, der Dickens gelesen hat, wird sich vorstellen können, wie eine Kutschfahrt im 19. Jahrhundert in den Augen eines heimatlosen Kindes oder Waisen gewirkt haben muss. Der langnasige Kellner mit der schmutzigen Schürze… die kräftige Dame mit ihrem freundlich bebenden Busen, der Kleriker mit seiner Nase im Buch. Ein kaltes Hammelkotelett zum Abendessen, ein zerfledderter Mond, die Rufe eines Stallknechts, die geräumigen Manteltaschen des Kutschers und der ausgeprägte Geruch nach Rum, der ihn umgab. Es ist natürlich möglich, dass keines dieser Elemente – abgesehen vom Hammelkotelett, das ist todsicher – auf der Reise des jungen William Fox von Wanganui nach Wellington im Jahre 1869 vorkam, aber der wesentliche Punkt bleibt dadurch unberührt – wie fremd und seltsam die große Welt für ein Kind aussieht, das von Fremden durch sie hindurch getrieben wird.

Bei der Lektüre dieser Auflistung kleiner Städte, durch die

der Junge 1869 kam, erfuhr ich etwas Unerwartetes über das Schreiben einer Biographie. Ich war von der Feststellung überrascht gewesen, über Alex McDonald möglicherweise eine persönliche Verbindung zum Gegenstand dieses Buches zu haben, und glaubte nicht, dass es weitere Verbindungen geben würde. Doch nun verstand ich, dass das Verfassen einer Biographie auf seiner einfachsten Ebene nur der Versuch ist, die Erinnerungen eines anderen Menschen zu rekonstruieren, und dass einem während dieses Vorgangs die eigenen Erinnerungen in den Blick rücken. Mit anderen Worten, in den Leben zweier Menschen lässt sich immer ein gemeinsames Muster finden; für die Dauer von zumindest ein paar Minuten oder gar einem Jahr werden sie ähnlich aussehen oder parallel verlaufen. Hier hatte ich ein weiteres Beispiel dafür. Diese Liste von Haltestellen, bzw. um genau zu sein, ihre zweite Hälfte von Otaki bis Wellington, benannte genau die Orte, durch die ich eines Nachmittags fuhr, an dem Tag, an dem ich mein Zuhause für immer verließ.

Ich muss mich beeilen, die Unterschiede zu betonen. Ich war 18, saß in einem Zug, und es war hundert Jahre später. Aber es gab auch ein paar Ähnlichkeiten. Als wir uns Wellington näherten, ergriff mich eine nervöse Beklommenheit; ich fürchtete mich vor der Ankunft. Der Zug schien dröhnend immer schneller vorwärts zu rasen, genau in dem Moment, wo ich mir wünschte, dass er langsamer und immer langsamer fahren sollte. Auf den Bahnsteigen der Bahnhöfe oder zum Glockengeläut an Bahnübergängen blitzten die Namen auf: Otaki... Waikanae... Paekakariki... In Porirua, einem halb zersiedelten Industriegebiet, das sich zu beiden Seiten eines Naturhafen erstreckt, war es schon später Nachmittag; die roten Lichter blinkten bereits an Antennenmasten auf fernen Hügeln, und aus einem Radio, das jemand weiter hinten im Waggon eingeschaltet hatte, erklangen die Stimmen von Simon und Garfunkel:

I wish I was homeward bound
I wish I was ho-omeward bound.

In diesem Moment wünschte ich mir, dass ich heimwärts führe. Mit einem Schock wurde mir klar, dass ich nie mehr heimfahren würde, zu meinem mir vertrauten Zuhause in Napier, oder vielmehr, dass ich nicht auf der Heimreise sein würde, wenn ich dorthin führe.

Ein paar Stunden später, sobald ich einmal angekommen war, war all das natürlich vergessen, und obwohl ich dieselbe Empfindung, eine Furcht vor der Ankunft, in den folgenden Jahren wieder erleben würde – mitten im Sommer beim Anflug auf New York, das mir vorkam wie ein Satz Spindeln vor einem braunen Horizont, eines Heiligabends, als ich auf ein unterbeleuchtetes Madrid zufuhr, während einer Fahrt nach Cincinnati durch das Treiben eines Schneesturms – so war es doch nie mit derselben Intensität. Als ich aber diese Aufzählung von Ortsnamen auf dem Cobb & Co-Fahrplan las, erinnerte ich mich wieder an mein „Homeward-bound"-Erlebnis in Porirua. Die Erinnerung war deutlich, aber auch durchsichtig, wie eine Linse, durch die ich bis ins Jahr 1869 hinein schauen konnte. Und es schien mir eine vernünftige Annahme zu sein, dass zwei Erinnerungen – das heißt, die Erinnerungen zweier Menschen – trotz ihrer grundsätzlichen Verschiedenheit gelegentlich eine geradezu natürliche Anordnung bilden wie ein Teleskop und ein Stern oder ein Mikroskop und eine Zelle.

Dennoch waren die Unterschiede enorm. Ich war auf dem Weg, ein Universitätsstudium in meiner Geburtsstadt anzutreten. Auf der Gepäckablage über mir waren meine Koffer, ein Tennisschläger und ein neuer, rehbrauner Duffelcoat mit einem Schottenmuster auf dem Futter. Ich hatte ein Stipendium, ein Zimmer in einem Studentenwohnheim und eine meiner vorhin erwähnten Großtanten wohnte auf dem Berg unterhalb der Universität. Der junge William Fox dagegen wusste nicht, wohin er fuhr. Er verstand kein Wort der Sprache mit den vielen Zischlauten, die überall um ihn herum gesprochen wurde. Er begriff jedoch, dass er seinen alten Namen verloren hatte und jetzt einen neuen besaß, den er selbst nicht aussprechen konnte. Sein Vater und seine Mutter und sein älterer Bruder

Ake Ake, den er wie einen Helden verehrte, waren hinter mehreren Horizonten verschwunden. Und er hatte in diesen Angelegenheiten nicht mehr zu sagen als ein mit einem Bindfaden verschnürtes Paket in braunem Packpapier. „Seien Sie bitte so freundlich, den Knaben mit Cobb's Kutschdienst in die Stadt zu schicken..."

In diesem Moment kam mir eine weitere Erinnerung, aus einer viel tieferen Ebene meiner Vergangenheit, einer prähistorischen Epoche, wenn man so will. Ich war in einem hohen Raum. Im Kamin brannte ein rauchiges Feuer und einige andere Kinder waren auch anwesend. Zum Abendessen gab man uns Marmeladenbrote und Kakao. Ich war noch nicht ganz drei Jahre alt. Mein Vater, der damals als Wissenschaftler an der Einrichtung von Radaranlagen arbeitete, hatte fort gemusst und meine Mutter war erkrankt, also hatte man mich für ein paar Wochen an diesen seltsamen Ort gebracht, damit ich von den Nonnen versorgt würde. Ich verstand das nicht; auch heute finde ich rauchige Feuer und Marmeladenbrote übernatürlich trostlos.

Einige riesenhafte Wesen – sieben oder acht Jahre alte Jungen – setzten mich auf ein Schaukelpferd, das in der Mitte des Zimmers stand. Es hatte eine schwarze Mähne und eine Schnauze aus schwarzem Leder. Ein Schaukelpferd ist für einen Dreijährigen so groß wie ein echtes Pferd mit unbeständigem Temperament für einen erwachsenen Mann. Die großen Kinder fingen an, das Pferd von hinten zu schubsen und ich wurde höher und höher geschwungen. Ich hatte Angst, aber ich weinte nicht, weil ich unter völlig Fremden war. Mit anderen Worten, in diesem Moment fühlte ich, dass ich niemand und, aus diesem Grund, nirgendwo war. „Seien Sie bitte so freundlich, den Knaben an die Decke zu schicken..."

6

In der Hauptstadt

Wie die meisten Städte der Welt von 1869 – einer größeren, luftigeren und engstirnigeren Welt als der unseren, in der man sich noch daran erinnerte, wie schwarzgesichtige Putten die Ecken der Landkarten bevölkerten und Segelschiffe vor sich her bliesen – wurde das Wellington, in dem das Kind eintraf, die Hauptstadt einer Kolonie von einer Viertelmillion Menschen, inzwischen völlig vom 20. Jahrhundert untergepflügt – wobei die Pflüge von Frieden und Wohlstand – Stahl, Beton und Glas – sehr viel tiefer pflügen als einfache Kriege oder Naturkatastrophen. Die Eingeborenenherberge – um nur ein Beispiel zu nennen – in die William Fox geschickt wurde, ist nicht nur einfach verschwunden – den Boden selbst, auf dem sie stand, gibt es nicht mehr. Es kostete mich einige Zeit herauszufinden, wo das Gebäude gestanden hatte. Dann stellte ich fest, dass ich einen Monat lang täglich, wenn ich nach dem Abstellen meines Autos auf dem Mt. Tinakore (zu Deutsch hieße der Berg „Nichts-zum-Essen") zu einer der Bibliotheken in der Nähe des Parlaments hinunterging, direkt über ihr früheres Gelände, durch ihre verschwundenen Flure und Schlafräume geschlendert war, während ich eine Brücke 50 Fuß [etwa 15 m] oberhalb einer Autobahn überquerte, die Ingenieure in den 1970er Jahren durch den ältesten Teil der Stadt gezogen hatten, wobei sie den Ort zugleich von einem Dickicht aus Arbeitercottages, herrschaftlichen Häusern im Kolonialstil, einer Gedenkstätte für Katherine Mansfield und einem steilen, mit Kiefern bestandenen Friedhof befreiten, in dem die frühen Bewohner der Stadt in Gräbern lagen, die schief wie die Sitzreihen in einem Theater angeordnet waren.

1869 stand die Herberge, ein langes, zweigeschossiges Gebäude mit Veranda und Dachfenstern, an der Ecke der Tinakori Road. Die Behörde für Eingeborenenangelegenheiten hatte sie als „anständige Unterkunft" für Maori-Häuptlinge, die die Hauptstadt besuchten, eingerichtet, sich dabei aber von Geiz und Pfennigfuchserei leiten lassen. Zum Beispiel wurde das Gebäude am falschen Ende der Molesworth Street errichtet, eine ganze Meile vom Government House und vom Parlament entfernt. Noch war die Tinakori Street nicht zu der Straße geworden, auf der sich die Häuser reicher Bankiers aneinanderreihten, dem Schauplatz von Mansfields Gartenfest. In den 1870er Jahren war diese Seite von Thorndon „berüchtigt für beengte Wohnverhältnisse, Schlägereien und Bordelle".

Im Winter geht die Sonne früh hinter dem Berg unter und die Tinakori Road liegt ab drei Uhr nachmittags im Schatten. Die Maori-Häuptlinge, die die Hauptstadt besuchten, bewunderten von ihrer Veranda aus Prügeleien, Freudenhäuser und Armeebaracken, alles in einem kalten, windigen Halbdunkel.

Als staatliche Institution wurde die Herberge genauestens beaufsichtigt und schlecht geführt. Wenn man von den Aufzeichnungen in den allgemeinen Verzeichnissen der Behörde für Eingeborenenfragen ausgeht, konnte keine einzige Ausgabe oder die Haushaltsführung betreffende Entscheidung ohne behördliche Genehmigung getroffen werden. Das Register und der Index, die die Korrespondenz der Behörde zusammenfassen (die Briefe selbst fielen 1907 einem Brand zum Opfer) sind große, abgewetzte, in Leder gebundene Wälzer, zwei Fuß breit und einen Yard lang [etwa 60 cm x 90 cm]. Man braucht beide Hände, um ihre Seiten umzublättern, aber die Einträge bestehen aus jeweils nur wenigen Worten.

Anfrage, die in der Herberge benutzten Decken waschen zu dürfen, lautet ein Eintrag.
Genehmigung des Erwerbs von Laterne, Zinnkessel, Leinen für Tischtücher etc. für Eingeborenenherberge.
Anforderung von Stiefeln für Eingeborenenknaben W. Fox.
Macht auf stehendes Wasser auf dem Gelände der Eingeborenenherberge aufmerksam.
Zwei überzählige Decken aus der Herberge sind einem

113

lahmen Mann und einer alten Frau zu übergeben, die aus
dem Schiff⁹ entlassen wurden.

Doch dieser Ort hatte auch noch eine andere Seite, die
schlimmer war, als diese kleinen Duftwolken aus der Spülküche andeuten. Die Herberge war nicht nur leicht schäbig – die
Stimmung dort war schlecht, verdrießlich und zeitweise sogar
tumultartig. Die Schuld daran trug vor allem der Aufseher E.
Clark (oder E. Clarke – selbst die Beamten der Eingeborenenbehörde behandeln ihn in ihren Aufzeichnungen mit Gering-
schätzung und schenken ihm manchmal achtlos ein abschlie-
ßendes „e", um es ihm dann wieder wegzunehmen.)

Ursprünglich hatte ihn das Innenministerium als Bürobo-
ten angestellt; später wurde er zum Aufseher befördert. Aber
er war der Aufgabe, für den gastlichen Empfang der Maori-
Häuptlinge aus dem Landesinneren zu sorgen, in keiner Weise gewachsen. Einige dieser Männer waren in ihrer eigenen
Welt große Herrscher, die Tausend oder mehr Männer in die
Schlacht schicken konnten, fantastische Vorstellungen von
Ehre und Tapferkeit im Kopf hatten, zu keiner Lüge fähig und
entschlossen waren, sich nach Belieben während ihres Aufenthalts in der Stadt so sehr zu betrinken, wie es nur ging.

Es ist einfach unvorstellbar, dass E. Clark seine Hausord-
nung gegen die Launen von Kepa Te Rangihiwinui durchsetz-
ten konnte, den „Maori-Achilles", einen großen Heerführer,
den man allerdings „nicht nüchtern halten" konnte. Oder gegen Wi Tako, der den Siedlern das Land, auf dem sich Wellington befand, verkauft hatte und der durch den Ballsaal des
Government House und durch die Straßen stolzierte wie ein
Grundherr, der ein Auge auf seinen unzulänglichen Pächtern
behält. Oder gegen den hochmütigen Hunia, der so eitel war
wie ein Pfau. Oder gegen Mokena Kohere vom East Cape, der
einst auf ein Fingerschnippen hin tausend seiner Männer auf
den anglikanischen Glauben taufen ließ – und damit vermutlich die ungestümsten Anglikaner der Geschichte schuf: Die
Wucht und donnernde Präzision, mit der sie ihre Hymnen
sangen, erschreckte einmal einen Kleriker, der bei ihnen zu

Gast war, so sehr, dass er auf der Stelle in Ohnmacht fiel.

Solche Männer wären einer Spezies wie E. Clark wohl nie begegnet, einem Mann wie ein Käfer, der durch die Hinterzimmer, über die Hintertreppen huscht, der aufgrund von „Unregelmäßigkeiten" bald zurückgestuft werden und wieder auf seinem alten Posten als Bürobote landen sollte. Von dieser Stelle wurde er wegen unerlaubter Abwesenheit irgendwann entlassen. Obwohl die Häuptlinge sich nicht persönlich dazu herabgelassen hätten, ihm ihre Aufmerksamkeit zu schenken, ist ziemlich klar, dass sie es zuließen, wenn ihre Begleiter ihn quälten. Und so ist das Generalregister von bitteren kleinen Beschwerden durchsetzt, die von beiden Seiten der Herberge zu Papier gebracht wurden:

Bericht von E. Clark:
Dass Taia Rupuha gestern abend betrunken war und ihn beleidigte.
Von Mr. Rangitakawaho:
Bemerkt, dass Mr. Clark immer mürrisch ist, wenn er das Zimmer betritt.
Vom Aufseher der Eingeborenenherberge:
Hatte nicht ausreichend Essen für Wi Waka und andere, weil sie genau zur Essenszeit eintrafen. Bemerkt, dass Wi Waka und fast alle anderen Eingeborenen berauscht waren.

Durch die Pforte eben dieses betrüblichen Etablissements wurde der junge William Fox geweht – wahrscheinlich, wenn die Straßen in gutem Zustand waren, eines dunklen Samstagabends, an dem der Wind die Türen zuknallte und die Schatten der Bäume im ganzen Garten wild umherspringen ließ:

Ein Eingeborenenknabe, Wm. Fox, zur Übergabe an E. Clark.

Und doch... auf gewisse Weise muss man daraus schließen, dass der Junge Glück hatte. Zumindest hatte man ihn in eine Umgebung überstellt, die teilweise von Maori geprägt war, und die, abgesehen vom unerfreulichen E. Clark, gütig mit ihm umging. Letzteres können wir aus einem winzigen Detail schließen, das uns aus seinen Jahren in der Herberge überliefert wurde. Er bekam dort einen Spitznamen: Man nannte ihn *„Awhi"*.

Awhi bedeutet als Verb: „umarmen", „fördern", „hegen", „ausbrüten" (wie eine Henne die Eier). Als Name heißt es, grob übersetzt, „der Geschätzte", „der Umarmte", kurz: „Schätzchen". Mit anderen Worten, der kleine William Fox wurde zum Liebling der Einrichtung. Soweit man sich auf das Archiv verlassen kann, war er das einzige Kind, das dort lebte, und er verbrachte dort drei Jahre. Während dieser Zeit nahm man ihn unter die Fittiche, nahmen ihn, um genau zu sein, mehrere unter ihre Fittiche, und diese Fittiche waren zudem mächtig und schützend.

Die großen Häuptlinge zu Besuch in der Hauptstadt waren nicht einfach blutrünstige Kriegsherren, die gekommen waren, um ihren Lohn zu fordern. Einige zählten zu den imponierendsten Persönlichkeiten ihrer Zeit. Renata Kawepo zum Beispiel, ein außergewöhnlicher Mann, mit seiner leeren Augenhöhle von geradezu strahlender Hässlichkeit, ein berühmter Redner, originell und ernsthaft. Er stand an der Spitze der Ngati Te Upokoiri, eines kleinen, aber „mannhaften und kriegerischen" Stammes – seinen Stammesangehörigen Pirimona und Herewini sind wir bereits während der Schlacht bei The Beak of the Bird begegnet. Kaweko selbst steckte schon seit seiner Kindheit bis zum Hals in Schwierigkeiten. Als er 16 Jahre alt war, wurden er und sein Volk von einem Angreifer-Heer aus dem weiten Norden belagert. Nachdem einige Zeit verstrichen war, bot er sich selbst als Geisel an, um alle anderen vor dem Hungertod zu bewahren. Das Angebot wurde angenommen und der Sechzehnjährige ging hinaus, um seinem Schicksal (Sklaverei oder Folter und Tod waren die üblichen Optionen) mit diesen Worten zu begegnen: *„Kia kawe au ki te po"* – „Ich übergebe mich nun der Nacht." So erhielt er seinen Namen. *Kawe-po*: „Der-Nacht-Übergeben".

Er wurde für viele Jahre in die Sklaverei verschleppt. Als junger Mann lernte er Schreiben und Lesen und als er mit dem

Einzug des Christentums freigelassen wurde, schrieb er einen Bericht über seine Reise zurück in die Heimat, Hunderte Meilen zu Fuß in Begleitung von Bischof Selwyn. Es ist das erste längere auf Maori verfasste Prosastück. Seine Sätze lesen sich, als gehörten sie zu den ersten, die je geschrieben wurden. Hier erreicht er endlich ein Dorf seines eigenen Volkes:

Dann, als ich am Ufer ankam, löste ich den Knoten in meinen Kleidern und schaute in die Zunderbüchse. Er war nicht ganz nass und ich entzündete ein Feuer. Ich sagte meinen Freunden: „Wir werden Hunger bekommen."
Meine Freunde sagten zu mir: „Was können wir da tun?"
Ich sagte: „Ihr müsst für einen Shilling etwas kaufen."
Ich gab ihnen einen Shilling und sie kauften nur drei Kartoffeln... Wir schliefen.
Nächster Morgen, erst jetzt kamen sie [seine Verwandten] um mich zu holen.
Dann weinten wir gemeinsam.
Als wir nicht mehr weinten, stand ein Mann auf. Er sagte... „Jetzt, wo du hergekommen bist, musst du bleiben."
Ich antwortete ihnen: „Ich werde nicht bleiben. Damit hat es sich."

Nun, Jahrzehnte später, kämpfte er einen Zweifrontenkrieg: gegen die Hauhau-Bewegung und gegen die Gier der Siedler nach dem Land der Maori. Letzterer war der gefährlichere Feldzug und er führte ihn oft in die Hauptstadt. Obwohl er nach und nach Teile seine Ländereien verlor, war er immer noch ungeheuer reich und gab auf seinem Gut in Hawke's Bay Empfänge, auf denen er, wie Richmond mit einer Mischung aus Bewunderung und Neid bemerkte, „allen, die ihn haben wollten, Maori wie Pakeha, Champagner servierte".

Kawepo hatte eine Art, das Gewissen der Engländer mit einer treffenden Bemerkung aufzustören. „Es ist seltsam", sagte er. „Als ihr hier zuerst eintraft, hörten wir viel darüber, dass die Söhne Sems [Maori] die Söhne Japhets [Engländer] in ihren Zelten willkommen heißen sollten. Und so hielten wir es. Wir sagten: ‚Komm herein, Japhet.' Aber was uns nicht gefällt

ist dies: Jetzt, wo Japhet in den Zelten ist, sagt er: ‚Hinaus mit dir, Sem.'"

Dann zeigte er auf eine Pfahlramme, mit der am Fluss gearbeitet wurde. „Ihr Engländer seid genau wie diese alberne Maschine", sagte er. „Ihr treibt unsere Köpfe in die Erde." [10] Und weiter: „Zweifellos stimmt es, dass ihr Engländer eine edle Rasse seid und wir Maori ein jämmerlicher Haufen. Das ist ganz richtig. Gott schuf euch als ein gutes und hellhäutiges Volk und uns als ‚schlecht und schwarz', wie ihr sagt. Aber hätten wir diese Betrachtung nicht lieber dem Gott überlassen sollen, der uns schuf?"

Man kann sich nur schwer vorstellen, dass Kaweko, mit seinem einen funkelnden, schlauen Auge (das andere war ihm im Kampf ausgestochen worden – von einer Frau, die er später heiratete), den jungen William Fox nicht mit Interesse betrachtet hätte, diesen „kleinen Hauhau-Gefangenen", der zuallererst von zweien seiner eigenen Stammesgenossen aufgegriffen worden war und der sich nun in den Händen von Pakeha-Vormunden befand.

Auch Mokena Kohere, ein weiterer bedeutender Gast der Herberge, vollzog einen Drahtseilakt zwischen den Hauhau auf der einen Seite, die er als Wilde betrachtete, die in die Dunkelheit zurückstrebten, und gierigen Siedlern auf der anderen. Doch er war ein subtiler Stratege, ein auf gewandte Weise unverlässlicher Verbündeter, der die Weißen in einem Moment an seine Brust zog und ihnen im nächsten befahl, sein Land zu verlassen. „Wenn Mokena nicht gewesen wäre, was dann?" lauten die Worte eines *haka*, der in seinem Heimatbezirk am

East Cape immer noch aufgeführt wird. Ja, was dann? Der Himmel wäre eingestürzt, wie er zu jener Zeit für viele andere Stämme einstürzte. Doch Mokena und sein Volk überstanden diese Zeit mit fast ihrem gesamten Land und zugleich wurde er mit Ehren und öffentlichen Ämtern überhäuft. 1872 wurde er Mitglied des Oberhauses, der Gesetzgebenden Versammlung; er war einer der ersten Maori im Parlament und hielt sich geschäftlich oft in der Hauptstadt auf.

Mokena Koheres Nachname bedeutet „Beschützer des Volkes". Auch er muss wohl ab und zu nachdenklich zu „Awhi" hinuntergeschaut haben, diesem kleinen Kerl, der sich irgendwie traurig in der Lücke zwischen den Welten der Maori und der Europäer bewegte. Auf gewisse Weise operierten auch Männer wie Mokena und Kawepo in diesem Raum. Sie verlangten nach den Vorteilen und Geschichten der europäischen Zivilisation, aber sie wollten auch sie selbst bleiben, etwas sicher zu Hause bewahren – ein maorisches Zimmer gewissermaßen, im Zentrum ihres Lebens.

Einigen von ihnen gelang es. Bei meinem allerersten Besuch in einem maorischen Haushalt zeigte man mir eine Waffe, die in einem langen, dunklen Flur hing. Es handelte sich um ein Ehrenschwert, das die Königin von England einem großen Häuptling geschickt hatte. Der Häuptling war Mokena Kohere. Ich war 20 Jahre alt und zu Besuch bei seinem Ururenkel Taunoa Kohere, einem Studienfreund.

An das Schwert selbst erinnere ich mich nicht genau. Der Raum war dunkel und nur durch das Sonnenlicht beleuchtet, das durch eine Tür am anderen Ende des Flures fiel. Auf jeden Fall geschah dann etwas anderes, das bei mir einen stärkeren Eindruck als das Schwert hinterlassen hat. Ich ging den Flur hinunter, eine Tür öffnete sich, ich ging zwei Schritte weit hinein – und fand mich in einer anderen Welt wieder. Es war ein Wohnzimmer – Kamin, Sofa und Sessel, Bücher lagen herum – doch seine Wände waren vom Boden bis zur Decke mit hölzernen Ahnenfiguren getäfelt, mit durchdringenden starrenden Augen und kleineren Schnitzbildern zwischen ihren

Schenkeln, die jüngere Generationen darstellten. Bis dahin hatte dieses Haus mit seinen Erkerfenstern und Veranden gewirkt wie ein gewöhnliches, von Schafen umgebenes Gehöft auf dem Lande. In diesem Augenblick hätte ich nicht überraschter sein können, wenn ich in eine Meereshöhle eingetreten wäre, in der die Echos hallten, oder in die Kammer einer Sybille – aber ich entstammte ja auch genau der Welt, tyrannisch, selbstgewiss und in gewissem Sinne eindimensional, die Männer wie Mokena vor langer Zeit vorhergesehen und versucht hatten, sich vom Leib zu halten.

Die Koheres waren eine aristokratische und mit vielen Talenten gesegnete Familie. 200 Jahre lang brachte jede Generation zumindest eine herausragende Persönlichkeit hervor. Mein Freund Taunoa Kohere selbst starb jung bei einem Unfall – nur wenige Monate, nachdem ich das Schwert auf jenem abgelegenen Gehöft am East Cape gesehen hatte. Sein Englischprofessor beschrieb ihn als einen der glänzendsten Studenten, die er je unterrichtet hatte, als jemanden, der ein großer Autor hätte werden können, wenn er länger gelebt hätte.

Als er starb, trugen wir seinen Sarg zu sechst an sein Grab, das hundert Yards vom Strand entfernt lag. Als wir ihn dort beerdigten und sein ruhiger, überraschter und nachdenklicher Blick aus unserem Gesichtsfeld verschwand, spürten wir, dass wir auch den Schlüssel zu einer Tür verloren hatten, einer Tür, die schwer zu finden, aber leicht zu öffnen war, und die in einen Raum führte, wo zwei Kulturen einfach miteinander umgehen konnten, ohne dabei etwas von ihren besten Eigenschaften zu verlieren.

Zumindest für mich ist es eine angenehme Vorstellung, das Taunoas Ururgroßvater Mokena mit dem Kind zusammengesessen haben könnte, während die Südwinde um die Herberge fegten, und ihm Geschichten erzählte, die jedes Maori-Kind kennen sollte – vom blendenden Tawhaki, der eine Überschwemmung veranlasste, der mit seiner Spucke Blindheit heilte und eines Tages dabei beobachtet wurde, wie er auf den Gipfel eines Berges stieg, dort „sein armseliges Gewand ablegte und in den Blitz gekleidet dastand". Oder von den Pakepakea, einem mythischen Volk, das man nie sah, aber das man singen hörte, wenn es bei Hochwasser auf dem Treibholz der Flüsse stromabwärts trieb. Und sogar von den Kindern des Whanau Moana, aus dem Stammesgebiet von Fox' eigener Mutter – einem einzigartigen Völkchen geflügelter Wesen, die Seite an Seite mit gewöhnlichen Menschen lebten und bei Tage offen herumflogen, manchmal zu den Gipfeln der Berge, manchmal weit aufs Meer hinaus. Reverend Taylor aus Wanganui berichtete in den 1850er Jahren, dass ihre Nachkommen noch lebten, doch dass der letzte geflügelte Mann seine Flügel nicht mehr benutzen konnte, seit sich seine Frau dummerweise im Schlaf gedreht und sie dabei unwiderruflich beschädigt hatte...

Und die Herberge selbst war trotz der benachbarten Bordelle und Kasernen für ein Maori-Kind keine völlig unvertraute Umgebung. Ebenso wie der auf ihrer Rückseite liegende Berg ist die Tinakori Road – ursprünglich „Tinakore Road" – nach einem Abend benannt, an dem ein Straßenbauunternehmer es versäumte, seinen aus Maori zusammengesetzten Trupp Straßenarbeiter zu verpflegen: „Tina? Kore." – „Mahlzeit? Überhaupt nichts."

Aus irgendeinem Grund stachelte das ihren Sinn für Humor sogar noch stärker an als ihre Empörung. „O, Tina-kore!", sagten sie. Der Name weigerte sich, den Ort zu verlassen. Vielleicht konstatierten die Maori einfach gern, dass auch die Pakeha mit ihren Chronometern und 12-Uhr-Kanonen und Schimpfpredigten über den „verteufelten" Stammeskommunismus Dinge *pakaru* machen konnten – das heißt, alles verpatzen konnten.

In jenen Tagen war der Berg, der die Herberge überragte, auf seinen höheren Hängen und in den tieferliegenden Schluchten noch von heimischem Buschwald bedeckt (bald sollte das alles verschwinden; heute wachsen dort Kiefern). Von seinem Zimmer aus konnte der junge Fox zumindest einen Laut hören, den er schon seit ganzes Leben lang kannte, den Ruf des Kuckuckskauzes, *ruru*, der auch heute noch sein Revier in den Bergen von Wellington hat. Vielleicht hörte er sogar ab und zu den Schrei des nachtaktiven Kiwis. Noch im September 1926 wanderte eines Nachts ein Kiwi auf der Molesworth Street herum – es war der wohl letzte Besuch des neuseeländischen Nationalsymbols in seiner Hauptstadt.

Für einen Jungen, der bis dahin nur den Wald von Taranaki und die an der Biegung eines braunen Flusses gelegene Stadt Wanganui gesehen hatte, muss die Hauptstadt, durch deren Straßen der junge William Fox jeden Morgen zur Schule ging, einen fesselnden Anblick geboten haben. Zeitgenössische Fotos zeigen einen geschäftigen Hafen voller Schiffe, einige an den Kais festgemacht, andere, deren Segel durch die Langzeitbelichtung verschwommen wirken, langsam in Bewegung. Es gibt Pubs, in deren dunklen Eingangstüren Gestalten lehnen, und ein irgendwie verschmierter Fleck aus Stöcken und Schatten markiert das kleine Maori-*pa* in Te Aro, das bald aus dem Blickfeld der Öffentlichkeit verschwinden sollte. Auf Fotografien, die aus bestimmten Blickwinkeln aufgenommen wurden, ist eine Aufeinanderfolge von Glocken- und Kirchtürmen, Krabben und Stützpfeilern zu sehen. Wie andere koloniale Hauptstädte auch war Wellington ein hölzernes Simulakrum des imperialen Ideals von Westminster.

In dieser kleinen Stadt, die sich über Berge und Strände verstreute, lebten vermutlich nur dreimal so viele Menschen wie in Wanganui, aber damit verglichen war sie die große Welt. Es gab königliche Besucher und parlamentarische Fehden, und dann war da die Tatsache und Anwesenheit der Regierung, die jeder Hauptstadt, wie klein sie auch sein mag, eine Aura von Beschäftigung verleiht, mit einer Perspektive, die über die eigenen Dächer hinausreicht – einer Aussicht, die zumindest weiter reicht als das, was von anderen Städten aus zu sehen ist.

Ziemlich viele Schlägereien und Trunkenheit gab es auch, besonders am falschen Ende der Molesworth Street, aber nur wenige Schwerverbrechen. Wollen wir mal sehen: John Thomas wird für den Diebstahl eines Federkissens zu zwei Monaten Zwangsarbeit verurteilt. William Morris erscheint vor Gericht und ist der Trunkenheit und des ordnungswidrigen

Verhaltens angeklagt; der Richter seufzt und bemerkt, dass er immer betrunken sei und sich ordnungswidrig verhalte. Wi Patene ist angeklagt, acht Hühner gestohlen zu haben; der Zuschauersaal ist mit Maori, die die praktische Ausübung der britischen Rechtsprechung höchst interessiert verfolgen, vollbesetzt. Der Angeklagte wird zu zwei Wochen Zwangsarbeit verurteilt.

Die Zeitungen beklagen sich über Staubwolken auf den ungepflasterten Straßen und über eine Epidemie „wilden Reitens". Die Angehörigen der besseren Kreise fahren nachmittags in Kutschen herum und geben gegenseitig bei ihren Häusern Besuchskarten ab. In der Presse werden die jeweiligen Vorzüge der verschiedenen Ausführungen von künstlichen Pferdeaugen diskutiert, wobei man die Wahl hat zwischen Glas, Porzellan oder Guttapercha. Glas hält man für zu zerbrechlich, aber Guttapercha ist zu weich. Wir werden wohl nie erfahren, wie viele Pferde durch ein kaltes Porzellanauge blickten und so durch die Straßen trabten.

Die Nebelflecke im Sternbild Argo und vier Nebelflecke im Sternbild Skorpion wurden zum ersten Mal fotografiert. In Wetterberichten wird die Windgeschwindigkeit nicht in Meilen pro Stunde angegeben, sondern in Meilen pro Tag. In Wellington weht der Wind mit einer Durchschnittsgeschwindigkeit von 262 Meilen pro Tag. Doch während eines Sturms haben die Atome, die uns den Hut bei Sonnenuntergang an der Ecke der Willis Street vom Kopf wehen, seit Tagesanbruch sechshundert Meilen über das Meer zurückgelegt.

Ein Besucher nannte die Bürger Wellingtons „einen seltsamen und streitsüchtigen Haufen". Zum Großteil waren es Londoner, die sich hauptsächlich für Wirtschaft, Politik und Gesetzgebung interessierten. Mit Bildungs- oder Religionsfragen beschäftigten sie sich nicht besonders. Im Gegensatz zu anderen Städten der Kolonie gab es in Wellington 1869 keine weiterführende Schule; die Wohlhabenden mussten ihre Kinder auf die Südinsel schicken, wenn sie etwas lernen sollten.

Für jüngere Schüler gab es eine Handvoll Einrichtungen. Mr. Grundy unterhielt eine Schule am Clyde Quay, Mr. Flux eine in der Rintoul Street. Es gab die Terrace School, die von einem „kräftigen Hochlandschotten" geführt wurde, „der gelegentlich seinen Kilt anlegte, seinen Dolch schwang und zur Begeisterung der Jungen ‚einen Schottentanz aufführte', bis sich die Balken bogen. Nur ein einzelner schüchterner Jüngling wurde von der keltischen Laune so erschreckt, dass sie ihn von einem weiteren Schulbesuch abhielt."

Weiter bergab stand das Schulhaus von Mr. Grace, in das von Zeit zu Zeit „auch dunkelhäutige Gesichter einen Blick werfen mochten, um nachzusehen, was die jungen Pakeha trieben, während sich der weisere Maori in der Sonne räkelte."

William Fox wurde auf eine Schule in Thorndon geschickt, die von einem Mann namens Mowbray geführt wurde. Mowbrays Schule war eine einleuchtende Wahl: Sie lag in der Nähe der Herberge und unter ihren Schülern befanden sich zumindest drei weitere Maori, darunter zwei Kinder des großen Häuptlings Wi Tako, der sie auf Sir William Fox' Anraten als Internatsschüler dorthin geschickt hatte. Die Schule war ein recht düster aussehendes Holzgebäude im gotischen Stil mit Spitzbogenfenstern und einem spitzen Dach. Es ging vor langer Zeit in Rauch auf, wie der Großteil des Wellington der 1870er Jahre. Über William Mowbray selbst ist nicht viel zu sagen. Er war groß, er war jung, er hatte sandfarbenes Haar und einen sandfarbenen Schnurrbart. Er mochte die Oper. Nach zwei oder drei Jahren Ehe schenkte seine Frau ihm einen Sohn und dann, ein oder zwei Jahre später, siehe da, schenkte sie ihm eine Tochter. Zu Beginn des Schuljahres, so stellte eine Zeitung lobend fest, hielt er im Gegensatz zu den anderen Schulmeistern der Stadt eine Rede vor der versammelten Schule und riet darin zu Sorgfalt und Fleiß. Einmal überreichten ihm seine Schüler „als Zeichen ihres Respekts ein Opernglas".

Er unterrichtete vier Jahrzehnte lang und setzte sich zur Ruhe, ohne dass irgendein Makel an ihm bekannt geworden wäre – außer vielleicht, dass er den Zeitungen nur wenig bot, das sie für berichtenswert erachtet hätten.

Während seiner langen Karriere gab es nur eine mögliche Anschuldigung gegen ihn, und darüber wurde nicht in der Presse berichtet. Sie macht sich als kleine Unruhe im Verzeichnis der Eingeborenenbehörde auf den Seiten des Jahres 1871 bemerkbar:

> 21. Januar: *Beschwerden von Häuptlingen über die Art, wie Sie die Maori-Knaben in Ihrer Obhut behandeln.*
> 21. Januar: *Ihaia Porutu und Wi Tako beschweren sich darüber, dass Mr. Mowbray die Maori-Knaben, die seine Schule besuchen, Kartoffeln schälen lässt etc.*
> 11. März: *Mr. Mowbray antwortet auf bestimmte Beschwerden, die von Wi Tako gegen ihn vorgebracht werden. An wen weitergeleitet? Den Ehrenwerten Premierminister.*
> 2. September: *Mr. Mowbray. Dass Pene Te Hiko, einer der Knaben an seiner Schule, fortgelaufen sei.*

Wieder einmal stehen wir vor der üblichen Schwierigkeit: Die Briefe selbst existieren nicht. Die Flammen von 1907 lodern wieder auf. Ob zum Beispiel nur die Maori-Schüler zur Arbeit herangezogen wurden und Kartoffeln schälen mussten, oder ob die Häuptlinge der Auffassung waren, dass solche Arbeiten zwar für die Kinder der Pakeha zumutbar sein mochten, aber gänzlich unangemessen seien für die Söhne großer Adliger, oder *rangatira*, wie sie selbst es waren, können wir nicht sagen. Man bekommt zwar irgendwie den Eindruck, dass es für ein Maori-Kind nicht angenehm war, vom sandfarbenen Mr. Mowbray unterrichtet zu werden, aber das ist nur ein Eindruck und ohnehin nicht wirklich der springende Punkt.

Der interessanteste Aspekt an dem ganzen Wirbel über die Schulspeisung in Thorndon zeigt sich in der Aufzeichnung vom 11. März. Die Antwort auf die Klage wird an niemand Geringeren als an den Premierminister Mr. Fox persönlich weitergeleitet. Die Sache ist zur Staatsangelegenheit geworden.

Es ging nicht nur darum, dass Wi Tako ein bedeutender Mann war, ein Freund des Gouverneurs und mit dem Königshaus persönlich bekannt. Auch nicht darum, dass er gefährlich war. Mehrfach hatte er zwar seinen Abscheu gegenüber den Pakeha ausgedrückt, hatte gedroht, sich gegen sie zu wenden und sich grübelnd in die 17 Zimmer seines Herrenhauses auf der anderen Seite des Gebirges zurückgezogen. Die Zeit jedoch, als er eine wirkliche Bedrohung für die weißen Machthaber im Bezirk Wellington darstellen konnte, war vorüber.

Hier war etwas Subtileres im Spiel, etwas, das unwirklicher und doch dunkel und kraftvoll war, wie die Erinnerung an einen Gabelblitz. Es handelt sich um die Tatsache, dass diese böige Hauptstadt mit ihren Türmchen und hübschen Lattenzäunen einst der Schauplatz für ein außerordentliches britisches Experiment in den politischen und ethnischen Beziehungen gewesen war.

Es wurde als „humanitärer" Plan bezeichnet, obwohl dieser Begriff seine revolutionäre Reichweite eher schmälert. Als 1840 die britische Herrschaft über Neuseeland verkündet wurde, erhielten die Maori im Unterschied zu allen anderen kolonisierten Völkern die volle Staatsbürgerschaft und gleiches Recht vor dem Gesetz. In anderen Teilen des Empire war die Vermischung der Ethnien verpönt, doch hier betrachtete man sie als äußerst wünschenswert. „Durch Liebe und Mischehen sollen beide Völker ineinander aufgehen", betonte Gouverneur Grey 1847 vor den Häuptlingen.

Dahinter stand gemäß dem Blackwoods Magazine die Idee, „aus Neuseeland eine Art moralisches Zentrum für die Verbreitung von hohen Grundsätzen und einer aufgeklärten Zivilisation zu machen". Die Vorschläge lassen sich auch als eine Weiterführung der Amerikanischen und Französischen Revolutionen verstehen, die zwar für die Freiheit ihrer eigenen Bürger eintraten, aber im Hinblick auf die Angehörigen anderer Ethnien erbärmlich versagten – in diesem Zusammenhang genügt es, auf Jeffersons Sklaven-Gehege und die Behandlung von Haitis Revolutionsführer Toussaint hinzuweisen.

Inzwischen, spätestens 1869, war das große Experiment in Neuseeland gescheitert – aber nicht offiziell und nicht vollkommen. Der Vertrag, in dem der Plan verankert war, wurde nie für nichtig erklärt. Männer wie Fox machten sich zwar darüber lustig, aber nicht allzu oft und nicht allzu laut.

Zudem lebten noch viele derjenigen Männer, die anfänglich in die Kolonie gekommen waren, um den Plan zu verwirklichen; sie verfolgten die Ereignisse nach wie vor aufmerksam und waren noch immer mächtig. Sie verfügten über gute Beziehungen in England und waren eng miteinander vernetzt. Überraschend viele von ihnen entstammten nicht nur der Universität Cambridge, sondern sogar einem bestimmten College der Universität – St. John's, wo wohl ungefähr 30 Jahre lang im Gemeinschaftsraum und auf dem Rugby-Platz der Mythos bestanden haben muss, dass Neuseeland „ihnen gehöre". Vielleicht ließen sich die jungen Gentlemen in St. John's von den Aktivitäten des ersten in der Kolonie tätigen Missionars (auch er ein St. John's-Absolvent) inspirieren, oder einfach nur von der Beschreibung seiner ersten Nacht unter den gefürchteten Maori mit ihren leisen Anklängen an Blakes „Tiger! Tiger!" und „Aus den Sternen flog der Speer":

> Wir bereiteten uns auf die Nachtruhe vor und fürchteten uns nicht, unsere Augen inmitten dieser Kannibalen (die unsere Landsleute massakriert und verschlungen hatten) zu schließen. Eine gewaltige Zahl Männer, Frauen und Kinder, einige halb nackt und andere mit fantastischer Pracht umhüllt, lagen überall um mich herum ausgestreckt; die Krieger, deren Speere im Boden steckten und deren andere Waffen neben ihnen lagen, blinzelten unter ihren [Umhängen] hervor oder schüttelten sich den schweren Tau von ihren triefenden Häuptern.

An St. John's graduierten einige Jahre später William Martin, der erste Oberste Richter der Kolonie, sowie George Selwyn, ein Freund Gladstones und Neuseelands erster Bischof, der tausende Meilen in neuen Land umherwanderte, um „eine Kirche aufzubauen". Es gab den kühnen und brillanten J. E. Fitzgerald (Christ's College, Cambridge), der die Siedler vor dem „großen Verbrechen" der Enteignung warnte, nicht nur im Namen der Maori, „sondern im Namen eurer eigenen Söhne und Töchter... jenes geheimnisvollen Gesetzes unseres Daseins wegen, aufgrund dessen einmal vollbrachte große Taten dem Leben und der Seele eines Volkes einverleibt werden."

Selbst Samuel Butler (St. John's), der während seines Aufenthaltes in Neuseeland Distanz zur Politik wahrte, verwandelte die letzten Seiten von „Erewhon" in einen raffinierten Angriff auf die rassistischen Vorurteile der Siedler im Südpazifik.

1868 verließ Selwyn die Kolonie voller Verzweiflung über einen Krieg, der, wie er glaubte, sein Lebenswerk zerstört und so viele Maori der Kirche entfremdet hatte. Er kehrte nach England zurück, war aber dort ebenso gefährlich, wie er es in Neuseeland gewesen war. Er stand in engem Kontakt mit Martin und wusste von allem, was in der Kolonie vorging. In England war er eine wichtige Persönlichkeit: Er predigte in Windsor, war Bischof von Lichfield und hatte Zugang zu mächtigen Personen in Whitehall und an den Universitäten (das Keble College an der Universität Oxford wurde ihm zum Gedenken gegründet). Für den Rest seines Lebens sollte ihn Neuseeland nicht mehr loslassen. Am Nachmittag als er starb schweiften seine Gedanken wieder zu den Wiesen seiner frühen Tage, zu den tausend Meilen, die er mit Renata Kawepo gewandert war, und seinem Aufbau der Kirche mit Mokena Kohere in den heißen, trockenen Tälern der East Coast. Immer wieder murmelte er zu sich selbst und zu seinem Freund Martin, der an seinem Sterbebett war: „Sie werden zurückkommen."

Seine letzten Worte sprach er auf Maori: „*Ko te maarama.*" – „Es ist das Licht."

Bis heute wacht über Selwyns Alabasterfigur tief im dunklen, geheimnisvoll gewundenen Kirchenschiff der Kathedrale von Lichfield ein Maori-Krieger auf glänzenden viktorianischen Kacheln.

Gegen die in der Gründerzeit etablierte Macht und verbleibende Autorität solcher Persönlichkeiten mussten Männer wie Fox und Richmond vorsichtig vorgehen. Sie wollten Maori-Land, so viel wie sie nur kriegen konnten, sie wollten keine Gleichberechtigung, sondern Herrschaft, und sowohl nach

Land als auch nach Herrschaft trachteten sie mit fairen und mit unfairen Mitteln – doch genau aus diesem Grund war es wichtig, den Anschein zu wahren. Missstimmung unter den Völkern durfte nicht um ihrer selbst willen schwelen. Noch die banalste Angelegenheit – wer die Kartoffeln an einer Schule schälte, auf die die Regierung Kinder mit Eingeborenenstipendien schickte – besaß symbolische Bedeutung. Sollte ein Lehrer angefangen haben, seine Schüler aus Maori-Familien schlecht zu behandeln, dann musste er schleunigst daran gehindert werden.

Und ohnehin hatten sie gegen bestimmte Aspekte der Beziehung – die Staatsbürgerschaft der Maori, ihre parlamentarische Vertretung und Mischehen –, die in den meisten Regionen der Welt undenkbar waren, nichts einzuwenden.

Das also war das Wellington, wohin der junge William Fox verfrachtet worden war – eine seltsame, streitsüchtige Stadt der Strömungen und Gegenströmungen, die so widersprüchlich waren wie seine Winde, ein großes Experiment und ein halber Betrug – mit Maori-Häuptlingen im Ballsaal von Government House und anderen – auch die Verwandten des kleinen Fox zum Beispiel sollten bald dort eintreffen – im Gefängnisschiff im Hafen. Wenn sich Männer wie Kohere im Parlament erhoben, um eine Rede zu halten, kicherten junge weiße Frauen in der Damengalerie. „Wenn die Maori sprechen ... sobald sie sich erheben, wird das gegenwärtig als ein Anlass für kaum unterdrücktes Gelächter und Gespräche genommen." (Brief an den Daily Advertiser, 18. September 1871)

Dieselbe Zeitung druckte kommentarlos diesen Brief eines Deutschen namens von Hagen, der aus Melbourne schrieb und anbot:

Hilfstruppen von einer Stärke von ungefähr 1500 bis 2000 Mann aufzustellen, um nach Neuseeland zu kommen und endlich Ihrem wunderbaren Land einen immerwährenden Frieden zu sichern. Ich habe meine Landsleute aufgesucht und wir können uns verpflichten, für £ 200.000 alle Eingeborenen auszurotten, solange Ihre idiotischen Kolonialräte sich nicht einmischen. Selbstverständlich erwarte ich von Ihrer Regierung, dass sie uns mit preußischen Nadelgewehren und Munition ausstattet.

Zur gleichen Zeit folgten fünftausend Bürger, zum größten Teil Weiße, dem Sarg des örtlichen Häuptlings Te Puni. Unter den Sargträgern befanden sich mehrere Minister der Regierung. Eine andere Zeitung, die Wellington Independent, zu der William Fox senior enge Verbindungen unterhielt, widmete sich dem Stamm seines Patensohnes mit folgenden Worten:

Es gibt an der Westküste eine gewisse Zahl von Eingeborenen... denen man keine Gnade zeigen darf. Sie sollten wie wilde Tiere behandelt werden – zur Strecke gebracht und erlegt. Die Geschichte der Neuzeit lehrt uns, dass unbelehrbare Wilde, die die Kolonisierung unmöglich und das Leben friedlicher Sieder unsicher machten, zum Wohle der Gesellschaft ausgerottet wurden... es gibt gewisse *hapus* von Stämmen an der Westküste, deren Plünderungen und Morde sie zum Fluch der Kolonie gemacht haben, und wir würden sie ausrotten. Es ist unwichtig, mit welchen Mitteln dies geschieht, wenn nur die Aufgabe wirksam erfüllt wird. Kopfgeld, Blutgeld, Auftragstötung – wenn all diese oder eines dieser Mittel zur Anwendung kämen, wären wir zufrieden...

Doch zur gleichen Zeit hielt der Gouverneur persönlich eine Rede auf einer Zusammenkunft von Maori in der Nähe von Wanganui:

Es ist der Wunsch der Königin, dass Maori und Pakeha zusammen aufwachsen als ein Volk, und dass sie gedeihen wie das immerwährende Grün eurer heimischen Wälder. Die Königin hat ihren Sohn, den Duke of Edinburgh, entsandt, damit er dieses Land besuche und beide Völker ihrer Liebe zu ihren Untertanen und ihres tiefempfundenen Wunsches versichere, dass sie in gegenseitigem Wohlergehen und Glück leben...

Unterdessen träumte der erste bekannte englische Dichter des Landes, ein weiterer St. John's-Absolvent namens Domett, in der Parlamentsbibliothek vor sich hin und schrieb unter dem Titel „Ranolf and Amohia" ein langes, sehnsuchtsvolles und stellenweise recht erotisches Gedicht über die Liebe zwischen einem Maori-Mädchen und einem Engländer, ganze 14.000 Zeilen lang – Tennyson fand es „bemerkenswert, gedankenvoll", Longfellow „grandios".

Privat betrachtet Domett die Maori mit so etwas wie kaltem Abscheu: „Eure Nigger-Philanthropie widert mich ziemlich an", schreibt er an einen Kollegen. „Ihr sprecht davon, dass man die Eingeborenen betrüge... Sie müssen mit eiserner Hand regiert werden. Schließlich ist es undenkbar, dass Wilde dieselben Rechte haben sollen wie zivilisierte Männer. Sie sind allerdings kein Vieh, und wenn man sie einen festen Glauben an die Herrschaft des weißen Mannes lehren kann, dann sollte es möglich sein, sie mit einem gewissen Maße an Güte zu behandeln."

Domett war es, der während seiner kurzen Amtszeit als Premierminister in den 1860er Jahren den mit Abstand ungerechtesten Hoheitsakt in der Geschichte des Landes vorgeschlagen hatte, die Konfiszierung von Grundbesitz der Maori. Vielleicht findet sich eines Tages ein psychologisch interessierter Historiker, der die Geschichte dieses seltsamen Mannes, dessen schwärmerische Verse und gehässige Politik gleichermaßen die Maori zum Gegenstand hatten, entwirrt. Es drängt sich der Gedanke auf, dass sich Eros in seinem Fall ins Böse umkehrte, dass Domett einst von einer hübschen Amohia zurückgewiesen wurde. Dutzende junger Engländer hatten Affären mit Maori-Frauen. Der junge und überhebliche Francis Dillon Bell zum Beispiel schrieb einem Freund in dem Pidgin-Maori, das damals bei den oberen Zehntausend Mode war: „Wie du weißt, soll ich bald mit einer Pakeha *marenatia* [verheiratet] werden, und die Tage meines *puremu* [Unzucht Treibens] sind leider gezählt."

Doch Dillon Bell war hochgewachsen und fesch und er betrachtete die Welt aus hochmütigen, halbgeschlossenen Augen. Domett war gedrungen, wurde kahl und „schwitzte

– grässlich". Kann es sein, dass hinter der Enteignungspolitik, die den Krieg um sechs Jahre verlängerte, tausende Menschen entwurzelte und die Beziehungen zwischen den Bevölkerungsgruppen für die nächsten hundert Jahre vergiftete, ein helles, spöttisches Mädchenlachen stand?

Domett kehrte erst 1872 nach England zurück. Täglich saß er in der Parlamentsbibliothek in der Molesworth Street und träumte über seinem Gedicht. Sterne blinkten, Wasserfälle rauschten, rabenschwarze Locken verhüllten halb unvergleichliche Brüste. Ranolf – mit kantigem Kinn und goldenem Schopf – sorgt sich bis zur Verstörtheit darüber, wie er Amohia, „eine Wilde als Gattin" heim nach Kensington führen könne, wo man, natürlich, Wilde als Gattinnen noch gar nicht kennt...

Unterdessen war draußen vor der Bibliothek der junge Fox, der kleine Eigner eines jener Leben, die durch Enteignung und Krieg entwurzelt worden waren, auf dem Weg zu Mr. Mowbrays Schule. Es ist unwahrscheinlich, dass Domett, Ex-Premierminister und persönlicher Freund von Browning und Tennyson, ein so unbedeutendes Wesen bemerkte. Und dennoch sollten sich die beiden im Laufe der Zeit begegnen. Denn in der Eingeborenenherberge braute sich Ärger zusammen, der bald Auswirkungen auf beide Träger des Namens William Fox haben sollte.

Wie immer sind die Aufzeichnungen oberflächlich und verwirrend. Man hat die Polizei zur Herberge gerufen, aber die Polizisten scheinen nicht eingelassen worden zu sein; man gibt die Anweisung, dass sie „jederzeit" eingelassen werden müssen. Zu einem bestimmten Zeitpunkt wird E. Clark tatsächlich entlassen:

An E. Clark: *Ich wurde vom ehrenwerten Mr. Bell angewiesen, Sie in Kenntnis davon zu setzen, dass die Regierung nach Untersuchung der Vorwürfe, die gegen Sie erhoben wurden, beschlossen hat, dass sie Ihre Dienste zukünftig nicht mehr benötigt.*

Drei Monate später allerdings ist er immer noch in der Herberge und meldet:

Mr. Porter erhob die Hand und versetzte Maria Morris einen festen Schlag an den Kopf.

Und ein Jahr später, 1871 – fast drei Jahre, nachdem der Junge dort eingezogen war – gibt es immer noch Berichte der Polizei über ihre Besuche in der Herberge und Beschwerden über „Unregelmäßigkeiten". Was genau vor sich ging, wer Mr. Porter und Maria waren, wieso man den Polizisten die Tür vor der Nase zuschlug – wir kommen hier nicht weiter. Doch ein allgemeiner Eindruck von Tumult wird genügen.

Um zu verstehen, wieso das für die Geschichte wichtig wurde, müssen wir uns etwas Entscheidendes über Sir William klarmachen. In vieler Hinsicht war Fox ein eigentümlicher Mann, flüchtig wie Rauch, zu Grausamkeit und zu Güte fähig, zu Betrug und Ehrlichkeit – nie wusste er, was er wollte, er war ein schlechter Premierminister und ein wunderbarer Oppositionsführer. Er war gegen den Krieg, er war entschieden für den Krieg. Er war „maoriphil", er verachtete „diese verabscheuungswürdigen Wilden".

In nur einer einzigen Frage blieb er sein gesamtes öffentliches Leben lang felsenfest bei seiner Meinung. Er hasste den Alkohol. Er tat alles, um die Maori um ihren Grundbesitz zu bringen – außer sie mit Rum zu betäuben. Ein paar Jahre lang gab er die Politik ganz auf und verbrachte drei Monate in New Hampshire, wo er Zeuge eines frühen Experiments mit der Prohibition wurde, und reiste dann ein Jahr lang durch Großbritannien, wo er Vorträge über Abstinenz hielt. Das einzige Fest, das er je ausrichtete (ohnehin war er für seinen Geiz berüchtigt), war ein „Picknick für 500 Abstinenzler" auf dem Rasen seines Landhauses im Bezirk Rangitikei. Während des Krieges gegen Titokowaru eilte er nach Wanganui, um einen Vortrag nicht über den Krieg oder über Frieden oder über Besteuerung, sondern über die teuflische Wirkung berauschender Getränke zu halten. Er sprang auf die Bühne und begann:

Nirgendwo auf dem europäischen Kontinent, in Großbritannien oder Amerika werden solche Flüsse, Seen, Meere und

Ozeane berauschender Getränke konsumiert wie in dieser Kolonie... Jedes zwanzigste Haus im Land ist mit dem Verkauf von Alkohol befasst ... Ich kann nicht verstehen, wie ein Gastwirt seine Kasse öffnen, das Geld zählen und sich dann nachts zu Bett legen und ruhig schlafen kann...

Betrunkene Ärzte sind die Schlimmsten von allen, man sollte ihnen Fußfesseln anlegen (Gelächter)... Ich kannte in einer Provinz drei Amtsrichter, die unablässig betrunken waren, und ich kannte unter den Männern der Kirche zwei Trinker – einer gehörte der Kirche von England an und einer, es schmerzt mich, das zu sagen, der Kirche von Schottland (Gelächter)...

Das Weib leidet am meisten unter berauschenden Getränken. Es hat ihre Einführung in die Welt verursacht und nun erleidet es die Strafe ... Jeder Antrag für eine neue Ausschanklizenz sollte von drei Vierteln der erwachsenen Frauen des Bezirks unterschrieben werden müssen, dann gäbe es, wenn die Frauen keine Närrinnen wären – leider sind sie Närrinnen – nur sehr wenige Ausschanklizenzen...

Wenn ich ein hübsches, junges Mädchen wäre und ein junger Kerl käme und machte mir den Hof, dann würde ich sagen: „Junger Herr, ich glaube nicht, dass Sie es wirklich ernst meinen! – Gehen Sie über die Straße; und lassen Sie sich vormerken, und wenn Sie das Gelöbnis 12 Monate einhalten, dann werde ich Sie heiraten, aber wenn Sie das nicht tun, dann brauchen Sie mir nicht länger hinterher zu scharwenzeln." (lautes Gelächter)

Die Worte strömen weiter und weiter – Flüsse, Seen, Meere und Ozeane von Worten. Die Zuhörerschaft scheint verdächtig angeheitert (Wanganui war berüchtigt für Trunkenheit), – aber Fox nimmt davon keine Notiz. Wenn es um dieses Thema ging – das gab er selbst zu – würde er einem Kamel seinen Höcker (oder seine Höcker; in der Presse gibt es eine Diskussion über die Anatomie dieser Formulierung) abschwatzen. Das ist seine Leidenschaft, sein Lebenswerk.

Irgendwann in den folgenden drei Jahren müssen Fox, als er von den wüsten Zuständen in der Herberge erfuhr, die Gewissensbisse geplagt haben. Immerhin hatte er ein Kind aus seiner Maori-Welt gerissen, nur um es dorthin, ins Rotlichtviertel, zu verpflanzen. Und auch wenn die Bediensteten der Herberge zurechtgewiesen oder entlassen werden konnten, war damit das Problem noch lange nicht gelöst. Es war unmöglich, die Häuptlinge und ihre Entouragen, die dort logierten, daran zu hindern, sich zu betrinken, wenn sie in die Stadt kamen.

Und so schritt er schließlich ein – wahrscheinlich gegen Ende des Jahres 1871 – und nahm das Kind selbst zu sich. Am Ende waren es die Alkoholdämpfe, die den Jungen wie einen Korken aus der Flasche aus der Herberge heraus und ans andere Ende der Molesworth Street katapultierten, in den geordneten, nüchternen und stillen Haushalt des ehrenwerten Premierministers und seiner Frau Sarah Fox.

7

Familienleben

William Fox (der Ältere) wurde 1812 in Westoe, County Durham geboren, begann sein Studium1928 am Wadham College, Oxford, das er als Bachelor of Arts verließ, trat 1838 in die Honourable Society of the Inner Temple ein, um Jura zu studieren, heiratete 1842, drei Tage, nachdem er die Anwaltszulassung erhalten hatte, Sarah Halcomb, die Tochter eines Gutsherrn aus Wiltshire, und traf am 7. November 1842 an Bord der „George Fyfe" im neuseeländischen Wellington ein. Als das Schiff in den Hafen einlief, war die Sonne bereits untergegangen.

An Land sah man nur eine lange Kette von Bränden. Die zwei Jahre alte Siedlung stand komplett in Flammen, nachdem ein hölzerner Kamin Feuer gefangen hatte.

Gegen Ende seines Lebens bestieg Sir William den Mount Taranaki – oder Mount Egmont, wie er damals genannt wurde. Er war der älteste Mann – und der langsamste – der je diesen schönsten aller freistehenden Berge der Welt erklommen hat. Als er vom vom Gipfel herabschaute, verdeckte eine gewaltige Rauchwolke das Panorama. Die Siedler waren dabei, die Wälder abzubrennen und den Verlauf ihrer Zäune zu markieren. Das war ein Resultat seiner Politik. Der Rauch war sein Denkmal.

Zwischen diesen Bränden von 1842 und 1896 führte er ein außerordentliches Leben voller Schikanen, Kontroversen und Schmähungen, er belehrte, schüchterte ein, teilte Ratschläge aus, beschwerte sich und prangerte an. Kurz, er hielt niemals seinen Mund. Ein Zeitgenosse skizzierte die Gestalt im Zentrum dieses Wirbelwindes so: „Ein kleiner Mann mit einem lang gezogenen Kopf, der oben in einem hohen, altersfleckigen schwarzen Hut verschwindet. Strähniges Haar vom Hut zu den sandfarbenen Koteletten abfallend, die ein schmaler, unordentlicher Schnurrbart über der Oberlippe miteinander verbindet.

Seine spitze Adlernase und sein schmaler Mund geben seiner Erscheinung etwas Knauseriges und seine Gestalt wirkt dünn."

Auf Expeditionen zur Erkundung des Landes eilte er den anderen stets voraus; er schwamm gern im Gletscherwasser der kältesten Flüsse. Er steckte seine Nase in jedermanns Angelegenheiten, mit Vorliebe in diejenigen, die ihn am wenigsten angingen. Er besaß eine Reihe von Pferden (Chestnut, Tormentor, Shandygaff, Havelock) und hielt sich für einen ausgezeichneten Reiter. Im Alter von 70 Jahren schrieb er: „Einige ältere Herren schätzen einen verlässlichen Gaul, aber je länger ich dabei bin, desto mehr Freude habe ich an einem lebhaften Tier, das zerrt und rast."

Gleich nach seinem Eintreffen in der Kolonie stand er auf Kriegsfuß mit dem Obersten Richter William Martin, der darauf bestand, dass sich jeder neue Rechtsanwalt, der als Barrister vor Gericht erscheinen wollte, einer Prüfung unterzog und unter Eid schwor, nie etwas getan zu haben, das seine Eignung für den Anwaltsberuf fraglich machte. Fox weigerte sich, eine solche Erklärung, die er als „Beleidigung eines englischen Gentlemans" empfand, abzugeben; dass er deshalb einige Jahre lang nicht als Anwalt tätig sein konnte, verzieh er Martin nie.

Später, im Anschluss an ein Ereignis, das als Massaker von Wairau bekannt wurde, dehnte er seine Fehde auf das gesamte Establishment von Regierung und missionarischen Einrichtungen aus – auf genau das, was die Vision von Männern wie Selwyn, Martin und Fitzgerald verkörperte. Bei jenem Vorfall marschierten bewaffnete Siedler unter Führung einiger junger Herren aus Nelson im Norden der Südinsel auf ein Stück Land, von dem sie behaupteten, es erworben zu haben, und versuchten, eine Anzahl Maori zu verhaften, darunter zwei der respekteinflößendsten Krieger des Landes.

Die Häuptlinge gähnten höflich und lehnten es ab, sich als verhaftet zu betrachten. Die Engländer eröffneten das Feuer und töteten die Lieblingsfrau eines Häuptlings. Als sich das Blatt für die Siedler daraufhin rasch wendete, schwenkten sie eine weiße Fahne, doch sobald die Maori ihre Gewehre niederlegten, begannen sie erneut zu feuern.

Erbost stürmten die Maori los, nahmen die Angreifer erst gefangen und töteten dann fast alle. Fox und andere Siedler waren darüber empört und bedingungslos für einen Krieg. Die Regierung jedoch weigerte sich, eine Strafexpedition anzuordnen, und wies darauf hin, dass die Weißen den Streit begonnen hatten und dumm genug gewesen waren, die Frau eines gewissen Te Rangihaeta zu töten – des vielleicht reizbarsten Kriegers im ganzen Land. Ohnehin hätten die jungen Männer kein Recht gehabt, Grundbesitz der Maori zu betreten und als erstes mit Haftbefehlen zu wedeln. Worte wie „Grünschnäbel" und „Würstchen" schweben dicht über dem Blatt, auf dem die offizielle Stellungnahme abgedruckt ist.

Der Wairau-Vorfall, wie er heute genannt wird, ereignete sich zwischen einem tiefen, schmalen Fluss und einem Tafelberg am Rande einer von Gräsern bewachsenen Ebene, die die Maori beschlossen hatten, nicht zu verkaufen. Jener Tag markierte den Beginn zweier Abwärtsspiralen – die Beziehungen zwischen Maori und Weißen verschlechterten sich ebenso wie die zwischen Männern wie Selwyn und Martin mit ihrem Traum zwischenethnischer Gerechtigkeit, und solchen wie Fox, die einfache Herrschaft vorzogen.

(Domett war ebenfalls über das Geschehen in Wairau entsetzt. Seine Freunde in England lasen seine Briefe mit Bestürzung. „Wenn Schwarz die Farbe ist, die dich umgibt", schrieb Robert Browning, „und sie sich nicht aufhellen lässt, dann fort, um Himmels Willen! Stich in See! Und sei nach verfluchten sechs Monaten hier!" Browning schien jedenfalls von Domett fasziniert zu sein – gar halb in ihn verliebt:

> Meine Liebe ist hier. Wo bist du, mein teurer, alter Freund?
> Wie wogt der Wairoa [11] am fernen Ende deiner Welt?

Und er schrieb:

> Ich muss dir sagen, wie unaussprechlich dankbar ich und alle deine Freunde sind, dass du an dieser schrecklichen Geschichte mit dem „Massaker" nicht beteiligt warst. Doch wie traurig ist

diese Angelegenheit für dich – die meisten der armen Kerle waren sicherlich Freunde von dir.

Die armen Kerle waren in der Tat mit Domett befreundet. Er selbst war nur deshalb nicht in den Kampf verwickelt, weil er zum betreffenden Zeitpunkt mit einem gebrochenen Bein zu Hause auf dem Sofa lag. Aber er nahm heftigst gegen seine alten Kommilitonen Martin und Selwyn Position und möglicherweise war dieser Vorfall der Auslöser für seine rasende Wut auf die Maori. Wobei das seine träumerischen Fantasien von „Ranolf and Amohia" noch nicht erklärt.)

Da Fox nicht als Anwalt tätig sein konnte, war er nacheinander oder auch in unterschiedlichen Kombinationen gleichzeitig Journalist, Entdecker, Milizionär, Farmer, Beamter der Kolonialregierung, Händler von Grundbesitz, Verfasser von Flugblättern, Abstinenzler und Politiker. Er war auch Maler. Zwei oder drei seiner frühen Aquarelle von weiten, leeren Südinsellandschaften, in Stille und Mutmaßung getaucht wie der Gipfel im Darién [12] sind äußerst schön. Zum ersten Mal sah ich eine Reproduktion von Fox' *„In the Aglionby [Matakitaki] Valley"* (1846) an der Wand einer Sozialwohnung, in der ein mit mir befreundeter Maori lebte, ein Nachkomme von Verwandten des heißblütigen Te Rangihaeta. Die Ironie schien ihn nicht zu stören. Das Gemälde war zu schön, um sich darum zu scheren.

Im Laufe der Zeit, als das Land ganz in Übereinstimmung mit der Fox'schen Politik des Abbrennens und Rodens hässlicher wurde, wurden auch seine Gemälde hässlicher – nicht, weil er darauf sorgfältig die neue Realität wiedergab, sondern aufgrund des obskuren Gesetzes, das die gleichzeitige Existenz von künstlerischer Begabung und politischer Macht in ein und derselben Person untersagt. Fox' Pinselstriche wurden grob, seine Himmel grell, die Landformen einfältig; seine späteren Mt. Egmonts klaffen in die Höhe wie himmelwärts gerichtete Gewehrläufe. Einige seiner später entstandenen Gemälde sind schlicht entweder kindisch oder scheußlich.

Mit der menschlichen Gestalt tat er sich immer schwer, obwohl er auf der Seereise von England einige überzeugende Karikaturen von verschiedenen Matrosen und männlichen Passagieren zeichnete. Frauen gelangen ihm kaum, außer aus der Entfernung, stark verschleiert und verhüllt.

Das Haus, in das der junge William Fox eines Tages im Jahr 1871 eintrat, war kinderlos. Außerdem war es selbst in hohen Beamtenkreisen für seine Stille, Ordnung und eine gewisse Form von makelloser Leere berüchtigt. Von Geiz gar nicht zu reden. „Eine Oase der Frömmigkeit und Mäßigung – wer schlau war, brachte seine eigenen geistigen Getränke mit", stellte eine frühe biografische Notiz fest. Ein Besucher – ein schalkhafter Richter – schrieb:

> With Fox I lately chanced to dine
> [Zum Mahl bei Fox fand ich mich ein]
>
> The servants spared the food and wine
> [Man gab uns Speis und Trank gar klein]
>
> But carefully the plate displayed
> [Die Teller sahen herrlich aus]
>
> The eye was pleased, the guts dismayed.
> [Für's Aug war's schön, dem Bauch ein Graus.]

„Ich bin bei den Fox zu Gast", berichtete einer der Richmonds seiner Schwester. „Heute reise ich ab. Ich kann nicht behaupten, dass ich mich hier besonders wohl fühle – das Haus ist sehr sauber und ordentlich, aber entsetzlich öde."

C. W. Richmond gehörte zu einer Gruppe von Brüdern und Schwestern zweier miteinander verschwägerter Familien, die sich leidenschaftlich für Ideen, Gespräche, Briefe und die Liebe begeisterten; als „the Mob" waren sie wie eine verstreut lebende Kommune und sahen sich selbst im Begriff, die erste politische Dynastie des Landes zu gründen.

„Wo wäre Taranaki heute ohne unsere Clique?" schrieb einer von ihnen. „Alles, was im Namen dieser Provinz von Bedeutung geschrieben, gesagt oder getan wurde, geht von der Feder, dem Mund oder dem Schwert – vielleicht sollte ich sagen Gewehr – eines Atkinson oder eines Richmond aus." Sie heizten einander ein in großen Debatten über den Vegetarismus, die Scheidung, die Wiederauferstehung und die Flachsindustrie. Einer der Richmond-Brüder schrieb jahrelang an einer gewaltigen Abhandlung, die beweisen sollte, „dass Materie Kraft ist". Die Royal Society sandte sie mit dem knappen Urteil zurück: „Nicht genug Mathematik".

Sir William dagegen – „ein vollkommener Jünger von Adam Smith, der alles auf £ Sterling und die Meinungen aus Manchester reduziert" – hätte seinen Kopf lieber in kochendes Wasser gesteckt, als ihn damit zu plagen, ob Materie Kraft sei oder Kraft Materie.

(Fox wurde erst 1879 geadelt, aber da wir es mit zwei William Fox im selben Haus und manchmal sogar im selben Satz zu tun haben, wird niemand Einwände erheben, wenn wir ihm seinen Adeltitel der Klarheit halber etwas früher zusprechen.)

„Ein eleganter Teller – und ein jämmerliches Schweinerippchen zum Abendessen."

„...dem Bauch ein Graus", „etwas Knauseriges und seine Gestalt wirkt dünn". „Zu verbittert, zu sarkastisch, zu heftig und persönlichen Schmähungen allzu sehr zugeneigt." Die Klagen über seinen Haushalt und die schiefen Blicke, die man Fox selbst zuwirft, häufen sich. Doch nichts an Sir William lässt sich einfach beurteilen. Ein scharfsinniger Beobachter beschreibt ihn auch als redegewandt, humorvoll und gutgelaunt, wobei er allerdings hinzufügt, dass Fox „so vorbehaltlos von einer Meinung zur nächsten sprang, dass es nicht mehr zu steigern war." Und es gibt noch eine weitere widersprüchliche Gruppe von Beweisstücken: die Fotografien, die ihn zeigen. Da erscheint er doch tatsächlich als strahlender, kräftiger Weihnachtsmann mit funkelnden Augen und einem langen weißen Bart.

Hier sitzt er zum Beispiel 1869 in einem Kanu, in dem er den Wanganui stromaufwärts gerudert werden soll. Zugegeben, er

trägt einen ausgesprochen seltsamen Hut, eine Art Melone mit einer schwarzen Krone und einem weißen Band, der aussieht wie das himmelwärts gerichtete Auge eines einäugigen Bullen, aber Fox bringt es fertig, darunter recht milde dreinzuschauen.

Er ist auf dem Weg zu einigen neutralen Stämmen, die er als Verbündete gewinnen will. Im Geheimen verachtet er sie: „Ich habe soviel ge-hongi-t [Nasen gedrückt] und tena-koe-t [gute Gesundheit gewünscht], wie man sich nur vorstellen kann", berichtete er knurrend einem Freund, aber er schrieb auch:

> Der Wanganui-Fluss hat mich [bezaubert?]. Nach den ersten zwanzig Meilen übersteigt seine Schönheit die des Rheins und des Hudsons.
>
> Natürlich besitzt er keine burgenbestandenen Klippen, [aber] er besteht aus einer Abfolge immer neuer Schönheiten, die ich bereits sah und darüber hinaus vieler, die ich noch zu sehen hoffe. Ich bin zu der Überzeugung gelangt, dass die Maori nicht mehr Blick für das Malerische, das Außergewöhnliche oder das Schöne haben, als die seelenlosen Tiere des Feldes [13], und ich bezweifle, dass ihn Menschen, deren Auge nicht geschult wurde, überhaupt haben können. Auch unsere eigenen Knechte bewundern nur selten eine schöne Aussicht. Ein Schlüsselblüm-

chen am Bach ist für sie ein Schlüsselblümchen – ein Berg ist ein Berg und ein Tal ein Tal.

Ich vermute, es gibt viele Raffkes und andere zweibeinige Kreaturen, die angesichts der Schönheit der Natur ebenso wenig Staunenswertes wahrnehmen wie die Maori und Bauerntölpel.

Nur sehr wenige Menschen studieren die Wolken oder den Himmel bei Tag oder bei Nacht, obwohl er oft schöner ist als alles, was man auf dem Boden der Erde sehen kann. Ein wesentlicher Vorteil dessen, sich nebenbei in den schönen Künsten zu üben, liegt darin, dass diese Beschäftigung den Verstand für andere Dinge öffnet, und wie für David „einen Tisch in der Wildnis" [14] anrichtet.

Fox wurde in diesem Kanu von Maori den Wanganui hinauf gerudert. Seit hunderten Jahren spielten die am Fluss lebenden Kinder ein Spiel, bei dem sie sich am Rand der Klippen auf den Boden legten, mit dem Kopf zwischen zwei Abgründen nach oben schauten und die verschiedenen Formen und Wesen, die sie in den Wolken vorbeiziehen sahen, benannten.

Für die Erwachsenen entwickelten sich diese Spiele zu Sprechgesängen, mit denen sich die Ruderer an ihre eigenen Spiegelbilder zwischen den Wolkenspiegelungen im Wasser wandten. Hier ein typischer Sprechgesang vom Wanganui:

Ich bin ein Vogel, ich fliege in den Himmel.
Ich bin ein Geist! Ich bin entflogen
Ich bin in den Himmel entflogen
Oh, Vogel in den Wolken.

In den 42 Jahren, die sich Fox mit interethnischen Angelegenheiten befasste, lernte er nicht, Maori zu sprechen. Auf dieser Flussfahrt, auf der er über David nachsann, über einen in der Wildnis angerichteten Tisch und über die Vorzüge des geschulten Blickes, erkundigte er sich nie, was die Männer, die um ihn herum paddelten und stakten, sangen, während er und sie gemeinsam stromaufwärts reisten.

Dick oder dünn, geizig oder fidel, verbittert oder gutgelaunt,

Manchester-Kapitalist oder Ästhet, es ist schwierig, Fox auf den Punkt zu bringen. Nur eines ist gewiss. Er war unveränderlich selbstbezogen. Es nimmt nicht wunder, dass das genaue Gegenteil für seine Frau Sarah Fox galt. Von ihr kennt man keine Fotos, obwohl es eine kleine Gruppe von Menschen gibt, die, wie wir sehen werden, im Laufe der Jahre eifrig danach gesucht hat. Als kleine, dünne, schüchterne, uninteressante, einsame Frau – häufig war sie wochenlang allein, während Sir William im Land herumeilte – zog sie wenig Aufmerksamkeit auf sich, und wenn, dann wirkte sie nicht vorteilhaft.

Irgendwann in den späten 1850er scheint sie einen Nervenzusammenbruch erlitten zu haben, der, ganz den Sitten der Zeit gemäß, unbeachtet blieb.

„Sie ist völlig irre", berichtete der junge Dillon Bell kühl. „Als ihre Schwester im Sterben lag, unternahm sie die verblüffendsten Dinge; so lief sie zum Beispiel den ganzen Tag im Haus mit einem großen Mopp in der Hand herum und ließ unablässig die Fenster putzen und die Böden schrubben." Dem Tempo des hochmütigen Dillon Bell, um den sich willige Gespielinnen vom Stamm der Ngati Raukawa und Schaffarm-Erbinnen scharten, konnte die kleine Sarah Fox, deren Höhepunkt der Woche die Sonntagsschule war, die sie in einem kleinen Häuschen am Tor abhielt, natürlich bei weitem nicht gewachsen sein.

Auch die Richmonds neigten zu dieser Ansicht. Sie gab sich, wie ein Richmond erklärte, „sehr geziert, aber auf eine kühle Weise gütig. Mit jedem anderen als Fox verheiratet, wäre aus ihr eine kleine, engstirnige Kirchgängerin und Missionsanhängerin geworden." Sie trug schwarze, ganz und gar mit bebenden schwarzen Hörnern behängte Kleider und weiße Kappen, an denen weiße Hörner zitterten. Kurz gesagt, war sie laut Richmond „eine vollendete Espe von einer Frau."

Das Haus der Eheleute Fox stand in einem kahlen Garten auf einer leichten Erhöhung hinter dem Parlament mit großzügigem Abstand zur Straßenecke Molesworth und Hill Street. Eines Tages trug Sir William seine Staffelei in den Garten und malte das Haus. Das Bild wirkt eigentümlich steif und leblos... eine Reihe hoher Fenster, ein Wintergarten, ein paar verzagte

Büsche, ein zielstrebige Kiesauffahrt. Niemand scheint daheim zu sein. Tatsächlich ist „Heim" das letzte Wort, das einem beim Anblick des Bildes in den Sinn kommt.

Das Haus gibt es inzwischen nicht mehr. Der Ort jedoch hat sich etwas von der Stimmung, die wir in Sir Williams Gemälde spüren, bewahrt. Wellington ist eine enge Stadt voller Lärm, mit steilen Straßen und Verkehrsstaus; der Wind bläst, Dächer quietschen, Möwen kreischen, die Drahtseilbahn arbeitet sich mit einem sirrenden Ton den Berg nach Kelburn hinauf. Mitten in der Nacht wird man von einem Erdbeben geweckt. Und doch spürt man selbst heute noch an dieser Steigung in der Hill Street eine seltsame Stille, als hielte jemand den Atem an. Es gibt einen griechischen, recht leeren Tempel mit abblätterndem Putz, der als katholische Basilika dient. Es steht dort die neugotische Parlamentsbibliothek, die ein Irrer oder ein Komitee hat rosa anstreichen lassen. Es gibt immer noch einen grauen Lattenzaun, ein oder zwei imposante Bäume, ein paar verlassene Stufen und unter einem Pohutukawa-Baum eine Statue von Ballance, der aussieht wie ein Hermelin.

Wir sind im Freien und doch scheint alles sehr ruhig. Alles ist gefegt und abgestaubt. Die Böden sind geschrubbt, die Schrubber fortgestellt, und ein kleiner Maori-Junge von ungefähr acht Jahren kommt, ganz leise, den Korridor eines großen, glänzenden, stillen Hauses hinunter...

Dies war natürlich der Schritt, der nicht mehr rückgängig gemacht werden konnte, the point of no return. In gewisser Hinsicht ist das der Moment, auf den wir gewartet haben. Ab jetzt gibt es keinen „Awhi" mehr, den Liebling der Herberge, keine großen Häuptlinge, die mit ihren Begleitern und Beschwerden und Geschichten kommen und gehen. Selbst der Ruf des *ruru*, des heimischen Kauzes, wird schwach und selten. Er verbirgt sich an den Hängen und in den Schluchten des Mount Tinakore und ist in diesem Teil der Stadt nicht oft zu hören.

Für den jungen Fox ist dies der Augenblick der Verwandlung. Dahinter steht eine lange Tradition. Man hört von vielleicht

einem halben Dutzend verlorengegangener englischer Schiffs-
jungen, die einen Schiffbruch überlebten oder bei einem Massaker verschont wurden und die man Jahrzehnte später bis
über beide Ohren tätowiert unter den Maori der Küstenstäm-
me wiedersah. 1874 verschwand ein kleines blondes Mädchen
namens Caroline Perrett von einer Farm im Schatten des
Buschwaldes bei Lepperton in Nord-Taranaki. Erst nach 50
Jahren tauchte sie wieder auf. Inzwischen war sie durch und
durch Maori, selbst ihre Backenknochen hatten eine stumpf-
fe, polynesische Form angenommen, und sie erinnerte sich an
nichts aus ihrem vorherigen Leben. Für eine melancholische,
1908 veröffentlichte und merkwürdig missglückte Kurzge-
schichte erfand Katherine Mansfield, die als Kind in der Tinakori Road gelebt hatte, ein weißes Mädchen namens Pearl
Button, das auf seinem Gartentor hin und her schaukelt und
in die Welt der Maori mit ihrer blaueren See und ihren wärme-
ren Farben gelockt wird. Und hinter Pearl Button muss wohl
eine Erinnerung an Jemmy Button stehen, den berühmtesten
„Wechselbalg" des 19. Jahrhunderts, einen jungen Indianer aus
Feuerland, der 1820 nach London gebracht und in einen jungen Herrn verwandelt wurde. Ihn einige Jahre später in sein
Heimatland zurückzubringen, war eines der Hauptziele der
Reise der „Beagle".

Charles Darwin, der als junger Cambridge-Absolvent ebenfalls an Bord war, sah zu, wie Jemmy zusammen mit den lebenswichtigen Gütern der Zivilisation – einem Serviertisch
aus Mahagoni, Teetabletts und mehreren Nachttöpfen – an
Land gebracht wurde.

Ein Jahr später kehrte die „Beagle" zurück. Jemmy kam in
einem Kanu über die Bucht und stieg an Bord. Er war splitterfasernackt und sein Haar hing ihm bis auf die Schultern herab.

„Nie sah ich eine so schmerzliche und vollständige Verwandlung", bemerkte Darwin, der ein großes naturwissen-
schaftliches Genie und ein sehr schlechter Anthropologe war.

Als er leise den Korridor hinunterging, an der Standuhr
mit ihrem mächtigen weißen Gesicht und ihrem hin- und her
schwingenden Perpendikel vorüber, bewegte sich der junge

Fox in der umgekehrten Richtung von Jemmy Button. Er hatte die Schwelle zu einer gänzlich europäischen Welt überschritten. Und danach konnte er, wie wir feststellen werden, nie wieder wirklich zurück.

Später im Leben hätte er natürlich tun können, was immer er wollte, aber ihm sollte etwas Seltsames widerfahren, das ihn für immer zeichnete. Es war eigentlich auch weniger seltsam als – in diesem stillen, tristen, makellosen Haus - einfach unerwartet. Und nun, zum ersten Mal in dieser Geschichte, hören wir den jungen William Fox mit eigener Stimme:

„Sie hat mich geliebt."

Um mehr zu erfahren müssen wir noch einmal bei Amiria Rangi vorbeischauen, bei Tantchen Miri, in ihrem von Gartenzwergen belagerten Haus in Mawhitiwhiti. Mehrfach bin ich von Wellington zu Miri in Taranaki gefahren, Richtung Norden, bei Paekakariki an der Küste entlang und durch eine Reihe kleiner Städtchen hindurch, durch Foxton, Levin, Bulls, und wie es sich so traf, schien jedes Mal die Sonne an einem strahlend blauen Himmel mit einzelnen Wölkchen.

Im Laufe der Monate erfuhr ich von Miri mehr über Miri selbst. Viele Jahre lang hatte sie als Kellnerin im „Egmont Hotel" in Hawera gearbeitet, wo sie es bis zur Oberkellnerin gebracht hatte, und 40 Jahre lang unterrichtete sie klassische maorische Musik. Sie hat einen verheirateten Sohn, der eher gegen ihren Willen – ein gebieterischer Onkel verübte am Taufbecken wohl einen *Coup* – auf den Namen William Fox Rangi getauft wurde. In der Familie kennt man ihn als Foxy Will. In ihrer Kindheit lernte Miri Maori sprechen und schreiben. Für vermeintlich mangelnde Englischkenntnisse entschuldigt sie sich. Gelegentlich schreibt sie mir, um mir noch etwas über den jungen William Fox zu erzählen, ihren Onkel, der vor ihrer Geburt starb. Sie schreibt in einem recht prunkvollen Stil, der mich an das 18. Jahrhundert denken lässt, mit unendlich verästelten Einzelheiten über längst verstorbene Familienmitglieder, und dem Apostroph begegnet sie mit Hochmut.

Auf der Fahrt nach Norden besorge ich Mitbringsel für sie – einen Kuchen, ein Dutzend Pfirsiche von einem Stand am Straßenrand. Miri begrüßt mich an der Hintertür. „Oh!" ruft sie ärgerlich. „Du solltest mir diese Pfirsiche nicht schenken! Dieser Kuchen ist zu gut für mich. Nimm ihn wieder mit."

„Nein, Miri. Den musst du essen."

Sie hält inne.

„Na gut", meint sie. „Vielleicht gebe ich den Nga Rauru etwas Kuchen. Die kommen morgen fürs Rauchen her."

Nga Rauru ist der südliche Nachbarstamm. Anti-Raucher-Kampagnen sind unter den Maori gerade schwer in Mode.

Es gab Momente, da fühlte ich mich etwas unwohl dabei, zu Miri zu fahren und sie um weitere Informationen zu bitten. Unter einigen Maori gibt es die Vorstellung, dass Weiße kein Recht dazu haben, Geschichten zu erzählen, die ihre ethnische Gruppe in irgendeiner Weise berühren. Es wird als eine Art von Diebstahl betrachtet, die dem Raub ihrer Ländereien vor hundert Jahren durchaus vergleichbar ist. Eine verärgerte maorische Dichterin, der ich diese Geschichte erläuterte, als ich mit der Recherche begann, warf mir einen finsteren Blick zu. „Das ist eine von unseren", grollte sie. „Er ist auch nur einer von diesen Pakeha, die unsere Geschichten klauen", sagte sie hinter meinem Rücken.

Darüber habe ich eine ganze Weile nachgedacht. Dann dachte ich an Taunoa Koheres klugen, neugierigen, lange verloren geglaubten Blick und wusste, dass die Dichterin im Unrecht war. Es schien mir, als befasste ich mich mit der einzigen Sache der Welt, die nicht gestohlen werden kann. Eine Geschichte ist wie der Mond: entweder verborgen oder sichtbar. Und wenn er sichtbar ist, kann man ihn von überall aus und überall zugleich sehen, über Dächer hinweg, auf der Autobahn, in einer Pfütze im Wald; nicht einmal eine Dichterin darf seinen Spiegelungen Grenzen setzen.

Jetzt sitzen Miri und ich in ihrem dunklen Wohnzimmer, draußen ist der Sommertag, und sie erzählt mir von Sarah Fox und dem kleinen William Fox.

„Sie hat mich geliebt."

Sie spricht mit der Stimme des jungen William Fox, obwohl sie ihm in Wirklichkeit nie begegnet ist.

„Ich war das einzige Kind, das sie je hatte", sagte William Fox. „Sie war für mich wie eine Mutter. Und – ich habe sie geliebt."

Miri möchte sehr gerne wissen, ob ich je ein Foto von Sarah Fox gesehen habe. Für Sarah empfand man in dieser kleinen Ecke von Süd-Taranaki immer die höchste Wertschätzung. Es stellt sich heraus, dass die schüchterne, kinderlose, langweilige Sarah tatsächlich zu den Helden dieser Geschichte zählt – eine ängstliche kleine Heldin, zugegebenermaßen, aber dennoch willensstark. Und sie sollte dafür bestraft werden.

„Ja", fuhr Miri fort. „Sie liebte ihn. Sie hatte immer etwas für ihn in der Tasche" – hier schob Miri ihre Hand an ihren Rock, als ob sie selbst in diesem Augenblick ein schwarzes Kleid trüge, an dem überall schwarze Hörner bebten. Beinahe hätte ich übersehen, dass diese Handbewegung etwas Geheimnistuerisches hatte. Ich war stärker an der Geste selbst interessiert; sie erinnerte mich an die rasche Berührung eines alten, glattpolierten Steins, der über viele Jahre von verschiedenen Leuten in die Hand genommen und weitergereicht worden ist.

Dann fuhr Miri fort.

„Sie hat ihn geliebt. Wenn Sir William ausgegangen war, saßen sie beisammen und sie las ihm Geschichten vor. Aber wenn sie seine Schritte im Flur hörten, dann – richteten sie sich auf –"…

Daraufhin begann Tantchen Miri, die für einen Moment wieder der Junge war, zu zittern.

Hier ist also die unangenehme Tatsache. Ein Kind, das ungefähr drei Jahre lang mutterlos durch die Gegend zog, trifft auf eine einsame Frau, die immer kinderlos war. Zwischen ihnen entwickelt sich eine Bindung. Doch wenn sie Sir Williams Schritt an der Schwelle hören, erstirbt das Gemurmel, ein Buch fällt zu Boden, die beiden springen auseinander – und der Junge beginnt zu zittern.

Die Geste, die ich gestehen hatte, mit der die Hand zur Tasche geführt wurde, war also wirklich verstohlen gewesen. Das Geschenk um das es ging – was auch immer Sarah für den Jungen in ihrer Tasche hatte – war etwas Verbotenes. Sie musste es ihm still und heimlich zuschieben. Es war Sir Williams Gattin nicht gestattet, das Kind zu lieben. Das Kind hatte kein Recht, sich an sie zu schmiegen und einer Geschichte zu lauschen.

Und weshalb zitterte er? Mir gegenüber wurde nie auch nur angedeutet, dass ihm körperlicher Schaden zugefügt wurde, aber es fiel mir ein, dass Miri mich vielleicht aus inter-ethnischer Höflichkeit damit verschonen wollte. Ohnehin musste einem Achtjährigen bereits von einem einzigen scharfen Blick des bitteren und sarkastischen Sir William, des Schreckens der Parlaments, angst und bange werden. Wie auch immer die Antwort darauf ausfällt, wir wissen, dass mit dem Klima in Sir Williams Haus etwas nicht stimmte.

Vier Jahre lang lebten die drei zusammen. Dann teilte Sir William seine Strafen aus.

In der Zwischenzeit ging der Junge weiterhin bei Mr. Mowbray zur Schule. Die Sommer verbrachte die Familie Fox in Westoe, ihrem Haus im Rangitikei. Westoe steht immer noch, einige Meilen vom State Highway 1 entfernt, und es sieht erstaunlicherweise ganz so aus wie auf Sir Williams Gemälden. Den Park kann jedermann besichtigen. Durch ein dunkles Spalier aus kalifornischen Mammutbäumen und Lawsons Scheinzypressen, die Sir William pflanzen ließ, windet sich eine Kieseinfahrt an seinen Douglasien, Schirmkiefern und seiner großen Libanon-Zeder vorbei den Abhang hinunter. Das Haus ist grau gestrichen. Es hat eigentümlich schmale Fenster – offenbar war in diesem Haus das Sonnenlicht ebenso wenig willkommen wie fröhliche Richter, die sich die Servietten reinstopften – und einen Turm, der so gestaltet ist, dass man von ihm einen weiten Ausblick auf das Umland hat. Sir William allerdings stieg die Treppen nur ungern hinauf und der Raum wurde nie betreten.

Ich spazierte ein paar Minuten im Garten zwischen den

Sträuchern umher. Die Familie Fox zog 1885 aus Westoe aus und seitdem wohnt dort eine Familie mit Namen Howard. Es war ein heißer Sommertag. Vom Haus, das der Öffentlichkeit nicht zugänglich ist, klangen Stimmen und Gelächter herüber. Aus irgendeinem Grund – vielleicht war es der Gegensatz zwischen diesen heiteren Tönen und meinem eigenen Gedankenfluss, der mir fadenscheinig und dunkel erschien – fühlte ich mich plötzlich niedergeschlagen und stieg in mein Auto und fuhr fort, immer weiter, ein oder zwei Stunden lang, bis der Turm von Westoe, aus dem nie jemand herausgeblickt hatte, weit hinter dem Horizont verschwunden war.

1874 verließ William Fox die Grundschule und wurde als einer der ersten Schüler am neuen Wellington College eingeschrieben, der weiterführenden Schule, die Wellington nach 30 Jahren endlich errichtet hatte. Auch diese Schule war eine Art Burg im gotischen Stil, doch stand sie eine Meile vom Hafen entfernt auf einer Brache aus hohen Gräsern und Sümpfen. Neben der Schule wurde das neue Irrenhaus errichtet, ebenfalls gotisch. Hinter diesen Gebäuden gab es keine Straße, nur ein Fußweg führte durch das hohe Gras zur schwarzen Felsenküste, von der aus man in 60 Meilen Entfernung über die Meerenge hinweg einen hohen Berg auf der Südinsel sehen kann, Tapuae-Uenuku, „die Schritte des Regenbogengottes".

Wie die Zeitung berichtete, besaß die Schule „einen prachtvollen Eingang", war getäfelt mit heimischer roter Kiefer, „die den edelsten Hölzern der Welt nicht nachsteht", hatte ein „fürstliches Treppenhaus", das zu einem „prächtigen Vorlesungssaal mit fünf gotischen Fenstern und einer stilvollen gotischen Decke" führte, der „sehr viel vornehmer als alle anderen Räume" war.

Es gab auch einen Turm, den jedoch, wie den Turm in Sir Williams Landhaus, nie jemand betrat.

Auf den Gipfeln der kahlen Hügel neben der Schule befanden sich die Überbleibsel mehrerer sehr alter *pa*, die ursprünglich von Tara errichtet worden waren, dessen Volk die Gegend vermutlich im 14. Jahrhundert kolonisiert hatte. „Wir müssen diese Festungen zu unserem Schutz errichten, dass Menschen uns nicht beim hellen Licht der Sonne zerreißen", verkündete Tara – was nahelegt, dass schon früher Stämme, über die man kaum etwas weiß, im Land lebten.

Nachdem die Schule eröffnet worden war, legte eine Zwangsarbeiterkolonne aus weißen und maorischen Gefangenen, von denen einige aus dem Stammesgebiet des jungen William Fox kamen, auf ihrem Gelände Entwässerungsgräben an.

Der Schuldirektor und die meisten der leitenden Lehrer hatten in Cambridge studiert. Mr. Wilson, Master of Arts (St. John's) „konnte einen Jungen, den er bei einer unfeinen Handlung ertappte, aufs Strengste ermahnen", und während der Mittagsmahlzeit bot er „einen stattlichen Anblick, wenn er sich über eine große Rinderlende hermachte", wie ein Schüler schrieb. Gelegentlich half ihm Mr. Tuckey, Bachelor of Arts (St. John's) dabei, den Braten anzuschneiden.

„Während der Mahlzeit referierte Mr. Wilson über allgemeine Themen von Interesse, und so erhielten wir auch geistige Nahrung, während wir seinen Bemerkungen zum Schiffbruch der „Avalanche", zum Zusammenbruch der Bank von Glasgow, zum Tode Napoléon Bonapartes und zum Eisenbahnunglück in der Rimutaka Range lauschten."

Der frisch verheiratete Mr. McKay, Master of Arts, hatte die befremdliche

Angewohnheit, die Jungen in seinen Unterrichtsstunden als „mein Lieber" anzusprechen.

Monsieur Adam, der Französisch-Lehrer, begann seinen Unterricht jeden Morgen mit der Frage: „Sind wir alle vollständig?" Da er selbst äußerst klein war, mussten seine Schüler darüber lachen. Gegen Jahresende 1874 erkrankte er plötzlich und starb; die Jungen – denn Schuljungen lieben das Makabre – mussten immer noch lachen, wenn sie an die Frage dachten, jedoch nicht in Gegenwart Erwachsener.

Die Schüler spielten Kricket und Rugby und manchmal unternahmen sie Exkursionen an die wilde Südküste, nach Island Bay, wo es eine kleine Insel mit Namen Tapu Te Ranga gibt. Die Bedeutung des Namens liegt im Dunkeln; er ist sehr alt und geht vermutlich auf die ersten polynesischen Entdecker zurück. Das Meer hebt und senkt sich in einem trägen Auf und Ab, das dem langsamen Wogen der See über den Riffen der Atolle weit im Pazifik sehr ähnelt.

Seit den 1870er Jahren wurde die Insel, nachdem sie mit Ratten verseucht worden war, von den Siedlern „Rat Island" genannt.

Weiter in beide Richtungen an der Küste entlang stehen unterschiedlich geformte Zinnen aus schwarzem Gestein mitten in den braunen Algen. Für die Maori sind diese von Gischt umspülten, zwanzig, dreißig oder vierzig Fuß hohen Gestalten die versteinerten Kinder Kupes (des frühesten polynesischen Entdeckers), die dort als Wächter der Küste zurückgelassen wurden und „sich nur vom Wind nähren".

Im Archiv der Nationalbibliothek fand ich eine Fotografie des Lehrkörpers und der Schüler der Schule, das vermutlich am Einweihungstag 1874 aufgenommen wurde. Die Lehrer haben gewaltige schwarze Bärte, außerordentliche Bärte, lang herabfallende Bärte, in denen Eulen nisten könnten. Die Jungen, ungefähr 40 an der Zahl, führen das bekannte irre Spektrum der Gesichtsausdrücke Heranwachsender vor – schläfrig, zähnefletschend, leer, vergnügt. Der junge William Fox, um

die 13 Jahre alt, ist unter ihnen. Er ist ein großer, kräftiger Kerl und trägt einen dunklen Anzug und einen schicken weißen Hut mit breiter Krempe.

Miri Rangi hatte dieses Bild nie gesehen und fand es ganz wunderbar.

„Oh, aber er sieht traurig aus!" meinte jemand anders, der es sich ansah.

Ich schaute es mir an. Er sah traurig aus. Dann schaute ich wieder hin. Er sah nicht traurig aus. Eine Lupe brachte keine Entscheidung. Sie verwandelte ihn in drei oder vier graue Körner, die keinerlei Emotion preisgaben.

Aber ob er nun traurig war oder nicht, spätestens im Jahre 1874 gab es handfeste Gründe dafür, dass er es hätte sein sollen.

8

Ein stilles Land

Eines Morgens im Sommer 1869 legte sich um sieben Uhr 15, um die Zeit herum, als William Fox an seinem zweiten oder dritten Morgen in der Eingeborenenherberge in Wellington aufwachte, 20 Meilen westlich von Wanganui eine große Stille über einen Berggipfel, als drei Männer, denen die Blicke mehrerer hundert anderer folgten, aus einem Graben stiegen, eine Strecke über offenes Gelände zurücklegten und sich vor eine hohe Palisade stellten, hinter der seit Stunden keine Laute oder Stimmen zu hören gewesen waren. Niemandem war in diesem Augenblick bewusst – und auch in den folgenden Monaten nicht – dass ihr kurzer Gang im morgendlichen Sonnenlicht einen entscheidenden Moment in der Geschichte der Kriege und in der Geschichte des Landes markierte. Es war der Moment, in dem sich die militärische Überlegenheit der Europäer endgültig einstellte.

Die Männer, die aus dem Graben stiegen, waren Ben Biddle, ein ehemaliger Matrose von 21 Jahren, Solomon Black, ein 34 Jahre alter Schotte, und ein dritter Mann, dessen Identität nicht mehr bekannt ist. Sie gehörten zu einer großen Streitmacht, die man zusammengestellt hatte, um Titokowaru zur Schlacht herauszufordern – die „größte ausschließlich aus Kolonisten bestehende Truppe, die je aufgestellt wurde" gemäß dem Historiker James Belich, der 1989 eine meisterhafte Abhandlung über Titokowarus Krieg veröffentlicht hat [15]. Über 2000 Männer – mehrere hundert Veteranen der Freiwilligentruppen, rund 400 *kupapa*-Krieger hiesiger Stämme, die Kavallerie-Einheiten Kai Iwi und Wanganui, 500 erfahrene Soldaten der bewaffneten Polizeitruppe und 500 neue Rekruten aus der ganzen Kolonie und aus Australien – hatte man in Wanganui aufgestellt. Die australische Presse spottete zwar über die Unfähigkeit der Neuseeländer, sich selbst zu verteidigen, doch über 160 Australier, Amerikaner und Briten ließen sich auf den Straßen Melbournes anwerben und segelten über das Tasmanische Meer, um gegen die Maori zu kämpfen.

Der Ort, an dem die gegnerischen Truppen aufeinander trafen, hieß Tauranga Ika und lag nur wenige Meilen von Handleys Farm entfernt, wo die Freiwilligenkavallerie zwei Monate zuvor über die Kinder hergefallen war.

Belich beschreibt Tauranga Ika als die beeindruckendste Verteidigungsanlage, die je von einem maorischen Feldherrn errichtet wurde. Mit ihren zahlreichen Bunkern und unter-

TAURANGA IKA

irdischen Tunneln konnte sie einem weit schwereren Beschuss, als ihn die Angreifer hätten leisten können, standhalten. Von dreierlei Feuerstellungen – aus Gräben, aus Schießscharten in den Palisaden und von den an allen vier Saillants errichteten *taumaihi* oder Bollwerken aus – konnte man jedem anstürmenden Gegner mit vernichtendem Feuer begegnen. Noch in einer vereinfachten zweidimensionalen Darstellung hatte die Festung, so Belich, „eine gewisse tödliche Schönheit".

Die Kolonisten nannten sie später „fürchterlich zu stürmen", „hervorragend gebaut", eine Festung, die „keine Truppe der Welt" im Sturm hätte einnehmen können.

Als sich um fünf Uhr nachmittags am zweiten Februar die Vorhut der Angreifer, die langsam vorgerückt war und sich dabei immer wieder verschanzt hatte, dem *pa* bis auf hundert

Yards genähert hatte, begann das Artilleriefeuer. Die Verteidiger blieben in ihren unterirdischen Bunkern und erlitten so gut wie keine Verluste. Den ganzen Tag über hatte es, wie Belich schreibt, nur vereinzeltes Gewehrfeuer der Maori gegeben – die meisten der hier erwähnten Details über diese Schlacht sind seinem Buch entnommen –, doch als die Nacht hereinbrach, tauschten die beiden Armeen, die nun so dicht beieinander standen, dass sie sich gegenseitig etwas zurufen konnten, weitere Salven aus. Ebenso wie das Gewehrfeuer nahmen in der Dunkelheit auch Schreie und Gesänge zu. Gegen drei Uhr früh steigerte sich das Lärmen zu einem Crescendo.

Die weißen Truppen sangen Militärlieder, um sich Mut zu machen, darunter „Marching through Georgia" aus dem kürzlich beendeten Amerikanischen Bürgerkrieg.

„Weiter, Pakeha, weiter", konterten die Maori, „singt uns noch was vor."

Ein weniger höflicher Krieger rief: „Kommt schon, Pakeha, seid Futter für die Maori; schickt alle Dicken nach vorn!"

Dieser Austausch erstarb in den letzten Nachtstunden. Als es dämmerte und sich die Männer der Kolonialtruppen zu rühren begannen, fiel einigen auf, dass im *pa* eine „unheimliche Stille" herrschte, was für sich genommen keine ungewöhnliche Taktik der Maori war – den Eindruck zu erwecken, dass sie eine Stellung aufgegeben hatten, um dann, wenn der Gegner sich näherte, in einem Feuersturm über ihn herzufallen.

Die Minuten vergingen.

Dann, endlich, erhoben sich Biddle und Black und ein dritter Mann und gingen auf das *pa* zu. „Die Kolonialtruppen", schrieb Belich, „hielten kollektiv den Atem an". Die Männer erreichten die Palisaden unverletzt. Dann kletterten sie über die hölzerne Barriere und ließen sich ins *pa* hinunter.

Tauranga Ika war menschenleer.

Noch in unserer Zeit streitet man darüber, was in jener Nacht in Tauranga Ika geschah. Manche, darunter auch Belich, glauben, dass der Häuptling beim Ehebruch – oder gar Inzest – ertappt wurde und dadurch sein *mana* als priesterlicher

Krieger verlor. Maori weisen diese Erklärung heute erbittert zurück, was aber nicht notwendig bedeutet, dass sie falsch ist. Fast unmittelbar im Anschluss an die Ereignisse erschienen in Wanganui Zeitungsberichte, die Ähnliches behaupteten: „Titos Männer verlassen ihn scharenweise. Es hat den Anschein, als habe er sich bezüglich der Frauen im Lager daneben benommen."

Weshalb auch immer sich die Maori-Truppen absetzten, es besteht kein Zweifel daran, dass etwas Spirituelles oder ein Aberglaube im Spiel war. Ob als Heiden oder Christen, die Maori waren im Allgemeinen ein religiöseres Volk als die Briten. (So erzählte man, dass in Wanganui zu Weihnachten die Maori in die Kirchen strömten und die Engländer zu den Pferderennen.) Heutigen Maori-Quellen zufolge war Titokowaru schließlich selbst davon überzeugt, daß sein Gott Uenuku von „McDonnells Engel" verflucht worden sei. Dafür hatte er einen eindeutigen Beweis: In der Nacht war von Nordosten her eine Meeresbrise aufgekommen, das Symbol Uenukus...

Die Kolonisten ahnten davon natürlich nichts. Das leere, uneinnehmbare *pa*, das sie am folgenden Morgen vorfanden, erschien ihnen durch und durch unheilverkündend, als ein Zeichen nicht von Schwäche, sondern von Stärke und Selbstvertrauen. Die düstere Stimmung, die in der Kolonie herrschte, nahm zu. In Wanganui waren die Preise für Wohnhäuser bereits eingebrochen und ein beträchtlicher Teil der Bevölkerung schiffte sich auf Nimmerwiedersehen nach Auckland oder Australien ein. Auf den Straßen drängten sich Scharen von mittellosen Menschen auf der Suche nach Nahrung und Unterschlupf. Die Frauen von Wanganui wandten sich mit einer Petition an Königin Viktoria, in der sie sie anflehten, „ihre Vernichtung abzuwenden". Zeitungsanzeigen priesen an: „Trauerbekleidung. Eine schöne Auswahl an schwarzem Tuch, feine Wollstoffe, Trauerflor etc."

Ein Handelsschiff, die „Wild Duck", traf mit landwirtschaftlichem Gerät und einer Ladung Singdrosseln, Amseln und Staren aus London ein, aber niemand hatte seine Bestellungen an die Acclimatisation Society [16] aufrechterhalten. Welchen Sinn konnte es haben, die Landschaft mit englischen Singvögeln zu füllen, wenn die Engländer selbst alle fortfliegen mussten? Die „Wild Duck" segelte mitsamt ihrer lebendigen Fracht wieder davon, Gestaden entgegen, die für eine „Englandifizierung" besser geeignet waren.

Dann, zehn Tage nach Tauranga Ika, trafen üblere Nachrichten ein. An der Küste nördlich von New Plymouth war eine Siedlung aus Militär-Gehöften in einer bis dahin friedlichen Gegend angegriffen worden. Nicht nur hatte man den befehlshabenden Offizier, einen gewissen Bamber Gascoigne, getötet, man hatte auch seine Frau und seine Kinder ermordet. Die Kinder – sogar die fünf Monate alte Louisa und der drei Jahre alte Cecil – waren mit einer Streitaxt erschlagen worden. Damit noch nicht zufrieden, töteten die Plünderer auf dieselbe Weise auch noch die Haustiere der Familie, eine Katze und einen Hund.

Im Anschluss an diese Morde schauten die Maori sich um und bemerkten, dass ein weiterer Weißer in Sichtweite heran ritt. Niemandem wären sie weniger gern begegnet. Es handelte sich um den Reverend John Whitely, einen methodistischen Missionar, von dem sich vor Jahren der Anführer der Plünderer hatte taufen lassen.

„Kehre um, Whitely, du hast hier nichts zu suchen", sollen sie ihm zugerufen haben.

„Genau hier habe ich etwas zu suchen und hier werde ich bleiben, denn meine Kinder tun Unrecht."

Fünf Kugeln zerrissen ihn aus einer Entfernung von 30 Yards.

Möglicherweise war der Mord an Gascoignes Frau und Kindern ein bewusster Gegenschlag auf das, was sich zwei Monate zuvor bei Handleys Wollschuppen zugetragen hatte. „Ihr sagt A B C, wir sagen A B C", lautete die Standardantwort der Maori auf Kritik an die von ihnen verübten Gräueltaten.

In Angst und Schrecken versetzte die Kolonisten dabei nicht nur der Gedanke an ermordete Zivilisten. Der Angriff war eine Kampfansage eines mächtigen Stammesverbunds. Einige der Stämme waren noch stärker von den Enteignungen betroffen als die Stämme in Taranaki, aus den letzten Kämpfen hatten sie sich aber herausgehalten. Inzwischen gab es einen Aufstand im Osten, einen ungewiss verlaufenden Krieg mit Titokowaru im Westen und eine schwere Bedrohung aus dem Norden. Ein allgemeiner Konflikt, der die ganze Insel zu erfassen drohte, zeichnete sich ab, und diesmal würden den Siedlern nicht tausende Soldaten des Empire zur Hilfe eilen. „Weder im Osten noch im Westen lichten sich die Wolken des Krieges", klagte eine Zeitung aus Wanganui. „Der Maori hat gezeigt, dass es ihn ebenso nach Blut dürstet wie einen wilden Tiger."

Doch der Wanganui Chronicle irrte sich. Die mächtigen Stämme aus dem Norden warteten eine Reaktion auf ihre Provokation ab, doch da keine Reaktion folgte, unternahmen sie nichts. Der Aufstand im Osten versiegte leise. Inzwischen floh Titokowaru immer weiter nach Westen und verlor auf dem Weg immer mehr seiner Anhänger. Dies ist nicht der Ort für einen vollständigen Bericht über Titokowarus Rückzug unter feindlichem Beschuss. Es war eine lange, verworrene Verfolgungsjagd ohne klaren Ausgang. Es starben mehr Verfolger als Verfolgte. Es gab ein Verhängnis in einem Pfirsichhain, als eine Gruppe von Männern, unter denen sich auch zwei junge Australier befanden, die die Straßen von Melbourne erst vor kurzem verlassen hatten, inmitten der Spätsommerfrüchte in einen Hinterhalt gerieten. Einmal mussten Titokowaru und seine Anhänger – es waren nur noch ungefähr einhundert und einige von ihnen waren splitterfasernackt – in eine Schlucht fliehen, als sie im Nebel vor Morgengrauen angegriffen wurden. Später führte er die Kolonialtruppen planschend und fluchend mitten in einen riesigen, 20 Meilen breiten Sumpf hinein und konnte ihnen um Haaresbreite entkommen. Es gelang ihm schließlich, sich ans andere Ufer des Waingongoro River retten. Er war wieder da, wo er angefangen hatte, in der Nähe von The Beak of the Bird. Und die Regierung, kriegsmüde und nervös, da die Stämme aus dem Norden schon in den Startlöchern saßen, beschloss, ihn dort in Ruhe zu lassen.

Was sich auf dem Gebiet zutrug, das er zurückließ, auf diesem 60 Meilen langen Küstenstreifen, den Pater Rolland wenige Monate zuvor durchquert hatte und wo er nur den Schrei einer Maori-Frau hörte, den er in der anschließenden Stille zu einem Möwenkreischen umdeutete, ist Gegenstand dieser Erzählung. Beinahe die gesamte Bevölkerung – alle Weißen und ungefähr zwei Drittel der Maori – war während des Krieges aus dieser Gegend geflohen. Als die Feindseligkeiten mit Titokowaru eingestellt wurden, oder vielmehr rasch in die Ferne rückten, waren viele Maori darauf gefasst, demnächst in ihre Dörfer und Gärten zurückzukehren und dort ihr früheres Leben wieder aufzunehmen.

Dazu jedoch sollte es nicht kommen.

Stattdessen schlug man einen neuen politischen Kurs ein. Alle Maori, ob verbündet, neutral oder ehemalige Rebellen, wurden aus der Region vertrieben.

Eine gewisse Verantwortung hierfür trug sicherlich der militärische Oberbefehlshaber Colonel Whitmore, obwohl Whitmore auch anderes im Sinn hatte. Während er die Verfolgung Titokowarus anführte, ließ er zur Verteidigung des Territoriums mehrere hundert Freiwillige zurück, die, soweit man das heute sagen kann, dort nach Belieben schalten und walten durften. Es drängt sich die Schlussfolgerung auf, dass diese außerordentliche neue Richtlinie einfach im Dunkeln entstand, im Geheimen, hinter verschlossenen Türen, wobei Männer wie Ballance, ein gewisser Major Noake und Captain John Bryce (vormalig Lieutenant Bryce – man hatte ihn nach der „Schlacht" bei Handleys Farm befördert) federführend waren, allesamt unbedeutende Figuren, denen zufällig ein schreckliches Schicksal erlaubte, eine kurze Zeit lang das zu tun, was ihnen gefiel.

Da die Presse der Versuchung nicht widerstehen konnte, vor ihren Lesern zu prahlen, war sie es, die die Tore der Geheimhaltung einen winzigen Spalt weit öffnete.

30. März 1869: „Col. Whitmore hat die Eingeborenen von Waitotara ausdrücklich den zarten Gnaden der hiesigen Kavallerieeinheiten und den Captains Haws, Kells und Bryce überlassen", schrieb Ballance im Wanganui Evening Herald. Alle Berichte, die im Herald und im Wanganui Chronicle zu

den Einsätzen westlich von Wanganui erschienen, sind in einem ähnlichen Code verfasst:

„Wir wissen, dass ... wir von den Eingeborenen aus Waitotara nichts zu befürchten haben. Ihre Dörfer wurden eingenommen und niedergebrannt und Major Noake und seine Offiziere haben den Niggern gezeigt, dass wir entschlossen und in der Lage sind, sie auf dem Fluss und an Land zu schlagen."

„Die Waitotaras schleichen wieder in der Nähe der Stadt herum. Ihrer eigenen Sicherheit zuliebe sollten sie diesen Bezirk besser meiden."

„Noake ist ihnen auf der Spur. Ein langes Seil und ein kurzer Prozess, das ist die Quittung, die sie nun bekommen."

„Sollten die Rebellen je zurückkehren, wird man sich ihrer auf eine Weise annehmen, die keiner näheren Erläuterung bedarf."

Zurückgelassen hatte Whitmore mehrere aus Freiwilligen zusammengesetzte Infanterieeinheiten sowie die Kai-Iwi-Kavallerie unter Captain John Bryce. Das Kai-Iwi-Korps war nun nicht mehr die „teuflische Truppe" in zusammengewürfelten Uniformen, die der Herald nach seinem Angriff auf die Kinder bei Handleys Wollschuppen gelobt hatte. Inzwischen waren die Reiter gut ausgerüstet und trugen blaue Feldmützen mit Schirm, braunes Lederzeug, blaue Jacken, rehbraune Reithosen aus Bedford-Kord und schwarze Stiefel. Die Offiziere, die von ihren Männern gewählt wurden, trugen dieselbe Uniform, doch ihre Mützen waren mit silberner Spitze bestickt und ihre Jacken mit schwarzen Spitzenbordüren verziert.

Ernst wurde es mit der sogenannten „Räumung" gegen Ende März, als Bryce und das Kai-Iwi-Korps wie Bluthunde immer wieder die Umgebung von Handleys Farm, den Schauplatz ihres früheren Triumphs, abwanderten. Am ersten April führte Major Noake, der in einem Brief an das Verteidigungsministerium erklärt hatte, dass „jeder Eingeborene, den man in Waitotara vorfinde, als Rebell behandelt" werden würde, eine neuntägige Expedition den Waitotara River hinauf an. Auf ihrem Weg hinterließ die Truppe laut Belich „nur verwüstete Felder und Ruinen, von denen der Rauch aufstieg". Mitte April erreichte der Freiwilligentrupp Whenuakura und suchte das Gelände stromaufwärts ab, während Bryce und das Kai-Iwi-Korps die Gegend unmittelbar südlich durchstreiften.

Am Maifeiertag wurde eine Gruppe Maori, „die zu ihren Behausungen am Patea River zurückkehrten, überrascht und einige wurden getötet." Eine Woche später wurden drei junge Männer, ein alter Mann und eine alte Frau, die in derselben Gegend angetroffen wurden, „alle bis auf einen Mann, der entkommen konnte, getötet." Eine weitere Expedition wurde Mitte Mai den Waitotara River hinauf entsandt. „Zweck dieser Maßnahme war es", wie der Chronicle erklärte, „das Eigentum des Feindes zu vernichten und so viele Rebellen, wie man nur finden konnte, niederzuschießen."

Bis Ende Mai war der Bezirk Waitotara, der sich über ungefähr 30 Meilen von Wanganui bis Patea erstreckt und wo seit Urzeiten der Ngarauru-Stamm ansässig war, menschenleer. Nicht ein einziger seiner maorischen Bewohner war übrig geblieben. Die Presse berichtete, dass alle, selbst die freundlich gesinnten Gruppen, die während des Krieges Siedler geschützt hatten, „geflohen" waren.

Das Fazit ist eindeutig: Sie waren geflohen, weil diejenigen, die nicht flohen, einschließlich der Frauen und Kinder, umgebracht wurden, wenn man sie fand. Es gibt noch einen weiteren Hinweis, der denselben Schluss nahelegt. Dabei handelt es sich um den bemerkenswerten Namen, den die Maori Captain John Bryce gegeben hatten.

Der Farmer und Kommunalpolitiker Bryce war im Alter von sieben Jahren gemeinsam mit seinem Bruder, seiner Schwester und seinem Vater, einem Möbelschreiner aus Glasgow, in der Kolonie eingetroffen. Mit 14 verließ er die Schule und verdingte sich als Kuhhirte, wobei er sich anscheinend einen Ruf für sadistischen Umgang mit Tieren erwarb. Anschließend verbrachte er Zeit in den Goldfeldern Australiens, kehrte während des Krieges zurück und meldete sich freiwillig zum Militär, wo ihn sein vorgesetzter Offizier als den „schmutzigsten und nachlässigsten Soldaten, den wir je hatten" beschrieb. Im Oktober 1868 wählten ihn die Kavalleriekorps Kai Iwi und Goat Valley einstimmig zu ihrem Kommandeur (im Rang eines Lieutenant).

Wie wir bereits gesehen haben, übertrugen die Maori, wenn sie von Europäern sprachen, deren Namen gewöhnlich lautgemäß in die Maori-Sprache. So wurde Sir William Fox zu Wiremu Pokiha, Gouverneur Grey wurde Kawana Kerei, Featherstone war Petatone, Selwyn war Herewini und so weiter. Nur sehr wenige Menschen verdienten sich die Auszeichnung eines Namens, der auf ihre besonderen Eigenschaften anspielte. Von Tempsky war einer dieser Auserwählten und wurde „Manu Rau" – „Hundert Vögel" – genannt, da er während einer Schlacht überall zugleich zu sein schien.

Ein anderer war John Bryce. Ihn kannte man als Bryce-*kohuru*, als „Bryce-der-Morde". Alternativ dazu wurde er auch Kohuruhuru genannt – die verstärkte Form des Wortes, die einfach „Boshaftigkeit" oder „dunkler Mord" bedeutet.

Viele Jahre später, als Bryce hoch aufgestiegen und Minister für Eingeborenenangelegenheiten geworden war, bestritt er, dass ein solcher Name je mit seiner Person verbunden gewesen sei. Doch stützte sich diese Behauptung auf eine über jeden Zweifel erhabene Quelle, auf Octavius Hadfield, den Bischof von Wellington.

Im Jahr 1883 schrieb Hadfield einen persönlichen Brief an einen australischen Historiker namens Rusden, der an einer dreibändigen Geschichte Neuseelands arbeitete:

> In den ersten Monaten des Jahres 1871 wurde es meine Aufgabe, die Menschen nördlich von Whanganui zu besuchen. Es war mir unmöglich, mehr als nur einige wenige Worte zum Thema der Religion mit den Eingeborenen zu wechseln, bevor sie das Gespräch auf den jüngsten Krieg brachten und auf das barbarische Verhalten der Weißen, besonders gegenüber den Kindern... Als er [Bryce] Minister für Eingeborenenangelegenheiten wurde, fragten die Eingeborenen aus der Nähe von Whanganui, ob es sich um Bryce-*kohuru* handele. Die

Eingeborenen an der Westküste waren äußerst überrascht und beunruhigt, als er Minister für Eingeborenenangelegenheiten wurde.

Man nannte Hadfield während seiner Visite die Namen von mindestens fünf Frauen, die von Bryce oder seinen Männern umgebracht worden waren. Als die Angelegenheit 1886 im Verlauf eines Verleumdungsprozesses in London zur Sprache gebracht wurde, versicherte ein Zeuge namens Whakarua-te-Kariki unter Eid, dass Bryce als „der Mörder [*kohuru*] von Frauen und Kindern bekannt war".

All dies war, wie Hadfield selbst anerkannte, Hörensagen, im Nachhinein weitergetragen und nicht nachzuweisen, zumal die Regierung ohnehin kein Interesse daran haben würde, den Behauptungen nachzugehen. Obwohl nichts bewiesen werden konnte und nichts deswegen unternommen werden würde, war Hadfield davon überzeugt, dass zwischen 1869 und 1871 ein großes Verbrechen oder eine Reihe von Verbrechen im Bezirk von Wanganui und in Süd-Taranaki verübt worden war. Hadfield gehörte jener alten Schule von Idealisten an, die erlebt hatten, wie ihr Einfluss seit 1869 unter der Ägide von Männern wie Fox und Richmond zunehmend dahinschwand. Er stammte aus Oxford, was für die Kolonie ungewöhnlich war – die Räume, die er im Pembroke College bewohnte, waren einst Samual Johnsons [17] gewesen – doch hatte er dort nie seinen Abschluss erworben. Sein schlechter Gesundheitszustand zwang ihn, die Universität zu verlassen, und er emigrierte nach Neuseeland, wo er sein Leben lang ein halber Invalide blieb. Natürlich erreichte er ein hohes Alter und brachte Fox' dadurch zu Weißglut, der täglich die Zeitungen in der Hoffnung überflog, dass sein Lord Bischof das Zeitliche gesegnet haben möge. Gelegentlich trafen sich Fox, der Premierminister, und Hadfield, der künftige Primas [18], auf der Straße. Sie schauten einander zwar scharf an, gingen jedoch wortlos aneinander vorüber. Hadfield ist wahrscheinlich der „einem freien Beruf nachgehende, an einer englischen Universität ausgebildete Gentleman", den Rusden in einem Pamphlet erwähnt:

Der Schauplatz von Titokowarus Erfolgen und Rückschlägen wurde 1869 zum Ort der Verwüstung. Ein Gentleman, der sich anschließend in jenen Teil des Landes begab, um Erkundigungen einzuholen, versicherte mir, dass er zu seinem Entsetzen aus dem Munde eines Mannes, der in dieser Gegend gelebt hatte, erfahren musste, dass zu einer gewissen Zeit jedes Maoriwesen, ob alt oder jung, *„omnis sexus, omnis aetas"* [beide Geschlechter, jedes Alter], skrupellos umgebracht wurde. „Ich ahnte nicht", sagte er, „dass wir so niederträchtig waren." [19]

Was sich in den ersten Monaten nach Titokowarus Rückzug westlich von Wanganui zutrug, war schrecklich, aber nicht überraschend. Die Freiwilligen waren zumeist recht junge Männer, nicht ordnungsgemäß beaufsichtigt, aufgebracht und ungebildet. Sie wurden von einer enthemmten Presse aufgepeitscht, die ihrerseits der neuen, rassistischen „Wissenschaft" des Neo-Darwinismus hörig war, gegen die Leute vom Schlage Hadfields und Selwyns nicht ankamen. Unter den Soldaten gab es viele Farmer, deren Häuser niedergebrannt und deren Rinder und Schafe auseinandergetrieben worden waren. (Noch Jahre nach dem Krieg streunten Rinderherden aus den wertvollsten Züchtungen frei im Wald umher.) Einige der Freiwilligen hatten ihre Nachbarn tot auf ihren Schwellen gefunden. Ihre Rache hatte eine Aura des Unvermeidlichen, wie Plünderei oder das Aushungern Gefangener: Sie war grausam, von kurzer Dauer, altmodisch, durch Tradition geheiligt.

Was jedoch danach geschah, hatte ein neues Erscheinungsbild, war finster und modern zugleich, oder jedenfalls uns mit unserem Wissen um das, was im 20. Jahrhundert folgen sollte, vertraut. Dieses Unterscheidungsmerkmal verdankte die Kolonie Sir William Fox.

Mit der ersten Phase der Verwüstung hatte Fox wenig zu tun. Er war noch in der Opposition, beobachtete die Ereignisse als unbeteiligter Außenseiter und hatte eigentlich den Schluss gezogen, dass es den Maori erlaubt sein würde, sich im Bezirk Waitotara wieder in Frieden niederzulassen.

„Es kann doch unmöglich wahr sein, dass die Regierung die Waitotaras zurückkehren lässt", schrieb er Anfang April an seinen Schwager. „Wenn sie das zulässt, hätte sie ebenso gut all das Geld, das sie ausgegeben hat, ins Meer werfen können. Das wäre einfach ein Akt des Irrsinns und ich kann nicht glauben, dass es wahr ist."

Zwölf Wochen später triumphierte er bei einer Vertrauensfrage im Parlament und wurde zum neuen Regierungschef. Von nun an entschied er über das Schicksal der Stämme der Na Rauru und der Ngati Ruanui – eben jener Stämme, denen sein Namensvetter und Patensohn, der junge William Fox, angehörte.

Fast sofort setzte er den blutigen Ad-hoc-Streifzügen der freiwilligen Soldaten ein Ende. Die Auflösung der Freiwilligeneinheiten war seine erste Maßnahme. Fox, der, egal wie viele Feinde er sich damit schuf, einer pointierten Formulierung nie wiederstehen konnte, beschrieb sie als „liederliche Soldateska", befahl ihre Entlassung und stellte die Zahlung ihres Soldes ein. Bryce, der selbst unter den besten Umständen ein übellauniger Mann war – eine in einem Studio entstandene Fotografie zeigt ihn mit grimmigem Blick und einem bärtigen, in einem eigentümlich schiefen Winkel zum Körper gehaltenen Kopf – raste vor Wut. Man hört es der Rede an, die er bei ihrer letzten Parade vor seinen Männern hielt.

„Durch eure unablässigen Patrouillen... indem ihr bei Tagesanbruch am unerwarteten Ort erscheint... und indem ihr schleunigst kleine Gruppen, die sich in den Distrikt vorgewagt hatten, wieder aus ihm verjagtet, trugt ihr nach meiner Überzeugung in beträchtlichem Maße zum Schutz des Bezirks bei... Die Regierung in ihrer Weisheit beliebt, euch nun nach neun Monaten des Dienstes zu entlassen, ohne ein Wort des Lobes oder des Dankes oder der Anerkennung..."

Nach der Entlassung der Freiwilligenkorps wurden die militärischen Operationen im Distrikt grundlegend neu organisiert. Major Noake richtete ein Hauptquartier in der Stadt Patea ein. Seine Truppen setzten sich aus einigen regulären Offizieren, einer Elite der früheren Freiwilligen und neuen *kupapa*-Kräften vom Stamme der Ngati Porou zusammen. Die Ngati Porou kamen nicht aus der Umgebung von Wanganui, sondern von weither an der Ostküste. Verbindungen zu den örtlichen Stämmen, die sie in ihrer Grausamkeit hätten mäßigen können, besaßen sie daher nicht. „Durch eines zeichnen sich die Ngati Porou aus: sie lassen keinen, der ihnen über den Weg läuft, am Leben", bemerkte der Evening Herald trocken.

Major Noake – ein ehemaliger Reitlehrer, der den Angriff der schweren Brigade bei Balaklava [20] mitgemacht hatte – war ein Protégé von Fox, den er mit seiner kurzangebundenen militärischen Art, seiner gutaussehenden Frau und seinen Pferdekenntnissen enorm beeindruckte. Als er Mitte der 1860er Jahre in Neuseeland eintraf, war Noake ohne Anstellung; der erste Job, den er fand, bestand darin, kleinere häusliche Aufträge für Fox zu erledigen, wie etwa die neuerworbene Stute Gentle Annie von Wanganui auf die Farm von Westoe zu reiten. Es war Fox, der Noake ein Stück Land in der Gegend besorgte, Fox war es, der ihn zum Friedensrichter bestellte, und Fox förderte seine Karriere, bis er es „zu einem recht führenden Mann im Distrikt" gebracht hatte.

Nun sollte er es Dank Fox noch sehr viel weiter bringen. Er erhielt die absolute Befehlsgewalt über ein Gebiet, dass sich von Wanganui bis zum Waingongoro River 50 Meilen die Küste entlang und ungefähr 30 Meilen landeinwärts erstreckte. Fox zog die zivilen Behörden aus diesem Gebiet ab. Er untersagte es dem Bevollmächtigten der Zivilverwaltung in Taranaki – dem offiziellen Vermittler zwischen den Maori und der Krone – ausdrücklich, Noakes Bezirk zu betreten. „Er kann es nicht lassen, ihm hineinzureden... Weshalb er sich einmischen will, kann ich allerdings nicht verstehen", schrieb er an seinen Minister für Eingeborenenangelegenheiten. „Es gibt südlich des Flusses außer unseren Ngati Porou nicht einen einzigen Eingeborenen." Das nächste Hindernis war der Amtsrichter [21] Booth. „Mir liegt viel daran, dass er die Westküste verlässt... Booth meint es gut, aber er ist ein großer Stümper und ein großer Wichtigtuer, und ich bin sicher, dass er Noakes Bemühungen zunichtemachen wird, wenn er nach Patea zurückkehrt."

Beinahe drei Jahre lang verfolgte Fox einen drastischen Kurs – alle Maori der Umgebung, ob frühere Aufständische oder Verbündete, sollten es mit dem Leben bezahlen, wenn sie auch nur einen Fuß in den Bezirk setzten. Fox' Politik hatte einen einfachen Grund. Auf Drängen der radikalsten Siedler unter der Führung von Bryce hatte er beschlossen, dass keiner der ursprünglichen maorischen Einwohner, ungeachtet dessen, ob es sich um Rebellen, ehemalige Rebellen, Neutrale oder Verbündete handelte, je wieder in dem Gebiet leben würde, das Titokowaru im Verlauf des Krieges verwüstet hatte.

An dem Tag, an dem die Regierung schwankte, dann fiel, und Fox an die Macht kam, erschien im Wanganui Evening Herald ein seltsamer Artikel. Ein „schmutzig-weißes Pferd" habe „den ganzen Tag gesattelt und gezäumt auf dem Marktplatz" gestanden. Der Herald selbst schien nicht zu wissen, weshalb er davon berichtete. In einer Welt voller Pferde kann ein gesatteltes Pferd wohl kaum ein ungewöhnlicher Anblick gewesen sein, oder jedenfalls nicht ungewöhnlicher als heute ein Auto, das mit laufendem Motor vor dem Supermarkt steht. Später, nachdem ich wusste, was sich während Fox' Regierungszeit ereignet hatte, wirkte das gesattelte und gezäumte Pferd, zumindest auf mich, wie ein Omen aus dem Buch der Offenbarung. „Und siehe, ein fahles Pferd. Und der darauf saß, des Name hieß Tod."[22] In den folgenden drei Jahren, auf einer Fläche von zweitausend Quadratmeilen westlich von Wanganui, saß der Tod im Sattel. Er erschien in Gestalt von Major Maillard Noake, dem ehemaligen Reitlehrer mit seinem eiskalten Auge und seinem Oberklassenakzent.

Seit den frühesten Anfängen seiner Laufbahn war er auf die Unterdrückung der Machtlosen spezialisiert. Mit 16 Jahren tat er während der Hungersnot in Irland mit seinem Regiment „Polizeidienst". Er war an der gewaltsamen Auflösung des Demonstrationszugs der Chartisten[23] beteiligt gewesen und hatte in Indien nach dem Indischen Aufstand[24] „aufgewischt". Noake hatte etwas Lächerliches und Durchsichtiges, aber Fox durchschaute ihn nie. Als ich im Archiv in Wellington auf seinen Briefwechsel mit Fox stieß, war ich anfänglich einige

Minuten lang verwirrt: Noakes Briefe an Fox sehen exakt so aus wie Fox' Briefe an Noake. Dann verstand ich, was vor sich ging. Wenn Noake an seinen mächtigen Mentor schrieb, ahmte er nicht nur Fox' Ton und seine Einstellungen nach, sondern sogar seine enge und buchhalterische Handschrift.

Hier beispielsweise, in einem Schreiben über den Ärger, den er mit seinen *kupapa*-Soldaten hatte, spricht er den Abstinenzler in Fox an:

Patea ist ein Nest voller übler Spelunken. Die Ngati Porou nutzen jede Gelegenheit, um sich zu betrinken. In diesem Zustand machen sie die Gegend zu einem unaussprechlichen Ort für ehrbare Frauen, während ihre eigenen Frauen in jeder Weise von den Europäern des Ortes korrumpiert werden...

Es gab eine Schlägerei unter dreißig betrunkenen, aufgebrachten Ngati Porou, aber als ich erschien, wurden sie ganz still... angesichts von Te Nuika [The Noake]

Ich möchte sie daher nach Te Ngairi schicken...

Würden Sie mir also bitte zwei Bezirke unterstellen? Ich vertraue auf Ihre Unterstützung in dieser Sache... denn obwohl ich kein totaler Abstinenzler bin, ist mir ein Säufer doch so zuwider, als wäre ich es.

Ausgestattet mit den zusätzlichen Befugnissen, die Fox ihm beschafft hatte, und in Abwesenheit ziviler Behörden, die ihn hätten zügeln können, errichtete Noake eine Mauer des Schweigens um seinen Bezirk und begann seine Herrschaft. Es finden sich nur sehr wenige offizielle Eingeständnisse von Fehlverhalten, was nicht verwundern kann, doch anfangs sickerten gelegentlich Berichte nach außen.

Im Oktober 1869 wurden drei Maori, zwei alte Männer und eine Frau, aufgegriffen, als sie „sechs Meilen von Waihi entfernt vagabundierten". Die beiden Männer wurden auf der Stelle erschossen, die Frau gefangengenommen. Sie waren dabei gewesen, Kartoffeln zu pflanzen. Der Garten wurde zerstört. Als man im nächsten Monat eine Gruppe Maori im Bezirk Waitotara sah, wurde sofort das Feuer eröffnet: Ein

Mann wurde schwer verletzt und eine Frau gefangengenommen. Diese Berichte machten Fox Schwierigkeiten. Sein neuer Minister für Eingeborenenangelegenheiten, Donald McLean, hatte mit einigem Widerwillen der politischen Linie zugestimmt, die Maori des Bezirks, zumindest vorläufig, an der Heimkehr zu hindern, aber einer Politik des Mordens hatte er nicht zugestimmt.

Als er diese Erschießungen zur Sprache brachte, flüchtete Fox sich in Gepolter:

Bei den Eingeborenen handelte es sich keineswegs um so harmlose, unschuldige Personen, wie man Ihnen berichtet zu haben scheint. Es handelte sich um die berüchtigsten Raufbolde aus Titokowarus Kannibalenbande. Sie hatten sich zurückgeschlichen und bereiteten im Hinblick auf zukünftige Operationen ihre Anpflanzungen vor. Sie wussten genau, welches Risiko sie eingingen.

Was geschah, geschah im Sinne meiner ministeriellen Mitteilung hinsichtlich der Angelegenheiten in Patea, der jedes Mitglied dieser Regierung seine Zustimmung erteilte.

Es stimmt zwar, dass sie die angewiesene Reihenfolge des Vorgehens umkehrten, indem sie selbst das Feuer eröffneten, aber Sie wissen ja, wie rasch solche Ereignisse in der Aufregung solcher Umstände der Kontrolle der befehlshabenden Offiziere entgleiten.

Die Schießereien bei [Waihi] und in Waitotara haben uns nicht geschadet, im Gegenteil, ganz meiner Erwartung entsprechend haben sie dazu geführt, dass Titokos Kerle, die zurückschlichen, um Pflanzungen anzulegen, beseitigt wurden... Sie hatten genau den erwünschten Effekt... Ich glaube nicht, dass sich nun noch ein Eingeborener näher im Landesinneren als Waitara befindet.“

Obwohl McLean hinsichtlich der Landverkäufe nicht über eine durchtriebene Geschäftspraxis erhaben war, empfand er doch ein gewisses Mitleid mit den Maori und sie brachten ihm ihrerseits ein gewisses Vertrauen entgegen.

Er war ein großer, an einen melancholischen Ochsenfrosch erinnernder Mann, der von der Hebriden-Insel Tiree stammte, ein hochsitzgleicher schwarzer Felsen mit grauen Rindern und Gerstenfeldern, bewohnt von Kleinbauern und schikaniert von Grundbesitzern, über den der peitschende Regen hinwegfegte. Unter McLeans ministeriellen Papieren finden sich immer noch Bittbriefe seiner Verwandten aus der alten Heimat: „Ich glaube, in ein paar Jahren werden nur noch sehr wenige Menschen auf Tyree leben, so sehr plagt man sie mit Pachtzahlungen und Steuern." Ein Mann, dessen Mitgefühl den dahinschwindenden Kleinbauern von Tiree galt, konnte sich angesichts des großen Schweigens, dass sich über die Territorien Waitotara und Patea gesenkt hatte, nicht lange wohl fühlen. „Kein Eingeborener näher im Landesinneren als Waitara" prahlte Fox. Aber wohin waren sie alle verschwunden? Menschliche Bevölkerungen erheben sich nicht einfach en masse und reisen ab, wenn man sie darum bittet, nicht einmal unter Androhung von Terror.

„Waren die Lahmen, die Kranken, die Bettlägerigen plötzlich verstorben – oder was wurde aus ihnen?" fragte Rusden im folgenden Jahrzehnt. „Wie viele nicht bekannt gewordene Massaker gab es? ... Wer kann die Schrecken jener Zeit angemessen darstellen? Wer kann sich nur annähernd vorstellen... wie verzweifelt das Stöhnen der Maori geklungen haben muss, als in einem einst bevölkerungsreichen Bezirk, der größer war als so manche englische Grafschaft, keine Sterbensseele übrigblieb?"

Zehn Jahre später, nachdem er zum Elder Statesman der Kolonie geworden war, äußerte sich Fox zu den Ereignissen in dieser Zeitspanne. Höflich wies er jede Verantwortung von sich. Er hatte, so sagte er, einfach versprochen, aufständische Eingeborene aus dem Bezirk fernzuhalten. Anschließend waren die Siedler vor Ort möglicherweise zu weit gegangen.

„Vielleicht war es nicht unnatürlich, dass die Verzweiflung, in die sie getrieben worden waren, viele in Versuchung führte, das Versprechen des Premierministers [Fox selbst] von aufständischen Eingeborenen in alle Eingeborenen zu verzerren."

Das war eine erstaunlich dreiste Lüge. Aus seinen Briefen an McLean und den Reden, die er in Patea und Wanganui vor Gruppen von Siedlern hielt, geht deutlich hervor, dass alle Maori aus der Region vertrieben werden sollten. Der New Zealand Herald beschreibt eine solche Zusammenkunft mit den Siedlern: „Es gab ein starkes Gefühl der Ablehnung der gesamten [Maori-]Rasse gegenüber, ob feindlich oder verbündet, und sie drängten den Premierminister, es keinem Eingeborenen zu gestatten, in den Bezirk zurückzukehren... Fox fügte sich den Wünschen der Siedler und erklärte, dass es keinem Eingeborenen erlaubt werden würde, sein Feuer zwischen dem Waitotara River im Süden und dem Waingongoro River im Norden zu entzünden."

Es gibt mindestens ein halbes Dutzend ähnlicher Berichte. Als McLean 1870 versuchte, die Strategie abzumildern und es verbündeten Maori wieder zu gestatten, auf ihre Ländereien in Waitotara zurückzukehren, explodierten die Siedler: „Das ist ein Bruch der Zusicherung, die uns Mr. Fox in den unmissverständlichsten Worten gab, dass die Eingeborenen niemals auf das fragliche Gelände zurückkehren dürfen", schrieb der Chronicle.

Fox' private Briefe bestätigen seine politische Strategie:

„Die wesentliche Voraussetzung dafür, dass die Siedler wieder auf das Land zurückkehren, ist, dass wir alle Eingeborenen aus dem Gebiet zwischen Waihi und Wanganui fernhalten", schrieb er McLean im September 1869. „Wenn wir Noakes Strategie der ständigen Räumungen der Ebenen von Patea und Waitotara unterstützen, werden wir meines Erachtens das Gebiet solange frei halten können, bis sich die Bevölkerung selbst verteidigen kann." „Ich versuche, Kai Iwi und Waingongoro von Eingeborenen frei zu halten", schrieb er einige Wochen später an McDonnell, „und ich hoffe, das ich das ebenso bewirken kann, wie die Rückkehr der Siedler auf ihre Gehöfte." „Ein Bezirk wie die Westküste kann von ein paar tüchtigen Reitern, die mit ihrem Gelände vertraut sind, vom sich offen zeigenden Feind absolut rein gehalten werden", schrieb er später an McLean.

Aus Gründen, die denjenigen, die sich näher mit militärischen Besatzungen befasst haben, bekannt vorkommen werden, brach Fox' Experiment der ethnischen Säuberung nach drei Jahren in sich zusammen. Erstens, Korruption: Noake, Befehlshaber und Amtsrichter, wurde zum Dieb und beim Versuch ertappt, den Staat zu betrügen. Er beantragte 1000 £ für während des Krieges auf seinem Grundstück entstandene Schäden. Dann fiel jemandem auf, dass er während des Krieges gar kein Grundstück besessen hatte. Mittlerweile hatte er während seines Aufenthalts in Patea einige Meilen außerhalb der Stadt ein großes Gehöft erworben und mindestens einen seiner eigenen Knechte, einen Melker namens Collins, auf die Gehaltsliste des Militärs gesetzt. Gleichzeitig wurden echte Soldaten der unteren Dienstgrade zur Arbeit auf der neuen Farm herangezogen, für die sie Pfosten und Umzäunungen sägten und mit dem staatlichen Rollwagen aufs Land hinaus transportierten.

All das war eigentlich ein Klacks, aber es war genug für McLean, der den ehemaligen Reitlehrer und seine Methoden inzwischen verachtete.

Der zweite Grund war die dem Programm innewohnende Absurdität. Es war nicht nur seine verworrene Logik, obwohl die schon schlimm genug war. Würde man den Maori die Rückkehr gestatten, so argumentierte Fox, dann würden die Siedler sie angreifen. Daher sollte die Regierung sie zuerst angreifen und damit einen „planlosen Krieg zwischen den Rassen" verhindern. Seine politische Strategie war, wie er in einer Mitteilung an seine Minister deutlich machte, zum eigenen Wohle der Eingeborenen.

Überall sonst in der Kolonie waren unter dem besänftigenden Einfluss McLeans wieder Frieden und Sicherheit eingezogen. Sogar Titokowaru war auf der gegenüberliegenden Seite des Waingongoro River sesshaft geworden, baute Gräser an und verdiente stillschweigend ein Vermögen mit dem Verkauf von Grassamen an Pakeha-Farmer, die von nah und fern zu ihm strömten. Nur auf dem Lehen von Noake war die Atmosphäre noch mit Angst und Unsicherheit aufgeladen. Noakes Männer überfielen selbst Maori, die im Auftrag der Regierung durch das Territorium reisten. Maori, die als Postboten unterwegs waren, mussten dabei zusehen, wie man ihre Passierscheine zerriss, und wurden fortgejagt. Maori, die als Straßenarbeiter für den Staat arbeiteten und in Zelten untergebracht waren, die ihnen die Regierung zur Verfügung gestellt hatte, wurden umringt und überfallen, ihre Zelte niedergerissen und sie selbst vor den Spitzen der Bajonette über den Fluss getrieben. An diesem Punkt überschritten die Verhältnisse die Grenze zum Irrsinn, denn der Hauptbefürworter des Straßenbauprojekts war Fox selbst. Es war in diesem Fall nicht so, dass die linke Hand nicht wusste, was die rechte tat; die linke und die rechte Hand prügelten mit Gewalt aufeinander ein. Schließlich erkannte sogar die Lokalpresse die Absurdität all dessen. Der Taranaki Herald schrieb:

Wenn es Inspektor Noake gestattet ist, bewaffnete Stoßtrupps in den Busch zu schicken; wenn friedliche Eingeborene, die man in den Bezirk entsendet, um dort Wege zu bauen, mit Bajonettstößen vertrieben und für den Fall, dass sie nicht schnellstens das Feld räumen, mit dem sofortigem Tode bedroht werden... dann sollten wir Taranaki als europäische Siedlung von der Landkarte streichen. Wir können kaum glauben, dass Inspektor Noake für solches Handeln die Genehmigung erhält. Freundlich gesinnte Eingeborene... die von der Wahl eines Eingeborenenvertreters im Abgeordnetenhaus zurückkehrten – wurden tatsächlich von bewaffneten Männern der Kolonialtruppen aus dem Bezirk gejagt. Sie hatten 30 Meilen zurückgelegt, um wählen zu können – ein Zeichen der Privilegien und Rechte, die sie als Untertanen der britischen Krone genießen – [und wurden] sofort mit der Warnung verbannt, dass man sie als Rebellen erschießen würde, wenn sie sich je wieder sehen ließen.

Noakes kleine Betrügereien, der Melker mit dem Soldatensold und ähnliches, waren für McLean ein Geschenk des Himmels. Noake musste gehen. Fox setzte sich für seinen Freund ein:
„Noake ist mir seit Jahren bereits als Siedler und Friedensrichter im Bezirk Rangitikei bekannt. Er war dort sehr geach-

tet, gehörte zu den führenden Männern des Bezirks, und in seine Fähigkeiten setzte ich volles Vertrauen."

Er bat um Gnade:

„Noake wurde praktisch suspendiert und steht vor der Öffentlichkeit blamiert da, und seine Freunde, von denen er viele hat, darunter viele äußerst ehrbare Männer, sind über die Art und Weise, wie er in seine jetzige Lage versetzt wurde, sehr verärgert."

Doch der Minister für Eingeborenenangelegenheiten, der in seinem Ressort das letzte Wort hatte, ließ sich nicht erweichen. McLean interessierte sich weder für den Melker noch für die 1000 £. Ihn waren Noakes Grausamkeit und Dummheit ein Dorn im Auge.

„Die Behandlung freundlich gesinnter Eingeborener, die in den Bezirk kamen, war brutal und rücksichtslos... Meines Erachtens besitzt er weder die Urteilsfähigkeit noch andere Eigenschaften, die für einen mit solchen Pflichten betrauten Offizier notwendig sind... Es wäre politisch äußerst unklug, dem von Ihrer Majestät den Untertanen beider Rassen erteilten Recht zu reisen, ohne dabei Drohungen oder Gewalt seitens der Offiziere oder Männer ausgesetzt zu sein, die zur Aufrechthaltung des Friedens im Dienste des Landes stehen, Beschränkungen aufzuerlegen ... Major Noake macht sich unablässig unüberlegter Handlungen schuldig, was beweist, wie ungeeignet er für seine Position ist."

Daraufhin beugte sich Fox dem Unvermeidbaren. Er konnte es sich nicht leisten, seinen Minister für Eingeborenenangelegenheiten zu verlieren. Von nun an würde sich McLean um die Angelegenheiten an der Westküste kümmern. Es gab noch einen letzten verzweifelten Spielzug von Noake selbst. Er hatte in Erfahrung gebracht, dass McLean Freimaurer war, und schrieb ihm folgende Zeilen:

Sehr geehrter Herr...

da von den Mitgliedern der Craft [25] berichtet wurde, dass Sie von Hohem und Erhabenem Grad sind, und auch ich von dorther stamme, nehme ich mir die Freiheit, mich persönlich an Sie zu wenden. Ich ersuche Sie nur um ein persönliches Gespräch von nicht mehr als einer halben Stunde...

Das Schreiben war in einer runden, aufrechten Handschrift verfasst, die sich von Noakes handschriftlichen Mitteilungen an Fox völlig unterschied. Es gibt keinen Hinweis darauf, ob McLean ihm antwortete. Vermutlich tat er es nicht, denn der in Ungnade gefallene Noake verließ Patea und nahm sein Leben als „Friedensrichter und führender Mann im Bezirk Rangitikei" wieder auf. Die Angehörigen der Nga Rauru und Ngati Ruanui tauchten aus ihren Verstecken, Verbannungsorten und Gefängnissen auf und kehrten nach Hause zurück, um in einigen Fällen feststellen zu müssen, dass ihr gesamter Landbesitz, einschließlich ihrer eigentlich unverkäuflichen Mindestzuteilung an Grund und Boden, im Rahmen einer neuen, zusätzlichen und außergesetzlichen Enteignungsrunde, die Fox arrangiert hatte, konfisziert worden war. Mehrere Jahre lang mussten die Stämme hausen, wo immer sie ein Plätzchen finden konnten, doch ein Jahrzehnt später wurde ihnen etwas Land im Bezirk zurückgegeben, und dort sind sie geblieben.

* * *

Patea ist heute eine kleine, niedergeschlagen wirkende Stadt mit kahlen, breiten Straßen, die auf irgendwie grausame Weise der Sonne ausgesetzt zu sein scheinen. Die Hauptverkehrsstraße nach Westen stößt wie im Sturzflug hindurch und läuft dann, nun wieder umgeben von Weideland, direkt auf den wie ein Trugbild wirkenden Mount Taranaki zu. In der Stadt selbst verkauft ein großer Gebrauchtwarenladen an der wichtigsten Straßenkreuzung ein paar alte Flaschen, ein Bügeleisen, eine Fahrradpumpe, einen Handrasenmäher, einen Stapel Reader's Digest, alles unter der hoffnungsvollen Bezeichnung „Sammlerstücke". Der größte Arbeitgeber – eine Großschlachterei – musste schließen, und an der Anlegestelle, wo schon seit Jahren kein Küstenschiffer mehr festmacht, verfaulen die Holzpfähle. Es gibt ein Museum, das ein greiser, freundlicher Farmer, der eigens vom Land in die Stadt gefahren kam, für mich öffnete. Sein Großvater war einer der tonangebenden Siedler des 19. Jahrhunderts; wir unterhielten uns eine Zeitlang, doch weil er, als wir bei irgendeinem Thema verschiedener Meinung waren, die Fassung verlor und fast in Tränen ausbrach, ließ ich ihn ihm düsteren Licht zwischen den Pferdewagen und Krinolinen allein. Nebenan im „Café Canoe" knallte eine grimmige Frau Teller vor die Kunden hin, die sich zu einem frühen Lunch eingefunden hatten. Direkt gegenüber auf der anderen Straßenseite befindet sich das fragliche Kanu – ein Bootskörper aus Beton, der das Dach eines Gedenkbogens bildet und acht oder neun braun angestrichene Maori-Ruderer aus Beton enthält. Im Bug steht ihr Kapitän und beschattet seine Augen, die nach Osten blicken.

Im Osten, ganz auf der anderen Seite des Territoriums, kann man bei Wanganui das Grab von Bryce besuchen, sechs Platten aus sonnengeschwärztem Asphalt um einen Obelisken aus glänzendem Stein, der nicht so aussieht, als habe er die Absicht, auch nur um einen einzigen Tag zu altern. Darauf befindet sich die knappe Anweisung:

Dein Wille geschehe.

Zwischen diesen beiden Punkten liegen 60 Meilen mit grünen Weiden, schwarzen Kieferngürteln, einem gelegentlichen Blick auf die blaue Ebene des Meeres. Es gibt kein Zeichen des öffentlichen Gedenkens an die Kriege zwischen Maori und Pakeha. Eine der kleinen Städte, durch die man fährt, heißt Maxwell; wahrscheinlich wurde sie nach dem jungen Farmer benannt – „so tapfer wie je ein Jüngling war, der auf das Schlachtfeld zog" – der bei Handleys Farm zwei Jungen getötet hatte. Aber heutzutage spielen Maori und Weiße zusammen in Nukumaru, unweit der Stelle, wo die Kavallerie die den Gänsen nachlaufenden Kinder erspähte, Golf. Selbst in den kleinen maorischen Siedlungen, an denen man von Zeit zu Zeit vorüberkommt, erinnert man sich nur vage an die Ereignisse, von denen dieses Kapitel handelt. Bei meinem letzten Besuch an diesem Küstenstreifen hielt ich in Whenuakura bei dem alten Maori-Versammlungshaus, wo ich vor beinahe 30 Jahren unter einem alten, grünen Chevrolet-Kleinlaster schlecht schlief.

Diesmal war ich in Begleitung eines Maori namens Matt, eines Freundes, den ich in London kennengelernt hatte. Wir fuhren durch das Tor, parkten und gingen etwas unsicher auf das Gebäude zu. Für weiße Besucher ist es seltsam, die *marae* der Maori zu betreten; es sind Orte, die weder öffentlich noch privat sind, und man weiß nie genau, wie man empfangen wird. Uns begrüßte ein nervös wirkender Mann und fragte, was wir wollten. Er hieß Doug und hatte irgendeine Verletzung an der Hand, die er wie eine Kralle hielt.

Der Abend dämmerte und gerade hatte es begonnen zu regnen. Am Abhang gegenüber dem Versammlungshaus war ein Farmer im Dämmerlicht auf dem Hügel noch dabei, seinen Weizen zu ernten. Der kleine Ort wirkte traurig und still. Ein ungefähr elfjähriges Kind in einer roten Jacke saß mit gekrümmtem Rücken auf einer Bank in der Nähe des Versammlungshauses. Es drehte sich nicht zu uns um, als wir näherkamen.

„Wie kann ich euch helfen?", fragte Doug noch einmal.

„Wir würden uns nur gern das alte Haus mit den Schnitzereien kurz ansehen", sagte ich.

Er führte uns hinein und zeigte uns, was es zu sehen gab. Es handelte sich einfach um eine kleine, alte, dunkle Gemeindehalle ohne die dazugehörige Gemeinde. Die Wände waren mit Fotos von maorischen Würdenträgern aus den 1880er, 1890er und 1920er Jahren bedeckt. Einige von ihnen waren ungeheuer prunkvoll gekleidet. Einer Frau gedachte man als Prophetin, doch ihr Ruhm hatte sich nicht weit verbreitet. Wir schauten uns die Prophetin und die Maori aus der Zeit Edwards VII. und Männer in steifen Strohhüten an.

Für die Gäste, die hier bei Beerdigungen oder anderen Versammlungen die Nacht verbrachten, lagen Schaumstoffmatratzen, alte und neue, in großer Zahl auf dem Boden ausgebreitet.

Wir gingen wieder ins Freie. Es hatte sich nun richtig eingeregnet. Der Junge oder das Mädchen in der roten Jacke war verschwunden.

Ich fragte unseren Führer, was davor war. Was geschah hier in den 1860er und 1870er Jahren?

„Ach, das liegt für mich zu weit zurück", antwortete er. „Ich hab in Australien gelebt."

Doug schloss die Tür hinter uns ab und wir standen unter dem Giebel, schauten in den Regen hinaus und suchten nach Worten. Hatte sich hier einst etwas zugetragen? Whenuakura lag genau im Zentrum von Noakes Handlungsgebiet. Fox hatte angeordnet, dass sämtliche Ländereien, die zwischen dem Whenuakura River und dem Patea River lagen, Europäern zum Kauf angeboten werden sollten, denn besonders hierher sollte kein Maori jemals zurückkehren. Könnte dies der Schauplatz eines der von Rusden erwähnten „nicht bekannt gewordenen Massaker" gewesen sein?

Als ich damit begann, der Geschichte des entführten Kindes nachzuspüren, erwartete ich nicht herauszufinden, dass bald nach seiner Entführung und ganz in der Nähe „zu einer gewissen Zeit jedes Maoriwesen… ‚omnis sexus, omnis aetas‘, skrupellos umgebracht wurde", und dass die Opfer seine Verwandten waren, und dass darüber hinaus die andere Hauptfigur in der Geschichte seiner Verwandlung, sein Stiefvater, eine Teilverantwortung für einige der Toten trug.

Könnten diese Wesen, „omnis sexus, omnis aetas", mit jenem trostlosen Traum in Verbindung stehen, den ich einst hier Rand der Landstraße gehabt hatte?

Als wir über die Wiese zum Tor hinaus fuhren, überkamen mich die Zweifel. Konnte ich denn überhaupt sicher sein, dass ich genau an dieser Stelle unter dem Truck geschlafen hatte? Die Weiden, die ich damals gesehen hatte, kamen mir in der Erinnerung jetzt breiter vor, die Hügel weiter entfernt, und das zweite Gebäude neben dem Versammlungshaus – daran erinnerte ich mich gar nicht.

„Hör auf, darüber nachzudenken", befahl mir Matt. „Und du hörst auch besser damit auf, immer wieder herzukommen

180

und die Dinge zu überprüfen. Du verstrickst dich nur darin."
Ich nahm seinen Rat an. Matt selbst verstand es meisterhaft,
Verstrickungen zu vermeiden – er was aus London heimgekehrt, um einer stürmischen Liebesgeschichte, Tränen, Anwälten, einem neugeborenen Kind und einem mitternachts-
blauen, sorglos mitten im Grand-Union-Kanal deponierten
Audi zu entkommen. Auf unserer Fahrt gen Süden nach
Wanganui diskutierten wir die Frage, ob es dort ein Pizza Hut
gab. Die anderen Fragen, die sich um Maori-Geister und aus
dem Boden schreiende Stimmen drehten, ließ ich dort, wo sie
hingehören, im Hintergrund, nicht recht sichtbar und nie zu
lösen.

Waitotara in der Abenddämmerung, Nukumaru, Maxwell,
Kai Iwi... ich kannte diese Strecke inzwischen recht gut und
dachte, dass, was sich auch immer hier zugetragen hatte, im
Vergleich zu den großen historischen Dioramen unbedeutend
war. Höchstens ein paar hundert Menschen waren im Laufe
eines fünf Jahre dauernden Krieges umgekommen. Seitdem
erfreute man sich friedlicher und freundlicher Beziehungen.

Eines jedoch macht diese Landschaft bedeutungsschwer,
und das ist das dreijährige Schweigen, das hier einst herrschte. Der großen Außenwelt fiel es nicht auf, aber es handelte
sich um ein frühes Vorzeichen des schreckliches Jahrhunderts, das folgen sollte. Der Krieg an dieser Küste war einer
der ersten, vielleicht der allererste, der im Dunst einer neo-
darwinistischen Ideologie ausgefochten wurde, einer Doktrin
des Kampfes um des Kampfes willen und der biologisch be-
gründeten Notwendigkeit des Konflikts. Selbst Veränderun-
gen in Fox' Ausdrucksweise – von „räumen" über „absuchen"
bis zur „Reinhaltung" eines Gebietes von Feinden – kündigen
das 20. Jahrhundert an, als der Feind zu Bakterien, Bazillen,
zu Schmutz wurde, dessen Entfernung mit welchem Mittel auch immer als „Säuberung des Gebiets" [26] beschrieben
werden konnte. Er war nur ein Hälmchen im Winde, dieser
kleine, undurchsichtige Krieg im Südpazifik, aber der Wind
änderte weder seine Richtung, noch flaute er ab, sondern er
verstärkte sich bis in die 1940er Jahre.

Am besten hat es vielleicht der Nobelpreisträger Czeslaw Milosz beschrieben, der von seinem zwar gefährlichen, aber unvergleichlich guten Aussichtspunkt in Polen dabei zusah, wie Geschichte geschrieben wurde, als die Nazis über die Ebene auf Warschau zuströmten. Er vertritt die Ansicht, dass die Ereignisse von 1939 keine Anomalie der Geschichte waren, da man im fernen Westen und Süden bereits seit hundert Jahren die Hütten der Eingeborenen niedergebrannt und „minderwertige" Bevölkerungen vertrieben hatte. „Als der weiße Mann sie unterjochte, ahnten die farbigen Völker nicht, dass sie bereits im Augenblick ihres Falls gerächt waren. Die Eroberer kehrten samt ihrer Gier nach Hause zurück und wandelten sie um in die Idee einer Überlegenheit über

minderwertige Rassen – selbst über weiße Rassen..." [27] Die Ruinen von Berlin, London und Warschau waren der logische Schluss.

Noch einen weiteren Aspekt dieser Ereignisse sollten wir bedenken, und zwar ihre Auswirkungen auf den jungen William Fox und seine Pflegeeltern. Während der Jahre, in denen Noake dort das Regime führte, ahnte er wahrscheinlich nichts von dem, was sich in einem Teil seines Stammesgebiets abspielte. Die politische Strategie war der Öffentlichkeit nicht völlig bekannt und wäre wohl auch kaum in Hörweite eines Sieben- oder Achtjährigen in der Eingeborenenherberge besprochen worden. Doch wie mag die Stimmung gewesen sein, als er im Hause des Ehepaars Fox lebte – ein achtjähriger Junge, dessen Mutter zum Stamm der Nga Rauru gehörte und dessen Vater zu den Nga Ruahine? Noake war ein dummer Mann und Fox ein schlauer, aber ihnen beiden muss ein Gedanke durch den Kopf geschossen sein, vielleicht mit gleicher Geschwindigkeit: Wenn, unter anderen Umständen, beispielsweise dieses Kind, das hier mit ihnen in einem Zimmer in Westoe zusammensaß, 60 Meilen westlich bei seiner eigenen Familie gewesen wäre, wäre er auf ihren eigenen Befehl hin gejagt, gestellt und möglicherweise getötet worden.

Tauschten die beiden Männer Blicke aus? Vermieden sie es, einander anzusehen? Begannen sie plötzlich ein lautes Gespräch über die braune Stute Gentle Annie oder über Chestnut oder Tormentor, oder über dieses neue System zum Zureiten junger Pferde, das Sir William bei einem Besuch in Südaustralien so beeindruckt hatte? „Die Pferdezüchter hier benutzen ein schmales Gatter, das sie ‚Fanggatter' nennen – eine sehr einfache, aber wirksame Erfindung für den Umgang mit ungezähmten Jungpferden. Es besteht einfach aus einem schmalen Zusatz zu den gewöhnlichen Einrichtungen eines Viehhofs, in dem zwei Tore aufgehängt werden, zwischen die man das Jungpferd sperrt. Wenn es auf der nur 2 Fuß und 6 Zoll breiten Fläche steht, kann man ein Halfter anlegen, die Beine zusammenbinden oder machen, was man will... Es funktioniert aufs Bewundernswürdigste."

Und wie stand es mit Sarah Fox? Sie war eine kluge Frau und muss gewusst haben, was im Westen vor sich ging. Lag in der Liebe, die sie ihrem Kind entgegenbrachte, Kritik an ihrem Mann? War es das, was ihn erzürnte, wenn er sah, wie sich die Köpfe von Frau und Kind gemeinsam über ein Buch beugten?

Aus der Entfernung dringt kein Wort zu uns. Aber den ganzen Sommer lang muss das Thema in ihrem großen Haus in Westoe in der Luft gehangen haben, und selbst ein Kind kann die Atmosphäre spüren, die von einem unausgesprochenen Geheimnis ausgeht. In der Sprache der Maori gab es im frühen 19. Jahrhundert eine Beschreibung für eine im Krieg entvölkerte Landschaft: Das war „ein Ort, wo man nur die Zikaden hört". Das Kind William Fox fürchtete sich vor seinem Pflegevater. Wegen eines bestimmten Geheimnisses vielleicht, einer Landschaft, nicht weit entfernt, wo Sir Williams politischer Strategie gemäß drei Sommer lang nur der Klang der Zikaden zu hören war?

9

Die Jahre

So endete also Titokowarus Rebellion – oder Warus Marsch, wie die Maori sagten. Titokowaru hatte zwar nicht gewonnen, aber er hatte auch nicht verloren. Dieser Feldherr, der seine Pläne von einem Engel durchkreuzen ließ, war wieder da, wo er angefangen hatte, am Westufer des Waingongoro, und dort ließ ihn die Regierung, die kein Interesse an weiterem Ärger hatte, in Frieden. Das Land wendete seine Aufmerksamkeit vom Krieg ab und richtete sie auf Schafe und Eisenbahnen. Der junge William Fox ging jeden Tag in Mr. Mowbrays Schule und verbrachte seine Sommerferien in Westoe. Sir Williams Regierung wurde abgelöst und kam kurzzeitig wieder an die Macht. Ausgedehnte Landflächen der Maori gingen nun auf legalem Wege über die Gerichte in den Besitz von Weißen über. Walter Buller gab sein Richteramt auf, eröffnete eine private Anwaltskanzlei, die sich mit Maori-Land befasste, zog nach Wellington, legte sich einen Bauch zu und begann, sehr reich zu werden. Abends stand er der Philosophischen Gesellschaft vor und hielt Vorträge über Darwin und das Schicksal jenes ausgestorbenen Riesen, des flugunfähigen Moa. Gelegentlich traf er die Familie Fox und tätschelte den Kopf des kleinen William, plauderte mit ihm auf Maori (einer Sprache, die dem Jungen immer fremder wurde) und steckte ihm, wenn Sir William gerade nicht hinsah, einen Sixpence zu.

„Was ist in jenen Jahren noch passiert?", frage ich Miri Rangi.

„Ach, naja...", sagte sie. Aber sie konnte mir keine weiteren Auskünfte geben. Vielleicht passierte gar nicht viel. Kinder im Alter von neun bis zwölf Jahren führen oft ein rätselhaft ruhiges Leben. Die Dramen der Kleinkinderzeit liegen hinter ihnen. Größere Stürme – Sex zum Beispiel – liegen vor ihnen. In der Zwischenzeit nutzen sie die Gelegenheit, sich etwas Baby-speck anzufuttern, zu essen, zu schlafen und unermüdlich zu lesen, ohne dabei unnötige Aufmerksamkeit zu erregen, wie eine Raupe unter einem Blatt.

„Ach...“, sagte Miri, „vielleicht fragst du besser Raukura Cof-fey.“

„Wer ist das?“

„Das ist meine Kusine. Sie ist sehr viel älter als ich. Sie hat ein wunderschönes Gedächtnis. Sie weiß wirklich alles über das Leben von William Fox.“

In dem kurzen Augenblick, während sie sprach, geschahen mehrere Dinge: Miri wurde beim Gedanken an jemanden, der viel älter als sie selber war, recht vergnügt. Und sie stellte fest, dass es auch noch andere Kategorien für das Gedächtnis als einfach nur gut oder schlecht, effizient oder diffus gibt. Es gibt zum Beispiel „schön“. Außerdem schien sie ihr eigenes Interesse an ihrem längst verstorbenen Onkel zeitweilig zu-rückzunehmen. In ihrer Einstellung dem Maori William Fox gegenüber lag, wie ich gelegentlich bemerkte, eine gewisse Ambivalenz. Einmal ging sie noch weiter:

„Wir hielten ihn für einen Verräter“, sagte sie mir.

Obwohl Raukura Coffey ursprünglich aus Mawhitiwhiti am Fuße des Mount Taranaki stammte, lebte sie nun in meiner alten Heimatstadt Hastings auf der anderen Seite der Insel. Sie war dorthin gezogen, um in der Nähe ihrer Tochter zu sein und den kalten, nassen Wintern Taranakis zu entfliehen. Und um herauszufinden, ob es noch mehr herauszufinden gab, fuhr nun also auch ich selbst wieder einmal nach Hawke's Bay, um sie zu treffen. An dem Tag, als ich aus Wellington auf-brach, fand der Sommer ein recht abruptes Ende. Eisig glän-zende Wolken hatten sich hoch über den Bergen aufgebaut. Als ich die Kette kleiner Provinzstädte im Landesinneren von Hawke's Bay erreichte – Dannevirke, Waipukurau, Waipawa – dämmerte es bereits. Ich tankte in Waipawa, ungefähr 30 Mei-len südlich von Hastings. Nebel war vom Tuki Tuki River her-auf gekrochen und verwischte die Einzelheiten der Stadt. Das

Waipawa meiner Erinnerungen war ein sonniger, florierender kleiner Ort, aber nun wirkte er trist, gar leicht heruntergekommen. Einer einsamen neuen Einkaufspassage standen auf der anderen Straßenseite wie verloren zwei riesige, gelbe Entenküken aus Plastik gegenüber. Man hatte sie zum Wohle der Gemeinde aufgestellt.

Warum? fragte ich mich. Wer hatte sie sich ausgedacht? Wer wollte sie?

Wahrscheinlich jeder. Die meisten neuseeländischen Kleinstädte haben sich inzwischen irgendein disneyeskes Wahrzeichen zugelegt. In das Herz eines jeden Gemeinderatsmitglieds ist das Ideal eingebrannt, seine Gemeinde ein wenig wie Amerika aussehen zu lassen – nicht wie ein elegantes, stilvolles Amerika, nicht wie Monterey oder Aspen, sondern wie ein kitschiges Fastfood- und Truckstop-Amerika. Diese kontinentale Hässlichkeit, auf billige Weise umgesetzt, passt schlecht zu einer großen Insel im Südpazifik bei Dämmerung.

Abgesehen von einem Mann an der Tankstelle und einer Frau, die im Schnellimbiss Pommes frites frittierte, war Waipawa menschenleer. Aus dem einen oder anderen Kamin stieg Rauch auf. Ich fuhr an den großen, gelben Entenküken vorüber, den neuen und infantilen Hütern des Landes meiner Kindheit.

An diesem Abend in Hawke's Bay übernachtete ich bei einer alten Freundin, einer Engländerin namens Rose, die in die Farmer-Gemeinschaft eingeheiratet hatte, die sich selbst als lokale Aristokratie der Provinz versteht. Das Haus, in dem sie lebt, ein großes, rosafarbenes stuckverziertes Landhaus in Küstennähe, wurde beim großen Erdbeben von 1931 beschädigt und an den ausgebesserten Stellen sind noch immer schwache Narben zu erkennen. Wir saßen lange beisammen und schauten hinaus auf eine dunkle Landschaft, die bei Tageslicht auf eigentümliche Weise an die Toskana erinnert, eine Toskana jedoch mit nur ein oder zwei dünnen Lagen von Geschichte.

Ein paar Meilen von der Farm entfernt gibt es eine Maori-Siedlung. Rose erzählte mir von ihren Einbrüchen. Sie kommen recht regelmäßig vor – einmal alle vier oder fünf Jahre – und sie weiß jedes Mal genau, wer der Einbrecher ist.

„Ich bin zum *pa* runter gegangen und habe mir die Lunge aus dem Hals gebrüllt", sagte sie, „und ich habe meine Sachen zurückgekriegt. Naja, in gewisser Weise habe ich meine Sachen zurückgekriegt..."

Rose gehört zu denjenigen Weißen – einer Minderheit in Hawke's Bay – die, wenn die skandalöse Kriminalitätsrate unter Maori diskutiert wird, dazu neigen, nach Entschuldigungen zu suchen. Sie sieht eine Verbindung zwischen der Existenz einer Unterklasse von Maori und einer Anzahl früherer Verbrechen – der Enteignung ihres Landes, der in Hawke's Bay weniger durch Krieg oder staatliche Beschlagnahmung, als durch Justizbetrug und legalisierten Diebstahl geschah.

Aber über ihre Einbrecher ist sie dennoch betrübt.

„Mensch, tut mir leid, Rosie", meinte einer zu ihr. „Ich war da ein bisschen besoffen. Überhaupt hab ich deinen Elektrokram nur mitgenommen, damit du dir was Besseres anschaffen kannst."

„Oh, super. Tausend Dank. Was ist mit all meinen CDs?"

„Die hol ich dir zurück."

Am nächsten Tag stand ihr Einbrecher vor der Tür.

„Hier sind sie, Rosie. Hundert CDs."

„Aber... das sind ja gar nicht meine CDs."

„Stimmt. Deine sind ... hm... weg. Die hier sind Ersatz."

„Was ist mit meinen?"

„Die Mungies hatten sie schon verkauft. Aber sie schicken dir stattdessen diese hier."

Die *Mungies*, das heisst „The Mongrel Mob", eine maorische Gang mit Beziehungen zur Unterwelt, sind in Hawke's Bay stark vertreten. Wenn sie nicht gerade untereinander oder gegen ihre Erzfeinde, die Black Power Gang, kämpfen, sind sie nicht darüber erhaben, mit gestohlenen Haushaltswaren Hehlerei zu betreiben.

Rose schaute sich in ihrem großzügig geschnittenen Wohnzimmer um. Neue und alte Ausgaben des Guardian Weekly und der New York Review of Books lagen aufgehäuft auf dem Boden.

„Was konnte ich da tun? Der eigentliche Besitzer hätte seine Sachen nie wiedergesehen. Und so besitze ich nun eine umfassende Sammlung von Operettenmusik. Wenn du wüsstest, wie ich Strauss hasse." Sie schüttelte sich ausdrucksvoll.

„Immerhin, sie benehmen sich ganz gut", meinte sie nachdenklich und kam damit wieder auf die Einbrecher selbst zurück. „Sie kommen nie, wenn wir zu Hause sind, was wirklich zu peinlich für uns alle wäre."

Am nächsten Morgen fuhr ich nach Hastings hinein. Der Tag war hell, mit tiefen Schatten, und konnte als Vertreter des Herbstes nicht recht überzeugen. Ich kam von Süden und die vertrauten Wahrzeichen schienen alle da zu sein – die Tribüne an der Rennbahn, die ich nie betreten hatte, die fremdartigen roten Backsteine der Hastings Boys High School, unseres alten Rivalen aus der Schulzeit, der große Uhrenturm aus Beton im Stadtzentrum, auf den jedes Jahr zu Weihnachten ein gewaltiger Fiberglas-Weihnachtsmann gesetzt wurde – ein Ereignis, das die Hawke's Bay Herald Tribune eines glücklichen Jahres – glücklich jedenfalls für fünfzehnjährige Schuljungen – als „die Riesenerektion des Weihnachtsmanns" verzeichnete. Viele der alten, im Kolonialstil errichteten hölzernen Villen waren aus der Innenstadt verschwunden; an ihrer Stelle herrschte dort nun eine neue, schmächliche Architektur der flachen, fensterlosen Aluminiumscheunen – Discount-Warenhäuser, Kwik-Fix-Klempner, voll ausgestattete Büros zur Miete. Die große Konservenfabrik dampfte und heulte noch immer die ganze Seitenstraßenabfolge hinunter.

Ich traf mich mit einem alten Schulfreund, einem Rechtsanwalt, und wir fuhren durch die Stadt und in einen neuen Vorort namens Flaxmere hinaus. Die Stadt war während meiner Abwesenheit zugleich gewachsen und geschrumpft. Wir kamen an einer Straßenecke vorbei, wo ich mich früher bei Dämmerung immer mit meinen Freunden getroffen hatte. Sie lag damals am Standrand und wirkte wie am Rande der Welt.

Nun erkannte ich, dass sie ungefähr fünf Häuserblocks vom Uhrenturm entfernt lag; dahinter dehnen sich überall die neuen Vororte aus. Und was ist mit der zweispurigen Landstraße passiert, die von Obstgärten gesäumt war und die feierlich hinaus zu den Flussebenen von Hawke's Bay führte? *Isuzu, BP, Burger King, Mobil, KFC* („Hot'N'Spicy is back"). Riesenbuchstaben und Worte in Primärfarben sind wie nach einer Revolution überall verstreut. Ich hielt an, um in einer Bäckerei einen Kuchen zu kaufen, und mein Freund hielt bei einem Gartencenter, um ein paar Pflanzen zu besorgen.

„Rauchen verboten. Fluchen verboten", stand auf einem Schild an der Wand. „Wir machen keine gefälschten Abrechnungen."

„Brüderbewegung" [28], erklärte mein Freund. Wir fuhren weiter. Daihatsu. Bitumix. Caltex. Mudgeways Wreckers. Einst gehörte dieses Gebiet Renata Kawepo. Hier war es, wo der große Häuptling zuerst davon träumte, europäische Siedler anzulocken, damit sie unter den Maori lebten. Er dachte dabei an Brot – an Weizenernte, eine Getreidemühle und eine Bäckerei. „Japhet wohne in den Zelten Sems, und wir, die Söhne Sems, hießen ihn gern willkommen." Von bestimmten Straßen in Hastings aus kann man an manchen diesigen Wintertagen nach einem der seltenen Schneefälle sehen, wie auf den Bergen im Landesinneren der Schnee liegt. Sie glänzen dann wie Zelte. Aber Hastings hat den Mann vergessen, der seine Entstehung ermöglichte. Während meiner Schulzeit hatte ich nie von ihm gehört. Seine Name jedoch lebt weiter: Eine Sackgasse in einem billigen Wohngebiet wurde nach ihm benannt.

Flaxmere leidet unter einem schlechten Ruf. Die Bevölkerung besteht zur Hälfte aus Weißen, zu einem Viertel aus Maori und zu einem Viertel aus Einwanderern von den Pazifikinseln. Der Mongrel Mob hat eine starke Präsenz mit zwei bewehrten, miteinander verfeindeten Clubhäusern. Die Kriminalitätsrate ist hoch. Für eine berüchtigte, von Verbrechen geplagte Wohnsiedlung sieht Flaxmere jedoch sehr hübsch aus. Es wurde auf dem Gelände eines reichen Gehöfts erbaut, dessen Polofelder und Alleen beibehalten und in den Bebauungsplan mit einbezogen wurden. Die Häuser wirken gepflegt und ordentlich; einige machen einen recht teuren Eindruck und die Rasenflächen werden regelmäßig gemäht. Es gibt einen tiefen, grünen Park mit fleckenartig verteilten Bäumen mit tief hängenden Ästen. „Es ist gefährlich, da zu weit hineinzugehen", beeilte sich mein Führer zu sagen. Er fuhr mich in der schlechtesten Gegend von Flaxmere herum – Straßen voller heruntergekommener Sozialwohnungen mit rostigen Briefkästen vor dem Haus, die alle mit unangetasteten Werbesendungen vollgestopft waren, ein Anzeichen dafür, dass man dort nie eine andere Art von Post empfängt. Hier häufen sich die Fälle von Kindesmisshandlung, Gewalt in der Familie, Arbeitslosigkeit und so weiter. Nähert sich ein Besucher, tauchen mürrische Gesichter unter den geöffneten Motorhauben der abgestellten Autos auf und schauen ihm hinterher.

Er zeigte mir die Festungen der miteinander rivalisierenden Gruppen des Mongrel Mob – gewöhnliche Bungalows, die von großen Holzpalisaden umgeben waren. Obwohl beide unerschütterlich zum Mongrel Mob gehören, durch und durch Mungies sind, Mungies bis zum Tod, gibt es zwischen ihnen böses Blut. Die eine Ortsgruppe besteht aus hiesigen Jungs, die anderen kommen aus einem südlicheren Teil von Hawke's Bay. Ab und zu greift eine Ortsgruppe die andere an. Während dieser Auseinandersetzungen stellt sich die Polizei, die nach dem Prinzip „teile und herrsche" vorgeht, gewöhnlich taub.

In einem Haus, in dem schließlich doch eine Polizeirazzia stattfand, fand man, wie mir erzählt wurde, ein Zimmer, in dem überall Blut verspritzt war – Blut mehrerer Blutgruppen.

Weiter entfernt, umgeben von besseren Straßenzügen, die hinter einer Reihe gewaltiger Eukalyptusbäume lagen, fand ich das Haus, wo Raukura Coffey wohnte.

Mrs. Coffey ist die Enkelin von Ake Ake Omahuru, des Bruders, den der kleine William Fox wahrscheinlich an dem Tag, an dem er unmittelbar vor der Schlacht aufgegriffen wurde, im Wald gesucht hatte. Ich klingelte an der Tür. Und da kam sie schon auf zwei Aluminiumstöcke gestützt den Korridor hinunter und strahlte mich an.

Ihre Tochter stand hinter ihr. In das freundliche Begrüßungslächeln mischte sich ein Hauch von Verwirrung. Ich hatte ein paar Tage im Voraus angerufen, um zu fragen, ob ich vorbeikommen könnte. Irgendwie hatte ich mich missverständlich vorgestellt: Sie erwarteten einen Maori aus Taranaki namens Joe Walker, wenn ich mich recht erinnere, der kommen wollte, um eine Familienangelegenheit mit ihnen zu besprechen. Stattdessen hatten sie es mit einem fremden Pakeha zu tun, der einen Kuchen in der Hand hielt und über einen Jungen reden wollte, der vor langer Zeit verloren gegangen und nie wieder wirklich heimgekehrt war.

Wie auch immer, wir fuhren mit der Konversation fort. Man führte mich in das vordere Zimmer. Nachdem sie ihre Krücken abgelegt hatte, saß Mrs. Coffey extrem aufrecht auf dem Sofa. Sie trug eine schwarzweiße Bluse mit einer silbernen Brosche. Sie war der einzige noch lebende Mensch, oder jedenfalls die einzige noch lebende Verwandte, die den Jungen, der auf „Warus Marsch" verlorengegangen war, tatsächlich persönlich gekannt hatte. Sie war ihm als kleines sechsjähriges Mädchen begegnet, das in Taranaki lebte. Er war ein alter Mann von 55 Jahren, der weit entfernt wohnte – mindestens 20 Meilen entfernt auf der anderen Seite des Berges. Ein paar Mal besuchte er ihre Familie im *pa*. Das war im Jahr 1917. Er war groß und schlank. Und er brachte ihnen bei, wie man einen Kuchen bäckt.

„Das war ein Madeirakuchen", sagte sie. „Er las ein Kuchenrezept vor und dann haben sie ihn gebacken. Ich habe etwas von diesem Kuchen gegessen!" Sie strahlte mich an. „Und dann erklärte er uns, wie man einen Pudding kocht. Wir hatten bis dahin noch nie von einem gekochten Pudding gehört. Schauen Sie, er wusste, wie man diese Dinge machte, er hatte sie als Junge gelernt, als er bei den Pakeha lebte."

„Er schlug den Pudding in ein Tuch ein und machte ein Feuer unter dem Kessel. Aber niemand im *pa* wollte auf das Feuer unter dem Kessel aufpassen, nur eine alte Dame. Sie saß da und passte stundenlang auf das Feuer auf. Als es dann soweit war, holten sie den Pudding heraus und öffneten das Tuch und – man konnte ihn wie Käse in Scheiben schneiden."

Mrs. Coffey schaute mich an, aber eigentlich galt ihr Lächeln einem Feuer unter einem Kupferkessel im Jahre 1917. Ich bekam eine Vorstellung davon, was ein „schönes" Gedächtnis war, im Gegensatz zu einem „guten".

„Trockenobst war drin", erzählte sie. „Es war ein Plumpudding. Man konnte ihn wie Käse in Scheiben schneiden."

Mrs. Sturm, ihre Tochter, deckte den Tisch für ein zweites Frühstück. Es gab japanische Kräcker und Avocados, und der Kuchen, den ich mitgebracht hatte, erschien auf einer Platte mit einer silbernen Kuchenschaufel. Es war ein schlechter Kuchen, wie ich mir, da er von dieser lärmenden, mit Schildern zugemüllten Durchgangsstraße stammte, hätte denken können – dünn, ohne Konsistenz und übermäßig süß. Die Tür sprang auf und ein kleiner Junge, dunkel und dickköpfig, kam ins Zimmer gerannt. Er warf mir einen Blick zu, erspähte dann den Kuchen und bewegte sich vorsichtig darauf zu, so als wollte das Verschwimmen eines Trugbilds verhindern.

„Der ist auch so ein Ngatau Omahuru", sagte Mrs. Sturm. „Unser kleiner Pflegesohn..."

„Wie alt ist er?" fragte ich.

„Er ist vier – lass das sein", rief sie, als der Junge ein Messer nahm und es bis auf den Teller mitten durch den Kuchen spießte.

„Möchtest du ein Stückchen Kuchen?", fragte sie sanft.

„Nein!", rief er, während er sich ein Stück in den Mund stopfte. Die beiden Frauen sahen ihm überdrüssig dabei zu, wie er vor einen Computer kletterte, der auf einem Schreibtisch in der Ecke stand.

„Was bedeutete dieser Name?", erkundigte ich mich. „Ngati Omahuru?"

Mein Schwager und Miri Rangi hatten die diversen Bedeutungen des Namens besprochen. Ngatau: eine Jahreszeit. Ein Lied. Ein Jahr. Ein Liebling. Das Landen der Vögel.

„Die Jahre", sagte Mrs. Coffey bestimmt. „Ngatau kann vieles bedeuten, aber bei seinem Namen ist es das. Die Jahre."

Ein Luftzug ging durch den Raum und der Vorhang blähte sich für einen Moment ruhig auf. Ich hörte Kinderrufe auf der Straße.

„Wieso hieß er so?"

„Ich weiß nicht, warum man ihn so nannte", sagte sie. Mrs. Coffey strahlte mich wieder an. Sie war ein rechter Stern, dachte ich, der für Besucher funkelt, selbst wenn es der falsche Besucher ist. Sie wusste vieles aus der Familiengeschichte – das Jahr, in dem Akes Haus niederbrannte, wer 1936 wen in Mangamuka heiratete – aber nicht sehr viel mehr über William Fox Omahuru.

„Ich habe ihn nur ein oder zweimal gesehen, als er uns beibrachte, Kuchen zu backen", sagte sie. „Schauen Sie, er hat die Beziehung zur Familie nie wieder richtig aufgenommen."

Also wurde der kleine William Fox langsam erwachsen. Acht, neun, zehn, elf Jahre später, als er seine eigene Familie wiederfand, gab es aus dieser Phase seines Lebens nicht viel zu berichten, oder wenn doch, dann sind die Berichte in Vergessenheit geraten. Der Haushalt der Familie Fox segelte unter seinem eigenen Stern auf einem schwierigen Kurs. Sir William war immer noch Premierminister, aber, wie das National Dictionary of Biography ausführt, „es fehlte ihm an einem politischen Programm und er besaß kaum eine Vorstellung davon, in welche Richtung er das Land führen sollte." Zunehmend überließ er die wichtigen Regierungsaufgaben seinem Finanzminister, einem Finanzgenie namens Vogel. Während Vogel nach London reiste, um auf dem dortigen Geldmarkt gewaltige Kredite aufzunehmen, begab sich Fox in aller Gemütlichkeit zu den bis dahin kaum besuchten Geysiren im Zentrum der Nordinsel bei Rotorua und verfasste einen entspannten Bericht über die dortige Seenlandschaft und darüber, was er dort vorgefunden hatte: „seufzende Quellen, grunzende Quellen, Schlammquellen, klare Quellen, Fumarolen".

„Eine Besonderheit dieses Bades ist, dass es den eingetauchten Körper bereits nach nur wenigen Minuten mit der vorzüglichsten Lackierung oder Umhüllung bedeckt. Für das Auge ist sie gänzlich unsichtbar, doch sie ist so glatt wie Samt und schenkt dem Badenden das Gefühl, der ‚polierteste' Mensch der Welt zu sein." Fox sagte dem Bezirk eine große Zukunft als imperiale und strategische Ressource voraus. In den heißen Quellen könne man „ganze Regimenter von Soldaten gleichzeitig unterbringen. [Rotorua] bietet die beste Möglichkeit für die Einrichtung eines hervorragenden Sanatoriums für Regimenter aus Indien, die man sich nur vorstellen kann."

Auf die eine oder andere Weise verbrachte Fox eine beträchtliche Zeit außer Haus, obwohl er, was eine bestimmte Person anging, niemals zu lange weg war. Vermutlich lernte der Junge in dieser Phase seines Lebens und während der Abwesenheiten Sir Williams, seine Kuchen zu backen. Vielleicht können wir uns vorstellen, dass diese Augenblicke die glücklichsten seiner Kindheit waren. In Wellington trommelt der Winterregen gegen das Küchenfenster. Sir William ist irgendwo weit fort, sicher auf der anderen Seite des Sturms. Es ist noch zu früh, die Lampen anzuzünden, aber das Feuer im Herd wirft schon Schatten auf den Boden. Und Mutter und Sohn, die beiden Seefahrer, die aus dem Sturm heraus segeln, backen einen Madeirakuchen, rühren ein Pfund Butter in einer Schüssel cremig, ziehen Mehl und Zucker und Zitronenschale unter und verquirlen neun Eier in einer anderen. Sie haben die Küche ganz für sich allein. Sie haben das ganze Haus für sich allein. (Selbst die Residenz des Premierministers hatte Schwierigkeiten, Dienstboten zu halten, so groß war die Frauenknappheit in der Kolonie. Manch einer gab sich die größte Mühe, nur die hässlichsten weiblichen Angestellten zu importieren, aber auch das half nicht. Man berichtete, dass sich selbst eine bärtige Köchin schnell auf und davon machte und in die Arme eines vorüberziehenden Viehtreibers stürzte.) Und da Sir William abwesend war und kein Dienstbote die Spülküche verteidigen konnte, warum sollten sie nicht eines Nachmittags ein Feuer unter dem Kessel anzünden, ein Viertelpint Brandy [ca. 0,1 l] holen lassen und dann:

Mrs. Beetons Buch der Haushaltsführung, 1861
Rezept Nr. 1834 – EIN UNÜBERTROFFENER PLUMPUD-
DING

Zutaten: 1 ½ Pfd. Muskateller-Rosinen, 1 ¾ Pfd. Korinthen, 1 Pfd. Sultaninen, 2 Pfd. feinster weicher Zucker, 2 Pfd. Semmelbrösel, 16 Eier, 2 Pfd. feingehackter Rindertalg, 6 Unzen gemischte Sukkade, Abrieb von 2 Zitronen, 1 Unze Muskatnuss, 1 Unze gemahlener Zimt, ½ Unze zerstoßene bittere Mandeln, ¼ Pint Brandy.

Zubereitung: Alle trockenen Zutaten vermengen und mit den gut verquirlten und durch ein Sieb gegebenen Eiern befeuchten. Brandy einrühren und alles gut vermengen, dann ein starkes neues Puddingtuch gut buttern und mit Mehl bestäuben. Den Pudding einfüllen und sehr fest und eng zusammenbinden; 6 bis 8 Stunden kochen und mit Brandy-Sauce servieren. Diese Menge kann geteilt und in ausgebutterten Formen gekocht werden. Für kleine Familien ist diese Zubereitungsweise vorzuziehen, denn die oben angegebene Menge ergibt einen recht großen Pudding.

Garzeit: 6 bis 8 Stunden
Durchschnittliche Kosten: 7 Shilling 6 Pence
Portionen: 12 bis 14
Jahreszeit: Winter

Und so gehen sie nun in die Küche hinunter...

Nur eine einzige, wirklich folgenschwere Sache geschah dem jungen Fox in jenen Jahren, und weder er selbst noch das Ehepaar Fox wussten etwas davon. Seine echte Familie, das heißt, seine Maori-Familie, fand heraus, dass er lebte. Er wurde in Wellington von einem Mann gesehen, der ihn gut kannte.

Es handelte sich um Tauke Te Hamimana, den große Priestern und Hüter der Geschichte des Stammes der Nga Ruahine, den „geliebten" Tauke, wie Belich ihn nennt, dessen strenges, bärtiges Gesicht unter den Mengen von Fotos an Miri Rangis Wohnzimmerwand zu sehen ist. Was dieser Häuptling der

Nga Ruahine in der Hauptstadt tat und unter welchen Umständen er den Pflegesohn des Premierministers zu sehen bekam, ist unklar. Es war spät im Jahr 1873 und es mag sein, dass Tauke in einer heiklen Phase der Wiederannäherung zwischen seinem Stamm und der Regierung verhandelte. Streng genommen befanden sie sich noch im Kriegszustand. McLean hatte jedoch die Konfiszierung ihres Landes für ausgesetzt oder undurchführbar erklärt. Sir William tobte bei dem Gedanken daran, dass der Stamm wieder zurück nach The Beak of the Bird ziehen könnte – „Pakeha wären berechtigterweise in ihrem Gefühlen verletzt, wenn Titoko und seine Kumpane ihre Pfeifen wieder genau dort rauchen würden, wo sie ihre schlimmsten Gräueltaten verübten", erklärte er McLean – aber einstweilen gab es nichts, was man hätte tun können, um es zu unterbinden. Auf beiden Seiten wollte niemand, oder fast niemand, einen neuen Krieg. Tauke, der Titokowarus Krieg gegenüber eine ambivalente Haltung gehabt hatte, gab einen perfekten Gesandten ab, um diese heiklen Angelegenheiten zu besprechen.

Irgendwo erkannte er seinen Verwandten, den Jungen, der vor sechs Jahren verschwunden war und den man seitdem für tot gehalten hatte. Er erkundigte sich, wer er war. Er hörte die Geschichte. Er sagte nichts.

Doch als er nach Taranaki zurückkam, den Waingongoro River überquert hatte, das „schnarchende Wasser" oder den „Fluss der Schnarcher", die Grenze zwischen zwei Welten, die so lange schon von einander abgeschnitten waren, wirkten die Nachrichten, die er mitbrachte, wie ein Donnerschlag. Die Familie war überrascht, konsterniert, glücklich, empört. Hinewai brach in Tränen aus. Ihr kleiner Junge lebte! Er war bei den Pakeha! In all den Jahren, in denen sie um ihn getrauert hatte, war er dort gewesen.

Er war jetzt dort.

„Wie sah er aus?", fragte sie Tauke. Er war gewachsen. Er war fast schon ein Mann. Er trug einen Anzug und einen Hut wie ein englischer Gentleman.

Irgendwie war es schrecklich – all diese Jahre hatte sie um

ihren Sohn getrauert und er war die ganze Zeit am Leben gewesen und wuchs ohne sie dort unten in Wellington auf, wo der Pakeha-Gouverneur wohnte. In diesem Augenblick war er dort, kam wahrscheinlich gerade aus der Tür eines Pakeha-Hauses heraus und setzte sich seinen Hut auf. Hinewai war beinahe entrüstet, so als hätte sie keinen Verlust erlitten, sondern einen Diebstahl.

Was sollte man tun?

Das war eine heikle Frage. Die Stämme aus Süd-Taranaki und die Regierung unterhielten keine offiziellen Beziehungen. Viele von ihnen wurden von Weißen immer noch als Aufständische und Monstren betrachtet, und in ihren Augen waren die Pakeha Räuber, Kindermörder und Eindringlinge, *tauiwi*, die an ihren „eigenen Ort mitten im Meer" zurückkehren sollten. Und obwohl sie in ihrer Festung auf der anderen Seite des Flusses sicher waren, waren die Stämme inzwischen doch militärisch geschwächt und nicht in der Lage, Forderungen zu stellen.

Und dann gab es noch eine weitere Komponente in der Gleichung – ein Element von Stolz und von einem neugierigen Interesse am weiteren Verlauf der Ereignisse. Da war ihr Junge, der nun doch nicht tot war, sondern inzwischen fast ein Mann, der im selben Haus lebte wie der mächtigste Pakeha des Landes, dessen Namen er trug. Das war für die Familie eine Art Ehre. Es wirkte sogar verheißungsvoll, oder sah wie ein Schicksal aus, in das man nicht leichtfertig eingreifen sollte. Am Ende konnte daraus noch etwas Gutes entstehen.

Schließlich, aus Verwirrung, aus Achtung vor den rätselhaften Wegen der Vorsehung und aus einer gewissen Neugier darauf, wie die Geschichte wohl enden würde, wurde im Hinblick auf Ngatau Omahuru / William Fox überhaupt gar nichts unternommen.

Möglicherweise kam es jedoch zu einer Reaktion, die ungeheure Auswirkungen auf das Leben eines anderen Menschen haben sollte. Ein paar Wochen, nachdem Tauke mit seinen dramatischen Neuigkeiten nach Mawhitiwhiti zurückgekehrt war, wurde 30 oder 40 Meilen entfernt im neu besiedelten Bezirk Nord-Taranaki in der Nähe der Ortschaft Lepperton ein anderes Kind entführt. Es war das kleine blonde Mädchen namens Caroline Perrett, das, wie bereits erwähnt, in der Nähe seines am Waldrand gelegenen Elternhauses verschwand. Ihr Vater war davon überzeugt, dass sie von einer Gruppe fremder Maori, die man zuvor in der Nähe gesehen hatte, entführt worden war. Bis zu seinem Tode suchte er nach ihr, ohne Erfolg. Vergessen wurde sie von ihrer Familie nie. Gefunden wurde sie jedoch erst 50 Jahre später. Sie hatte inzwischen zweimal geheiratet, war Großmutter, sprach kaum ein Wort Englisch und konnte sich an ihr erstes Leben nicht mehr erinnern.

Weshalb man sie geraubt hatte, war immer ein Rätsel gewesen. Einige Maori in Taranaki sagten mir, es sei deshalb geschehen, weil ihr Vater, der in der Nähe des Gehöfts eine Straße anlegte, entgegen all ihrer Warnungen darauf bestand, eine uralte Begräbnisstätte zu zerstören. Doch im 19. Jahrhundert wurden viele Begräbnisstätten der Maori zerstört und es liefen viele hellblonde Kinder herum und eine solche Strafe wurde nirgendwo sonst erteilt.

Könnte ihre Entführung als Racheakt, als eine direkte Reaktion auf die Entführung von William Fox, von der man in Taranaki gerade erfahren hatte, zu verstehen sein? War eine kleiner Gruppe Abtrünniger an der Farm der Perretts vorübergezogen und hatte spontan das kleine blonde Mädchen ergriffen, nur um für Ausgleich zu sorgen? Die Geschichte von Caroline Perrett, über die ein Buch veröffentlicht und eine Fernsehdokumentation gedreht worden war, genoss eine hohe öffentliche Aufmerksamkeit, gerade als ich 1999 in Taranaki war. Ich besprach die Geschichte mit Miri Rangi und wir stellten fest, dass wir beide an diese Erklärung gedacht hatten. „Ihr sagt A B C, wir sagen A B C."

Im folgenden Jahr verließen Sir William und Lady Fox und ihr Sohn das Land und reisten um die Welt.

Inzwischen gab es eine neue Strecke für die Reise von den Antipoden nach England. Man konnte mit dem Schiff nach Kalifornien segeln, den Kontinent mit der Eisenbahn durchqueren und dann auf einem Schiff über den Atlantik übersetzen. Dies stellte einen revolutionären Fortschritt dar – zweimal über Pfützen hüpfen und einmal über Land – verglichen mit der gefürchteten sechsmonatigen Schiffsreise, die über die gesamte Länge des Atlantiks und die Breite des Südlichen Ozeans durch die Roaring Fourties [29] hindurch führte. Mitte des Jahres 1875 erreichte die Familie Fox San Francisco, eine große Hafenstadt am Pazifischen Ozean mit 300.000 Einwohnern – so vielen Menschen, wie in ganz Neuseeland lebten.

Alles war prachtvoll und überwältigend. Sie wohnten im Palace Hotel – bei seinem Anblick fielen ihnen fast die Augen aus dem Kopf; „vierzehn Stockwerke, jedes vierzehn Fuß hoch, wunderbar ausgestattet mit Aufzügen und jedem nur denkbaren Gerät". Sie besuchten den Yosemite-Nationalpark mit seinen „in der Senkrechte fast zwei Meilen hohen" Felswänden und fuhren mit der Eisenbahn über die Sierra Nevada, in Pullman-Waggons mit ihren Schlafabteilen und prächtigen Salons – „nicht solche blechernen, klapprigen, jämmerlichen kleine Omnibusse, wie sie auf Neuseelands Schienen fahren", erklärte Sir William in tadelndem Ton seinen Publikum in der Heimat, als ob diesem und nicht ihm die Kontrolle darüber oblegen hätte. Weshalb jemand, der versuchen würde, den amerikanischen Kontinent in Eisenbahnwaggons zu überqueren, wie sie in Neuseeland eingesetzt wurden, so fügte er hinzu, „nicht lebend wieder herauskäme". Die Amerikaner waren „dem Rest der zivilisierten Welt in der Anzahl und der Ausdehnung ihrer Eisenbahnen etc. voraus. Ich schreibe ihren Vorsprung hauptsächlich der Tatsache zu, dass sie nicht aus reiner Raffgier handeln, sondern Sorge tragen, ihre bürgerlichen und religiösen Freiheiten zu bewahren."

Die Familie Fox reiste durch Salt Lake City, Chicago und Boston und schließlich nach Vermont und Maine. Dort verbrachte sie drei Monate. Bei ihrer Reise ging es nicht in erster Linie um die Besichtigung von Sehenswürdigkeiten, sondern darum, die Sache der Abstinenzbewegung voranzubringen. Wohin er auch kam, beschnupperte Sir William den Atem von Fremden und fand Beweise für seine Theorie von der Misere des Alkoholkonsums. Er besuchte Chinatown und warf einen kurzen Blick in eine Opiumhöhle, um die „fürchterliche Wirkung, die der Opium-Verzehr auf seine Opfer ausübt" zu sehen. Er verglich die Folgen von Alkohol und Opium miteinander und kam zur Überzeugung, dass von Brandy und Whisky ein unendlich viel größeres Unheil ausging. „Und dennoch betrachten die Europäer das Opium mit Entsetzen, während sie beim Anblick eines Säufers nur sagen: ‚Der arme Kerl ist doch nur auf Zechtour.'"

In Maine und Vermont, wo ein frühes Experiment mit der Prohibition unternommen wurde, sah Fox „keinen einzigen Fall von Trunkenheit oder von heimlichem Alkoholausschank, obwohl ich nach Möglichkeiten Ausschau hielt und sogar einen Kellner auf einem Dampfer in Versuchung führte, mir etwas zu servieren."

„Der Staat Maine schloss an einem Tag nicht weniger als 3.000 öffentliche Schankhäuser. Anfangs begegnete man dem neuen Gesetz mit heftigem Widerstand. Als die ersten Verstöße vor Gericht verhandelt wurden, musste das Gericht geschlossen werden, weil die Menge damit drohte, das Gerichtsgebäude niederzureißen und den Richter zu misshandeln. Doch inzwischen kam die große Mehrheit der Bevölkerung zu der Überzeugung, dass es ihnen ohne berauschende Getränke besser geht, und bis auf wenige Ausnahmen unterstützen die Menschen nun die Forderung, den Handel mit Spirituosen abzuschaffen...

Von einem der am weitesten zurückgebliebenen Staaten war Maine nun zu einem der fortschrittlichsten geworden."

Auf diese Weise in Maine bestärkt, begab sich die Familie Fox auf ihre Reise über das Meer, um den Kampf gegen 200.000 Spirituosenhändler in England, Schottland und Wales anzutreten.

Sir William reiste im Land als „ehrenamtlicher Dozent" für die United Kingdom Alliance umher, einer Prohibitionsbewegung. Von einem Ende der Insel zog er bis zum anderen, hielt unzählige Reden, wurde an einigen Orten vor vollen Sälen bejubelt, während seine Zuhörer andernorts auf ihren

Händen zu sitzen schienen, „doch unsere Sache macht stetige Fortschritte", schrieb er seinem Schwager daheim in Westoe in Rangitikei.

Fox besuchte auch sein Elternhaus im anderen, dem ersten Westoe in der Grafschaft Durham und begleitete seine Frau bei einem Besuch ihrer Familie in Wiltshire. Er hielt sich in London auf und wurde von den großen Persönlichkeiten jener Zeit empfangen, insbesondere denjenigen, die sich mit dem heiligen Anliegen der Kolonisation befassten. „Ich traf den Duke of Manchester, Lord Denbigh, Sir G. Ferguson und Sir C. Clifford. Sie waren alle sehr höflich zu mir und luden mich in ihre Häuser ein..." Eines Morgens begegnete er in der Nähe des Bahnhofs Paddington zufällig Alfred Domett, der endgültig nach England zurückgekehrt und am Vortag mit Browning zusammen gewesen war, der wiederum eine Woche zuvor Tennyson besucht hatte. Fox war nicht der Mann, den ein literarisches Flügelschlagen aus so unmittelbarer Nähe übermäßig beeindruckt hätte. Sie tauschten Höflichkeiten aus. Domett dankte ihm für die freundlichen Worte, die Fox für sein Gedicht „Ranolf and Amohia" gefunden habe, dessen Schauplatz die Umgebung der heißen Quellen Rotoruas ist. Das war etwas scheinheilig von ihm. Fox hatte zwar öffentlich die „glanzvollen Beschreibungen von Landschaft ... und Atmosphäre" gepriesen, aber erst nach viel vorangehender Spöttelei: „Mr. Domett unternahm mit inbrünstigem Ausdruck und einer Gefühlswärme von vollen 212 Grad Fahrenheit [100 Grad Celsius] den Versuch, das Leben und den Charakter der Wilden in einen Liebreiz und eine Würde zu kleiden, die man nur schwerlich in den tatsächlichen Gegebenheiten eines maorischen *pa* an den Ufern von Rotorua wiedererkennen würde..."

Domett bekam seine Rache. Er lobte einige Gemälde eines Künstlers namens Blomfeld, der Neuseeland besucht hatte, die damals gerade in London ausgestellt wurden. Besonders anerkennend äußerte er sich über ein Ölgemälde des Mount Egmont in Taranaki. Das saß. Fox war wütend. Der Mount Egmont war sein persönliches Lieblingssujet und er hielt sich für einen weit besseren Maler als Blomfield, dem er eine „scheuß- liche und prätentiöse" Pinselführung in Rosa und Graubraun attestierte. Und so standen sie dort im endlosen Säulengang der Westbourne Terrace, tauschten Höflichkeiten aus und ver- achteten einander für ihre jeweilige ästhetische Betrachtung der Maori-Welt – eine Welt, die sie beide, auf ihre eigene Wei- se, versucht hatten auszulöschen. In diesem Augenblick schei- nen die zwei älteren Herren, die im rauchigen Wintersonnen- licht von Paddington stehen, geisterhaft zu werden, für immer befreit sogar von ihrem eigenen Gewissen.

Wo war bei all dem der junge, inzwischen 14-jährige Wil- liam Fox? War er in diesem Moment in Paddington dabei? Schaute Domett ihn prüfend an, legte ihm gar die Hand auf den Scheitel? Es ist durchaus denkbar, dass der Junge seinen Vater auf einem Spaziergang durch London begleitete. Aber wir wissen es nun einmal nicht. Die Berichte über diese Rei- se sind begrenzt. Die Familie Fox, große Fische im kleinen Teich Neuseeland, schlug im Ausland keine hohen Wellen. Der ehemalige Premierminister einer kleinen britischen Ko- lonie hatte in einem Amerika von 50 Millionen Einwohnern keinerlei Bedeutung und nur wenig mehr in London, der Hauptstadt eines Reiches von 350 Millionen Menschen, hun- derten Völkern und Sprachen. Die wenigen Zeitungsberichte, die ich über die Reise ausfindig machen konnte, wiesen nur auf Reden hin, die Fox im Anschluss an seine Rückkehr nach Neuseeland gehalten hatte. Mir kamen langsam Zweifel dar- an, dass der junge William Fox überhaupt auf dieser Weltreise dabei gewesen war.

In diesem Punkt war Miri Rangi jedoch entschieden: „Er fuhr nach England." Zweifellos verließ er Ende 1874 das Wel- lington College und weder sah noch hörte man in der Kolonie etwas von ihm, bis die Familie Fox 1876 zurückkehrte, und so müssen wir annehmen, dass sie recht hat. „Er fuhr nach England."

Es ist ein mickriges Informationshäppchen. Zum Beispiel hätten wir gerne erfahren, wie es für einen 14-jährigen Maori- Jungen war, im palastartigen „Salon" eines Pullman-Waggons durch das Amerika des Jahres 1875 zu reisen. Und wie erging es ihm, dem Sohn des Waldes von Mawhitiwhiti, Sarah Fox' einzigem Kind, unter den kühlen, interessierten Blicken ihrer Familie, den Halcombes, reichen Grundbesitzern in Wiltshire? Es gibt keine Informationen. „Er fuhr nach England."

Dann begriff ich, dass ich die Sache auf die falsche Weise betrachtete: Dieser knappe Satz ist an sich schon die Information. 14-jährige sind nicht gut im Reisen. Das teure Erlebnis ist an sie verschwendet. Sie haben andere Dinge im Kopf. Sie wollen nicht in Salt Lake City sein oder zur Cheops-Pyramide hinaufblinzeln. Sie wären lieber an der Straßenecke bei den anderen 14-jährigen, um über Themen wie, sagen wir, das Rasieren oder die Großtaten hochnäsiger 16-jähriger nachzusinnen. Als William Fox Omahuru Jahre später in Mawhitiwhiti aus seinem Leben erzählte und sagte „ich fuhr nach England", war das alles, was es darüber zu sagen gab. Er hatte früh die große Welt gesehen und damals bedeutete sie ihm nichts.

Und die Welt gab dieses Kompliment wahrscheinlich zurück: In den Jahren 1875/76 hätte ein junger Maori in London, wo man seit Jahrhunderten exotische Gestalten aller Völker in Augenschein nehmen konnte, keinen zweiten Blick auf sich gezogen. Drei „wilde Männer aus den New Found Lands" [30] wurden 1502 am Hofe zu Westminster erspäht. Der erste Polynesier, ein hochmütiger junger Tahitianer namens Omai, war 1776 dort und wurde von Dr. Johnson begrüßt: „Sir Lord Mulgrave und er dinierten eines Tages in Streatham; sie saßen mit dem Rücken zum Licht, in das ich schaute, so dass ich nicht deutlich sehen konnte, und Omai hat so wenig von einem Wilden, dass ich es vermied, beide anzusprechen, damit ich den einen nicht für den anderen hielt." [31]

Der erste Maori kam im frühen 19. Jahrhundert nach London und stand fassungslos da angesichts der Größe, des Lärms und der Dunkelheit der Stadt und ihrer unzähligen Einwohner, die offenbar von Luft lebten, denn wo waren die Kumara-Gärten? Doch was ihn, ganz in der Tradition des unberechenbaren Außenseiters, am meisten verblüffte (so wie der Amazonasindianer, der 1940 nach Manhattan kam, sich dort am allermeisten von den vielen Messingknäufen an den Türen beeindruckt zeigte), war, dass er einen Mann auf einem Bein aus Holz eine Gasse hinunterhumpeln sah.

Für beide Ethnien war die Zeit solcher Aufregungen längst vorüber. London kannte alle Wunderkinder, die Indien und Afrika zu bieten hatten, und selbst in Neuseeland hatte der junge Fox bereits genügend Gesellschaftsräume und Dampfmaschinen gesehen. Vielleicht beeindruckten ihn der Nebel und der graue Himmel, der so tief hing wie Schornsteinrauch. Man stelle ihn sich schweigsam oder einsilbig vor, wie er sich in einer Zimmerecke unter den Topfpalmen vor Langeweile windet, mit, wie üblich, Sarah Fox als seiner einzigen Verbündeten.

Von London aus reiste die Familie mit dem Schiff in den östlichen Mittelmeerraum. Die drei besuchten Beirut, wo sie eine Mädchenschule besichtigten, und Ägypten, wo sie die Sphinx besichtigten. Sie bestiegen die Große Pyramide, deren Spitze laut Flaubert, der sich ungefähr zur gleichen Zeit dort aufhielt, vom Kot der Adler weiß gefärbt war. Sie machten eine Nilkreuzfahrt, besuchten die Karnak-Tempel, und Sarah Fox fragte sich, wo genau diese Pharao-Tochter wohl den mit Bitumen abgedichteten Korb in den Binsen gefunden habe [32].

Dann fuhren sie heim. Wieder in Wellington angekommen, erteilte Sir William die Strafe, die seine Frau und sein Sohn für ihr Bündnis verdienten. Er schickte den jungen Mann fort.

10

Buller und das Rechtswesen

Um es ganz offen zu sagen: Der alte William Fox warf den jungen William Fox raus. Er musste dabei natürlich raffiniert vorgehen, denn sein maorischer Pflegesohn war in der Stadt bekannt und konnte nicht gut vor den Augen der Öffentlichkeit mittellos vor die Tür gesetzt werden. „Gutes tun für die Maori" galt noch immer als Parole in der Kolonie, und selbst die „Säuberung" eines ganzen Gebietes von seinen maorischen Bewohnern war ein Programm, das Fox vor seinen Kollegen als „zum eigenen Wohle der Eingeborenen" bezeichnete. Man hätte ihm nur schwerlich rassistische Vorurteile unterstellen können, solange er unter seinem Dach ein Maori-Kind beherbergte, das seinen eigenen Namen führte, und tatsächlich hat man das auch nie getan. Noch heute wird Sir William routinemäßig als humaner Mann und Freund der Maori beschrieben, und einer der Gründe, die hierfür herangezogen werden, ist die Adoption des jungen William Fox.

Doch Sir William ließ sich nicht von seinem Hauptziel abbringen, nämlich seiner Frau Leid zuzufügen. Der Junge musste weg, und es fand sich ein Weg: Er wurde zu Walter Buller geschickt, der ihn ohne weitere Umstände oder Ausbildung in seiner Kanzlei anstellte. So begann seine Laufbahn im Rechtswesen.

In der kleinen Kolonialhauptstadt begegnete Sarah Fox ihrem Sohn wahrscheinlich ab und zu, vielleicht nur auf der Straße, was sie, wie wir uns vorstellen, zu gleichen Teilen mit Glück und Leid erfüllt haben muss.

Sir Williams Plan funktionierte also, wie er es vielleicht ausgedrückt hätte, „aufs Bewundernswürdigste". Er hatte seine Frau angemessen gemaßregelt und aus seinem eigenen Fleisch einen Dorn gezogen.

Was den Dorn selbst betraf – für ihn war all das weniger quälend. Er vermisste Sarah Fox schmerzlich – den einzigen Menschen, den er liebte und der ihn liebte – aber er war inzwischen ein breitschultriger junger Mann von 15 oder 16 Jahren; die Tage der Märchenbücher und des Kuchenbackens waren vorüber. Und er war mit einem Schlag von den Spannungen und der Frömmigkeit, die den Haushalt der Familie Fox bestimmten, befreit. Die Atmosphäre bei Buller hätte kaum unterschiedlicher sein können. Buller besaß nur wenige Skrupel, aber ein gehässiger oder neiderfüllter Mensch war er nicht; er liebte Gesellschaft, neue Ideen, gutes Essen und guten Wein. Selbst das Haus, das er damals gerade baute, wirkt heiter, funkelnagelneu im Greek-Revival-Stil, „äußerst prätentiös", wie manche meinten, auf der Sonnenseite von The Terrace, zweihundert Fuß über der Stadt. Es stand noch immer da inmitten einer Reihe von aus Holz gebauten, mit Türmchen verzierten Herrenhäusern, als ich in den 1960er Jahren als Junge nach Wellington kam. Obwohl sie nun in mehrere Wohnungen unterteilt waren und ein leichter Geruch nach ausströmendem Gas und Gesichtspuder über den schmalen Treppenaufgängen hing, wo recht fehl am Platz zwischen den Mülleimern und Gaszählern große Baumfarne aus dem Boden schossen, wirkten sie alle heiter und weltstädtisch auf mich mit ihren in der Sonne funkelnden, durchhängenden Fenstern. Als ich sie im Alter von zwölf Jahren besuchte, lebten meine altjüngferlichen Großtanten nur ein paar Häuser vom ehemaligen Buller-Haus entfernt – das sanfte, fromme Tantchen Mimi und die wilde Tante Flora McDonald, die eigentlich in keinerlei Weise Jungfer, sondern als junge Frau nach Australien durchgebrannt war (wobei sie einer Legende zufolge die Silberlöffel der Familie die Leiter mit hinuntergeschleppt hatte) und die schließlich mit einem brüllenden Lachen sterben sollte, als sie gerade jemandem im Nebenzimmer mit lauter Stimme eine witzige Geschichte zum Besten gab. In einem dieser fröhlichen Horste hoch über der geschäftigen Stadt, eine Meile von den düsteren Anwesen in der Umgebung des Parlaments entfernt, begann der junge William Fox nun sein neues Leben.

Noch jemandem gefiel die neue Abmachung, und das war Buller selbst. Als Sir William ihm den Vorschlag machte, den Jungen zu ihm zu schicken, muss Buller mit seinen weit auseinander stehenden Augen und seinem enorm abstehenden Backenbart ausgesehen haben wie eine Katze an der Sahneschüssel, oder vielmehr wie eine, der man gerade die vollen Verfügungsrechte über den Kanarienvogel angeboten hat – und was für ein wertvoller Singvogel das war!

Zu jener Zeit konnten Anwälte, die sich mit dem Handel von Maori-Land befassten, ein Vermögen verdienen. Viele Millionen Morgen Land wurden von Maori an Weiße verkauft, doch vor jedem Verkauf musste der Rechtstitel der Maori vor Gericht festgestellt werden. Das bedeutete nicht nur, dass der Stamm sein Eigentumsrecht beweisen musste – was angesichts widerstreitender Ansprüche und der Geschichte jeder einzelnen Parzelle kompliziert genug war –, sondern häufig auch, dass festgestellt werden musste, welchen Anteil jedes einzelne Stammesmitglieds daran besaß. Es handelte sich um ein kompliziertes und langwieriges Verfahren, das die maorische Gesellschaft in einen Zustand permanenter Unruhe versetzte und dazu führte, dass große Menschenmengen wochenlang immer neuen Gerichtsverhandlungen in den Städten beiwohnten. Im Folgenden beschreibt Sir William Fox, was sich in den 1860er Jahren in Otaki abspielte: „Ich schreibe, während es um mich herum wahrhaftig zugeht wie in Babel, und wenn ich in meinem Schreiben also unverständlich bin, dann wissen Sie, weshalb – das Haus ist vollbesetzt mit Europäern, die hier Quartier genommen haben, und umringt von Scharen lärmender Eingeborener – 400 oder 500 sind wegen dieser Grundbesitzverhandlungen hier." Solche Szenen fanden überall im Land statt und sie waren unvermeidlich. Ein einzelner Maori, der seinen Anteil an einem Grundstück verkaufen wollte, konnte eine Feststellung des Rechtstitels beantragen, und alle anderen Stammesmitglieder waren daraufhin gezwungen, in die Stadt zu kommen und ihre Rechte zu verteidigen.

Anfangs wollten viele Maori gerne verkaufen und anderen gefiel die Vorstellung, einen unantastbaren individuellen

Rechtstitel zu besitzen. Doch in den späten 1870er Jahren hatte sich bereits Ernüchterung breit gemacht. Gerichtskosten, erdrückende Anwaltsgebühren (so verdiente Buller sein Geld) und die Kosten der Landvermessung führten häufig dazu, dass, wenn der Rechtstitel endlich feststand, das Land verkauft werden musste, um die Kosten zu decken. Inzwischen begegneten viele Maori nicht nur dem Native Land Court, Richtern und Anwälten mit Misstrauen, sondern auch dem geschriebenen Wort selbst, das für sie oft durch Schulden und Hypotheken zur Falle geworden war.

In genau diese Umgebung plante Buller, einen Vertreter einer bis dato unbekannten neuen Spezies einzuschleusen – einen jungen maorischen Juristen. Mit seinen 16 Jahren war William Fox natürlich kein Rechtsanwalt, sondern nur ein jüngerer Gehilfe in einer Anwaltskanzlei, aber in den Augen der Maori machte das kaum einen Unterschied: Er kam im dunklen Anzug aus den Räumlichkeiten der Kanzlei, er sprach Englisch und verstand das Gesetz, und doch war er ein Maori, sah wie sie selbst aus und sprach ihre Sprache. Buller, der Anwalt – Pura Roia – hatte sich inzwischen den Ruf erworben, raffgierig zu sein, und seine Klienten scheuten ihn. Die Mitarbeit des Jungen in seiner Firma konnte das ändern.

Das war Bullers Plan und er funktionierte – wieder einmal „aufs Bewundernswürdigste". Jeden Morgen traten Buller und sein junger Gehilfe aus der Tür des Hauses an der Boulcott Street (die direkt darüber gelegene Villa auf The Terrace war noch nicht ganz fertig) und spazierten durch die Stadt zu ihrer Kanzlei. Auf dem Weg plauderte Buller auf Maori – für den Erfolg seines Planes war es wichtig, dass der Junge seine Muttersprache fließend sprach. Ohnehin schlenderte Buller gerne die Willis Street entlang und unterhielt sich dabei auf Maori. Der Darwinismus faszinierte ihn und er glaubte Zeuge davon zu sein, wie eine minderwertige Rasse einem Naturgesetz folgend einer überlegenen wich. Dennoch spürte er angesichts dieses Übergangs so etwas wie romantisches Bedauern, und es gab Zeiten, da zog er die Gesellschaft von Maori der von Weißen ebenso vor, wie er die wilden und einzigartigen

Geschöpfe des neuseeländischen Waldes, den heiligen Huia [33] und den flugunfähigen Kakapo [34] den Sperlingen und Drosseln vorzog, die die Acclimatisation Society in alle Winde entließ. Er wusste nicht, was er von Darwins Klassifizierung halten sollte (Darwin selbst war ein früher Sozialdarwinist), die den Maori in der Hierarchie der Rassen einen niedrigen Rang zuwies, über den nackten Indianern von Feuerland, aber beispielsweise unter den Tahitianern. Und was waren die Folgen der Vermischung von Rassen? Würden beide geschwächt, beide oder keine von beiden gestärkt? Würde eine Verschmelzung der Rassen die Maori retten? Würde es die Natur des „Kampfes" zwischen den Menschenrassen verändern, wenn man den jungen William Fox in einen dunklen Anzug kleidete und seinen Kopf mit Vertragsrecht und den Regeln für die Grundstücksübertragung anfüllte? Was genau war überhaupt eine „Rasse"?

Mit diesen ungelösten Rätseln im Kopf schlenderte der Rechtsanwalt in Gesellschaft seines Gehilfen die Willis Street hinunter, kam zum kobaltblauen Hafen, den kenntnisreiche Personen mit dem Comer See verglichen, bog links ab und erreichte die Kanzlei von Buller, Lewis & Gully. Buller, Lewis & Gully zählte bereits zu den führenden Kanzleien des Landes und hatte ihren Sitz in einem neuen, zweigeschossigen Gebäude, das man im neoklassizistischen Stil zwischen einem Eisenwarenhändler (mit der lebensgroßen Eisenstatue eines Löwen auf dem Dach) und Nathan's Emporium, dem größten Warenhaus der Stadt, auf dessen Giebeldreieck eine Reihe von zwölf großen italienisierten Urnen prunkten, errichtet hatte. Unter diesen Symbolen von Stärke und Reichtum begann der junge Fox seine Karriere im Rechtswesen. In den ersten Wochen wird er vielleicht als Bürojunge eingesetzt worden sein, eine in der gesamten Nachbarschaft berühmte und bemitleidete Gestalt, denn Lewis, der zweite Partner, war ein strikter Verfechter von Hygiene und der Bürojunge musste die Böden dreimal pro Woche mit Phenol aufwischen; zwar roch die ganze Straße ohnehin leicht nach Phenol, doch am Bürojungen hingen die Dämpfe, wohin er auch ging.

William Fox sollte darüber schnell hinauswachsen. Wir können seine frühe Laufbahn leichter verfolgen, als es bei einem Weißen der Fall gewesen wäre, denn Buller bewahrte einen Teil seiner alltäglichen und sogar trivialen Korrespondenz mit maorischen Klienten auf, vermutlich als künftiges Andenken an ein untergehendes Volk. Die Briefe sind auf Maori verfasst und so trocken und verwirrend, wie man es von einem juristischen Briefwechsel erwarten würde, doch finden sich darin auch Verweise auf William Fox oder Wiremu Pokiha oder Wiremu Poki (wie sein englischer Name auf Maori lautete), die uns einen gewissen Einblick in seine Fortschritte bei Buller, Lewis & Gully erlauben.

Einige Briefe sind an Buller selbst gerichtet und Fox wird darin nebenbei erwähnt:

4. März 1879

An Buller, Rechtsanwalt,
Mein Freund, Grüße

Ich melde mich bei Ihnen, damit Sie mir die Uhr, die Sie zur Reparatur beim Uhrmacher in Wellington von hier mitnahmen, zurücksenden. Das Geld für die Reparatur, 12 Shilling, habe ich Wiremu Poki mitgegeben, als er zum zweiten Mal in diesem Jahr 1879 zu einer Sitzung des Maori-Grundbesitzgerichts nach Wanganui kam. Schicken Sie sie in der Postkutsche. Wenn Sie wirklich bald kommen, um die Verpachtung von Ruatangata abzuschließen und die Pachtgelder vorbeizubringen, könnten Sie sie auch selbst mitbringen. Wenn Sie für längere Zeit nicht kommen, dann können Sie sie in dieser Woche in der Postkutsche nach Turakina schicken.
Das ist genug.
Von Ihrem Freund
Karena Te Mana o Tawhaki

Andere Briefe beziehen sich auf normale geschäftliche Angelegenheiten:

An Buller, Rechtsanwalt,
Mein Freund, Grüße

Hiermit möchte ich Sie bitten, einen förmlichen Vertrag über
die rechtliche Übertragung eines Grundstücks mit seinem gesamten Vieh- und Sachbestand aufzusetzen. Ein Regierungsvertreter war hier, um die Brandzeichen der Schafe zu prüfen.
Die Brandzeichen der Kühe gleichen denen der Schafe. Es gibt
zwei Zugpferde, zwei Reitpferde, zwei Fuhrwerke, 2 Pflüge, 200
Schafe, alles unter dem Namen Taiwhaio Raratiki, der diese
Dinge gemeinsam mit seinem jüngeren Bruder besitzt etc. etc. –

Unten an den Rand hatte Buller gekritzelt: „Für W. Fox", was
darauf hindeutet, dass er bereits begonnen hatte, solche Angelegenheiten seinem Gehilfen zu überlassen. Seit spätestens
1880 gibt es noch eine dritte Kategorie von Korrespondenz,
die Buller völlig umgeht.

An William Fox
Freund, Grüße,

Am ersten dieses Monats erreichte mich Ihr Brief, in dem Sie
mich um eine Antwort auf Ihre Frage vom ersten des vergangenen Monats hinsichtlich meiner rechtlichen Unterweisung
bitten, Anspruch auf den Rechtstitel an meinen Anteilen von
Grundbesitz, mit dem sich die Krone befasste, einzufordern..
Nun, mein Freund, es gibt keinen Grundbesitz, der mir allein
gehört... Auf die Ländereien, um die es bei dem Eigentumstitel
der Krone geht, haben viele von uns einen Anspruch. Sie liegen
südlich des Flusses bei Turakina. Kein Mensch kann wissen,
wie viel davon jedem einzelnen zusteht... Nichts davon gehört
nur einem von uns allein. Ich bin der Häuptling dieses *hapu*
[Unterstamms] und von vielen *hapu*, die Sie in Zusammenhang
mit Parzelle Nr. 3 kennen, und ich will von diesem Land nichts
verkaufen.

Ihr ergebener Freund... etc.

Nachdem er zwei Jahre in der Kanzlei war, hatte William Fox mindestens zwei Reisen zu Anhörungen des Land Court in Wanganui unternommen, davon eine offenbar ohne Begleitung. Zehn Jahre waren vergangen, seit er in Cobb's Kutsche in die entgegengesetzte Richtung gefahren war, als verlorenes Kind unter den Pakeha. Und nun war er wieder hier, in einem schwarzen Anzug, auf derselben Strecke, mit einer Aktentasche voller Papiere. Eine schwache Aura von Prominenz umgab ihn... der Sohn von Mr. Fox, Bullers Gehilfe, der „erste maorische Jurist"...

Unter Bullers Klienten gab es zwei Männer, an deren Namen er sich erinnert haben muss. Es handelte sich um Pirimona und Herewini vom Stamm der Ngati Te Upokoiri, die ihn im Wald gefangen hatten. Auch für sie muss es seltsam gewesen sein, über diese Tatsache nachzudenken. Da war der Junge, den Pirimona aufgegriffen und Herewini fortgetragen hatte, und jetzt war er wieder da. Er war erwachsen, war um die Welt gereist, hatte Boston, London und die Cheops-Pyramide gesehen, und nun war er wieder zurückgekommen und ihre vergleichsweise bescheidenen Geschäfte lagen in seinen Händen.

Es war nur natürlich, dass die meisten Klienten Bullers aus dem südlichen Landesinneren der Nordinsel stammten, aus Wanganui, Rangitikei und Manawatu, wo er als Richter gewirkt hatte und weit und breit bekannt war. In den späten 1870er Jahren waren die besten Pflaumen in diesem Bereich des Obstgartens jedoch bereits abgeerntet. Jetzt war auf dem Land-Markt weiter westlich mehr zu holen, in Taranaki, wo die Kriegsjahre die Trennung der Maori von ihrem Land hinausgezögert hatten. Dorthin richtete Buller nun seine Aufmerksamkeit. Und so kam schließlich der Zeitpunkt, an dem der junge William Fox eine wichtige Grenze überschritt.

Eines Tages bestieg er in Wanganui die Kutsche nach Westen, über die Waitotara-Ebene durch Whenuakura und Patea nach Hawera, wo er übernachtete, um am folgenden Tag, vermutlich einem Wintermorgen des Jahres 1878, die bedeutsame Demarkationslinie zwischen den Territorien der Siedler und der Maori, den Waingongoro River, zu überqueren.

An diesem Punkt geben wir unsere Unkenntnis am besten zu: Es ist nicht klar, ob Fox noch per Kutsche reist, auf dem Rücken eines Pferdes oder gar zu Fuß. Man hatte in den frühen 1870er Jahren eine Straße angelegt, aber sie wurde nur sporadisch instandgehalten, und ebenso sporadisch war der Kutschdienst. Die Geschichte der halb-unabhängigen Maori-Welt, die sich nach Titokowarus Krieg in Süd-Taranaki entwickelte, wurde bisher noch nicht niedergeschrieben, und es ist schwierig, den Flickenteppich der dortigen Machtbereiche und Loyalitäten zu entwirren. Einige mächtige Maori dieser Region standen Weißen, Straßen, Kutschen und Landverkäufen äußerst wohlwollend gegenüber, andere begegneten all dem mit Ablehnung. Noch schwieriger ist es, etwas über William Fox' Gemütsverfassung in diesem Augenblick zu sagen. Hier war er nun – wieder in der Heimat; er hatte den Fluss seiner Kindheit überquert, einen Fluss, in dem er zweifellos als kleiner Junge in der Nähe des Dörfchens Mawhitiwhiti herum geplanscht war. Er war in der Heimat. Aber er ging nicht nach Hause.

Mawhitiwhiti lag nur wenige Meilen nördlich. An einem klaren Morgen konnte man den Rauch seiner Feuer von der Straße aus, auf der Fox reiste, mit Leichtigkeit sehen. Er muss gewusst haben, dass sein Vater und seine Mutter, Te Karere und Hinewai, und sein älterer Bruder Ake Ake, den er einst verehrt hatte, und seine anderen Brüder und Schwestern nur wenige Meilen entfernt lebten. Aber er begab sich nicht in ihre Nähe. Ob aus Gefühllosigkeit oder Schüchternheit, oder weil er sich einfach auf dieser offenen Ebene, wo hier und da noch Wälder standen und sich Herden verwilderter Rinder herumtrieben, fremd fühlte, William Fox zog weiter.

Sein Ziel war ein Ort namens Parihaka, ungefähr 50 Meilen westlich des Flusses. Parihaka war eine neue Maori-Stadt, die unter der Führung zweier junger Häuptlinge namens Te Whiti und Tohu errichtet worden war. Die neue Lehre, die die beiden predigten, fand unter den Maori zunehmend breiten Zuspruch: friedliche Koexistenz mit den Weißen, aber Unabhängigkeit von ihren Gesetzen und, vor allem, ein Ende aller Landverkäufe. Für Bullers Gehilfen war Parihaka ein seltsames Ziel; wahrscheinlich war er auf der Suche nach einer Unterschrift, die man für einen nicht ganz abgeschlossenen Landverkauf in Wanganui oder Taranaki benötigte, und vielleicht glaubte er, dass ein junger Maori, der im Auftrag einer Anwaltskanzlei unterwegs war, unter all den hunderten allmonatlich nach Parihaka strömenden Maori und Weißen, unter denen sich auch Dolmetscher und mit den Grundbesitzangelegenheiten befasste Beamte befanden, nicht auffallen würde. Als er jedoch in Parihaka eintraf, bemerkte ihn ein Mensch, der genau wusste, wer er war, und der die gesamte Richtung seines Lebensweges ändern sollte. Bevor wir uns jedoch diesem Augenblick des Wiedererkennens zuwenden können, muss die Sachlage in diesem Bezirk etwas eingehender erläutert werden.

Die Verwirrung, die hinsichtlich der Grundbesitzverhältnisse in dem Gebiet herrschte, das Fox nun durchquerte und das sich bis auf 70 Meilen westlich des Waingongoro River ausdehnte, könnte schwerlich übertrieben werden. Simple Niedertracht allein hätte niemals ein solches Durcheinander bewirken können. Zank zwischen den Regierungsstellen, politische Instabilität (Ministerien stiegen auf und sanken ab wie Dingis [35] in der Brandung), Neid unter den Stämmen, gewöhnliche Vergesslichkeit und auch die menschliche Sterblichkeit – all das spielte dabei eine Rolle. Sir Donald McLean, der versuchte, das Kuddelmuddel zu entwirren, starb 1876 – recht jung – und ließ ein größeres Chaos zurück, als er vorgefunden hatte.

Falls ein Leser den folgenden kurzen Bericht unverständlich finden sollte, dann sollte er sich deshalb keine Sorgen machen: Auch damals war jeder verwirrt.

Ich rekapituliere: In den ersten Phasen des Krieges, in den frühen 1860er Jahren, beschloss die Regierung, Landbesitz der Maori großflächig zu konfiszieren, um so die „aufständischen" Stämme zu bestrafen. Als die kriegerischen Auseinandersetzungen um 1870 herum schließlich allmählich ausklangen, befanden sich die Stämme Süd-Taranakis immer noch im Besitz eines großen Kuchenstücks ihrer „konfiszierten" Ländereien und die Regierung verfügte weder über die militärische Stärke noch den Willen, sie von dort zu vertreiben. In den kommenden Jahren änderte sich der rechtliche Status dieses Territoriums laufend. Zuerst wurde der Verzicht auf die Konfiszierung erklärt. Dann verkündete McLean, dass man zwar „nicht darauf verzichten, aber sie auch nicht durchsetzen würde". Dann beschloss McLean, dass man sie durchsetzen würde, aber nur, indem man die Maori als Besitzer anerkenne. Mit anderen Worten, ihr gesamter Grundbesitz würde ihnen abgenommen, aber nur, um ihnen sofort wieder zurückgegeben zu werden; den Maori sollten große Landflächen aus dem Grundbesitz der Krone übereignet werden und für den Rest, den die Regierung dann an weiße Siedler weiterverkaufen würde, sollten sie marktübliche Entschädigungszahlungen erhalten.

Bevor es jedoch dazu kam, kaufte McLean selbst mehrere große Parzellen, die Maori zum Verkauf angeboten hatten; ihre Übertragung wurde mit einer gewöhnlichen Abtretungsurkunde dokumentiert, und das bedeutet, dass man trotz allem auf die Enteignung verzichtet haben muss, denn eine Abtretungsurkunde konnte es nur geben, wenn der Rechtsanspruch auf das Land wieder an die Maori zurückgefallen war. Um diese rechtliche Schwierigkeit zu überwinden, heckte man eine neue Form der Übertragung aus, durch die Weiße Grundstücke erwerben konnten. Dabei gab es keine Übertragungsurkunde: Stattdessen erhielten die verkaufswilligen Maori-Besitzer einer Parzelle, die sie verkaufen wollten, Sach- oder Geldgeschenke, von den Maori als *takoha* bezeichnet. Nun herrschte eine Art wirrer Formlosigkeit: An einer Stelle wurden große *takoha*-Summen gezahlt, aber kein Grundstück wechselte den Besitzer, andernorts wurde die Zahlung von *takoha* zwar versprochen, aber nie ausgeführt, obwohl das Land von Weißen in Besitz genommen wurde. Für die Regierung war *takoha* Bestechungsgeld, Schmiermittel, Kaufpreis; es tauchte nicht in den Büchern auf und wurde von verschiedenen Regierungsvertretern ausgezahlt – dem Bevollmächtigten der Zivilverwaltung, leitenden Landvermessern, Beauftragten des Ministers für Eingeborenenangelegenheiten, gar dem Minister für Eingeborenenangelegenheiten persönlich – und keiner von ihnen wusste genau, was die anderen trieben. Manchmal wurde es nur an einige Grundstückseigner ausgezahlt, manchmal an Männer, die gar keinen Anspruch auf die fragliche Parzelle hatten; es wurde heimlich ausgezahlt, es wurde öffentlich ausgezahlt, manchmal in bar, manchmal in Form von „Obstkonserven und Marmelade, verzierten Plätzchen, mit Meeräsche und Lachs und Hummer, einer … Menge guten Ales und guter Weine und Drei-Sterne-Weinbrand… Schultertüchern, unzähligen Umhängetüchern, Schals, Bändern und Federn, französischem Tuch aus Merinowolle und Samt, Parfums und Schmuckstücken, Damensätteln, Reitkleidung und … Plätzen bei der ‚Star Pantomime Company‘" sowie in einem Fall in Form von „Anwaltskosten für Makarita, als sie wegen Brandstiftung vor Gericht erscheinen musste".

Die Regierung hatte mehrfach versucht, die Situation auf eine bestimmte Weise in geordnete Bahnen zu lenken – durch die Vermessung der fraglichen Ländereien und ihre Aufteilung in Flächen für die Maori und in Grundbesitz der Krone. Diesem Vorhaben begegneten die Maori mit größtem Misstrauen. 1872 kamen Landvermesser über den Waingongoro River, um ihre Arbeit auf den Waimate Plains, der Waimate-Ebene aufzunehmen, aber sie wurden rasch wieder fortgeschickt. Auch weitere Versuche, die in den Folgejahren unternommen wurden, blieben erfolglos. Von allen Gestalten des englischen Lebens, die vor den Augen der Maori im Verlaufe der vergangenen hundert Jahre aufgetaucht waren – Matrosen, Missionare, Richter, Bauern, Soldaten, Kutscher, Gastwirte, Bürokraten – warf niemand einen längeren Schatten voraus als der mit seinem Theodolit bewaffnete Landvermesser. Wo immer er erschien, ging der Grundbesitz der Maori verloren. Der Theodolit selbst wurde *taipo* genannt – ein Dämon. (*Taipo* ist ein seltsamer Begriff: Die Engländer gingen davon aus, dass das Wort aus der Maori-Sprache stammte, die Maori dachten, es sei ein englisches Wort. Man wird wahrscheinlich niemals wissen, aus welchem Winkel dieses düstere kleine Nomen zuallererst entsprang, doch seine zweifelhafte Herkunft schmälerte seine Kraft nicht im Geringsten.)

Dann, in der Mitte des Jahres 1876, wurde mit der Landvermessung wirklich Ernst gemacht. Die Maori hatten ihre Zustimmung dazu gegeben, nachdem man ihnen wiederholt zugesichert hatte, dass sie äußerst großzügige Landzuteilungen erhalten würden – sämtliche Areale, auf denen sich ein *pa* befand, ihre Begräbnisstätten, ihr kultiviertes Land und ihre Weideflächen, ihre Fischfangstationen und die Flussmündungen wurden ihnen ebenso versprochen wie durchschnittlich 50 Morgen pro Kopf und Kompensationszahlungen für den Rest ihrer Landflächen. Nach einem kleinen symbolischen Protest gestattete die maorische Bevölkerung der Ebene – die ungefähr 80.000 der mehreren hunderttausend Morgen umfassten, um die es insgesamt ging – den Landvermessern, mit der Arbeit diesseits des Flusses zu beginnen.

So sah die Situation auf der Ebene aus, als der junge Fox sie Mitte des Jahres 1878 durchquerte. In anderen Teilen des Maori-Territoriums wurden noch *takoha* gezahlt, Land ging noch verloren und Te Whitis Prinzip der friedlichen Koexistenz und der Beendigung aller Landverkäufe fand noch neue Anhänger. Maori verschiedener Stämme – diese Vermischung selbst war eine Neuheit in der Geschichte der Maori – hatten sich in Parihaka niedergelassen. Einige waren jetzt landlos, einige „Regierungstreue", denen man nie die versprochene Entschädigung gezahlt hatte, andere noch immer Landbesitzer, und es waren sogar einige Weiße darunter (ein Ire namens „Plato", den seine eigene Gemeinde ausgestoßen hatte, zählte zu den ersten Bewohnern). In jedem Monat einmal, jeweils am 18., strömten Tausende herbei, um Te Whiti und Tohu reden zu hören. Die weißen Ordnungsinstanzen wussten nicht recht, was sie von diesem Phänomen halten sollten. Einerseits war The Whiti ein „einzigartiger Mann, ein bemerkenswerter Mann", der mit dem Einfluss, den er „auf die hitzigsten Geister dieses Landes" ausübte, jahrelang für Frieden an dieser Küste gesorgt hatte. Andererseits war ihnen seine Landpolitik äußerst suspekt. Regierungsvertreter klagten, dass es ihnen umso schwerer fiel, *takoha* zu verteilen, je näher sie Parihaka kamen. „Haltet euer Land fest", erklärte Te Whiti. „Verkauft nicht."

Es war bei einer dieser großen Versammlungen in Parihaka, dass William Fox von jemandem gesehen wurde, der ihn kannte.

Hier bleiben uns wieder einmal nur die blanken Fakten der Geschichte. Alles was mir Miri Rangi sagen konnte, war dies:

„Sein Bruder Ake Ake sah ihn in Parihaka und erkannte ihn, aber Fox wollte ihm nicht sagen, wer er war."

Das heißt, er wollte ihm nicht sagen, wer er wirklich war. Er leugnete nicht, dass er William Fox war, ein Anwaltsgehilfe von Dr. Buller. Was er nicht zugeben wollte, war, dass er auch noch ein anderer war – Ngatau Omahuru aus Mawhitiwhiti, das vermisste Kind des *hapu* (des größeren Familienverbands) Umuatahi vom Stamm der Nga Ruahine, Taranaki Whanui. Mit anderen Worten, er war Ake Akes lang vermisster kleiner Bruder.

Also kommt es hier zu einem eigentümlichen Patt, vielleicht in einer Nebenstraße irgendwo in Parihaka, bei dem die beiden Brüder einander, von anderen unbemerkt, mit einer eigenartigen Mischung der Gefühle anstarren – aus Freude und Bestürzung, der Verweigerung des Wiedererkennens und einer Andeutung der schicksalhaften Verbindung, die zwischen Blutsverwandten besteht. Ake Ake war inzwischen dreißig Jahre alt und eine beeindruckende Gestalt, groß, gelenkig und düster. Sein erhabener Geburtsname, Ake Ake Whenua – „Ewig das Land" – passte zu ihm, oder vielleicht sollten wir sagen, dass er inzwischen zu seinem Namen passte, wie es manchmal so ist mit Namen, und alles an seinem Bruder muss ihn entsetzt haben – er war nichts weniger als ein Grundbesitzhändler, ein Raffke, ein Rechtsanwalt, ein Maori, der sich in eine Art Pakeha im feinen Anzug verwandelt hatte... Wir wissen nicht genau, wie das Gespräch unter den Brüdern verlief, aber sein Ergebnis kennen wir, denn Ake Ake ging als Sieger aus diesem geistigen Wettstreit hervor, wie es dem älteren Bruder geziemt. Wir wissen, dass der junge Fox, „der nicht sagen wollte, wer er war" ein paar Monate später einen Besuch in Mawhitiwhiti machte und dort, nach einer Abwesenheit von zehn Jahren, bei seiner Mutter und seinem Vater vorstellig wurde.

Es war eine betrübliche Szene. Nur ein Fetzen eines traurigen und schmerzlichen Gesprächs ist noch in Erinnerung und wurde mir von Miri Rangi wiedergegeben. Es ging dabei um Sarah Fox.

„Sie ist meine Mutter", sagte Fox.

„Nein, ich bin deine Mutter", sagte Hinewai.

„Sie hat mich geliebt."

„Ich habe dich geliebt!", rief Hinewai, und während sie sprach, schlug sie sich mit geballter Faust aufs Herz. Diese Geste, die Miri wiederholte, als sie mir all dies erzählte, scheint sich über die Generationen fortgepflanzt zu haben.

„Ich habe dich geliebt!", rief Hinewai. Dann brach sie in Tränen aus. Die arme Hinewai, die immer noch krank war, unter Asthma und Bronchitis litt – da war ihr Sohn, der freche Junge, den sie erst für tot gehalten hatte, bevor sie Jahre später hörte, dass er noch lebte, und nun – hier stand er wieder vor ihr, und wandte sich doch von ihr ab...

Ein grausames Gesetz wurde hier wirksam. Je enger die Blutsverbindung zwischen zwei Menschen ist, desto höher türmen sich jegliche kulturellen Unterschiede zwischen ihnen auf. Aufgrund dieses Gesetzes der umgekehrten Proportionalität muss alles an diesem jungen Mann, bis hin zu seinem Anzugstoff oder der Art, wie er einen Löffel hielt, betont haben, wie fremd er dort war. Und wie fremd muss ihm alles erschienen sein. Für ihn, den jungen Mann aus besseren Kreisen, der das „Palace Hotel" und Paddington kannte, musste Mawhitiwhiti mit seinen binsengedeckten Häusern, den offenen Feuerstellen, dem Schmutz und den nackten Füßen, den glotzenden Brüdern, Schwestern und Nachbarn, ein Ort gewesen sein, an dem ihm kein Kompass die Richtung vorgab, an dem er sich, kurz gesagt, fühlte, als habe er sich verlaufen. Es ist wenig verwunderlich, dass er sich in die einzige Gewissheit flüchtete, die es für ihn in den vergangenen (häufig einsamen) zehn Jahren gegeben hatte – Sarah Fox. „Sie ist meine Mutter. Sie hat mich geliebt."

Die Situation wurde schließlich durch eine praktische Erwägung seines Vaters Te Karere Omahuru gerettet. Auf dem Papier nannte Te Karere eine beträchtliche Menge Land sein Eigen. Er oder seine Frau besaßen mindestens sechs Parzellen entweder ganz oder anteilig; dabei handelte es sich um Grundstücke von nur wenigen Morgen mit einer Fischfangstation an einer Flussmündung bis hin zu einem gewaltigen Stück Land von 180.000 Morgen im Küstenwald Moumahaki – Te Karere nannte es „mein rauer Regenumhang". Diese verschiedenen Landparzellen dümpelten nun in jeder nur denkbaren Phase der Rechtstitel-Verwirrung dahin.

Einige waren offiziell konfisziert worden und galten als für immer verloren. Zwei waren vor Jahren versprochene Zuweisungen von Grundbesitz der Krone, für die es aber keine für

die Feststellung des Rechtstitels notwendige Übereignungsurkunden gab. In einem Fall handelte es sich um Land, das proforma konfisziert worden war, wo sich aber bislang noch kein Landvermesser hatte sehen lassen. Ein großes Grundstück war falsch vermessen worden. Für ein anderes Grundstück, das Te Karere nicht verkaufen wollte, hatten andere Maori, die ebenfalls darauf Anspruch erhoben, *takoha* angenommen. Alles war völlig durcheinander.

Seine größten Widersacher waren bei einigen dieser Transaktionen gar nicht einmal die weißen Landvermesser, sondern benachbarte Maori. Sein Hauptrivale war ein Mann names Katene. Sonderbarerweise gab es zwischen Te Karere und Katene eine bedeutende Gemeinsamkeit: Sie hatten beide während der Schlacht bei The Beak of the Bird einen Sohn verloren. Der verkrüppelte Junge, dem man auf der Rodung im Wald den Schädel eingeschlagen hatte, während Ngatau Omahuru dabei still zusehen musste, war Katenes Sohn. Doch zwischen den beiden Männern bestand keine Freundschaft. Wohin sich Te Karere im Hinblick auf seinen Grundbesitz auch wandte, Katene Tuwhakaruru kam ihm zuvor. Er war eine sprunghafte Gestalt, ein großer Kämpfer und ein Wendehals, der in den vergangenen 15 Jahren mindestens dreimal die Seiten gewechselt hatte. In den Anfangsjahren des Krieges war er auf der Seite der Maori ein Heißsporn gewesen, dann schloss er sich den Pakeha an und wurde zu einem der Kundschafter und Spione, denen sie am meisten vertrauten. Dann wechselte er wieder zurück und kämpfte auf der Seite Titokowarus, und nun war er wieder auf der Regierungsseite, als rechte Hand von Robert Parris, des Grundbesitzbeauftragten für Taranaki, dessen Aufgabe im Wesentlichen darin bestand, Land für weiße Siedler zu erwerben, und des unter den regierungstreuen Maori führenden Häuptlings Hone Pihama oder Ngohi, der sich mit Landverkäufen befasste und dafür eine reiche Ernte an *takoha* einfuhr.

Es wäre ganz unmöglich, die Eigentumsstreitigkeiten, die allein in Mawhitiwhiti und Umgebung brodelten, in diesem Buch, oder vielleicht in überhaupt einem Buch, zu erläutern.

Um den Leser von dem Bedauern, das er deswegen verspüren könnte, zu befreien, sollte ein einziges Beispiel genügen. Es folgt, um uns an dieser Stelle nur einmal flüchtig die Baumkronen eines Waldgrundstücks streifen zu lassen, ein Auszug aus einer Rede, in der Katene sich auf eine gewisse umstrittene Grundstückszuteilung namens Tiritirimoana bezieht, auf die sowohl er als auch Te Karere Ansprüche erhoben:

Was ich jetzt sagen werde, schließt sich an das bereits über diese 10.000 Morgen Gesagte an. Der Kahikatea-Baum, der die Grenze dieses Grundstücks markiert, heißt Tangiwa. Te Uene ist ein *pa* auf einer Rodung im Landesinneren, die Heke gehört. Das ist eine alte Grenzlinie. Araukuku liegt auf der einen Seite und Okahu und Kanihi liegen auf der anderen. Diese Grenzlinie wurde von Major Brown und Pepe festgelegt; sie sollte die im Landesinneren verlaufende Begrenzung der 10.000 Morgen sein. Diese Grenzlinie heißt Aowhenua. Waingongoro ist auf der einen Seite und Te Uene auf der anderen. Das haben wir festgelegt und bei Ngarongo besprochen. Dort haben wir uns alle versammelt... Ich habe mir dann angehört, was Major Brown zu sagen hatte. Heke und ich sprachen beide zur Sache und verlangten, dass die Grenzziehung nach Waingongoro zurückverlegt werden sollte, wie im Fall der Grundstücke für Araukuku. Aber die Leute, denen dieses Land zugeteilt werden sollte, stimmten dem nicht zu, weil sie auf das Land bis zum Flussufer Anspruch erhoben, und wegen ihrer Verbindung zu Te Whiti, der sagte, dass das gesamte Land zurückgefordert werden müsse. Wir beließen es nicht dabei, sondern forderten, dass die Landzuteilung festgelegt werden solle. Dann sprach Major Brown über die £ 1.000 *takoha*, die uns gezahlt werden sollten. Später hörte ich, dass Okahu das Geld erhalten sollte. Das war für Land auf der anderen Seite der Grenzlinie, die ich gerade erwähnte, von Onewaio bis Te Uene, dem Grenzpfosten im Landesinneren. Man kündigte uns an, dass das Geld in Ngarongo ausgezahlt werden würde. Einige stimmten der Annahme der Zahlung nicht zu, andere dagegen stimmten zu...

In den Archiven finden sich solche Worte, in denen es um das Land der Maori im 19. Jahrhundert geht, millionenfach aneinandergereiht, und die obigen sind für uns nur insofern wichtig, als sie uns erstens zeigen, wie verwirrend das alles war, und zweitens, dass Katene ganz selbstverständlich glaubte, seine Zeitgenossen, ob es sich nun um weiße Landvermesser oder seine eigenen Nachbarn handelte, in die Tasche stecken zu können, und dass diese Annahme meistens begründet war. Te Karere Omahuru steckte er auf jeden Fall in die Tasche. Aber nun gab es einen neuen Faktor in der Gleichung: William Fox.

Te Karere muss geglaubt haben, dass er plötzlich den Spieß würde umdrehen können. Er hatte seinen Sohn doch nicht verloren. Sein Sohn war zurückgekehrt und er hatte sich auf eine Weise verändert, die man nicht hatte erwarten können. Er war zu einer Art Pakeha geworden.

Und er war ein Gentleman (die Maori waren ein snobistisches Volk und beobachteten mit Interesse, wie Klasse und Rang unter den Engländern funktionierten).

Der seltsamste und wirkungsvollste Umstand dabei war: Er war *he roia* – ein Jurist mit Verbindungen zu *Pura Roia* und *Te Pokiha* – dem Rechtsanwalt Buller und The Fox, d.h. Sir William Fox, zwei Männern, deren Namen in der Welt der Maori wohlbekannt waren.

Kurz, der Junge war mit zwei mächtigen Vätern im Rücken zurückgekehrt und nun hatte er, was Te Karere anbelangte, drei.

Es war tatsächlich so, dass Buller nur wenig später in Mawhitiwhiti erschien und sich mit Te Karere traf. Nach nur wenigen Monaten hatte Te Karere seine gesamten Angelegenheiten und Ländereien in die Hände Bullers und seines Sohnes gelegt. Seine Briefe sind ebenfalls als Bestandteil von Bullers Privatkorrespondenz erhalten geblieben.

Mawhtitiwhiti, 25. November 1878

Kia Te Pura, E Koro, Tena koe
An Buller, Grüße, Sir,
noch immer bewahre ich Ihre Liebe, wie sie in der Bibel, die Sie mir gegeben haben, durch das Wort Gottes ausgedrückt wird, als Nahrung für meine Seele, um mein Denken zu erleuchten und all meine Pläne zu lenken, damit daraus Gutes für meinen *hapu* entstehe, für Okahu. Dieser *hapu* ist verschwunden, das heißt, auf seinem eigenen Land. Alle Ländereien wurden konfisziert. Wanganui erhielt die Zahlung für dieses Land. Nie habe ich meine Hand für einen halben Anteil oder den halben Anteil eines Grundstücks ausgestreckt, niemals, seit Beginn der Unruhen bis heute. Erst jetzt habe ich damit begonnen, über Grundbesitzangelegenheiten zu sprechen, Ihres Sohnes wegen...

7. Dezember 1878

Ich stand nackt da und ihr habt mich bekleidet, ich war durstig und ihr gabt mir zu trinken, ich war hungrig, und ihr gabt mir zu essen. Ich habe den Brief über die Angelegenheiten, die ich Ihrem Sohn überlassen habe, an Sheehan [den Minister für Eingeborenenangelegenheiten] abgeschickt, damit Sie beide und Sheehan sich damit befassen, das ist alles...

14. Dezember 1878

...Buller, ich werde nicht vergessen, meiner Verpflichtung nachzukommen, Ihnen und Fox die Ländereien bei Turangatapuae und Okahu anzuvertrauen... Oh Buller, Sie und Ihr Sohn sollten sich damit befassen. Ich habe darum gebeten, dass das Gericht über diese Ländereien entscheidet, unabhängig davon, ob es sich um verpachtete Grundstücke handelt oder um Grundstücke, die nach dem Krieg konfisziert wurden... Die Ländereien,

die ich ihm überlies, waren Moumahaki, mein rauer Regenumhang, damit das schnell bearbeitet werden kann, um uns vor
Gericht zu helfen.

16. Dezember 1878

Ich bin überglücklich zu wissen, dass die Verwaltung aller
Pachtzinsen und der Ansprüche aus der Forstwirtschaft, die gegen Ansprüche an einem anderen Grundstück getauscht werden sollen, bei Ihnen beiden liegt, ebenso wie die Bearbeitung
der Pachtzahlungen, aus denen der Anteil der Gelder stammt,
die Ihnen als den alleinigen Verwaltern zustehen.

Und so ging es immer weiter, zwei Jahre lang oder sogar länger. Gelegentlich kam es zum Streit oder zu Enttäuschungen.
Te Karere schrieb auch ärgerlich an seinen Sohn:

Mawhitiwhiti, 25. April 1879

Ki a Wiremu Pokiha
E tama tena koe
An William Fox
Mein Sohn, Grüße
Ich habe genug davon, dass das Geld an Te Kaha und [Katene]
Tuwhakaruru gezahlt wurde und sie sich auf dem Grundstück
eingerichtet und dort ein Haus gebaut haben. Ich war über-
zeugt, dass das Gericht richtig entscheiden und die Angelegen-
heit nach dem Gesetz regeln würde. Von dir werde ich keine
Hilfe mehr in Bezug auf dieses Grundstück erwarten, dass mir
von Rechtsverletzern gestohlen wurde. Ich werde auf dem Land
hier sterben...

Und er gab Buller und dem jungen Fox die Schuld an seinen
Niederlagen gegen seinen alten Rivalen:

Mein Sohn, ich habe guten Grund, traurig zu sein, denn man
hat mir mein Land gestohlen. Vor allem schmerzt mich, dass
[Katene] Tuwhakaruru gewonnen hat. Major Brown und Williams stehen hinter ihm. Wenn Tuwhakaruru alleine gekämpft

hätte, hätte ich siegen können, aber ich kann mich nicht gegen ihn und die Regierung durchsetzen... Die Länge eures Prozesses war das Problem, und Tuwhakarurus Schnelligkeit seine Waffe – schnelles Geld, schnelle Diskussion, schneller Rechtstitel auf das Land. Die Regierung steht hinter ihm und tut, was er verlangt. Jetzt bin ich lahm gelegt...

Aber er arbeitete weiter mit Buller und Fox zusammen, seinen einzigen Verbündeten:

21. Mai 1879

An Buller
Grüße
... Denken Sie nicht, dass ich nun verärgert bin und vermeide, unsere Abmachung zu erfüllen. Es besteht kein Zweifel daran, dass ich die Sache zu Ende führen werde, ob die Welt nun im Chaos versinkt oder nicht. Meine Liebe gegenüber Ihnen und Ihrem Sohn wird niemals enden, solange mein Körper lebt. Ich fürchte mich nun vor dem Bösen. Ich strebe nur nach dem Guten, einem friedvollen Leben und dass alle Menschen einander lieben...

In diesem Stil hätte es noch weitergehen können, bis die rechtliche Situation der Familie zufriedenstellend oder jedenfalls endgültig geklärt gewesen wäre. Doch in den ersten Monaten des Jahres 1879 schwoll eine große Krise an wie eine Welle, die alle Figuren unserer Geschichte – Buller, den jungen William Fox, Sir William, Te Karere, Ake Ake, selbst Major Noake und John Bryce, jene Gestalten aus der dunklen Vergangenheit – mit sich fortspülen sollte. Diese Krise entstand um eine einzelne, kraftvolle Persönlichkeit herum – den jungen Häuptling Te Whiti.

11

Der Flaum der Distel

Lange vor diesen Ereignissen, 1862, im Geburtsjahr des jungen William Fox, bot sich den Einwohnern der englischen Siedlung New Plymouth nördlich des Mount Taranaki eines Nachmittags ein außergewöhnlicher Anblick. Auf der nach Süden führenden Straße rollte eine Reihe von Ochsenkarren auf die Stadt zu, die „von kämpferisch aussehenden tätowierten Maori in Taillen- und Schultermatten, die ihr Haar im traditionellen Stil hoch auf dem Kopf in einem Knoten trugen", gelenkt wurden. Auf den Ladeflächen der Karren saßen mit ihrem Gepäck viele gut gekleidete weiße Männer, Frauen und Kinder in Zylindern oder Reiseumhängen, die alle zusammen aus verbotenem oder Feindesgebiet gekommen waren.

Der Krieg, der 1860 begonnen hatte, war für die Siedler unglücklich verlaufen. Die Militärischen Ehren – bzw. der Blutzoll – waren etwa gleich verteilt bei Maori und Briten, aber nun war eine Pattsituation erreicht. Um New Plymouth herum waren 189 Gehöfte niedergebrannt worden und der britisch besiedelte Teil der Region Taranaki umfasste nur noch die Stadt New Plymouth. Die britischen Befehlshaber sahen keine Möglichkeit, die Maori, die in 24 Stunden ein befestigtes *pa* errichten konnten, dem sich die Sappeure dann über Wochen nähern mussten, und das von den Maori dann in der Nacht vor der Schlacht aufgegeben wurde, endgültig zu besiegen. Die Maori ihrerseits hatten keine Chance, die globale Macht des britischen Weltreichs mit seinen tausenden Soldaten und Marineinfanteristen und seiner Herrschaft über die Weltmeere abzuschütteln.

Schließlich kam es zu einer unbehaglichen Waffenruhe. Während eben dieses Waffenstillstands erreichte die Prozession der Ochsenkarren der Maori mit ihren weißen Passagieren die Tore von New Plymouth. Die Weißen hatten eine interessante Geschichte zu erzählen. Vor einigen Tagen hatten sie sich in New Plymouth auf dem Dampfer „Lord Worsley" eingeschifft. Ungefähr 50 Meilen die Küste hinunter war dieser Dampfer auf Grund gelaufen. Die Situation war nicht ungefährlich. Eine Schar *waeromene* – "wilde Männer", wie die Siedler ihre Feinde nannten – zeigte sich bald am Strand. Die Passagiere wateten an Land und wurden ruhig begrüßt, doch als einer von ihnen oben auf den Klippen stand, rief er dem Koch, der noch immer an Bord war, zu, er solle die gesamte Munition ins Meer werfen, damit sie nicht in die Hände der Maori falle. Plötzlich schlug die Stimmung um und die Schiffbrüchigen sahen sich von wütenden Maori umringt. Dann erschienen zwei Häuptlinge und nahmen die Weißen in ihren Schutz. Einer von ihnen hieß Eruiti Te Whiti. Er ließ einen Ochsen schlachten, um den Weißen etwas zu essen zu geben, ließ eine Nachricht in die Stadt schicken, dass sich Passagiere und Besatzung in Sicherheit befanden, und arrangierte ihre Fahrt zurück nach New Plymouth. Es waren Te Whitis Leute, die ein paar Tage später Peitschen knallend mit ihren Ochsen vor New Plymouth eintrafen und die Weißen zu Hause ablieferten.

Zum ersten Mal erfuhr man damit außerhalb seiner eigenen Stammesgrenzen von der Existenz und der Autorität Te Whitis, der damals wahrscheinlich erst 30 Jahre alt war.

Die wohlbehaltene Rückkehr von Besatzung und Passagieren führte in New Plymouth zu schwerer Enttäuschung. Die Nachricht vom Schiffsunglück hatte die Provinzhauptstadt elektrisiert. „Viel Aufregung und Hoffnung auf einen Kampf", notierte Arthur Atkinson, einer der führenden Siedler und Mitglied des „Mob", wie sich die Richmonds, Atkinsons, Hursthouses und Carringtons nannten, in seinem Tagebuch. „Alle sind frohen Mutes, die Frage steht vor der Entscheidung." In aller Eile bereitete man eine Militärexpedition vor, doch dann traf Te Whitis Brief ein und machte alle Pläne zunichte.

„Probe fand nicht statt", notierte Atkinson, bevor er losging, um der Ankunft der Maori mit ihren Ochsenkarren zuzuschauen. „Es war seltsam, diese Kerle, denen wir seit zwei Jahren mit allem Eifer versucht haben, die Schädel einzuschlagen, und die mit gleichem Eifer versucht haben, uns die Schädel einzuschlagen, hier in unserer Mitte zu sehen. Immerfort haben sie unsere Autorität (d.h. die des Gesetzes) geleugnet und nichts deutet darauf hin, dass sie ihre alten Gebräuche aufgeben wollen, und binnen Kurzem werden wir einander wahrscheinlich wieder an die Gurgel gehen, aber es gab keinerlei böses Blut und alles wurde ruhig zum Abschluss gebracht."

Atkinson war ein eifriger Leser – sein Tagebuch verzeichnet, dass er in jenem Monat „Über die Entstehung der Arten' vor dem Frühstück las" – und ab und zu wirkt er recht einfühlsam, einfühlsamer jedenfalls als sein streitbarer Bruder Harry, ein zukünftiger Premierminister, oder seine kampflustige Frau Jane Maria. Nachdem es dem „Mob" 1860 endlich gelungen war, den Krieg herbeizuführen, schrieb Arthur: „Nach der Schlacht lag ich im Farn und schaute zum Sternbild des Orion und seinem Gürtel hinauf und fragte mich, auf welchen Stern ich als nächstes geschickt werden würde, falls ich meinen Tod in den Händen der Maori finden sollte."

Arthur wurde nicht auf einen Stern geschickt, und obwohl der Krieg für ihn und die anderen Siedler ungünstig verlief, ließen sie sich nicht von ihrem Kurs abbringen. Als Bischof Selwyn New Plymouth besuchte, predigte er von der Kanzel herab: „O Erde! Erde! Erde! So lautete unser Ruf. Die Königin, Gesetz und Religion wurden beiseite geschoben in dem einen Gedanken an die Aneignung von Land." In Auckland versuchte Selwyn es noch einmal:

„Er sprach", schrieb Richmonds Frau an ihren Mann, „von einer kleinen Insel im westlichen Ozean, deren Bewohner vor 1.800 Jahren so kriegslüstern waren, dass sich Fremde nicht an ihre Küsten wagten, und so gering geschätzt, dass sie sogar auf dem Sklavenmarkt in Rom für den niedrigsten Preis verkauft wurden. Er sagte, Gott habe 1.800 Jahre auf uns gewartet, aber dass wir nach weniger als 50 Jahren unter den Maori danach lechzen würden, ihnen an die Kehle zu gehen und zu sagen: ‚Bezahle, was du mir schuldig bist‘ oder: ‚Lass ihn eines leichten Todes sterben, mehr kann er nicht erwarten.‘"

Seine Worte verfehlten ihre Wirkung. Die arroganten und halbgebildeten (eine „Schule am University College, London" ist die höchste Stätte der Gelehrsamkeit, die sich beim Studium ihrer Lebensläufe entdecken lässt) Angehörigen des „Mob" sahen sich selbst als eine wichtige radikale Kraft im Kampf gegen die Konventionen. Als unbändigste von allen wütete die Feministin Jane Maria Atkinson gegen den Einfluss der Missionare („Im Government House wimmelt es von schwarzen Anzügen und weißen Kragen") und forderte bedingungslos einen Krieg, egal zu welchem Preis: „Es könnte uns sehr gut tun, wenn man uns unsere Häuser über dem Kopf anzünden würde", erklärte sie. „Ich kenne niemanden, der in den Eingeborenenangelegenheiten so sehr ‚aufs Ganze geht‘ wie ich."

Noch während der übelsten Phasen der Kämpfe ließ sich der Mob nicht entmutigen. Im Juli 1860 lagen die gefallenen Engländer (die von einem Monokel-tragenden Dandy namens Captain Beauchamp-Seymour in die Schlacht geführt wurden, den man in der Navy als „the Swell of the Ocean" [36] kannte) so dicht in einem Sumpf bei Puketatauere, dass die Maori ihm einen neuen Namen mit der Bedeutung gaben: „der Ort, wo man die Maiskolben im Wasser einweichen lässt". In der gleichen Woche jedoch fand in England eine Veranstaltung statt, die zu einem Stimmungswandel und zu einer Beschleunigung der kolonialen Expansion in Neuseeland führen sollte. Dabei handelte es sich um die berühmte Debatte, die in Oxford zwischen den Verfechtern und den Gegnern von Darwins Evolutionstheorie ausgetragen wurde. Diese Debatte wurde bekanntlich zu einem Triumph für die Darwinisten und Rationalisten und zu einem Reinfall für den Bischof von Oxford und seine Anhänger. In den Antipoden trafen die Berichte über diese Begegnung erst Monate später ein, aber als man schließlich davon erfuhr, wirkten sie wie Wasser auf den Mühlen der Radikalen. Besonders fesselte sie die Darbietung eines gewissen

Admiral FitzRoy, der sich für die wörtliche Auslegung des Alten Testaments einsetzte und der bei seinem Marsch durch den Saal „Das Buch! Das Buch!" rief. In seiner anschließenden Rede erklärte er, dass er Darwin wegen der von ihm vertretenen Anschauungen, die dem ersten Buch Moses widersprächen, häufig Vorhaltungen gemacht habe.

FitzRoy war in Taranaki bereits berüchtigt. Er war bei Darwins Reise Kapitän der „Beagle" gewesen und hatte die ersten beiden Bände der „Reise auf der Beagle" verfasst und herausgegeben (Darwin überließ er den dritten). Darin äußerte er sich zur Behandlung und Regierung von Eingeborenenvölkern durch die Europäer, und seine humanitären Ansichten fanden zu jener Zeit in Whitehall Zustimmung. 1843 war FitzRoy, der Neuseeland ursprünglich gemeinsam mit Darwin in den 1830er Jahren besucht hatte, als Gouverneur dorthin zurückgekehrt, und FitzRoy war es gewesen, der sich während der ersten Streitigkeiten um Landbesitz zwischen den Bevölkerungsgruppen auf die Seite der Maori gestellt hatte.

Seine Niederlage am 30. Juli 1860 in Oxford muss für die Richmonds und Atkinsons höchsterfreulich gewesen sein. Eine neue Ordnung kündigte sich an und die alte Ordnung des „scheinheiligen" Idealismus lag in den letzten Zügen. Was auch immer sie persönlich von Darwins Theorie hielten, sie schien ihnen eine unwiderlegbare Rechtfertigung für die Auseinandersetzung („Kampf") zu liefern und untermauerte das Argument der Richmonds und ihrer Anhänger in England, dass „es früher oder später zum Krieg zwischen den Rassen kommen muss" (ein so alberner Gedanke, wie Hadfield anmerkte, dass man ebenso gut einen Mörder mit dem Argument verteidigen könne, dass sein Opfer früher oder später sowieso sterben müsse). So diente ihnen die Theorie wie das Brecheisen eines Einbrechers dazu, an das Land der Maori zu kommen. Als McLean vorschlug, einen Teil des konfiszierten Territoriums zurückzugeben, verspottete Richmond diesen Gedanken als Versuch, „das Gesetz der natürlichen Auslese" und das Prinzip, nach dem der Stärkere überlebe, umzukehren.

Der Stärkere wobei? fragten sich die umsichtigeren Siedler, die sich an die Rauchsäulen über den Gehöften im Umland und an das geschäftige Hin und Her der Leichenwagen auf New Plymouths Hauptstraße erinnern konnten. Darwin selbst, der ein Gegner der Sklaverei war, während des Amerikanischen Bürgerkriegs leidenschaftlich auf der Seite der Nordstaaten stand und angesichts der Unterdrückung auf Jamaika Entsetzen empfand, scheute davor zurück, seine Theorie auf die „Menschenrassen" anzuwenden, da er sich dessen bewusst war, dass die Umwelt des Menschen keine rein physische ist, sondern auch dadurch bestimmt wird, woran er glaubt. Doch der Schaden war bereits entstanden, er hatte bereits über minderwertige und überlegene menschliche Rassen geschrieben, und schrieb in „Die Entstehung der Arten":

> Nach der außergewöhnlichen Art zu schließen, in der sich in neuerer Zeit aus Europa eingeführte Erzeugnisse über Neuseeland verbreitet und Plätze eingenommen haben, welche doch schon vorher von den eingeborenen Formen besetzt gewesen sein müssen, müssen wir glauben, dass, wenn man alle Pflanzen und Tiere Großbritanniens dort frei aussetzte, eine Menge britischer Formen mit der Zeit vollständig daselbst naturalisieren und viele der eingeborenen vertilgen würden.

Nichts konnte die Siedler also daran hindern, die Theorie auf die beiden Völker Neuseelands auszudehnen. Das „freie Aussetzen" der Siedler und die „Vertilgung der Maori" schlich sich als die unvermeidbare Konsequenz eines Naturgesetzes in das Denken und die Zeitungsberichte der Kolonie ein.

Nicht lange nach dem Schiffbruch der „Lord Worsley" wurde George Grey als neuer Gouverneur entsandt, den Versuch zu unternehmen, die Streitigkeiten zwischen Maori und Weißen zu beheben. Bereits in den 1850er Jahren hatte Grey als Gouverneur gedient, die Sprache erlernt, sich mit Maori-Freunden umgeben, maorische Dichtung und Legenden zusammengetragen. Jetzt ließ er sich von der neuen kriegerischen Stimmung mitreißen. Er beschlagnahmte eine weitere umstrittene Parzelle südlich von New Plymouth, drang in die Region Waikato ein und übernahm eifrig Dometts Plan, der die Konfiszierung vieler Millionen Morgen vorsah. Es kam wieder zu ernsthaften Kriegshandlungen.

Man weiß nur wenig darüber, wie Te Whiti die kommenden sieben Jahre verbrachte. Der Krieg begann in Taranaki, zog dann wie ein Buschfeuer über die ganze Insel, flackerte in Waikato auf, in der Bay of Islands, an der Ostküste – wo er zu einem Bürgerkrieg unter Maori wurde – und erreichte dann wieder Taranaki. Mit großer Sicherheit war Te Whiti 1864 bei einer Schlacht dabei, doch ob er kämpfte oder nur den *tokotoko*, den Häuptlingsstab, trug, ist nicht bekannt. In den letzten vier Jahren des Krieges beteiligte sich Te Whiti jedoch nicht an den Kämpfen, sondern zog sich auf sein abgeschlossenes Gebiet zurück, ganz in Übereinstimmung mit einer Botschaft seines Verbündeten, König Tawhiao, dem führenden Kopf eines Stammesbündnisses der Region Waikato:

> Legt eure Waffen nieder. Seid klug. Ich kehre nach Hause zurück, um meine gefallenen Brüder zu beweinen. Auch wenn die Weißen den Baumstamm zerstören, seine Wurzeln können sie nicht ausreißen. .. Lasst keinen Europäer die Grenze zu diesem, unserem letzten freien Maori-Land überschreiten. Wir wollen ihre Straßen und ihre Schulen nicht. Lasst sie mit ihrem Land tun, was sie wollen.

Diese Abschottung sollte niemals erlaubt werden. Es ist eine eigentümliche historische Tatsache, dass die britischen Neuankömmlinge, die häufig den Wunsch ausdrückten, die Maori loswerden zu wollen, den ursprünglichen Bewohnern folgten, egal, wie weit diese sich zurückzogen. Jahre später äußerte sich Te Whiti selbst einmal hierzu im Gespräch mit einem Regierungsbeamten, mit dem er durch einen abgeschiedenen und unbewohnten Teil der Südinsel reiste:

„Nutzen die Pakeha nicht alles?", fragte er. „Nichts verschonen sie. Hier gibt es schöne Naturhäfen und viel Land, warum nutzt ihr das nicht?"

Ich erklärte ihm, dass das Land zu gebirgig und zu unwirtlich sei.

„Ja", antwortete er. „Wenn hier Maori leben würden, so unwirtlich und rau es auch ist, dann würden weiße Männer kommen und sie vertreiben. Weil hier auf diesen Landspitzen und in diesen Buchten keine Maori leben, findet ihr Pakeha das Land nutzlos." [37]

Aber da war noch mehr als das. In der Anziehungskraft, die die Maori-Welt auf die Europäer ausübte, lag etwas, das schon seit den Anfängen der europäischen Besiedlung auf eigentümliche Weise wie eine nostalgische Sehnsucht nach der maorischen Vergangenheit klang. Jung vertritt die Theorie, dass kolonisierte Völker die Seele ihrer Eroberer zu kolonisieren beginnen. Anders ausgedrückt, seit Generationen hatte dieses Land die Maori geprägt und nun sollte es auch die Engländer, die sich hier niederließen, prägen. Wenn die Maori im 19. Jahrhundert in den Augen der Siedler die Vergangenheit verkörperten, so verkörperten sie zugleich die Zukunft.

Und wie die Schwerkraft wirkte diese Anziehungskraft in beide Richtungen. Wenn der Pakeha mit seinen unzähligen Besitztümern am Horizont erschien, seinen Dingen – Gewehren, Uhren, Büchern – dann verkörperte wiederum er für die Maori etwas Geheimnisvolles – die weite Welt und all die Ereignisse, von denen die Polynesier seit Jahrtausenden ausgeschlossen waren. Trotz ihrer geschnitzten Versammlungshäuser und Jadekeulen lebten die Maori noch in der Steinzeit. Sie hatten nie Metall gesehen. Sie hatten nie ein Säugetier gesehen, dass größer war als der kurzbeinige polynesische Hund. Als man ihnen ein Pferd beschrieb, weigerten sie sich, an die Existenz eines solchen Geschöpfes zu glauben. Als die ersten Kühe an einem Strand im Norden Aucklands entladen wurden, führte das zu Bestürzung:

Die Maori bestaunten sie wie absonderliche Wundertiere. Ihre Überraschung verwandelte sich bald in Furcht und Verwirrung, denn eine Kuh, die, des Eingeperrtseins überdrüssig, wild und nicht zu bändigen war, rannte mitten unter sie und versetzte die ganze Schar in einen solch heftigen Schrecken, dass sie, da sie glaubten, man habe irgendein übernatürliches Monstrum unter ihnen frei gelassen, damit es sie vernichte, sofort die Flucht ergriffen.

Ebenso, wie die Welt der Maori auf gewisse Weise die Zukunft der Siedler verkörperte, stellte die Welt der Europäer die Zukunft der Maori dar. Die Geschichten, der Glaube und der geistige Besitz der Neuankömmlinge waren ebenso sensationell wie ihre materiellen Güter. Nach dem Eintreffen der ersten Missionare kam es unter den Maori-Stämmen zu einer Welle von Sklavenfreilassungen. Als überall im Land die befreiten Sklaven wieder in ihrer alten Heimat erschienen, als seien sie von den Toten wiederauferstanden, in manchen Fällen gar in Begleitung ihrer ehemaligen Herren, verbreitete sich die neue Religion mit ihnen.

So wie man 1860 [wie ein europäischer Beobachter erklärte] der Königin gegenüber keine feindlichen Gefühle hegte, so begegnete man auch den Siedlern kaum mit Feindschaft. Es gab natürlich eine Gruppe ungestümer Männer, die davon sprachen, dass man die Europäer ins Meer werfen solle, aber ihnen hörte man nur mit Ungeduld zu. Bei einer abendlichen Versammlung in einem großen Haus, das man für diese Veranstaltung beleuchtet hatte, verkündete einer der Verfechter einer allgemeinen Beseitigung der Weißen seine Ansichten, als Tarawhaiki still umher ging und ein Licht nach dem anderen löschte, bis der Ort in völlige Dunkelheit getaucht war und der Redner, auf den sich die Aufmerksamkeit des Hauses richtete, innehalten musste.

„Glaubst du nicht, es wäre besser, wenn du die Kerzen wieder anzünden würdest?", fragte er. „Ganz bestimmt!", antwortete Tarawhaiki. „Es war sehr dumm, sie zu löschen."

Die Versammlung begriff die Bedeutung seiner Worte sofort und der Orator setzte sich unter lautem Gelächter auf seine Kosten auf seinen Platz.

Diese Versammlung fand 1856 in Taupo statt. Jahre später, nach Kriegsende, hätten nur wenige Maori die Europäer mit dem Licht einer Kerze in einem dunklen Haus verglichen. Der Januar des Jahres 1869 war vermutlich die dunkelste Periode in der Geschichte beider Völker. Kinder wurden von beiden Seiten ermordet und Hass war allgegenwärtig.

In genau diesem Monat ritt Robert Parris, der Bevollmächtigte der Zivilverwaltung für Taranaki, die Küste hinunter nach Parihaka, der neuen Stadt, die Te Whiti vor kurzem hatte errichten lassen. Jahrelang hatten die beiden Männer einander nicht gesehen, obwohl sie nicht weit voneinander entfernt lebten. New Plymouth und Parihaka liegen ungefähr 25 Meilen auseinander. Te Whiti begrüßte Parris, den Beamten, der in leitender Funktion für den Landerwerb zuständig und maßgeblich am Verkauf der Ländereien in Waitara beteiligt gewesen war, mit denkwürdigen Worten.

„Lasst uns die großen Streitigkeiten, die zwischen uns standen, bereinigen", sagte er. „Ihr wart für uns verloren und wir waren für euch verloren."

Te Whiti wurde wahrscheinlich 1832 geboren, darin stimmen die meisten Experten überein, allerdings nicht sein Grabstein, der als Geburtsjahr 1817 angibt. Diese Diskrepanz fasst den Informationsstand darüber zusammen, was wir über seine frühen Jahre wissen. Als junger Mann kam er durch einen der bereits erwähnten freigelassenen Sklaven mit dem Christentum in Berührung. Als Pastor Riemenschneider, ein deutscher Lutheraner, 1846 an dieser Küste landete, begrüßte er Te Whiti mit den Worten: „Ich komme in Frieden und bringe euch das Wort Gottes."

„Ja, wir kennen dieses Wort und wir grüßen dich in Frieden", antwortete der junge Mann. In seiner Jugend suchte Te Whiti die Gesellschaft der Europäer, verfügte über ein außerordentliches Gedächtnis, war ein „hervorragender Sportler" und verlor einen seiner Mittelfinger zwischen den Mühlsteinen der lutherischen Missionsstation, als er dort Weizen mahlte. Einigen Berichten zufolge handelte es sich um einen Finger seiner linken Hand, anderen zufolge um einen Finger an der rechten. Te Whiti stand im Laufe seines Lebens dutzenden Journalisten und Beamten Rede und Antwort und wurde von tausenden Maori und Weißen gesehen, die sich um ihn scharten, um ihm zuzuhören oder ihn anzuschauen. Es ist vielleicht ein Zeichen seiner Ausstrahlungskraft, dass niemand sein Alter bemerkte, oder welcher Finger ihm fehlte. Wie er bereits in jungen Jahren eine solche Autorität erlangte, welche Arbeitsbeziehung ihn mit Tohu verband, welche Meinungsverschiedenheiten zwischen ihnen bestanden (manchmal gerieten ihre Anhänger aneinander), all das wissen wir nicht genau. Eine ausführliche Biografie Te Whitis gibt es noch nicht; wenn sie einmal geschrieben wird, dann von jemandem, wahrscheinlich einem Maori aus Taranaki, der Zugang zu den mündlichen Überlieferungen hat, wozu auch seine Reden und die Lieder gehören, die von ihm komponiert wurden oder ihn zum Gegenstand hatten. In der Zwischenzeit müssen wir uns auf häufig feindlich gesinnte offizielle und Presse-Quellen verlassen. Spätestens seit 1870 kamen am 17. jeden Monats, dem Gedenktag des Kriegsbeginns (später am 18.), tausende Menschen nach Parihaka, um Te Whiti sprechen zu hören.

Er war ein wunderbarer Metaphoriker. Seine wichtigste Botschaft blieb bis ungefähr 1877 immer gleich: Verkauft euer Land nicht. Der Kaufpreis sei wie der Honig, den Bienen hoch in einem Baum lagerten. Zu verkaufen wäre, als fälle man den Baum, um an den Honig zu kommen. „Und dann gäbe es unter den Bienen die größte Unruhe und Tod. Einige würden ziellos fortfliegen, man würde sie nie wiedersehen, und andere würden in der Nähe ihres früheren Heims zurückbleiben und jämmerlich umkommen."

Oder zu verkaufen sei, als hänge man das Land an die Stirn eines starken Mannes (der Regierung), den man daraufhin nie wieder ansprechen könne.

Oder: *„E kore e piri te uki ki te rino, ka whitia e te ra"* – „Lehm klebt nicht an Eisen, wenn die Sonne scheint." Eisen war der weiße Mann, Lehm war der Maori, der sein Land verkaufte, und die Feuchtigkeit, die beides zusammenklebte, war Geld. Aber wenn die Sonne scheint, trocknet der Lehm und fällt in Stücken ab.

„Ka whitia e te ra..." „Wenn die Sonne scheint..." Das Sonnenlicht stand immer für das Gleiche: die klare, trockene Realität, wenn die Illusionen schwinden, wenn sich der Kater einstellt, wenn die Kinder heulen und das Land fort ist.

„Die Stämme sind wie der Flaum der Distel. Wenn die Sonne scheint, dann weiß man, dass es trocken ist." Zuerst denkt man, dass in diesem Satz etwas fehlt, aber dann versteht man, dass eine Geste unbeschrieben blieb... hoch und weit zog Te Whiti seine Hand, unsichtbare Distelwolle schwebte mit dem Wind davon.

2.000 Maori verfolgten jede seiner Handbewegungen. Sie waren der Distelflaum. Te Whiti hatte sie, fast buchstäblich, in seiner Hand. Er war der größte Rhetoriker jener Zeit. „Ich kenne in beiden Häusern unserer Legislative niemanden, der auch nur annähernd eine so elegante Haltung mit einem so ernsthaften Ausdruck und einer so leichtfüßigen Eloquenz verbindet, ohne auch nur die leiseste Andeutung von deklamatorischem Schwulst zu zeigen", schrieb S. Croumbie-Brown, ein englischer Korrespondent, der über den Amerikanischen Bürgerkrieg berichtet und das Vertrauen von Ulysses S. Grant [38] genossen hatte, der unbeliebt unter den hiesigen Journalisten war („entweder ist er ein verkleideter Herzog oder ein unverkleideter Snob") und der schließlich eine für einen Journalisten überraschende Rolle übernehmen und zu einer entscheidenden Nebenfigur bei den Ereignissen werden würde, die sich nun bald in Taranaki abspielen sollten. „Wer Zeuge davon wurde, wie Te Whiti vor seinen Anhängern spricht, der versteht das Geheimnis der großen Macht, die er über sie ausübt."

Te Whiti ließ es nicht zu, dass man ihn fotografierte, und er erlaubte nicht einmal, dass man eine Bleistiftzeichnung von ihm anfertigte. Daher offerierten viele Europäer, die Parihaka besuchten, ihre eigenen Beschreibungen: „Er zählt zu den einnehmendsten Eingeborenen, die ich je gesehen habe. Aus seinen Gesichtszügen strahlt die Intelligenz dieses Mannes. Sein Teint ist sehr hell, sein Haar dunkel, mit reichlich grauen Strähnen durchsetzt, und seine Gesichtszüge sind beweglich und ausdrucksstark, wenn sie ruhig sind. Er hat ein sehr trauriges Gesicht mit einem meditativen Blick. Im Gespräch beleben sich seine Züge, seine Augen funkeln und sein Lächeln nimmt einen sofort für ihn ein. Er liebt das Debattieren sehr, besonders, wenn es um biblische Themen geht, und er verfügt über einen guten Vorrat an Allgemeinbildung, woran sich zeigt, dass ein Zeitungsleser ist. Wenn er zu den Eingeborenen spricht, vergisst man seine kleine Statur völlig und sieht nur sein Gesicht. Seine Rede ist dann gebieterisch, in seinen Augen blitzt das Feuer und seine Stimme ist kraftvoll."

Selbst Titokowaru fiel in Te Whitis Bann. Zu einer der ersten Zusammenkünfte in Parihaka kamen Titokowaru und seine Männer aus den Bergen und feuerten Schüsse in die Luft. Te Whiti unterbrach seine Rede und ging auf sie zu.

„Der Mann Titokowaru ist willkommen", sagte er. „Aber wenn Waru, der Mann, nach Parihaka kommt, muss Waru, der Krieger, zu Hause bleiben."

Titokowaru zeigte auf die bewaffneten Männer hinter ihm und rief: „Wer steht hinter dir?"

Te Whiti antwortete: „Gott." Titokowaru legte seine Gewehre nieder und unterwarf sein *mana toa*, seinen Status als Kriegshäuptling, nicht ohne gelegentlich Zweifel zu hegen und dagegen aufzubegehren, dem *mana* von Te Whiti.

Sogar der für den Landerwerb zuständige Beamte Robert Parris – „immer in solch schrecklicher Eile und mit solchem Gepolter, ein Verehrer der Macht, bereit, Menschen von niedriger Stellung zu zerreiben", wie ihn einer seiner Untergebenen beschrieb – konnte nicht anders und ließ sich von der größten Hürde, die sich ihm in den Weg stellte, beeindrucken. Te Whiti, so schrieb er, war „ein von Friedensbegehren durchdrungener Fanatiker", „der das Land in Brand stecken würde, wenn er gewillt wäre", aber er fügte hinzu, dass nichts darauf hindeutete, dass er dazu gewillt war, und dass die Kraft seiner Persönlichkeit nicht zu leugnen war. „Eure Eingeborenen aus Whanganui kamen nach Parihaka", berichtete Parris einem Kollegen, „und flüsterten, dass sie Te Whiti widerlegen würden und seinen Einfluss zunichte machen, aber sie wirkten wie harmlose Köter, die den Mond anbellen, und zogen sich bald in den Schatten zurück."

Wenn auch einige ihn für einen Fanatiker hielten und andere sich angesichts seines Einflusses auf die Stämme der Westküste sorgten, sahen die meisten Menschen, ob innerhalb oder außerhalb der Regierung, in Te Whiti einen Friedensstifter, einen „einzigartigen" und „liebenswerten" Mann, dessen Einfluss Gutes bewirkte.

Diese Wahrnehmung begann sich im Jahre 1878 zu wandeln, als die Frage der Zwangsenteignung erneut gestellt wurde. John Ballance war es, der sie wieder aufwarf. Nicht mehr als der Herausgeber des Wanganui Evening Herald: Er war in die Politik gegangen, hatte rasch Karriere gemacht und agierte jetzt als Finanzminister der Kolonie. An einem sehr klaren Tag kann man vom Stadtrand Wanganuis aus den Mount Taranaki 90 Meilen entfernt im Westen sehen, ein glitzerndes Dreieck über dem Flachland. Vielleicht war es dieser Anblick, der Ballance daran erinnerte, dass es zwischen den Maori und den Weißen noch etwas zu klären gab. Er begann für einen Plan zu werben, der vorsah, die Waimate Plains zu vermessen und zwangsweise zu verkaufen, was der Staatskasse eine halbe Million Pfund einbringen würde.

Te Whitis Einstellung zur Konfiszierung war komplex und so widersprüchlich wie eine Auflistung von Argumenten aus der Feder eines Anwalts. Zuerst argumentierte er, dass, da er und seine Nachbarstämme den Vertrag von Waitangi nie unterzeichnet hätten, sie niemals britische Staatsbürger geworden seien und daher nicht durch den Entzug ihrer Ländereien als „Aufständische" bestraft werden könnten. Dann betonte er, dass er nie gegen die Königin gekämpft habe und dass die Konfiszierung ihn daher nicht betreffe. Drittens stellte er fest, dass das konfiszierte Land niemals in einem fairen Kampf erobert und nicht von den Weißen besetzt worden war. 15 Jahre waren verstrichen. Wie konnte es plötzlich, durch einen Schriftzug, aus der Laune eines Finanzministers heraus, zum Besitz der Weißen werden? Viertens verwies er auf das Versprechen McLeans, dass die Konfiszierung nicht durchgesetzt werde.

Trotz dieser Argumentationen ist offensichtlich, dass Te Whiti selbst zu diesem späten Zeitpunkt noch bereit war, eine Enteignung zu akzeptieren, unter einer Bedingung – dass es „angemessene" Restflächen (die Zahl, von der man allgemein sprach, schwankte zwischen einem Viertel und einem Drittel des Territoriums) für die Maori geben würde. Die Regierung machte diesbezügliche Versprechungen. Als die Landvermesser schließlich auf den Waimate Plains erschienen, überließ Titokowaru, dessen Land direkt auf ihrem Weg lag, Te Whiti die Entscheidung. „Genug Blut wurde für dieses Land vergossen", sagte Te Whiti. „Wir wollen nicht noch mehr vergießen."

Das war im Frühling des Jahres 1878, zur gleichen Zeit, als William Fox seine Familie wiederfand.

Sieben Monate lang kamen die Landvermesser und arbeiteten sich immer näher an die Siedlungen der Maori heran, durchschnitten Gärten und zertrampelten Pflanzungen, zogen eine Linie direkt auf Titokowarus Tür zu und schufen unterteilte Grundstücke, die sich für den Verkauf an weiße Farmer eigneten, ohne jedes Anzeichen auf die versprochenen gemeinschaftlichen Landzuteilungen für die Maori. Niemand hat für dieses Vorgehen je eine Erklärung gefunden. Finnery, der leitende Landvermesser, soll zwar ein „besonders sturer" Mann gewesen sein, aber die Tatsache, dass er sich wiederholt über die Verfügungen des Ministers für Eingeborenenangelegenheiten hinwegsetzte, gibt Anlass zur Vermutung, dass er insgeheim mit einem, möglicherweise von Ballance geführten, Teil der Regierung zusammenarbeitete, der eine friedliche Einigung mit den Maori ablehnte.

Ende März 1879 umzingelten die Maori auf der Ebene auf Te Whitis Anweisung hin die Landvermesser, luden sie, ihre Instrumente und ihre Zeltausrüstung auf Karren und beförderten sie alle auf die andere Seite des Waingongoro River.

Nachdem er die Landvermesser von der Ebene vertrieben hatte, wurde Te Whiti von allen Seiten dämonisiert. Er war nun nicht länger der Mann des Friedens, wie John Sheehan, der Minister für Eingeborenenangelegenheiten erklärte, sondern ein falscher Prophet, ein „Anhänger seines eigenen Fanatismus", der „seit langen Jahren... verkündet hat, dass die Europäer ... mit einem „Sausen" vom Boden dieses Landes verschwinden werden."

Sheehan wusste, dass das nicht stimmte, und er verbarg sorgsam vor dem Parlament das Protokoll eines langen Gesprächs, das Te Whiti mit einem Sonderbeauftragten namens Mackay geführt hatte, der entsandt worden war, um über die Krise Bericht zu erstatten. Das Telegramm, in dem er das Gespräch wiedergab, wurde als die genaueste und aufschlussreichste Aufzeichnung von Te Whitis Anschauungen beschrieben, die die Regierung je erhielt. Nicht öffentlich gemacht wurde es, weil es bewies, dass Te Whiti äußerst zurechnungsfähig war. Es verriet auch, dass Te Whiti Sinn für Humor hatte – eine Seltenheit unter Fanatikern, und vermutlich ebenso unter falschen Propheten.

Te Whiti: Sagen Sie mir einfach direkt, was Sie wollen.

Mackay: Ich möchte, dass Sie und die Regierung im Hinblick auf alle konfiszierten Ländereien zu einer einvernehmlichen Regelung kommen. Ich fürchte, dass etwas Schlimmes geschehen könnte, wenn Sie weiterhin die Landvermessung aufhalten, und ich möchte, dass die Angelegenheit in Frieden geregelt wird.

Te Whiti: Das Land gehört mir. Ich bestreite, dass Sie das Recht haben, es zu vermessen. Meine Decke gehört mir. Glauben Sie, dass Sie das Recht auf den Versuch haben, sie mir vom Körper zu ziehen um sich selbst darin zu kleiden? Wenn ich versuchen würde, Ihnen Ihren Mantel vom Rücken zu ziehen, würden Sie sich gegen mich zur Wehr setzen und man dürfte Ihnen deshalb keinen Vorwurf machen. Welches Recht habe ich, Ihnen Ihren Mantel mit Gewalt abzunehmen?

Mackay: Ich bitte Sie nicht darum, mir Ihre Decke zu geben und dann selber nackt zu sein. Ich sage, wir wollen die Decke ausbreiten... damit Sie und der Gouverneur in Freundschaft darauf Platz nehmen können.

Te Whiti: Das reicht nicht. Sie wollen meine Decke entzwei schneiden. Dann ist sie für mich zu klein. Ich habe dem Gouverneur bereits genug Land gegeben und er sollte mit all den Ländereien, die er zwischen Waitotara und Waingongoro besitzt, zufrieden sein. Ziehen Sie Ihre Hose aus, geben Sie mir ein Hosenbein und behalten Sie das andere. Sie zögern. Tun Sie's jetzt; geben Sie mir ein Hosenbein, Sie können eines ihrer Beine in der Hose lassen, und wir wollen zusammen herumlaufen. Tun Sie's schnell!

Mackay:... Die Regierung wird auf der Landvermessung bestehen.

Te Whiti: Das Land gehört mir; Sie haben es weder erobert noch mit Gewalt besetzt... Als Sie herkamen, Blake, haben Sie Mackay die Linie gezeigt, die durch die Anpflanzungen vor der Tür zu Titokowarus Haus gezogen wurde?

Captain Blake: Ja, die haben wir gesehen.

Te Whiti: Wo ist dann der Anteil, der den Eingeborenen vorbehalten bleiben soll?... Sie sagen, der Gouverneur und ich sollten gemeinsam auf der Decke Platz nehmen. Der Gouverneur will das nicht; er zieht sie ganz weg, um sie für sich alleine zu haben... Ihr werdet uns ein großes Unrecht antun, und Sie sollten sich dafür schämen, ein Volk zu unterdrücken, weil es weniger zahlreich ist als Ihr eigenes.

Aus diesem Protokoll geht deutlich hervor, dass Te Whiti selbst an diesem Punkt noch zum Kompromiss bereit war. „Begierig" erkundigte er sich, ob Mackay ermächtigt sei, ihm einen Teil des Landes anzubieten. Mackay erklärte, dass er keinen definitiven Vorschlag machen könne, aber dass er nun wieder zur Regierung zurückkehren werde und „wenn es irgendetwas von Bedeutung mitzuteilen gibt, werden wir Sie wieder aufsuchen".

Wieder tut sich ein Rätsel auf. Tatsächlich wurden in Wellington Pläne gezeichnet, die mehrere tausend Morgen als Zuteilungen für die Maori auswiesen, doch niemand wurde nach Parihaka entsandt, um Te Whiti davon in Kenntnis zu setzen.

Nachdem er sich zwei Monate geduldet hatte, wartete Te Whiti mit einem Glanzstück auf, das ihn im gesamten Land und darüber hinaus berühmt machen sollte. Es war an einem Sonntagmorgen im Spätherbst. Alles war ruhig auf den Gehöften in Taranaki, die sich zum Teil seit fast 20 Jahren im Besitz von Weißen befanden. Als Mr. William Courtenay sieben Meilen außerhalb von New Plymouth in Oakura erwachte, musste er feststellen, dass sich auf seinem Grundstück etwas Ungewöhnliches tat. Im frühen Morgenlicht sah er, wie 15 oder 20 Fremde über sein Land liefen. Es kommt, wenn überhaupt, nur selten vor, dass Menschen sich „ungläubig die Augen reiben", also wollen wir einfach sagen, er traute seinen Augen nicht. Die Fremden, ausnahmslos Maori, waren mit Pferden und Pflügen gekommen und verwandelten in aller Ruhe eine seiner Weiden zu Ackerland. Courtenay eilte in die Stadt und schickte dem Premierminister ein Telegramm: „20 feindliche Eingeborene mit fünf Pflügen pflügen mein beste Weide um... Wenn die Regierung nicht sofort für ihre Entfernung sorgt, werde ich die Pferde erschießen und die Eingeborenen auch."

Diese Szene wiederholte sich in überall in Taranaki. Im Laufe der folgenden zwei Monate erschienen von Pukearehu im Norden bis Hawera im Süden auf dutzenden weißen Gehöften vor Sonnenaufgang Pflüger, die bis zum Sonnenuntergang arbeiteten. Sie beackerten das Land um einen Polizeiposten herum; sie zerschnitten den Vorgarten eines führenden Siedlers in Hawera. Obwohl man sich darüber einig war, dass sie „sehr höflich und würdevoll" vorgingen und kein Siedler je bedroht wurde, wuchs unter den Farmern die Furcht und der Ärger.

Te Whiti blieb ruhig. Selbst wenn sowohl Maori als auch Europäer versuchen würden, „einen Krieg anzufangen, wäre es vergebens". Er pflügte den *puku* – den Bauch, die lebenswichtigen Organe – der Regierung, wie er sagte, um tief an den Leidenschaften und Gefühlen der Europäer zu rühren. Dafür gab es einen einfachen Grund: „Ich ziehe eine Furche zum Herzen des Gouverneurs."

Die Regierung spürte diese Furche stärker, als sie zugeben wollte. Schon sehr früh wurde deutlich, dass die Pflüger keine „Wilden" waren, die versuchten, die Siedler zu vertreiben und die Gehöfte zurückzuerobern. In vielen Fällen handelte es sich um Regierungstreue oder Neutrale, die ihr Land bei der ersten Enteignungsrunde verloren hatten und nun, nach 15 Jahren, immer noch landlos waren und die versprochenen Entschädigungen nie erhalten hatten.

Wie können wir den Versprechungen trauen, die ihr uns macht, wenn wir sehen, was sogar aus den Versprechungen wurde, die ihr euren Freunden machtet? Das war die Aussage von Te Whitis Theatercoup, und Illustrationen, die ihn zum Gegenstand hatten, waren bereits auf See unterwegs nach London und sollten bald auf den Seiten der illustrierten Wochenzeitschriften erscheinen. Wie auf einem mittelalterlichen Holzschnitt wirken die Pflüger von weltlichen Dingen eigentümlich losgelöst, obwohl sie im Bild von einer Schar Polizisten, Siedlern und sitzenden Maori umringt sind, alle auf einem Feld unterhalb des schneebedeckten Bergs.

Die Siedler formierten Freiwilligeneinheiten, begannen mit dem militärischen Training und errichteten Festungsgebäude. Bei Hawera stürzten sich hundert bewaffnete Mitglieder einer Bürgerwehr auf eine Gruppe Pflüger und verfrachteten sie auf die andere Seite der Brücke über den Waingongoro River, wo sich daraufhin Maori auf der einen Seite und Siedler auf der anderen zusammenrotteten. Harry Atkinson – Arthurs Bruder und inzwischen der für diese Region zuständige Abgeordnete – sprach mit dem Taranaki Herald: „Er hoffte, dass, wenn es zum Krieg käme, das gleichbedeutend wäre mit der Auslöschung der Eingeborenen".

„Vielleicht", schrieb die Patea Mail, „ist die gegenwärtige Krise eine der größten Segnungen, die Neuseeland je widerfuhren, denn zweifellos wird es einen Vernichtungskrieg geben. Wir sind davon überzeugt, dass es für Neuseeland an der Zeit ist, eine Lanze für die Freiheit zu brechen, und das bedeutet, der Maorirasse den Todesstoß zu versetzen."

Um die Siedler zu beschwichtigen, wurde Major Noake zurückgeholt und erhielt die Befehlsgewalt über den örtlichen Militärbezirk. Sofort machte er sich daran, die „Aufregung im Bezirk eher zu verstärken als zu mildern", wie sein früherer Befehlshaber Colonel Whitmore, inzwischen Mitglied der Regierung, bemerkte.

Nach zwei Monaten der Krise und der Festnahme von ungefähr 200 Männern – die ersten, die vor Gericht kamen, wurden mit einem Jahr Haft für „arglistiges Umbrechen des Bodens einer bestimmten Weide im Wert von fünf Shilling" bestraft, die anderen ohne Gerichtsverhandlung inhaftiert – räumte die Regierung ein, dass die Ansprüche der Maori nicht ganz unberechtigt waren. „Es stellt sich heraus, dass das gesamte Land von den White Cliffs bis hinunter nach Waitotara mit gebrochenen Versprechen übersät ist", erklärte Sheehan, der Minister für Eingeborenenangelegenheiten, im Juli vor dem Parlament.

Das schien auf einen Kompromiss hinzudeuten, doch das Parlament reagierte darauf nur mit einem Gesetz, das es gestattete, maorische Gefangene ohne Gerichtsverhandlung in Haft zu behalten. Abgesehen davon war es der Regierung ohnehin gar nicht mehr möglich, irgendwelche Pläne zu machen: Sie brach gerade in sich zusammen. Dabei stand wieder einmal Sir William Fox im Rampenlicht. Er war der gewählte Oppositionsführer und stellte in einer Rede, die 20 Jahre später von einem Historiker als die „vielleicht gnadenloseste, die man je im Parlament gehört hatte" beschrieben wurde, die Vertrauensfrage. Hauptsächlich ging es dabei um die Krise an der Westküste. Fox warf Sheehan vor, „Te Whiti die Faust ins Gesicht geschlagen" zu haben, aber vor allem beanstandete er das sexuelle Verhalten des Ministers für Eingeborenenfragen. Fox, ein großer Puritaner, der gegen Sex ebensoviel hatte wie gegen Alkohol, empörte sich über Gerüchte, die über den redegewandten katholischen Juristen Sheehan und seine Vorliebe für hübsche Maori-Mädchen kursierten. „Wo man sich auch in die Gesellschaft von Maori begibt... hört man Geschichten, die uns für unser Land erröten lassen... Wir können die Spuren dieser Regierung durch die Bezirke unseres Landes anhand des faulen und üblen Gestanks, den sie hinterlässt, verfolgen."

Wenige Tage später stürzte die Regierung. Auf Te Whitis Anordnung hin wurde nicht mehr gepflügt. Die erste Handlung der neuen Regierung war es, eine Untersuchungskommission anzukündigen, die sich mit „dem Bestand und Ausmaß aller mutmaßlich unerfüllten Versprechen im Hinblick auf Grundbesitz" befassen sollte. Zu gegebener Zeit wurde Fox zum Vorsitzenden dieser Untersuchungskommission ernannt. Francis Dillon Bell und den Maori-Häuptling Mohi Tawhai stellte man ihm zur Seite. Es handelte sich um eine rein kosmetische Maßnahme, mit der man die öffentliche Meinung im In- und Ausland besänftigen wollte. Tatsächlich herrschte im neuen Kabinett eine grimmigere Stimmung als zuvor. Der Kriegstreiber Harry Atkinson zählte dazu, ein neuer Kronanwalt namens Whitaker, „kalt, subtil, raffiniert", und ein Minister für Eingeborenenfragen, der nie zuvor im Kabinett gesessen hatte. Er glaubte nicht, dass Versprechen gebrochen worden waren, und wenn, dann war es ihm egal. Er verurteilte Te Whiti öffentlich als einen Mann, der „dem Irrsinn verfallen" sei. Seine Antwort auf die Frage nach dem strittigen Landbesitz der Maori war, wenn nötig die Enteignung aller Flächen einfach mit Gewalt durchzusetzen, die Küste mit einer „ausgewählten Bevölkerung" weißer Farmer zu besiedeln, und den Maori Gebiete nach Belieben der Regierung zuzuweisen. Seine erste Gesetzesvorlage verlängerte den Zeitraum, in dem die Pflüger, die er bald insgeheim in Gefängnisse auf der Südinsel verlegen ließ, ohne Gerichtsverfahren inhaftiert bleiben durften.

Der Name des neuen Ministers für Eingeborenenfragen war John Bryce.

Viele Maori konnten es kaum glauben und waren höchst beunruhigt. Ob das derselbe Bryce sei, von dem sie gehört hatten, Bryce-*kohuru*, Bryce, der Mörder, fragten sie. Er war es. Für die Maori an der Küste blickten die beiden Gesichter der Regierung, vertreten durch Fox und Bryce, die Westküste jetzt mit demselben leeren und bedrohlichen Ausdruck an.

Doch dann änderte Sir William Fox, eigensinnig wie immer, seine Meinung. Sobald er die Position als Untersuchungsbeauftragter innehatte, kam er aus Eitelkeit und aus seinem Ehrgeiz, als Elder Statesman zu wirken, zur Überzeugung, dass es ihm allein obliege, das Problem Westküste zu lösen. Ohnehin konnte er sich nicht dazu überwinden, neben einem Mann wie Bryce die zweite Geige zu spielen. Wenn sich jemand mit Te Whiti befassen sollte, den auch er als „bemerkenswerten Mann" betrachtete, dann musste das ein ebenfalls bemerkenswerter Mann sein – Sir William selbst.

Und noch ein weiterer Faktor beeinflusste Fox' Einstellung zu Te Whiti – das immer gleichbleibende Schreckgespenst in Sir Williams Denken, die Schnapsflasche, die ihm stets vor Augen schwebte. Sein leidenschaftliches Abstinenzlertum hatte sich im Alter eher noch verstärkt. Seit seiner Rückkehr von seiner Vortragsreise durch England hatte er in Westoe nur eine einzige gesellige Veranstaltung ausgerichtet – 1877, ein Picknick auf dem Rasen für 500 totale Abstinenzler, die sich mit Fruchtsaftgetränken erfrischten und mit Wurfringspielen, Kricket und etwas amüsierten, das „The Jolly Miller" – „der Lustige Müller" – hieß. „Um fünf Uhr nachmittags", berichtete eine lokale Zeitung ehrerbietig, „verabschiedete sich die Gesellschaft. Bei Sonnenuntergang herrschte in Westoe wieder die übliche Ruhe." *

In Parihaka waren die Feste nicht ganz so scheußlich, aber wer Alkohol verkaufte, wurde des Dorfes verwiesen. Wenn

Alkohol serviert wurde, dann umsonst, zusammen mit den Speisen auf dem *marae*. In Parihaka kam es nicht zu solch „Übelkeit erregenden Szenen, bei denen sich Maori beider Geschlechter zu unserer eigenen Beschämung scharenweise im Zustand unbändiger Trunkenheit in der Umgebung eines Wirtshauses sammeln...“

Fox fügte hinzu: „Te Whiti... hat häufig seinen starken Sinn für Sittlichkeit bewiesen und arbeitet unermüdlich an der moralischen Besserung seines Volkes“. Nichts würde ihn mehr mit der Besiedelung des Landes versöhnen, als die „Gewissheit, dass die heranrollende Welle der Zivilisation nicht ... den Fluch und Schaden [des Alkohols] mit sich trüge.“

Am 20. Januar 1880 wurde die Untersuchungskommission „zur Überprüfung der von den Eingeborenen vorgebrachten Beschwerden in Bezug auf bestimmte von der Krone konfiszierte Ländereien“ eingerichtet. Die ersten Anhörungen der Kommission fanden am 11. Februar 1880 statt.

Einige Tage zuvor jedoch hatte Bryce hunderte bewaffneter Männer unter dem Vorwand, Straßenreparaturen ausführen zu wollen, über den Waingongoro River und auf die Waimate Plains entsandt. „Selbst wenn euch die Bajonette der Soldaten mit ihrer Helligkeit blenden, weicht nicht zurück“, sagte Te Whiti seinen Zuhörern in Parihaka am 18. Feburar.

„Altes wurde fortgeschwemmt und Neues kommt... Was, wenn die Regierung uns das Land fortnimmt? Die Regierung hat nichts als ihre Gewehre. Wir können nur zuschauen und lachen.“

Am 13. Februar, als die Kommission in der kleinen Stadt Oeo mit ihren Anhörungen begann und die Soldaten Wachtürme und Wehrhäuser hochzogen, berichteten die Zeitungen von einem Kometen. Ein Korrespondent schrieb, dass es am Nachthimmel so schien, als „schieße er direkt auf die Waimate Plains hinunter“.

12

„Zum Teufel gegangen"

Die Westküstenkommission begann ihre Arbeit im Gemeindesaal von Hawera mit der Verlesung ihres Untersuchungsauftrags in englischer und maorischer Sprache, um sich dann sofort zu vertagen. Zur ersten echten Anhörung kam es eine Woche später in der kleinen Siedlung Oeo – ein staubiger Gasthof, zwei kleine Häuser und ein Wollschuppen, von Parihaka aus zwanzig Meilen die Küste hinunter gelegen – einen Tag, nachdem dort die Versammlung stattgefunden hatte.

Als Te Whiti hörte, wo sich die Kommissionsmitglieder aufhielten, lächelte er und sagte: „Ja, dort sind sie, um die Maori auf ihrem Heimweg von Parihaka abzufangen. Sie wissen nicht, wie sie sie sonst einfangen sollen."

In diesem Monat waren 2.000 Menschen zur großen Zusammenkunft in Parihaka geströmt. Auf ihrem Heimweg wurden, wie eine Zeitung berichtete, „Eingeborene, die sich Oeo näherten, einzeln von Mr. Parris und Mr. Williams aufgehalten und gebeten, vor die Kommission zu treten. Die Eingeborenen lachten und gingen weiter; kein einziger betrat den verlassenen Gasthof."

Ganz korrekt war das nicht: Der Gasthof war nicht völlig verlassen. Dort eingefunden hatten sich mehrere der bekanntesten regierungstreuen Häuptlinge und ein paar klagende Heimatlose und Streuner, darunter ein Maori, der als Junge fortgelaufen und zur See gefahren war, „um London zu sehen", in Indien und China für die Engländer gekämpft hatte und nun ein wenig eigenes Land haben wollte. Solche Antragsteller tat Te Whiti ab. Die Kommission sammle die Spreu, sagte er. Den Weizen habe er bereits im Sack.

Unter der Spreu befanden sich William Fox junior und sein Vater Karere Omahuru.

Bei allem Aufruhr der jüngsten Zeit – der Vertreibung der Landvermesser, dem demonstrativen Pflügen, dem Erscheinen von Bryce' „Straßenbau"-Armee – hatte der junge William Fox seine neue Beziehung zu seiner Familie aufrechterhalten, teils als lange verlorener Sohn, teils als Rechtsberater. Die Familie war von den zunehmenden Unruhen um Te Whiti betroffen, wenn auch weniger als viele andere im Bezirk. Te Karere interessierte sich eher für seine juristischen Gefechte mit seinem Gegenspieler Katene Tuwhakaruru als für die Ereignisse auf der Ebene, und in seinen Briefen an seinen Sohn erwähnt er Te Whiti in nur einer einzigen beiläufigen und etwas rätselhaften Bemerkung: „Wir erwarten alle, dass Sheehans Armee Parihaka zerstört. Hör zu, Te Whiti sagt, wenn der Tag kommt, wird es keine Schlacht zwischen Sterblichen sein."

Innerhalb der Familie waren die Gefühle gespalten. Ake Ake, ein Anhänger Te Whitis, hatte sich anfangs am Pflügen beteiligt, war dann aber krank geworden und deshalb der Verhaftung und Deportation entgangen. Der junge Fox selbst war inzwischen wieder in Parihaka gewesen und dort Te Whiti vorgestellt worden, der sich für den jungen Mann aus zwei Welten interessierte, der die Dinge vertrat, die Te Whiti am meisten verabscheute – Landverkäufe und die Schlingen der Juristen –, ganz abgesehen von dem Mann, dessen Namen er trug, Sir William, „dieser Fuchs, der das Land konfiszierte und Versprechungen machte, die später gebrochen wurden". (Auch Te Whiti trug in seiner Jugend einen englischen Namen, Edward, doch vor einem Jahrzehnt hatte er seinen Geburtsnamen Te Whiti o Rongomai wieder angenommen. Er bedeutet „der glänzende Flug des Gottes Rongomai, dessen Symbole Kometen und Meteore sind".)

Te Whiti nahm den Besucher beiseite und sprach mit ihm unter vier Augen: „Du solltest für dein eigenes Volk arbeiten", sagte er. „Stehe zu deinen Leuten." Doch Bullers Gehilfe ließ sich nicht bewegen – womit er erhebliche Charakterstärke bewies, denn nur wenige Menschen konnten sich einer persönlichen Bitte Te Whitis entziehen – und kehrte zu seinen Geschäften im Büro der Firma in Wanganui zurück. Die beiden scheinen jedoch weiterhin in einem freundschaftlichen Verhältnis zueinander gestanden zu haben. Mitte Januar, zu der Zeit, als die Armee gerade dabei war, sich zu sammeln, besuchte eine gewisse Mrs. Bartlett, die zehn Meilen entfernt im Küstendorf Opunake einen Gasthof führte, Parihaka. Presseberichten zufolge wurde sie als die erste weiße Frau, die die Stadt besuchte „von den Maori mit kräftigem Beifall" empfangen (tatsächlich schrieb die Zeitung aus Wanganui „die erste Frau", aber das war vielleicht einfach ein Druckfehler). Te Whiti kam heraus und begrüßte sie, rief nach einem Dolmetscher und führte dann „ein langes *korero* [Gespräch] mit ihr, in dem er ihr versicherte, dass sie nichts zu befürchten habe. Er sei der Vater aller Menschen im Bezirk und beabsichtige, in Frieden mit den Europäern zu leben... Er sagte, dass man einen Kampf deshalb nicht zu befürchten habe, weil es den Europäern und den Eingeborenen bestimmt sei, künftig friedlich zusammenzuleben. Er wisse, dass die Engländer ein sehr starkes Volk seien, viel stärker als die Maori, und dass sie die Maori zerschlagen könnten, wenn sie wollten, aber er wisse, dass sie das nicht tun würden."

Dieser kurze Impression ist für sich genommen schon interessant, aber auch deshalb, weil Mrs. Bartlett und ihr Begleiter, ein junger Angestellter des Telegrafenamtes in Wanganui namens W. F. Gordon, der sich eines Tages zu einem führenden Lokalhistoriker entwickeln sollte, bei ihrem Besuch in Parihaka ein Vorstellungsschreiben mit sich führten, das von Gordons Freund, dem jungen Fox stammte, den man inzwischen als William Fox Omahuru kannte.

Die Anhörungen dauerten ungefähr zwei Monate und die Untersuchungsbeauftragten wanderten mit ihren Stenografen, Sekretären, Übersetzern und Landvermessern im Schlepptau (Sir William war davon überzeugt, dass der Ärger zur Hälfte darauf zurückzuführen war, dass formlose Versprechen niemals niedergeschrieben oder ordnungsgemäß festgehalten worden waren) in einem großen Halbkreis um den Berg, von Hawera nach Oeo, von Hawera nach Waitara und New Plymouth, von Hawera nach Patea.

Mindestens zweimal kündigte Sir William an, dass die Untersuchungskommission Parihaka besuchen würde. Es war bekannt, dass Te Whiti sie dort zu sehen wünschte. Beide Male jedoch beschwerte sich Bryce und setzte dem Plan ein Ende. Sir William übernachtete nur ungern in den Gasthöfen der kleinen Kolonialstädte, mit öffentlichen Schankräumen voller lärmender Siedler und Maori unterhalb der Gästezimmer, und es ist amüsant sich vorzustellen, wie der alternde Ritter nachts von den krakeelenden Stimmen unter seinem Fenster in den Straßen von Waitara oder Hawera wach gehalten wurde und sehnsüchtig an ein Bett im ruhigen, nüchternen Parihaka dachte.

Andererseits, je weiter sich die Untersuchungsbeauftragten von Parihaka fern hielten, desto respektabler und zahlreicher waren die Maori, die als Antragsteller vor ihnen erschienen. Te Whiti hatte wohl doch nicht allen Weizen im Sack. Es wurde jedoch zunehmend deutlich, worin das eigentliche Problem der ganzen Unternehmung lag. Obwohl der Untersuchungsauftrag äußerst breit gefasst war – nämlich jedwede Beschwerde hinsichtlich des Landes zu untersuchen – ließ Fox es partout nicht zu, die Rechtsgültigkeit der Enteignung an sich in Frage zu stellen. Und so erhob sich um die kleinen Gerichtsgebäude und Gemeindesäle herum, in denen die Kommission tagte, eine unausgesprochene Kette von Ungerechtigkeiten, die jedoch nicht betrachtet oder erwähnt werden durften. Sobald es jemand versuchte, schnitt Fox ihm das Wort ab oder speiste ihn mit einer Rede in jenem ärgerlichen metaphorischen Stil ab, von dem viele Weiße glaubten, dass die Maori ihn unwiderstehlich fänden. Ein Häuptling namens Ngahina zum Beispiel, dessen Dorf Pokaikai vor Jahren während eines Waffenstillstands nachts von Colonel McDonnell überfallen worden war und der bereits Ländereien in Waitotara, Whenuakura, Patea und Tangahoe an die Krone verloren hatte, wollte wissen, weshalb er nun, 12 Jahre später, hören musste, dass zusätzlich noch tausende Morgen seines Land auf der Nordseite des Waingongoro River konfisziert werden sollten.

„Was bedeutet es für die Europäer, dass einige Jahre vergangen sind?", fragte Fox. „Ob eine kurze oder eine lange Zeit vergangen ist, bedeutet nichts, denn das englische Volk ist wie ein stetig fließender Fluss. Er ist ruhig und er ist tief, und er fließt von seiner Quelle ins Meer, auf direktem Wege, und wenn Menschen einen Damm darin errichten, so fließt das Wasser, wenn der Damm nicht zu einem guten Zweck errichtet wurde, darüber hinweg und spült ihn sogleich mit sich fort. Das Volk der Eingeborenen ist dagegen wie ein Sieb mit kleinen Löchern in seinem Boden; einen Moment lang sieht es so aus, als sei es voller Wasser, aber wenn man am folgenden Tag nachschaut, so wird man feststellen, dass das Wasser niedriger steht, und noch niedriger am nächsten Tag, und am übernächsten noch niedriger. Und wo fließt der Fluss, der es wieder füllen soll? Wir haben Ngahinas Worten geduldig zugehört, aber er muss verstehen, dass es Unsinn wäre, ihm und seinem Stamm alle Ländereien auf der anderen Seite [des Waingongoro River] zu überlassen."

William Fox Omahuru erschien bei drei Sitzungen in verschiedenen Städten; er äußerte sich sowohl im Auftrag seiner Familie als auch im Namen aller Bewohner von Mawhitiwhiti. Dabei gab er sich Mühe zu betonen, dass sie eher Opfer als Täter gewesen und während des letzten Krieges zu Titokowaru übergelaufen seien, weil sie angesichts der unvorhersehbaren Launen, ja sogar instabilen Geistesverfassung Colonel McDonnells, der das Massaker in Pokaikai angeführt hatte, um ihr Leben fürchteten. „Sie lebten friedlich, aber Colonel McDonnell machte sie zu Gefangenen", erklärte der junge Fox den Untersuchungsbeauftragten. „Danach wurde ein weiterer Europäer von Titokowarus Männern getötet und McDonnell begann zu glauben, dass verbündete Eingeborene diese Verbrechen verübten. Daraufhin begannen diese sich zu fürchten und flohen bei Nacht zu Titokowaru."

Die Atmosphäre im Gericht blieb streng förmlich. Sein eigenes anschließendes Schicksal beschrieb der junge Fox dem Untersuchungsbeauftragten, der es genau kannte, zu diesem Zeitpunkt nicht. Doch jeder im Gerichtssaal war sich dessen bewusst und die Presse griff es auf und veröffentlichte eine Story über einen „aufgeweckten, intelligenten jungen Eingeborenen, einem Kanzleigehilfen bei Buller & Lewis", der beinahe den ganzen Tag vor der Kommission gesprochen habe und der vor langer Zeit „zusammen mit zwei anderen Eingeborenenjungen gefangengenommen wurde. Weil zwei von ihnen unaufhörlich plärrten, brachten ihre Fänger sie zum Schweigen, indem sie ihnen am nächsten Baum den Schädel einschlugen. Der dritte, ein hübsches Kerlchen, wurde unverletzt mitgenommen. Sir Wm. Fox erhielt ihn von den Eingeborenen, adoptierte und erzog ihn, so dass der junge Mann nun auf dem besten Wege ist, der erste Rechtsanwalt seiner Rasse zu werden."

Diese flapsige Note – weil sie „unaufhörlich plärrten", „indem sie ihnen am nächsten Baum den Schädel einschlugen" – hatte sich in den letzten Jahren in die Presse geschlichen und unterschied sich erheblich von dem Ton, so feindselig er auch gewesen war, mit dem man ein Jahrzehnt zuvor von den Maori gesprochen hatte.

Während der letzten Anhörungen lag eine gewisse Spannung in der Luft, die neu war. Die Kommission tagte inzwischen in Patea, auf der Südseite des Flusses, wo sich früher Major Noakes Hauptquartier befunden hatte, und in diesem Bezirk war die Rechtslage hinsichtlich des Grundbesitzes etwas komplexer. Die ersten Kriege hatten stattgefunden, alle Ländereien waren konfisziert worden, dann hatte man den Stämmen Mindestzuteilungen an Grundbesitz zugewiesen. Dann brach Titokowarus Krieg aus, und als die Maori einige Jahre danach zurückkehrten, mussten sie feststellen, dass man ihnen nun auch ihre Mindestzuteilungen genommen hatte. In den Worten von Taurua, einem der Häuptlinge: „Ich sah, dass Häuser von Europäern auf diesem Land errichtet worden waren und dass dort ihr Gras wuchs... Ich bitte Sie nun darum", schloss er, „mir mein Land zurückzugeben."

Mit anderen Worten, eine zweite und völlig illegale Konfiszierung hatte stattgefunden. Es war bisher kein Gesetz vom Parlament verabschiedet worden, das sie erlaubt hätte. Im Verlauf der durch die Kommission durchführten Anhörungen hatte Sir William endlos wiederholt, dass das ursprüngliche Enteignungsgesetz nicht außer Kraft gesetzt werden könne, doch nun wurden von allen Seiten Beschwerden darüber laut, dass ein wesentlicher Bestandteil dieses Gesetzes – die Ausweisung von Mindestzuteilungen – de facto außer Kraft gesetzt worden war. Und verantwortlich dafür war kein anderer als Sir William Fox selbst, der damalige Premierminister. Sein Pflegesohn legte in der allgemeinen Verwirrung den Finger auf das juristische Problem.

„Taurua", sagte er, „wurde als Häftling von hier nach Otago gebracht. Ich wurde nach Wellington verschleppt... Sie wurden inhaftiert, weil sie sich am Aufstand beteiligt hatten, aber ich war noch ein Kind, als man mich gefangen nahm. In der Gazette [39] las ich von der Einberufung dieser Kommission um die Beschwerden der Eingeborenen dieses Bezirks zu untersuchen und die Versprechen der Regierung einzulösen, damit Frieden zwischen den beiden Volksgruppen hergestellt werden kann. Ich selbst habe zwar Ansprüche auf dieses Land; es ist jedoch nicht so, dass ich nur für mich selbst spreche. Ich spreche für meinen gesamten Stamm. Es ist vollkommen zutreffend, dass dieses Land, wie von Taurua ausgesagt, von Mr. Richmond ihm und seinem Stamm zurückgegeben wurde. Mr. Richmond erklärte, dass auf dieser Parzelle keine Europäer angesiedelt werden würden."

Sir William: „Das ist ganz richtig, dessen sind wir uns bewusst, aber durch den zweiten Krieg wurden all diese Zusagen beiseite geschoben."

William Fox: „Ich habe mich bei meiner Aussage auf die Gazette bezogen. Mr. Richmonds Versprechen wurde nicht nur mündlich gegeben, es wurde auch schriftlich festgehalten."

Sir William: „Das wissen wir, aber der Krieg machte für jeden, der sich daran beteiligte, alle Zusagen, ob sie mündlich oder schriftlich gegeben wurden, nichtig."

Wieder erhob sich der junge Fox, um das Wort zu ergreifen. Er hatte nur eine Frage:

„Was ich wissen möchte ist, ob die Konfiszierung von 1863 oder 1864 jetzt rechtsgültig ist, oder ob sie durch den Aufstand von 1868 beseitegeschoben wurde?"

Das war ein entscheidender Punkt. Wie konnte der Aufstand von 1868 die Hälfte des Enteignungsgesetzes nichtig machen, während die andere Hälfte rechtsgültig blieb? Die beiden Männer, der eine, der das Gesetz gebrochen hatte, und der andere, sein eigener Sohn, der darunter leiden musste, werden sich in diesem Augenblick angeschaut haben wie zwei Fremde. Doch dieser Moment ging vorüber, jedenfalls soweit wir es dem Protokoll entnehmen können, das vor der Veröffentlichung von Sir William redigiert wurde. Es lag in ihrer beider Interesse, sich nicht zu zerstreiten. Der junge Fox erwartete sich von der Kommission noch Gewinne im Hinblick auf Landzuteilungen in anderen Bezirken, und Sir William wollte seine Kommission immer noch zum Erfolg führen. Zu jenem Zeitpunkt der Geschichte hatten sie einen gemeinsamen Gegner, und das war John Bryce.

Uns in unserer modernen Zeit mag das unglaublich erscheinen, aber die Westküstenkommission, die ihre Anhörungen im Februar aufnahm, gab im März einen vorläufigen Bericht heraus, eine vollständige Darstellung der Entstehung der Unruhen im Juli, und ihre Empfehlungen im August. Es waren angesichts ihrer beiden Verfasser bemerkenswerte Dokumente. Das Wort „Scham" läutet wie eine Glocke durch sie hindurch. Die Untersuchungsbeauftragten waren über die Behandlung der Maori beschämt, über die gebrochenen Versprechen, das dreiste Verhalten der Landvermesser, der Rückgriff auf Bestechung und Spione, von Ministern gezeigte Verachtung und Wankelmut, die Ablehnung, Te Whiti zu konsultieren.

„So sehr haben wir unsere treuesten Freunde unter den Stämmen mit unserer Unbesonnenheit und unsererem Kleinmut entmutigt, dass sie sich nun davor scheuen, uns gegenüber ihre Wünsche zu äußern oder selbst die Grundstücke zu benennen, die ihnen vorbehalten bleiben sollten..." stand in einem der Berichte.

„Der Anblick dieser vier Häuptlinge, die erfolglos versuchten, die ihnen zugesagte spärliche Zuteilung an Land zu erhalten... ist traurig genug. Wenn wir uns aber vor Augen führen, dass auch Te Puni zu diesen Häuptlingen zählte, der älteste und beste Freund, den die englischen Siedler je hatten, dann müsste die Geschichte uns alle mit Scham erfüllen. Wir konnten einfach nicht glauben, dass so etwas sein könnte; und erst nach wiederholten Nachfragen bei der Behörde für Eingeborene und Grundbesitz konnten wir uns von seiner Realität überzeugen", lautete es in einem anderen Bericht.

„Wir können nicht behaupten", schrieb eine Zeitung, „dass es sich hierbei um das schmachvollste aller Kapitel in jener Geschichte des Eingeborenenvölkern zugefügten Unheils handelt. Aber es ist ein Kapitel, in dem die europäische Rasse in keinem rühmlichen Licht erscheint, die maorische dagegen sehr wohl."

Die Empfehlungen der Kommission, soweit sie uns hier betreffen, waren einfach: Man sollte die alten, im Laufe der Jahre gemachten Zusagen einhalten und vor allen Dingen dafür sorgen, dass ausgedehnte Flächen als Mindestzuteilungen ausgewiesen und für ihre maorischen Besitzer markiert würden, bevor die nächsten und abschließenden Enteignungen durchgeführt werden würden.

In den letzten Sätzen ihres Abschlussberichts scheinen die Untersuchungsbeauftragten ihre Köpfe über den politischen Kurs zu schütteln, den Bryce eingeschlagen hatte: „Dieses Problem an der Westküste wird man erst durch eine Vereinbarung mit Te Whiti endgültig aus der Welt schaffen können. Unsere Gefängnisse mit Häftlingen zu füllen, die sich keines Verbrechens, sondern eines politischen Delikts schuldig gemacht haben, bei dem keinerlei kriminelle Absicht erkennbar ist, ist eine äußerst schikanöse und verwirrende Vorgehensweise. In Akten purer Gewalt und Unterdrückung zeigt sich keine Staatskunst. Auf welche Weise man sich auf Te Whiti zubewegen sollte, ist eine Angelegenheit für die Berater Eurer Exzellenz; wir möchten uns nur erlauben vorzuschlagen, dass man dabei keine Zeit verlieren sollte."

Sich auf Te Whiti zuzubewegen war genau das, was Bryce vorhatte. Während die Untersuchungsbeauftragten durch die Provinz zogen und der Komet am Nachthimmel allmählich verblasste, rückte die bewaffnete Polizeitruppe näher, hob Gräben aus und errichtete Wehrhäuser. Bei jedem Schritt, den die Untersuchungsbeauftragten taten, trickste Bryce sie mit neuen Provokationen oder repressiven Gesetzen aus. Als ihr vorläufiger Bericht erschien, marschierten die Straßenbauer nach Norden und errichteten zwei Palisaden fast direkt vor den Toren Parihakas. Zwei Tage nach Erscheinen des zweiten Berichts führte der Minister für Eingeborenenangelegenheiten eine neue Gesetzesverordnung über maorische Gefangene, die Maori Prisoners Act ein, die es ermöglichte, die Pflüger weiterhin ohne Gerichtsverhandlung in Haft zu behalten. Als der dritte Bericht herauskam, wurden drakonischere Gesetze verabschiedet, die der frühere Premierminister Grey als „Haftbefehl für jeden Maori für jedes Vergehen oder auch für überhaupt kein Vergehen" öffentlich anprangerte.

Im Parlament wurde gegen diese Gesetze eine starke Opposition laut – sie seien „eine Schande für das Gesetzbuch", „Engländern völlig unwürdig", ein Schandfleck auf dem Wappen der Kolonie, und so weiter, aber am Ende setzte sich die Parteipolitik durch und sie wurden erlassen.

Vor Ort jedoch verfehlten Bryce' Bemühungen den erwünschten Effekt. Te Whiti ließ wissen, dass er die Instandsetzung der Straße begrüßte und schickte als Zeichen seiner Gastlichkeit ein paar Karrenladungen mit Nahrungsmitteln zu den Soldaten hinaus. Die Soldaten wollten ihren maorischen Besuchern gerne je ein Pint Bier spendieren, doch diese lehnten ab. Stattdessen trat die Band der Truppe vor und spielte „mehrere Musikstücke zum Vergnügen der Eingeborenen, die dazu häufig ausriefen: ,Ka pai pompom!' – ,Was für eine schöne Sache, diese Band!'"

„Euer Stamm [die Polizeitruppe] besteht aus *rangatira* [angesehenen Männern]", sagte ein Maori. „Weshalb arbeitet ihr an den Straßen? Das ist doch sicher eine Arbeit für *tutua* [Männer von niederem Rang]!"

So hatte Bryce sich das nicht vorgestellt. Aber schließlich fand er doch etwas, woran sich möglicherweise ein Streit entzünden ließe. Einen Monat, bevor der zweite Bericht der Kommission erschien, näherte sich die neue Straße den Plantagen, die sich über mehrere Quadratmeilen um Parihaka herum erstreckten. Hursthouse, der verantwortliche Landvermesser und Ingenieur, war angewiesen worden, die Straße so gerade wie nur möglich anzulegen, doch das hätte bedeutet, eine Schneise durch dichten Wald zu schlagen. Stattdessen befahl er den Soldaten, die Zäune um die Anpflanzungen der Maori niederzureißen, und begann damit, die Straße dort hindurchzuführen.

Dillon Bell hatte darauf bestanden, dass jede Straße, die man durch Pflanzungen hindurch anlegte, beidseitig abgezäunt werden müsse, damit kein Vieh in die Gärten streunen könne. Das wurde hier unterlassen. Als die Soldaten morgens wieder erschienen, hatte man die Zäune repariert und die Straße gesperrt. Sie rissen die Zäune wieder ein. Dieses Hin und Her setzte sich mehrere Tage lang fort und war genau, worauf Bryce gehofft hatte.

Anfänglich war dieser Willenskampf nicht gefährlich; man schubste einander ein wenig und brüllte herum, aber all das war nicht böswillig. Der verantwortliche Colonel telegrafierte an Bryce um diesem mitzuteilen, dass sich die Männer aus Parihaka „sehr vernünftig" verhielten – sie wollten, dass man in die Zaunlücken Tore einsetzte, da sie am folgenden Tag säen wollten. „Ich war damit einverstanden, heute abend keine Schweine auf die eingesäte Koppel zu lassen und Ihnen Bericht zu erstatten."

Bryce weigerte sich, das Einsetzen von Toren zu genehmigen, und vier Tage, nachdem die Kommission ihren zweiten Bericht veröffentlicht hatte, ordnete er an, jeden, der Zäune wieder aufrichtete, die quer über der Straße verliefen, zu verhaften. Fox und Bell hatten vor politisch motivierten Massenverhaftungen gewarnt: „Das Schlimmste daran ist, dass es das, was wir wirklich erreichen wollen – den Frieden an der Küste – nicht fördert." Es wurde offensichtlich, dass Frieden nicht nur nicht das war, was Bryce wirklich wollte, sondern dass er eine Sache war, die er tatsächlich nicht wollte.

Die Zeit für Te Whitis zweiten Theatercoup war gekommen. Tag für Tag schickte er Männer zu den Pflanzungen hinunter, um die Zäune wieder aufzubauen. „Sie... kamen... obwohl sie genau wussten, dass ihr Versuch, den Zaun wieder aufzurichten, sich als reine Demonstration erweisen würde – eine Demonstration, die sich mindestens vierzig- oder fünfzigmal wiederholte. Einige hatten sich auf ihre Verhaftung vorbereitet, sich gewaschen und ihre besten Kleider angezogen. Bevor man sie abführte, streckten sie ihre Arme aus, um sich die Handfesseln anlegen zu lassen." In Pungarehu strömten einmal 300 Männer und Jungen auf die Wegtrasse, gruben die Straße um, säten dort Weizen und zogen einen Zaun.

„Ihre immense Schar war aus der Ferne ein bemerkenswerter Anblick", schrieb eine Zeitung. „Sie sahen aus wie ein gewaltiger Bienenschwarm, der sich mit einer gleichmäßigen, ununterbrochenen Bewegung über den Erdboden bewegt. Sobald sie ihre Arbeit an einem Abschnitt beendet hatten, ließen sie einen Ruf und ein Spottlied erklingen", das man „meilenweit" hören konnte.

Als Bryce Anfang September persönlich am Schauplatz eintraf, wurde die Stimmung sofort düsterer und gewalttätiger. Er hatte sich gerade mit einem weiteren Stück Gesetzestext bewaffnet, das es erlaubte, jeden, der einen Zaun errichtete, zu zwei Jahren Zwangsarbeit zu verurteilen. Unter den Augen von 2000 Frauen und Kindern in Parihaka marschierten die Männer die Straße hinunter und direkt auf die Zäune zu:

2. September (Hawera Star): „Mr. Bryce war anwesend. Es kam zu einer Rauferei und erwartungsgemäß gingen die Wachtmeister daraus als Sieger hervor. Bordeaux wurde großzügig verteilt. Die Eingeborenen waren sehr verdrossen... Der Minister für Eingeborenenangelegenheiten gratulierte der Polizei."

4. September (Wanganui Evening Herald): „Einige Eingeborene wurden infolge ihres renitenten und provokanten Benehmens recht grob behandelt, und viele wären erstaunt darüber, wie gut die Männer unter diesen sehr aufreibenden Umständen ihr Temperament zügelten... 59 wurden verhaftet und in einen eisernes Gebäude gesperrt."

Sie erschienen vor dem Bezirksgericht in New Plymouth und wurden alle zur Höchststrafe von zwei Jahren Zwangsarbeit verurteilt. Inzwischen saßen hunderte Männer im Gefängnis. Alte Männer und Kinder setzten die Demonstrationen fort. Jeden Tag erschienen 40 oder 50 dieser *morehu* – der „Übriggebliebenen" – in den Gärten. Gelegentlich kam eine Gruppe von über hundert kleinen Kindern, die man als die *tatarakihi* – Zikaden – kannte, heraus und überquerte die Straße, die die Pflanzungen durchschnitt. Dabei „zwitscherten sie wie ein Schwarm Graumantelbrillenvögel ein Lied, das sie von Tohu gelernt hatten", bemerkte der Grundbesitzbeauftragte Robert Parris, der sie vorüberziehen sah.

Der Graumantelbrillenvogel ist ein winziger Vogel – wie es sich traf ein Neuankömmling im Land, den der Wind 1300 Meilen über das Tasmanische Meer aus Australien hergeweht hatte –, der sich in Schwärmen ungefähr auf Hüfthöhe über die Felder und durch die Wälder bewegt. Vielleicht war es der Anblick dieser Kinder, die ihre winzigen Zäunchen aus Farn über der Straße bauten, der einen Meinungsumschwung selbst bei den Hardlinern unter den Zeitungen erzwang. War es besser, verlangte die Patea Times von Bryce zu erfahren, „oder billiger oder einfacher, die maorischen Zaunbauer zu inhaftieren und sie ein Jahr lang oder länger in Haft zu halten, als Ihre 800 unbewaffneten Müßiggänger an die Arbeit zu schicken und dort, wo die Verbindungsstraße die Plantagen der Eingeborenen durchschneidet, Zäune errichten zu lassen?"

Auch die Regierung hatte, unter dem Druck von Bell und Fox, inzwischen genug von all dem gehabt. Bryce hatte den Einmarsch in Parihaka selbst gefordert, doch das war ihm verweigert worden und er wurde angewiesen, niemanden mehr zu inhaftieren. Er trat von seinem Posten als Minister für Eingeborenenangelegenheiten zurück.

Zu all diesen jüngsten Ereignissen, die bewirkten, dass Parihaka wieder im Zentrum der Aufmerksamkeit des Landes stand, hatte William Fox Omahuru wie üblich Distanz gewahrt. Nach den Anhörungen der Kommission war er zu seinen Aufgaben in Wellington zurückgekehrt, fuhr gelegentlich nach Wanganui und zu seinen Eltern nach Mawhitiwhiti.

Dann, im späten September 1880, verschwand er während einer Reise in den Norden nach Taranaki.

Zuletzt hatte man ihn ihn Wanganui gesehen. Von dort hätte er nach Wellington zurückkehren sollen. Buller war verständlicherweise erst verärgert, dann besorgt. Wo war sein wertvoller Singvogel, der aufgeweckte junge Mann, auf den sich viele maorische Klienten von Buller, Lewis & Gully inzwischen verließen? Um herauszufinden, was mit ihm geschehen war, müssen wir uns wieder dem 3. September zuwenden, dem Tag, an dem John Bryce eintraf, um die Inhaftierung der Zaunbauer zu beaufsichtigen.

Miri Rangi war es, in ihrem Zimmer zur Straße hinaus bei halb zugezogenen Jalousien, die mir erläuterte, was vorgefallen war. An jenem Tag gehörte Fox' Bruder Ake Ake zu den Demonstranten, die zu den Zäunen hinunter kamen. Wie wir wissen, war er einmal ein Krieger gewesen, hatte zu Titokowarus führenden jungen Kämpfern gezählt, aber wie Titokowaru selbst hatte er Te Whitis Philosophie der Gewaltfreiheit angenommen. Als die Polizisten über das Feld hinweg auf ihn zu kamen, widersetzte er sich ihnen weder, noch versuchte er zu fliehen. Er stand da und ließ sich die Hände fesseln – wir wissen nicht, ob hinter seinem Rücken oder vor dem Körper. Doch dann, anstatt zu diesem in der Presse erwähnten „Eisenbau" abgeführt zu werden, wurde er zu Boden geworfen und über die Stoppeln gezogen.

Das Verb, das Miri für „ziehen" benutzte, war *totoia* – zufällig klang das maorische Wort mit seinen zwei langen Os ähnlich wie das englische Wort für Folter, torture, und genau das scheint es gewesen zu sein. Am Ende der Prozedur war Ake Ake schwer verletzt und blutüberströmt.

Wie, denkt man, kann so etwas passieren? In der ersten Ausgabe seiner „History of New Zealand" behauptet Rusden offen, dass John Bryce, der in jungen Jahren als „Cowboy" arbeitete, sich seinen Ruf für Grausamkeit dadurch erworben hatte, dass er „Steine in die Augen der geduldigen Kuh" geworfen hatte. Eine angebundene Kuh wurde gequält... Jahre vergehen, und nun steht ein gefesselter Mann vor ihm... Der Verdacht drängt sich auf, dass Ake Ake Omahuru nicht obwohl, sondern weil der Minister anwesend war, misshandelt wurde.

Als Miri Rangi mir diese Geschichte erzählte, wurde es im Zimmer sehr still und es schien sich zu verdunkeln, so, als ob wir uns einen Augenblick lang an einem Ort befänden, wo es Sternenlicht gab.

„Manchmal", sagte Miri nach einer Pause, „weinen wir immer noch über das, was damals geschah."

Unter meine Gefühle mischten sich Entsetzen und eine Art von Beklemmung – die Beklemmung des Ausgeschlossenen. Diese wurde durch Miris Verwendung des Wortes „wir" ausgelöst. Mein ganzes Leben lang hatte ich einem anderen „wir" angehört, der Mehrheit, die man im Dunkeln gelassen hatte oder die sich hinsichtlich ihrer Geschichte bewusst selbst im Dunkeln ließ. Die jovialen Euphemismen der Zeitungsberichte erschienen nun offensichtlich und zutiefst verdächtig: „Einige Eingeborene wurden...recht grob behandelt", „Bordeaux wurde großzügig verteilt." Und noch ein Beweisstück gab es, sonderbar und zwingend, das es unmöglich macht zu glauben, bei dieser Geschichte handele es sich um Kriegspropaganda. Nach diesem Vorfall änderte sich Ake Akes Name. Solange er lebte, kannte man ihn nun, zumindest im Familienkreis, als 'Aki 'Aki oder Haki Haki, was soviel bedeutet wie „von Schorf bedeckt". Es ist einfach ein kleines Wortspiel, das sich um die Geschichte rankt, vielleicht um die Schmerzen, die dieses Ereignis auslöste, zu mildern. Doch die Zeit hat über ein Jahrhundert lang nicht an diesem Wortspiel gerührt; hätte es so viele Jahre überdauert, wenn es um eine Lüge oder eine Übertreibung herum entstanden wäre?

1937 suchte ein Lokalhistoriker aus Taranaki namens Houston Ake Ake Omahuru in seinem Haus an der Straße nach Hastings außerhalb von Hawera auf. Er traf auf einen alten Mann von beinahe 90 Jahren, „grauhaarig und sehr gekrümmt", der „in Pungarehu am Arm verletzt worden war". Aus Houstons Aufzeichnungen geht nicht hervor, ob ihm von dieser Verletzung nur erzählt wurde oder ob eine Behinderung noch sichtbar war – als Folge davon, zum Beispiel, dass er an den Handgelenken gefesselt über ein Feld gezerrt worden war. Ake Ake trug, wie Houston berichtet, immer noch die weiße Albatrosfeder, ein Zeichen seines Glaubens an Te Whitis Lehre. Er war „sehr höflich – füllte ein kurzes Formular für uns aus – wollte uns aber nichts erzählen".

Wenn uns diese Geschichte heute noch schockiert, so stelle man sich vor, wie sie auf den jungen Fox gewirkt haben muss. Miri Rangi zufolge war Ake Ake zu schwer verletzt, um zusammen mit den anderen inhaftierten Männern ins Gefängnis geschafft zu werden. Selbst wenn Fox ihn nicht sofort sah, so muss er von seinen Verletzungen gehört haben, als er im Oktober nach Mawhitiwhiti kam. Als Kind hatte er seinen älteren Bruder wie einen Helden verehrt, doch in den letzten beiden Jahren müssen die Beziehungen zwischen dem Anhänger Te Whitis und dem Juristen, der für die Pakeha arbeitete, angespannt gewesen sein. Doch nun änderte sich alles. Was sollte der junge William Fox nun denken? Oder schlimmer noch, er muss sich gefragt haben, was seinem Bruder, dem dunklen Held seiner Kindheit, wohl durch den Kopf ging, während er von den weißen Männern über die Stoppeln geschleift wurde?

Ende November erhielt Buller endlich einen Brief vom Vater des jungen Mannes:

An Dr. Buller, mein Freund, Grüße, mein lieber Freund. Seien Sie über die Zeitdauer, die Pokiha [Fox] nun schon hier ist, nicht betrübt. Sein Aufenthalt hier ist durch Krankheit bedingt. Er litt an einer ernsten Krankheit, als er aus dem Süden kommend hier eintraf. Deshalb ist er hier von mir aufgehalten worden. Wenn er wieder gesund ist, kann er zu Ihnen zurückkehren. Ich werde Ihnen von seiner Genesung Nachricht geben und ihn auf den Weg schicken. Er ist bis jetzt noch nicht in der Lage gewesen, sich mit meinen Angelegenheiten zu befassen, weil er so krank gewesen ist. Genug für heute.

Von Ihrem guten Freund,

von Te Karere Omahuru

Der junge Fox mag wirklich krank gewesen sein – vielleicht sogar so krank, wie sein Vater schrieb – aber zwei Monate vergingen, ohne ein Wort von ihm.

Bryce hatte die Niederlegung seines Amtes als Minister für Eingeborenenangelegenheiten wieder zurückgezogen, doch nun war es Sir William, der mit Nachdruck den politischen Kurs bestimmte. Wandel lag in der Luft. Ein neuer Gouverneur war auf dem Weg, Sir Arthur Gordon, ein christlicher Philantrop – oder „ein das Evangelium wiederkäuender Niggerfreund" mit „wilden demokratischen Theorien", wie es einige Siedler formulierten. Doch auch das Parlament und die öffentliche Meinung hatten sich nun gegen Bryce gerichtet und stützten die Untersuchungsbeauftragten. Fox wurde in eine neue Einmann-Kommission berufen, um seine zuvor propagierten Empfehlungen umzusetzen und die Flächenzuteilungen, die seiner Überzeugung nach der Schlüssel zur Lösung des ganzen Problems waren, festzulegen.

Inzwischen musste man auch an die Meinung im Ausland denken. Te Whiti hatte heimlich an einen britischen Parlamentarier geschrieben, an den gefeierten – oder berüchtigten – radikalen Politiker Charles Bradlaugh, der sich des Falls annahm. (Ein paar Monate zuvor hatte er jemanden beauftragt, den Brief für ihn zu übersetzen; es besteht die Möglichkeit, dass es sich dabei um William Fox Omahuru handelte). Plötzlich wurde die Misere, dass hunderte maorische Gefangene ohne Gerichtsverhandlung in Haft gehalten wurden und in einigen Fällen sogar während ihrer Verwahrung starben, zum Gegenstand dringlicher Erkundigungen aus Whitehall; die Angelegenheit wurde im britischen Unterhaus angesprochen und in der britischen und europäischen Presse erwähnt.

Bald kamen die ersten Häftlinge aus ihren Kerkern auf der Südinsel zurück und brachten die üblichen Berichte von Schindereien mit, die man von solchen Orten her kennt. Auf der „Penguin", der „Stella" und der „Hinemoa" segelten sie nach Norden. Als sie auf dem Heimweg nach Taranaki in Wellington eintrafen, wurde eine Gruppe vom Premierminister aufgesucht, der sich „freundlich nach ihrem Befinden erkundigte." Zwischenzeitlich hatte man beschlossen, dass sich der Gouverneur persönlich mit Te Whiti treffen sollte, und bald war sein Aide-de-camp [40] unterwegs nach Taranaki. Am Weihnachtstag traf er in voller Galauniform in Parihaka ein und übergab dem Häuptling einen Brief des Gouverneurs, in dem letzterer anbot, sich mit Te Whiti zusammenzusetzen und seine Anliegen mit ihm zu besprechen.

Der große, prächtige Umschlag soll Te Whiti ein Lächeln entlockt haben, aber er unterbrach den Dolmetscher schon nach wenigen Worten. Es sei zu spät, sagte er. „Kua maoa te taewa": „Die Kartoffel ist schon gekocht."

Die Kartoffel ist schon gekocht! Diese Worte verbreiteten sich wie ein Lauffeuer in der Kolonie. Was meinte Te Whiti damit? Jeder hatte dazu seine eigene Meinung: Ein Festmahl für den Gouverneur war in Vorbereitung. Die Birne war reif. Bereitschaft war alles. „Es bedeutet gar nichts", verkündete die New Zealand Mail, „es ist sinnloses Geschwätz." Noch heute wird diese Bemerkung Analysen unterzogen, die eines Levi-Strauss würdig wären. Rohe Speisen besäßen noch ihre lebendige Kraft, gekochte Speisen seien tot und *tapu*. Er, Te Whiti, habe seine Lebenskraft verloren, sein *mauri*, und wie könne er es wiedererlangen? Zweifellos schwangen all diese Bedeutungen in seinen Worten mit – es handelte sich um ein sehr altes Sprichwort (wörtlich übersetzt lautet es: „Der Kern der Tawafrucht wurde gedämpft.") – doch bereits ihre oberflächliche Bedeutung war dem Anlaß durchaus angemessen. Er, Te Whiti, war von Feuer umgeben. Wehrhäuser und Soldaten waren überall auf dem Gelände von Parihaka. In genau diesem Moment hatte man 5000 Morgen der Ländereien seiner Vorfahren, auf denen sich seine besten Gärten und uralte Anbauflächen befanden, vermessen, und stand kurz davor, sie weißen Siedlern zum Kauf anzubieten. „Die gekochte Kartoffel kann nichts besprechen." Mit anderen Worten, es ist für eine Kartoffel absurd, ihre Lage mit der Flamme zu diskutieren. Es war sowieso zu spät dafür. Wie könnte eine gare Speise wieder roh werden?

Außerdem, fügte er hinzu, müsse der Gouverneur, wenn er mehr zu wissen wünschte, „zum Topf kommen, in dem gekocht wird."

Vor genau dieser Situation hatte Fox immer wieder gewarnt – er hatte darauf bestanden, dass Te Whitis Land nicht vermessen und an weiße Siedler verkauft werden dürfe, bevor seine eigenen Landzuteilungen nicht markiert und ihm übergeben worden waren. Doch nun war Fox in Taranaki. Er richtete ein Büro in Hawera ein und machte Mitte Januar seinen ersten kurzen Besuch in Pungarehu, dem Armeeposten, den man zwei Meilen von Parihaka entfernt unterhielt, um sich im Bezirk umzusehen und mit der Bestimmung der Landzuteilungen zu beginnen.

Von Fox junior gab es immer noch kein Lebenszeichen. Buller vertraute seine Sorgen schließlich Sir William an, der sich daraufhin mit gewohntem Schwung einer neuen Aufgabe widmete. Bald hatte er den Flüchtigen aufgespürt.

Hawera, 31. Januar 1881

Mein bester Buller,

letzten Donnerstag schickte ich Hadfield [einen seiner Dolmetscher] nach Pungarehu, um dort nach William Fox Omahuru zu suchen. Am folgenden Tag erhielt ich von ihm die telegrafische Mitteilung, dass WFO nach Mawhitiwhiti gegangen sei – ich fuhr mit einem Pferdewagen hin, aber er war bereits wieder in Kaupokonui und auf dem Weg nach Parihaka. Da sich gerade ein Junge auf den Weg nach Erstgenanntem machte, schickte ich ihm durch ihn eine Nachricht. Gestern kam Hadfield zurück, ohne ihn gefunden zu haben. Heute früh werde ich Briefe an ihn abschicken, die ihm Mr. Carrington, der sich im Lager bei Parihaka befindet, übergeben soll.

In Parihaka traf Hadfield auf WFOs Vater – er hat ihn so verstanden, dass WFO sich auf dem Weg nach Wellington befinde und er ihn nicht wieder in Parihaka erwarte...

Hier oben ist das Wetter wunderbar, doch wenn der Wind weht, staubt es ganz scheußlich.

Mit freundlichen Grüßen

William Fox

Doch bereits am nächsten Tag gab es eine neue Entwicklung:

Hawera, 1. Februar 1881

Mein lieber Buller,

nach meinem letzten Brief tauchte W. F. Omaruru hier auf und ich konnte ihn abpassen und ein ernstes Gespräch mit ihm führen. Das Ergebnis ist, wie ich leider berichten muss, nicht zufriedenstellend. Er war zugeknöpft, um nicht zu sagen mürrisch, und behauptete, dass sein Vater ihn gebeten habe, bei ihm zu bleiben und sich um seine geschäftlichen Interessen zu kümmern, und er wollte nicht sagen, ob er die Absicht habe, nach Wellington zurückzukehren oder nicht.

Ich habe ihm den größten Teil Ihres Briefes an mich vorgelesen, ihm eine Menge Ratschläge gegeben und Warnungen ausgesprochen, aber ich fürchte doch sehr, dass das Leben im Busch zu viele Reize für ihn besitzt.

Die australischen Nigger sagen „zu viel weiße Mann, nix gut schwarze Mann" – und ich fürchte, dass die Maori ähnliche Gefühle hegen und die Zivilisation, die wir ihnen schenken, nicht als Verbesserung, sondern eher als Verschlechterung betrachten. Ich weiß, dass es für Sie, wie auch für mich selbst, eine große Enttäuschung sein würde, wenn dieser arme Junge wieder zur Decke [Maori-Kleidungsstück] und in sein Milieu zurückkehren würde, aber ich fürchte, er wird sich nicht überzeugen lassen.

Er ist wieder nach Parihaka zu seinem Vater gegangen und er hat mir versprochen, mich wissen zu lassen, wie er sich entscheidet. Ich fürchte jedoch, dass es sinnlos wäre, wenn ich noch irgendetwas versuchen würde. Er hat auch versprochen, Ihnen zu schreiben.

Mit freundlichen Grüßen
W. Fox

Innerhalb von achtundvierzig Stunden kam die Antwort:

Hawera, 3. Februar 1881

Mein lieber Buller,
heute morgen traf ich Omahuru, als er über die Waimate Plains ritt. Ich fragte ihn, ob er wieder nach Wellington fahren würde; er gab zur Antwort, er glaube nicht, dass er „überhaupt" zurückgehen sollte. Eine weiteres Beispiel für Cuviers geflügeltes Wort: „Man braucht 40 Generationen, um eine Wildente zu einer Hausente zu machen."

Ich befürchte, dass seine Entscheidung endgültig ist und dass Sie ihn in Ihrer Kanzlei nicht wiedersehen werden.

Nicht nur bedaure ich seine Handlung, ich bedaure auch, wie er dabei vorgeht und dass er keine Dankbarkeit oder Rücksicht zeigt, nachdem so viel für ihn getan worden ist.

Mit meinen Anspruchstellern komme ich hervorragend voran, aber über den Vertrag von Waitangi höre ich nichts – nicht einmal eine Anspielung auf die scharlachroten Decken. Dieses ehrwürdige Dokument sei Mr. Bradlaugh und Mr. Agricola Sherrin [41] überlassen, damit es ihre Seelen bekümmere.

Mit freundlichen Grüßen
W. Fox

„Zugeknöpft", „mürrisch", „dieser arme Junge", „keine Dankbarkeit"... wie immer in seinen schriftlichen Äußerungen – anders als in seinen Reden oder Taten – schlug Sir William einen Ton des milden Bedauerns an. Es war zwar irgendwie schade, aber was war schon geschehen? Eine wilde Ente war davongeflogen, zurück in die Wildnis...

Bald bekamen einige Zeitungen Wind von der Geschichte.

„Dieser Eingeborene... gut ausgebildet, der über gute Kenntnisse des englischen Rechts verfügt und für diesen Beruf eine erkennbare Begabung besitzt... hat alles aufgegeben und sich mit Körper und Seele Te Whiti verschrieben", stand im Taranaki Herald.

„Jetzt ist er in Parihaka und lebt dort genauso wie die anderen Eingeborenen. Das beweist deutlich, wie unmöglich es ist, die Eingeborenen zu zivilisieren. Jeder Versuch ist nur eine Zeit- und Geldverschwendung."

„In der Kolonie macht eine beklagenswerte Geschichte über einen maorischen Burschen die Runde, den Sir William Fox vor dem Tode bewahrte und den Dr. Buller halb im Rechtswesen ausbildete... der wieder in das Barbarentum seiner Ahnen zurückfiel", schrieb der Wairarapa Standard.

„Es ist der heilige Wunsch der Taranaki News, dass er seine Existenz selbst auslöschen möge."

Doch der junge Fox hatte keinerlei Absicht, sich selbst auszulöschen. Bald wurde wieder in der Presse über ihn berichtet, in weit mehr Zeitungen und diesmal auch ausführlicher. Auf der monatlichen Versammlung in Parihaka hielt der junge Mann vor mehreren tausend Maori und ungefähr einhundert Europäern eine Rede. Diese Tatsache allein war bereits etwas Außergewöhnliches. Bei der allmonatlichen Zusammenkunft – dem *hui* – sprach erst Te Whiti ausführlich, dann ergriff Tohu das Wort, aber soweit man das aus Zeitungsberichten und offiziellen Mitteilungen schließen kann, hielt sonst niemand eine Rede. Einmal sprang Robert Parris (der inzwischen damit beauftragt worden war, Sir William in der neuen Kommission zu assistieren, und von vielen beschuldigt wurde, Fox zu täuschen, damit er seine eigenen Schäfchen ins Trockene bringen konnte) auf, sobald Te Whiti seine Ansprache beendet hatte, und versuchte, das Wort zu ergreifen.

„Sprechen Sie nicht heute, sprechen Sie morgen", befahl Te Whiti.

„Niemand weiß, was morgen sein wird", antwortete Parris.

„Ich weiß nicht, wie lange ich leben werde... vielleicht wird es kein morgen geben."

„Nun gut", meinte Te Whiti. „Sprechen Sie an dem Tag, den es nicht geben wird."

Te Whitis Ansprachen fanden weite Verbreitung in der Presse des gesamten Landes – und das oft in wüst verzerrter Form. Er klagte darüber, dass seine eigentliche Botschaft von den Journalisten, die sie hörten, missverstanden wurde.

„Wenn ich vom Land, der Landvermessung, den Pflügern und anderen geringfügigen Dingen spreche, dann huschen ihre Bleistifte in Windeseile über das Papier, aber wenn ich von den Worten des Geistes spreche, dann sagen sie, es sei der Traum eines Verrückten! So gierig sind sie nach Gewinn, dass nichts sie anzugehen scheint, wenn es nicht in irgendeiner Form mit der Anhäufung von Wohlstand zusammenhängt." Und nicht nur seine eigentliche Botschaft, sondern auch sein Sprachgebrauch und die traditionelle Form der maorischen Rhetorik überstiegen das Verständnis der Reporter. Dennoch tauchten in den Spalten der schätzungsweise 200 Zeitungen des Landes Monat für Monat Te Whitis Worte in der einen oder anderen Variante auf.

Tohu fand weit weniger Aufmerksamkeit – in den Augen der Europäer war er kein so beeindruckender Redner und ohnehin nahm man allgemein an, dass er einfach wiederholte, was Te Whiti bereits ausgesprochen hatte.

Nunmehr kam es zu einem unerhörten Ereignis – einer Rede eines Außenseiters von nicht einmal 20 Jahren, der von Reportern umringt wurde, die sie hören wollten.

Es war eine fast komische Darbietung, die Rede eines Jungen, prahlerisch und aufgeregt, und die Menge, die Te Whiti in gebanntem Schweigen lauschte, reagierte auf Fox' Rede mit Gejohle und Heiterkeit. Die folgende Version wurde in mehreren Zeitungen abgedruckt:

Mit dieser Rede folge ich dem Wunsch Te Whitis, der mich bat, euch meine Gedanken mitzuteilen... Fox ist *pouri* [schweren Herzens], weil ich, der junge Häuptling Wiremu Poki, ihn verlassen habe... Trage ich nicht seinen Namen? Ich soll euch erklären, weshalb ich ihn verließ. Ich wurde der üblen Sitten der Pakeha müde, es war an der Zeit für mich zu gehen, sonst wäre ich vielleicht wie sie geworden, so viel habe ich dank meiner Erziehung gelernt.

Ich werde euch auch noch einen weiteren Grund dafür nennen, weshalb ich meinen Wohltäter verließ. Ich glaubte aus tiefstem Herzen, dass Fox der *pohe* [Chef] war, der diese Arbeit [der Kommission] ausführen sollte, auch wenn ich weiß, dass ich es war, auf den er sich im Hinblick auf die Ergebnisse stützte. Aber ich stellte fest, dass Fox keinesfalls der Führer war, sondern dass er von Parris dominiert wird, gerade so wie Te Whiti Parris dominiert.

Als ich also erkannte, dass Fox, der *Roia Nui Whakaharahara* – der große, hoch angesehene Anwalt – nicht der hundert Jahre alte Rata-Baum war, für den ich ihn gehalten hatte, sondern nur eine Keulenlilie... hob sich der Nebel, der mir zuvor den Blick verschleiert hatte, und Licht verdrängte die Dunkelheit. Hätte ich danach noch bleiben können, um mich weiterhin täuschen zu lassen? Niemals! [Großer Jubel]

Es lässt sich jedoch ohne Umschweife sagen, dass Fox gut zu mir war – wenn er mir auch nie nur einen Sixpence für ein Glas Bier zugesteckt hat. Aber warum war er gut zu mir?

Der Anwalt, bei dem ich arbeitete, war auch gut mir, ausgesprochen gut sogar, und von ihm bekam ich oft einen Shilling. Aber warum waren diese beiden oder andere Pakeha in irgendeiner Weise gütig? Ich will es euch sagen, denn auch ich bin Jurist und habe die Pakeha durchschaut.

Hört zu, wenn die Anwälte euch mit Freundlichkeit begegnen und die Pakeha euch lieben, seid auf der Hut. Diese Liebenswürdigkeit ist der Köder für den kleinen Fisch, mit dem sie einen dicken *whapuku* [Zackenbarsch] fangen wollen, und dann werden zwei Fische vom freundlichen und gütigen Pakeha verschlungen. [Großer Jubel und Zwischenrufe]. Und wenn sie den Barsch auf einen Angelhaken spießen und damit einen *tohura* [Wal] fangen könnten, dann würden sie auch noch den Wal verschlingen. [Erneuter Jubel].

Oh, ja, ich weiß, aber *„No whia, koke* [Keine Angst].“ [Wilder Applaus]

Das sind meine Gedanken. Von einem der Gründe, weswegen ich die Pakeha verlassen habe und zu euch zurück kam, habe ich gesprochen. Meine Liebe für mein Volk und unser Land wird nie vergehen, so wahr ich Jurist bin. Keine Lehre wird mein Wesen ändern, aber der Pakeha will nicht einsehen, dass man einen Albatros nicht in eine Krähe verwandeln kann.“

Die Ansprache oder Auszüge daraus erreichten die Leser vieler Zeitungen. „Dieser junge Eingeborene“, bemerkte eine Zeitschrift aus Wellington, „scheint keine hohe Meinung von unseren moralischen Werten zu haben. Daran zeigt sich, wie wenig Gutes man damit erreicht, einen Maori auszubilden.“ Die vollständige Rede – die sich ausführlicher mit Parris' Einfluss auf Fox befasste – wurde in der Patea Mail abgedruckt, die Sir William selbst gelesen haben muss. Man kann sich seinen Schock und seine Wut kaum vorstellen. Was war er? Eine Keulenlilie und ein „auf dem Wasser treibender Baumstamm“, jemand, den man „mit Mitleid betrachtete“? Die streitlustige Patea Mail, die dem Untersuchungsbeauftragten ohnehin nicht gewogen war, amüsierte sich auf seine Kosten:

Während Sir William Fox dabei war, den Eingeborenen-Konflikt „zu beruhigen“, hat ihn sein Zieh-Sohn verlassen, seine feinen Anzüge ab- und eine maorische Decke à la Te Whiti umgelegt... Seine Rede muss von traurigem Interesse für Sir William Fox sein, dem es sogar misslang, diesen einen maorischen Jüngling „zu beruhigen“.

Der Wairarapa Standard hatte eine andere Perspektive:

Wir kennen den jungen Burschen sehr gut und verspüren in diesem Fall kein Bedauern. Selbst Sir William mag sich getröstet fühlen... Haben unsere Leser je von Mark Anton und Kleopatra gehört? Erinnern sie sich daran, was Plutarch über die

Flucht Mark Antons sagte? Die Seele eines Liebenden lebt im Körper seiner Geliebten.

Mit anderen Worten, der junge Anwalt hat in Parihaka eine Hinemoa im Auge, und von einem Mann, der wegen einer Frau zum Teufel geht, kann man noch manch Gutes erwarten – auch wenn Sir William dem nicht beipflichten wird.

Hinemoa ist der Name des Mädchens in der berühmtesten aller maorischen Liebesgeschichten, einer Art von „Romeo und Julia". Sie läuft darin fort, um ihren verbotenen Geliebten wiederzufinden, und durchschwimmt bei Nacht, geleitet vom Klang seiner Flöte, einen See. Der weiße Korrespondent des Wairarapa Standard namens Thompson war mit einer maorischen Frau aus Taranaki verheiratet und verbrachte viel Zeit in Parihaka – es gibt also keinen Grund, an seiner Geschichte zu zweifeln. William Fox, oder Ngatau Omahuru oder Wiremu Pokiha oder Wiremu Poki, der bis zu diesem Zeitpunkt seines Lebens in einem Dunst verschiedener Namen gefangen war – war nun zum ersten Mal in seinem Leben frei von ihnen allen. Im Alter von 19 Jahren befand er sich im Zustand der Unkompliziertheit – er war ein Liebender. Die Identität seiner Freundin ist unbekannt. Miri Rangi hatte diesen Teil der Geschichte noch nicht gehört.

An jenem Abend war Fox nicht der einzige junge Liebende in Parihaka. Mit einem kürzlich aus seinem Gefängnis auf der Südinsel heimgekehrten maorischen Häftling war aus New Plymouth „ein unverheiratetes weißes Mädchen, die älteste Tochter des verstorbenen Mr. W. Sturmey" durchgebrannt. Das führte zu Missstimmungen in New Plymouth: „Ein bekannter Hersteller von Ingwer-Bier galoppierte mit einem Brief an Te Whiti nach Parihaka und verlangte die Herausgabe der schönen Flüchtigen... Die liebreizende Hebe hielt sich jedoch von allen Europäern fern und wurde nicht gesehen, obwohl die Eingeborenen zugaben, dass sie sich dort aufhielt. Sie verbarg sich in einem der *whares* und umgab sich mit einer kräftigen Wache aus Eingeborenen-Frauen, die verhinderten, dass man sie störte."

In jenem März gab es in Parihaka mehr als genug zu essen, aber vor allem hatten Melonen Saison. Melonen gab es im Überfluss. Sie stapelten sich in über zwei Metern Höhe auf über 20 Metern Länge. Überall trat man auf Melonenschalen und Melonenkerne. Im ganzen Ort rutschten die Leute darauf aus. An jenem Abend „herrschte" in Parihaka, wie die Zeitungen berichteten, nach Abschluss aller Reden und Besprechungen „unter den jungen Leuten die größte Ausgelassenheit".

Im Publikum, das dem „jungen Häuptling Wiremu Poki" zuhörte, war auch eine unerwartete Gestalt: Walter Buller. Was genau Buller dort tat, ist nicht klar. Wahrscheinlich hoffte er, sich seinen wertvollen Gehilfen schnappen zu können, um ihn nach Wellington ins Büro zurückzuschleppen. Es gibt keine Hinweise darauf, wie er auf die Ansprache reagierte, aber wahrscheinlich machte sie ihm großen Spaß – besonders die Parabel über das Verschlingen eines großen Wales, denn inzwischen hatte er großen Reichtum angehäuft, was sich auf das Gewissen eines Menschen häufig seltsam auswirkt. „Ein Wal? Wunderbar!" Aber vielleicht übertreibe ich seine Schamlosigkeit. Jedenfalls verließ er Parihaka ohne seinen Gehilfen. Sie standen jedoch weiterhin in Kontakt miteinander und William Fox Omahuru scheint die Kanzlei in Wellington ein paar Monate später wieder in geschäftlichen Angelegenheiten seiner Familie aufgesucht zu haben. In der Zwischenzeit hielt er sich in Parihaka auf oder ging dort jedenfalls ein und aus. Er wurde Te Whitis wichtigster Übersetzer und Dolmetscher und war häufig an seiner Seite, wenn weiße Besucher eintrafen. Man stellte ihm einen Raum als Büro zur Verfügung und schätzte ihn offensichtlich für seine Rechtskenntnisse und seine Vertrautheit mit der bürokratischen Welt oder damit, wie ihre Denkweise funktionierte. Im Scherz wurde sein Büro „unser Parlament" genannt, was nicht besonders witzig erscheinen mag, aber seit einigen Jahren war in Parihaka genau dieses Wort „Parlament", wenn es sich auf das Abgeordnetenhaus in Wellington bezog, mit Abscheu vernommen worden. Nichts Gutes war je von dort gekommen.

Das politische Klima jedoch verbesserte sich weiterhin. Das Land war davon überzeugt, dass die Probleme in Taranaki kurz vor der Lösung standen. Der Gouverneur bereiste die Südinsel und konstatierte selbst in den Kleinstädten „ein großes Interesse an der Eingeborenen-Frage".

„In Ashburton drückte die Kaledonische Vereinigung ihre Achtung vor der Tapferkeit und der Intelligenz unserer maorischen Mituntertanen aus", berichtete die Lyttleton Times. „Sie erkannten an, dass ihre Rechte missachtet worden sind und wünschten sich ein herzliches gegenseitiges Verständnis zwischen den beiden Rassen, statt unseren Nachkommen bitteren Hass und tödliche Fehden zu hinterlassen."

Bryce war wieder zurückgetreten und diesmal war sein Rücktritt angenommen worden. In Taranaki war Fox bei der Arbeit und hatte nun freie Hand. Te Whiti hatte signalisiert, dass er einen Kompromiss akzeptieren würde: eine Konfiszierung, die durch großzügige Landzuteilungen ausgeglichen würde. Der Gouverneur verfolgte alles genau. Einem „herzlichen gegenseitigen Verständnis" der beiden Bevölkerungsgruppen lag nun kein Hindernis mehr im Weg.

Innerhalb weniger Wochen kam es zu einer der seltsamsten Wendungen dieser ganzen Geschichte. Es zeigte sich, dass Sir William Fox, ohne dafür eine Erklärung abzugeben, seine Haltung Te Whiti gegenüber umgekehrt hatte und plötzlich einer Persönlichkeit den Rücken zukehrte, die er selbst als „diesen ungewöhnlichen Mann, der zweifellos viele lange Jahre für uns den Frieden gewahrt hat und der selbst jetzt noch überzeugt zu sein scheint, dass es kein Blutvergießen geben sollte", beschrieben hatte. Noch vor wenigen Monaten hatte Fox erklärt, dass das Westküstenproblem „niemals ohne Vereinbarung mit Te Whiti beigelegt" werden würde, und dass seine „Zustimmung" zu jeder Ansiedlung „eingeholt" werden müsse.

Zu dieser Einholung der Zustimmung kam es nie. Fox fuhr fort, überall auf den konfiszierten Flächen Landzuteilungen auszuweisen, nicht jedoch in Parihaka. Er reiste nach Süden und begann mit der gar nicht dringenden Arbeit am anderen

Ufer des Waingongoro River. Er kam zu einer Vereinbarung mit Titokowaru auf den Waimate Plains und er suchte den alten Kriegsherrn sogar persönlich auf, den er jahrelang in seinen Reden als schattenhafte Ausgeburt des Teufels bezeichnet hatte, obendrein in Begleitung von Lady Fox, als ginge er zu einer Teegesellschaft.

Doch nach Parihaka, wo das beste Ackerland zum Verkauf vermessen wurde und wo Hursthouse seinen militärischen Straßenbau fortsetzte, wollte Fox partout nicht kommen. Als ein britischer Abgeordneter namens Brogden, der „in England eine Menge über Te Whiti gehört hatte", und sogar der Herzog von Manchester, ein persönlicher Freund und Mentor Sir Williams, nach Neuseeland kamen und Te Whiti aufsuchten, weigerte sich Fox, sie zu begleiten.

Die Provokationen setzten sich fort. Auf dem zu Parihaka gehörenden Land standen alle Ländereien auf der Küstenseite bereits zum Verkauf, ohne dass Ausgleichslandzuteilungen ausgewiesen worden wären: Es war klar, dass Fox sein Versprechen, die seit Generationen genutzten Anbauflächen nicht zu konfiszieren, gebrochen hatte. Bald sollte er auch noch verkünden, dass selbst die Hauptlandzuteilung an Te Whiti tatsächlich von der Regierung verwaltet und an weiße Siedler verpachtet werden sollte; die Pachteinnahmen sollten von der staatlichen Treuhandgesellschaft verwaltet und an die maorischen Grundbesitzer tröpfchenweise ausgeschüttet werden. Der maorische Grundbesitz von tausenden Morgen Bergwald, Ebenen und Küsten sollte auf eine Stadt im Landesinneren reduziert werden, deren Bewohner auf Almosen angewiesen und von weißen Gehöften umringt wären.

Bei der nächsten Zusammenkunft im April war Te Whiti in ungewöhnlich niedergeschlagener Stimmung. Es war ein trister Herbsttag, an dem immer wieder schwere Regenschauer niedergingen. Das Übel, sagte Te White, das auf den Maori lag, war nicht Teil der Gegenwart, sondern der Vergangenheit. Sowohl das Land als auch seine Bewohner waren erschaffen worden, doch während das Land bestehen bleiben würde, sollten die Menschen vergehen. Er fügte hinzu, dass er wenig zu sagen

habe, so sehr bedrücke ihn der Regen. Die Zeiten waren düster und er konnte sie nicht aufhellen.

„Da der Regen sich noch verstärkte, ging die Versammlung auseinander", schloss die koloniale Presseagentur.

Nie hat jemand Sir Williams Meinungsumschwung begründet. Historiker sprechen einfach, wenn auch halbherzig, vom „zwiespältigen Mr. Fox", der ohnehin immer seine Meinung änderte. Allgemein wurde angenommen, dass er einfach beschlossen hatte, den Kosten, die durch den Unterhalt einer Streitkraft an der Küste entstanden, ein Ende zu setzen, und die Dinge deshalb auf die Spitze zu treiben, um Te Whiti zum Angriff zu provozieren.

Eine unbedeutende Gestalt inmitten dieser dunklen Tage wurde dabei übersehen... der Ausreißer, der junge Jurist William Fox Omahuru.

Der Gedanke, dass ein alternder Staatsmann, ein königlicher Untersuchungsbeauftragter, ein politisches Programm seines davongelaufenen Pflegesohns wegen zurücknähme, mag irrwitzig erscheinen. Aber wir dürfen nicht vergessen, wie Fox' Zeitgenossen über ihn dachten. „Der Wesenszug unsterblicher Rachsucht." „Griesgrämig, gehässig und neiderfüllt." „Ein Heißsporn voller Widerspruchsgeist", urteilte einer seiner Freunde, ein Politiker namens Gisborne. „Sein Wesen war von Aggressivität bestimmt, immer war er kampfbereit."

Es stimmt, dass Fox immer einen Gegner brauchte, auf den er sich stürzen konnte. Vielleicht war es so, dass jetzt, da seine früheren Widersacher – Grey, Bryce, „Ballance, dieser Hundesohn" – keine Macht mehr besaßen, nur Te Whiti diese Lücke füllen konnte. Und Te Whiti hatte sich zumindest eines persönlichen Vergehens gegenüber Sir William schuldig gemacht. Er hatte einen gewissen „aufgeweckten, intelligenten jungen Eingeborenen" für sich eingenommen, der nun in Parihaka lebte, empörende Reden schwang, an Te Whitis Seite Besucher begrüßte, und seiner Freundin süße Worte ins Ohr flüsterte. Dabei war dieser Junge doch immerhin Fox' eigenes Geschöpf. Er hatte ihn sich beschafft, ihm seinen Namen gegeben, ihn erzogen, ihm die Welt gezeigt, in zu Buller geschickt, ihn zu einem Star bei den Kommissionsanhörungen gemacht. Es gibt sogar Hinweise darauf, dass er vorhatte, dem jungen Mann ausgedehnte Landzuteilungen zu gewähren, um sie dann als sein gesetzlicher Vormund zu verpachten und die Einnahmen daraus zu verwalten. Die Patea Mail machte Fox diesen Vorwurf dreimal, ohne dass er je zurückgewiesen wurde. Unabhängig davon, wie viel Wahrheit in dieser Anschuldigung lag, hatte der Bursche Fox lächerlich gemacht und Te Whiti hatte den Jungen auf seine Seite gezogen.

Noch einmal erinnern wir uns an Gisbornes Stimme: „Er verfügte über Redegewandtheit und Humor... und war gewöhnlich verträglich, doch oft zu verbittert, zu sarkastisch, zu heftig und persönlichen Schmähungen allzu sehr zugeneigt. Und er sprang so vorbehaltlos von einer Meinung zur nächsten, dass es nicht mehr zu steigern war."

Te Whiti, dieser „bemerkenswerte Mann", war nun zu Sir Williams persönlicher Zielscheibe geworden, und man fing an, die Schlachtpläne zu zeichnen.

Schließlich machte Sir William doch einen Besuch in Parihaka. Es folgt die Beschreibung des Ortes durch einen britischen Korrespondenten, der 1881 für The Graphic schrieb. „Parihaka, die wichtigste Hochburg der Maori in Neuseeland, ist eine immens große und imponierende Eingeborenen-Stadt. Nie zuvor sah ich solche Scharen von Maori. Mit ihren heiteren Farben, stattlichen Männern und hübschen Mädchen bot sie einen äußerst malerischen Anblick."

Doch als Sir William dort 1882 eintraf, sah Parihaka ganz anders aus. Die Hälfte der Häuser hatte man zerstört. Das *wharenui* oder Versammlungshaus war unter Mühen abgerissen worden. Hübsche Mädchen waren nicht da. Keine jungen Liebenden rutschten auf Melonenschalen aus. Te Whiti war fort. Der junge William Fox war fort. Sogar Ellen Sturmey, die junge Frau, die sich mit ihrem Liebhaber aus New Plymouth abgesetzt hatte, war fort. Man hatte sie mit einer Militäreskorte nach New Plymouth zurückgeführt. Der Ort war halb verlassen. Er bestand aus einer Ansammlung grauer und brauner Schatten. Wir wissen, dass er so aussah, weil Sir William, als er dort eintraf, auf einem kleinen, kegelförmigen Hügel am Rande der Stadt Stellung bezog, seine Aquarellfarben hervorholte und die Szene seines Triumphs malte. Sein Bild existiert noch. Es wird in einer Bibliothek in Wellington in einer Mappe aufbewahrt und man darf es sich ansehen, wenn man ein paar weiße Baumwollhandschuhe überzieht.

13

Wenn jemand jemanden trifft

1881 wurden die Ländereien Te Whitis bei Parihaka, eine Fläche von ungefähr 80.000 Morgen, durch die neue Militärstraße zum ersten Mal in ihrer Geschichte in zwei Teile zerschnitten. Zwischen 10.000 und 15.000 Morgen auf einer der beiden Hälften – dem „seewärtigen Grundstück" – bestanden aus dem besten Ackerland und aus mehr oder weniger offener Landschaft mit ein paar wenigen Beständen von Bäumen und Sträuchern. Auf der anderen Seite der Straße wuchs dichterer Wald, der landeinwärts immer undurchdringlicher wurde.

Das seewärtige Grundstück war bis Juni 1881 vermessen worden und wurde nun zum Verkauf angeboten. Niemand jedoch hatte die maorischen Besitzer offiziell davon in Kenntnis gesetzt, dass ihnen das Land nicht mehr gehörte. Im Mittwinter-Monat Juli schickte Te Whiti Leute über die Straße, um zur Vorbereitung der Aussaat im Frühjahr mit dem Roden und Einzäunen der Anbauflächen zu beginnen. Robert Harris wurde ausgesandt, um ihnen mitzuteilen, dass sie dabei waren, widerrechtlich Grundbesitz der Krone zu betreten. Parris wurde von den Gärtnern ignoriert und bald danach von Fox in einen anderen Teil der Provinz entsandt. Als die Feldarbeit fortgesetzt wurde, gab man einer bewaffneten Einheit den Befehl, die Maori daran zu hindern, vom "Grundbesitz der Regierung" Besitz zu ergreifen.

Hier, unter den hohen Hügeln der an der See gelegenen Ebene, öffnete sich der Vorhang zum dritten Akt von Te Whitis Drama.

Es ist auch heute noch eine eigentümliche Landschaft, bedeckt mit Milchbetrieben und fleckenartig verteilten, vorstädtisch wirkenden Bauernhäusern. Wenn man über den Highway 45 auf Pungarehu zufährt, erheben sich auf allen Seiten hunderte niedriger konischer Hügel, die im Schnitt etwa 50 Fuß hoch sind. Geologen erklären, dass diese Formationen durch Luftblasen in einem urzeitlichen Lavastrom entstanden. Mit der Zeit wurde die Lava von Bäumen und Gras bedeckt. Diese Landschaft ist suggestiv und sinnbildhaft – wenn man sie durchquert, hat man das Gefühl, man könne ebenso gut unter den erstarrten Wellen eines Meeres hindurchwandern: Auch heute noch umgibt jedes Objekt auf dem Gipfel eines dieser niedrigen Hügel – eine schwarzweiße Kuh, eine Kiefer, einen Wasserbehälter aus Beton – etwas Feierliches und Beeindruckendes, als sei es dort mit Bedacht von einem Maler der flämischen Schule platziert worden.

1881 stand das größte Militärlager in Taranaki auf einem dieser Hügel an der Straßenkreuzung bei Pungarehu. Nach Westen blickte es über das seewärtige Grundstück bis zur Küste, zum Landesinneren hin bis zum etwa anderthalb Meilen entfernten Parihaka. Drei weitere Festungen lagen einige Meilen weiter nördlich und südlich. Der Monat August kam und ging, und die seltsame, gedämpfte Konfrontation setzte sich fort. Anpflanzungen wurden gerodet, Zäune errichtet, Soldaten rissen sie wieder ein, Maori stellten sie wieder auf. Die Gemüter erhitzten sich, Drohungen wurden ausgesprochen, aber es kam weder zu einem eigentlichen Kampf noch zu weiteren Verhaftungen. Die Anwesenheit von Gouverneur Gordon und Furcht vor der Meinung in Großbritannien verhinderten eine Rückkehr zur Strategie des vergangenen Jahres. Fox, der einzige Mann, der ermächtigt gewesen wäre, die neue Krise zu beenden, ließ sich nicht sehen. Doch in Regierungskreisen wurden außerhalb der Hörweite Gordons Pläne zur Herbeiführung einer Entscheidung geschmiedet.

Die Regierung und der Gouverneur verabscheuten einander mittlerweile. Einige der Siedler gaben vor, Gordon deshalb zu verachten, weil er ein Bohemien sei, denn obwohl sein Vater ein ehemaliger britischer Premierminister und er selbst früher Page der Königin gewesen war, war allgemein bekannt, dass er einmal in der Öffentlichkeit einen Strohhut mit weicher Krempe getragen hatte, und nie schaffte er es, seine Westenknöpfe durch die richtigen Knopflöcher zu stecken. Seinerseits wandte Gordon sich angeekelt von der neuen Klasse ab, die nun das Land regierte. In der Vergangenheit, so schrieb er in einer privaten Notiz, habe es im „öffentlichen Leben" Neuseelands „mehr Gentlemen als in jeder anderen konstitutionellen Kolonie" gegeben, doch nun setze sich das Parlament hauptsächlich aus „betrunkenen, ungebildeten, korrupten Flegeln" zusammen. Mehr noch entsetzte ihn die neue Generation in der Church of England. „Von niemandem hört man verbittertere und unbeherrschtere Reden gegen die Eingeborenen als von den Geistlichen... Vom Werk Bischof Selwyns ist kaum noch eine Spur übrig geblieben. Die Bischöfe, die [seinen] Platz einnahmen... sind Männer einer ganz anderen Sorte – sie sind keine Gentlemen, keine Gelehrten, nicht rege, und fast bin ich versucht zu sagen, keine Christen, so verbittert und engstirning ist das, was sie sagen und tun." Gordon war kein Mann, den man wie seinen Vorgänger mit dem unpassenden Namen Sir Hercules in eine Marionette der Regierung verwandeln konnte. Ihre neuen Pläne, die Konfrontation mit Te Whiti auf die Spitze zu treiben, wurden daher sorgfältig vor dem verfassungsmäßigen Staatsoberhaupt verborgen. Dann machte Gordon es ihr leicht, indem er beschloss, das Land für mehrere Wochen zu verlassen. Er wollte nach Fidschi reisen, wo er zuvor als Gouverneur gedient hatte, um einer wichtigen Gerichtsverhandlung beizuwohnen. Er fragte seine Minister, ob dem etwas im Wege stünde. Aber nicht doch, ganz im Gegenteil, antwortete Hall. Am 13. September dampfte der Gouverneur auf der SS „Emerald" davon.

Sofort wurde der Machtapparat aktiv. Innerhalb eines Tages entsandte die Regierung weitere Soldaten nach Taranaki und legte dem Parlament ein Gesetz vor, das Fox' Plan zur Verwaltung der „unveräußerlichen" Landzuteilungen verankerte. Am 14. September bewilligte die Versammlung dem Militär zusätzliche £ 84.000. Eine Mitteilung vom 16. des Monats an Gouverneur Gordon lautete: „Hinsichtlich der Situation in Parihaka... sind sich Mr. Hall und Mr. Rolleston einig, dass nichts auf ernsthaften Ärger hindeutet."

Te Whiti und Tohu wussten, was auf sie zukam. Bei der Zusammenkunft in Parihaka am 17. warnte Te Whiti sein Publikum. „Alles Übel, das es im Land gab, ist nun über uns gekommen. Heute wird nur noch vom Kampf gesprochen, und uns bleibt nur noch übrig zu kämpfen. Der Frieden, der herrschte, ist vergangen; es gibt jetzt keinen Frieden mehr. Beide Seiten, nehmt eure Waffen auf... der Wille zum Guten ist die einzige Waffe, die zum Sieg führen wird, und das Gute wird die Welt beherrschen...“

Als seine Rede veröffentlicht wurde, herrschte sofort große Aufregung; einige Zeitungen ließen den letzten hier zitierten Satz aus und meinten, endlich eine Kriegserklärung gehört zu haben: *„Pakanga, pakanga, pakanga...* schlagt zu, schlagt zu, schlagt zu. Heute wird nur noch vom Kampf gesprochen... Wenn der pakeha auf das Land kommt... und Gewehre mitbringt, bringt eure Gewehre mit... kämpft und tötet“, lautete eine Version, die publiziert wurde. Andere Zeitungen und auch der Regierungsdolmetscher lieferten ein ganzes Spektrum zumeist weniger aufrührerischer Interpretationen und innerhalb von wenigen Tagen wurde von einer zweiten Rede Te Whitis berichtet, „in der die eigentliche Bedeutung seiner Worte dargelegt“ wurde. Bei der Auseinandersetzung ginge es um das Land. Seine Waffen, mit denen er zuschlagen und zuschlagen und zuschlagen würde, seien das Pflanzen, das Errichten von Zäunen und gute Worte.

Doch die Siedler in Taranaki befanden sich im Zustand höchster Erregung und es gab „hartnäckige Bemühungen, eine Hysterie gegenüber den Maori zu schüren“, berichtete Croumbie-Brown, der Korrespondent der Lyttleton Times, die auf der Südinsel erschien. New Plymouth stehe kurz davor, niedergebrannt zu werden. Die Maori waren dabei, die Abhänge des Mount Egmont zu befestigen! Siedler auf der (inzwischen vermessenen und verkauften) Waimate-Ebene müssten erwarten, auf ein Wort von Te Whiti hin in ihren Betten – wo sonst – ermordet zu werden. Am 21. September bewilligte das Parlament weitere £ 100.000 zu Verteidigungszwecken. Rolleston, der neue Minister für Eingeborenenangelegenheiten, wurde jedoch immer noch von Zweifeln geplagt. Der Sohn eines englischen Klerikers, der in seinen Tagen an der Universität von Cambridge nach seinen eigenen Worten ein „fürchterlicher Radikaler" gewesen war, rühmte sich seiner intellektuellen Strenge und seines makellosen Gewissens. Er entsandte seinen Dolmetscher nach Parihaka, damit dieser persönlich ihm von der Situation dort berichte. Dieser junge Mann namens Riemenschneider war der Sohn des lutheranischen Missionars, dem Te Whiti erstmalig 1846 begegnet war. Te Whiti kannte ihn von klein auf und sprach offen mit ihm. Er sei *pouri* [schweren Herzens], darüber, dass Berichte über seine Rede die Siedler aufgeschreckt hätten, sagte er, denn er sei seiner Lehre des Friedens treu geblieben. Zuschlagen würde er nur, indem er die Ländereien seiner Vorfahren bestellen ließ. „Was Schläge angeht – niemals."

Riemenschneider besichtigte dann die Plantagen und nach seiner Rückkehr fragte ihn Te Whiti, ob das Werk der Hacke und des Spatens wie Unheil aussehe. „Lass uns diesen Berichten ein Ende setzen. Was Kämpfen angeht, das ist absurd. Du solltest mich zu gut kennen, um mir eine solche Frage zu stellen.... Ist es wahrscheinlich, dass wir nach all diesen Jahren des Friedens wieder zu Waffen greifen würden?"

„Er wies darauf hin, dass das maorische Volk zermalmt werde und sich keine Hand ausstrecke, ihm zu helfen. Als die Türkei beinahe von Russland erdrückt wurde, kam England ihr in ihrer Not zu Hilfe... Weshalb war der Gouverneur davongeeilt und hatte seine hilflosen Kinder im Stich gelassen? Er hätte ihn gerne gesehen, nicht seinen Untergebenen, der mit den Abzeichen eines Soldaten zu ihm kam.

Er wünschte zu wissen, wo sich Sir William Fox aufhielt, und er äußerte sein Bedauern darüber, dass Sir F. Dillon Bell fort war, denn Sir William trage eine Schlinge um den Hals und könne nicht so frei handeln, wie Sir Dillon Bell es gekonnt hätte..."

„Gegen Abend kehrten die Zaunbauer heim", fuhr Riemenschneider fort. „Te Whiti bemerkte ihre bedrückten Mienen und fragte sie, ob sie mit reinem Gewissen heimkehrten, oder ob sie an diesem Tag den Pakeha gegenüber unverschämt geworden seien, denn, so sagte er, ‚wenn ihr die Regel brecht, werde ich davon hören.'

Sie standen da wie begossene Pudel."

All diese von Riemenschneider angefertigten Aufzeichnungen übertrug der Minister für Eingeborenenangelegenheiten sorgfältig in sein Notizbuch. Sie bewiesen eines: Te Whiti hatte sich nicht geändert. Er sagte jetzt dasselbe wie vor zehn und möglicherweise bereits vor zwanzig Jahren. Die beiden Rassen mussten miteinander auskommen. „Selbst wenn eine Million Pakeha in diesen Bezirk kämen, würden wir uns dem nicht widersetzen." Sollten Maori oder Weiße einen Krieg herbeizuführen versuchen, würde er, Te Whiti, dies verhindern. „Wenn der Krieg käme, würden wir ihn auslachen."

Mindestens 40 seiner Reden, drei Jahre lang eine pro Monat, wurden in der Presse des Landes verbreitet, und ihre Botschaft blieb immer gleich, wenn auch ihre Schwerpunktsetzungen, ihre rhetorische Brillanz und die Qualität ihrer Übersetzungen variierten. Für das Protokoll folgt hier nur eine dieser Reden – sie wurde in Parihaka zufällig genau an dem Tag gehalten, als Fox dort sprach. Sollten Leser sich daran stören, dass sie nun gebeten werden, etwas zu lesen, das wie eine Predigt anmutet, und noch dazu eine, die in ein schwerfälliges viktorianisches Englisch übersetzt wurde [und erst dann ins Deutsche], möchte ich sie daran erinnern, dass es sich dabei nicht wirklich um eine Predigt handelt, oder jedenfalls nicht nur um eine Predigt, denn Te Whiti hatte zwar viel von einem Mystiker an sich, aber die Füße dieses Mystikers standen fest auf dem Boden, und er versuchte sich an einem außerordentlichen politischen Kraftakt – der Herbeiführung eines dauerhaften und nicht nur zweckmäßigen Friedens zwischen zweien der kriegslustigsten Völker der Welt, den Engländern und den Maori.

Er beginnt seine Rede, indem er die ersten heimgekehrten Gefangenen, die teils unter den psychischen Auswirkungen der Haft litten, tröstet.

Was auch immer einem Menschen widerfährt, Leiden und Tod sind am Ende sein Schicksal. So war es weiland, so ist es jetzt und so wird es in Zukunft sein. Also denkt nicht, dass allein wir, das kleine Volk dieser Insel [die Maori], die einzigen sind, die leiden müssen, dass allein wir diejenigen sind, die Unrecht tun, und dass die Mächtigen und Starken auf dieser Insel recht haben, denn so ist es nicht. Denn alle Menschen ererben das Leiden, ob sie gut sind oder schlecht. Die Tatsache, dass ihr die Gefangenschaft erleiden musstet, beweist weder, dass ihr sie verdientet, noch, dass eure Taten schlecht waren. Ebenso wenig beweist der Umstand, dass die Mächtigen dieses Landes ungestraft blieben, dass sie gut sind...

Es ist nicht recht, dass die Furcht vor dem Krieg oder vor der Gefangenschaft zum Herrscher über die Welt gemacht wird, und dass die Mächtigen und Starken es erzwingen, Herrscher über die Schöpfung zu werden. Es ist nicht recht, dass die Menschen der Insel [Maori] zu den Sklaven ihrer Furcht vor Krieg, ihres Zorns und Verdrusses gemacht werden, oder dass das Land aus diesem Grund preisgegeben werden soll. Wäre die Welt aus einem Gefühl von Zorn und Verdruss erschaffen worden, dann wäre es recht, dass diese Launen auch weiterhin die Welt regieren und alle Dinge bestimmen. Aber nein, die Welt wurde durch Liebe erschaffen, und alle Dinge auf dem Erdboden wurden aus Zuneigung und Liebe erschaffen. Und weil, so sage ich, alle Dinge mit Liebe begannen, sollen unsere Angelegenheiten auch mit Liebe fortgesetzt werden, bis zu ihrem Ende. Ich werde nicht erlauben, dass Widerstandskraft, Missmut, Ärger, Krieg und Tumult die Dinge, mit denen wir beschäftigt sind, beenden...

Kampf, Krieg, Streitigkeiten aller Art... nichts Gutes ist daraus je entstanden. Deshalb beschwöre ich die hier Versammelten, nicht zuzulassen, dass Krieg oder die Furcht vor Krieg zu Herrschern über das Land werden. Beteiligt euch nicht am Erstgenannten, und seid geduldig, damit niemand eine Rechtfertigung dafür findet...

Meine Worte sind von nicht geringer Bedeutung, denn sie betreffen die ganze Welt. Die alte schlechte Art, Landbesitzfragen zu regeln, soll abgeschafft werden; die Landprobleme werden durch Liebe gelöst werden. Was ich vorschlage, ist etwas völlig Neues. Bis jetzt wurden alle Zerwürfnisse mit starker Hand beigelegt, durch Krieg und Blutvergießen, durch Kampf und Elend aller Art, unzählige Übeltaten, und die Überwältigung der Schwachen. Lasst uns nun dem Bösen, das Adam in die Welt brachte, keine Beachtung mehr schenken, sondern weiter zurückschauen und sehen, dass Himmel und Erde aus Liebe erschaffen wurden. Erst als der Mensch neidisch und zornig wurde, begannen Landfragen von der Kampfstärke der Streitenden abzuhängen.

Durch Schnelligkeit und Stärke in seiner Bewegung findet der Fisch einen ruhigen und sturmfreien Hafen, wenn der Orkan den Ozean aufwühlt, und auf die gleiche Weise findet der Mensch eine neue Heimat in einem fernen Land. All euren Beschwernissen zum Trotz, lasst die großen Männer dieser Insel euer besonnenes, friedliches Verhalten, euer geduldiges und heiteres Gemüt erleben, wie es hier in meiner Gegenwart auf dem *marae* versammelt ist.

Wenn euch jemand für eure untätige und klaglose Haltung verachtet, geschieht das aufgrund der Neuartigkeit eines solchen Auftretens. Nichts Gutes und Bleibendes wurde je durch Gewalt, Widerstandskraft oder Krieg erreicht. Wäre es anders, dann gäbe es guten Grund, uns für unsere Geduld angesichts von Unrecht und Plünderung auszulachen... Streitigkeiten, Kämpfe, die Furcht vor dem Krieg und der Krieg selbst – von nun an soll es ihnen nicht mehr erlaubt sein, über das Land zu herrschen.

Doch erinnert euch daran – das Werk, das schließlich zu diesem dauerhaften Frieden führen wird, ist noch nicht vollbracht. Der Hai hängt am Haken und wurde ins Kanu gezogen, und der Fischer schlägt ihn und wirft ihn auf den Boden seines Bootes, doch obwohl er nun eine Zeit lang still hält, so ist er noch nicht tot. Doch wenn man ihm einen gut gezielten Schlag auf das Maul versetzt und sich Schaum um seine Lippen bildet, dann stirbt er mit einem Zittern seines Schwanzes, nicht eher. Die Menschen auf dem Land [die Maori] werden nur durch wahre, uneigennützige und vollkommene Liebe ihre Erlösung von Widerstandskraft und Krieg erlangen. Gott wird nicht erlauben, dass das Land und die Menschen sich in Abhängigkeit von Krieg begeben, sondern von Liebe allein. Die Führer des bedeutenden Volkes, die in der Schlacht Tapferen und Starken [die Weißen] toben vor Leidenschaft, weil es für sie so wichtig ist, die Angelegenheiten unter die Herrschaft des Krieges zu bringen.

Rolleston, der Altphilologie studiert hatte – und es wäre interessant zu wissen, wie er die obige Rede verstand, ihre Anspielungen und ihre Symbolik (der Schaum auf den Lippen des Hais!) – war aufgewühlt. Weil er Riemenschneiders Bericht nicht traute, reiste er persönlich nach Parihaka, um ihn zu überprüfen, fand jedoch alles wie beschrieben vor. Als er sich auf dem Gelände der alten Plantagen umschaute, die inzwischen zum Regierungsbesitz erklärt worden waren, schalt er die Maori, die er dort vorfand. Er sah „einen Mann und eine Frau beim Jäten. Ich erklärte ihnen, dass ihre Arbeit umsonst sei. Ihre Ernte würde man nicht reif werden lassen, der Zaun würde wieder abgebaut werden. Der Mann wollte dazu nichts sagen, aber die Frau meinte: ‚Warum können wir nicht gemeinsam das Land bestellen?'"
Er sah noch eine weiteres Paar bei der Arbeit. Wussten sie nicht, dass sie sich des unbefugten Betretens schuldig machten? Verstanden sie nicht, dass sie sich nun auf dem Grund und Boden eines anderen befanden? Sie wüsste nur, sagte die Frau, dass dies das Melonenfeld für die Ernte im kommenden März sei. Er suchte Te Whiti auf und betonte, dass das Land aufgegeben und die Decke geteilt werden musste. Te Whiti „nahm meinen Hut in die Hand und sagte: ‚Wozu taugt ein Hut, den man entzwei geschnitten hat?'" [42]
Rolleston reiste ab, immer noch aufgewühlt. In einem Satz, er konnte dem Mann nichts vorwerfen. Aber das Kabinett erwartete einen Bericht von ihm, in dem er Te Whiti als dickköpfigen Fanatiker darstellte. Auch Rollestons Ehefrau bedrängte ihn, seine Kollegen zu unterstützen, besonders Bryce, den sie bewunderte und „Sir Bryce" getauft hatte. Tagelang zauderte Rolleston und kämpfte mit seinem Gewissen, bis plötzlich für

solchen Luxus keine Zeit mehr blieb. In Wellington traf die Nachricht ein, dass der Gouverneur, nachdem er eine Mitteilung von seinem Privatsekretär erhalten hatte, dass „man den Krieg mit den Maori nun für fast unvermeidlich hielt", unter Volldampf auf der „Emerald" den Rückweg von Fidschi angetreten hatte.

Damit beschleunigte sich das Tempo der Ereignisse auch an Land. Mit der Miene eines Mannes, dessen Stunde gekommen war, traf John Bryce in der Hauptstadt ein. Zwischen dem neuen Premierminister in Wellington, einem Mann namens Hall, Fox in Taranaki und Whitaker, dem Kronanwalt – „kalt, gerissen, raffiniert", ein Mann, „der sich um Mittel und Folgen nicht scherte" – flogen die Telegramme hin und her. Um halb sechs am frühen Abend, nach dem offiziellen Büroschluss, rief der Oberste Richter Prendergast als stellvertretendes Staatsoberhaupt die Mitglieder des Exekutivrates im Government House zusammen. Die Sitzung begann um acht Uhr abends. Um acht Uhr 15 unterschrieb Rolleston eine amtliche Erklärung, die die Bevölkerung von Parihaka dafür rügte, „dass sie sich selbst an den Bettelstab brachte, indem sie sich an unnötigen Ausgaben für Festlichkeiten beteiligte", dass sie dem Klang von Te Whitis Stimme lauschte, die ihren Geist aufwühle, dass sie eine „bedrohliche Haltung" einnähme, die zu Besorgnis unter den Siedlern führte, und dass sie die Regierung dazu zwänge, große Kosten für den Unterhalt der bewaffneten Polizeitruppe aufzubringen. Allen Ortsfremden und Nichtansässigen wurde befohlen, Parihaka zu verlassen. (Auf diesem Punkt hatte Sir William bestanden. „Schickt die Fremden fort", lautete sein erster Rat an Hall.) Sollte Te Whiti die „großzügigen Landzuteilungen" die man ihm gewähren wolle, nicht innerhalb von 14 Tagen annehmen, würden ihm die angebotenen Ländereien „für immer entzogen", wofür er und sein Volk die Verantwortung trügen, ebenso wie „für das große Übel, das über sie käme".

Hall ließ Fox wissen, er erwarte nicht, dass Te Whiti auf das Ultimatum eingehen werde. In dem Fall würde eine große Streitmacht dorthin geschickt werden, um Te Whiti und Tohu zu verhaften und ihre Anhänger auseinanderzutreiben. Anschließend würde die Regierung „Straßen direkt durch die Landflächen im Landesinneren ziehen und wahrscheinlich Teile davon verkaufen".

Nachdem er die amtliche Erklärung als seine letzte Handlung als Minister für Eingeborenenangelegenheiten unterzeichnet hatte, trat Rolleston zurück und Bryce übernahm dieses Amt erneut. Ungefähr zu der Zeit, als Bryce seinen Eid ablegte, bog die „Emerald" aus der Cook-Straße heraus in das Hafengebiet von Wellington ein und ging um 10 Uhr 15 im inneren Hafen vor Anker, in Sicht- und beinahe in Rufweite der Stadt. Zu diesem Zeitpunkt brannten die Lichter in den Regierungsgebäuden und die Druckerpressen liefen. Davon wusste Gordon jedoch nichts, als er beschloss, diese Nacht an Bord zu verbringen. Um Mitternacht erschien eine Sonderausgabe der Gazette, die an die Presse verschickt wurde, und die amtliche Erklärung wurde im ganzen Land telegrafisch verbreitet. Um vier Uhr morgens befand sich Bryce bereits mit der Gazette in der Tasche auf der Straße außerhalb der Stadt unterwegs nach Wanganui im Norden, und von dort aus zu einem letzten Rendezvous mit Te Whiti. Dieses sollte jedoch erst in 14 Tagen stattfinden. Der eigentliche Grund dafür, dass der Minister für Eingeborenenangelegenheiten eiligst im Dunkeln aus der Stadt verschwand, war, dass er Seiner Exzellenz am Morgen nicht zu begegnen wünschte.

Offiziell traf die amtliche Verlautbarung erst drei Tage später in Parihaka ein, als zwei Regierungsbeamte, Bryce' Sekretär W. J. Butler und sein Dolmetscher Wellington Carrington, am Samstagnachmittag dort vorstellig wurden und um ein Gespräch mit Te Whiti baten. Bis dahin war Te Whiti bereits mit ihrem Inhalt vertraut. Spät in der Nacht zuvor war ein nicht namentlich bekannter Offizier der britischen Armee nach Parihaka gekommen. Fast die ganze Stadt schlief bereits, aber er wurde entweder vom jungen William Fox Omahuru empfangen oder zu ihm gebracht und berichtete ihm von der amtlichen Erklärung. Fox ließ ihn im Versammlungshaus zurück und ging alleine durch die dunklen Straßen zu Te Whitis Haus, um ihm die Neuigkeiten mitzuteilen. Am Morgen war der Offizier verschwunden. Niemand wusste, wer er war oder weshalb er gekommen war, aber er scheint aus Wohlwollen gehandelt zu haben; möglicherweise war es ein gewisser Captain Dawson, der Parihaka in den kommenden Tagen noch einmal einen Dienst erweisen würde, der sich für den Ausgang der dortigen Ereignisse als entscheidender erweisen sollte.

In einem offiziellen Bericht beschrieb Butler das Treffen mit Te Whiti, das am folgenden Nachmittag stattfand:

„Te Whiti begrüßte uns sehr freundlich und nach einem kurzen Gespräch zu allgemeinen Themen überreichte ich ihm die amtliche Bekanntmachung. Nachdem er das Schreiben sorgfältig untersucht hatte, gab er es an Rangi weiter, der es bei ansonsten vollkommener Stille laut bis ungefähr zur Mitte des letzten Absatzes vorlas, wo Te Whiti ihn unterbrach und sagte, „Das reicht, lies nicht mehr weiter vor.“

Nach einer kurzen Pause sagte ich: „Möchten Sie, dass ich eine Botschaft von Ihnen überbringe?“

Er nahm die Bekanntmachung in die Hand und sagte: „Nein, das lässt keine Antwort zu. Ein Offizier hat hier die Nacht verbracht. Dies sind keine neuen Worte; sie wurden vor einiger Zeit von Sir William Fox im Parlament ausgesprochen, als er sagte, dass man den Maori ihre Ländereien rauben würde.“

Te Whitis Ausdrucksweise blieb maßvoll, ohne das geringste Anzeichen von Gereiztheit. Als wir uns verabschiedeten, zeigte sich ein müder und gramerfüllter Ausdruck auf seinem Gesicht.“

Die Verlautbarung mochte zwar in Parihaka „ohne das geringste Anzeichen von Gereiztheit“ entgegengenommen worden sein, doch in Wellington kam es, als Gordon am Morgen an Land ging und erfuhr, wie seine Minister ihn ausgetrickst hatten, zu stürmischen Szenen. Sie behaupteten, dass sie von seinem bevorstehenden Eintreffen nichts geahnt hätten: „Als er in ihrer Runde erschien, drückten sie Gordon gegenüber große Überraschung aus – jedoch nicht untereinander“, wie es ein Historiker ausdrückte. Es gab eine „unerfreuliche Szene" im Exekutivrat, als Gordon zu erfahren wünschte, in welcher Weise sich die Umstände geändert hätten, um den neuen Kurs zu rechtfertigen. Der Oberste Richter Prendegast verließ das Treffen „aschfahl und vor Wut kochend". Gordon bemühte sich dann darum, die Beschlüsse Prendegasts für ungültig erklären zu lassen, da er sich selbst bereits wieder in den Hoheitsgewässern der Kolonie befunden habe, als sie unterzeichnet wurden, und er legte Beschwerde bei der Kolonialbehörde ein. Die Antwort fiel zu seinen Ungunsten aus, aus Gründen, die selbst für Whitehall-Verhältnisse mysteriös erscheinen: Ein Gouverneur, der sich per Schiff von einer Kolonie fortbewegt, trägt volle Verantwortung für sein Amt, bis das Schiff die Hoheitsgewässer verlässt. Wenn er zurückkommt, nimmt er seine Funktion erst wieder auf, nachdem er an Land gegangen ist.

„Die unmenschlichste und lächerlichste amtliche Verkündigung, die je von der Regierungsdruckerei ausging, wurde am vergangenen Mittwoch zur Übertragung nach Parihaka fertiggestellt", erklärten die Lyttleton Times. „Die stärkere Seite informiert darin die schwächere Seite, dass letztere, sollte sie die Vorschläge der erstgenannten nicht binnen 14 Tagen annehmen..., für alle Zeiten landlos und heimatlos gemacht werde... Die Eingeborenen sind die Besitzer eines Großteils des Bodens. Es ist nicht Aufgabe der Regierung, ihnen mitzuteilen, dass ihnen davon dieser oder jener Teil belassen werde. Dann informiert die Regierung die Eingeborenen mit bewundernswürdiger Dreistigkeit, dass sie ganz ohne Land dastehen werden, wenn sie auf dieses Angebot nicht eingehen... Jeder Krieg, der daraufhin entsteht, muss notwendig ein ungerechter Krieg sein, der dieses Land in das Verbrechen der Blutschuld hineinzieht... Wir sind für Gewalt, weil wir stark sind."

Genau dieser Ansicht war auch Gordon und er legte diesen Artikel seiner Depesche an den Kolonialsekretär bei. Diese Gepflogenheit Gordons, seine eigenen Ansichten in seinen offiziellen Schriften durch Zeitungsberichte zu unterstreichen, machte zwar die Regierung der Kolonie rasend, sollte aber eines Tages Früchte tragen.

Auf diese Weise ausmanövriert und mit einem Krieg oder Massaker in seiner eigenen Amtszeit vor Augen, dachte Gordon an Rücktritt. Er wusste jedoch, dass er damit nur wieder Prendegast ins Amt heben würden, der als Kronanwalt festgestellt hatte, dass die Regeln der zivilisierten Kriegsführung nicht für Maori galten, und der als Oberster Richter den Vertrag von Waitangi für juristisch unwirksam erklärt hatte. Gordon entschied sich also fürs Weitermachen und er erlebte die Schmach des höchsten Staatsamtes: Es war „Ich, Arthur Hamilton Gordon", der den Vollzugsbefehl zu unterzeichnen hatte, der tausende Reservisten der Freiwilligenkorps zu den Waffen rief. Er konnte nur aus der Ferne zusehen, wie man Pläne für die Verhaftung Te Whitis wegen „aufrührerischer Reden" schmiedete, während Bryce „ein großzügiger Ermessensspielraum" für den erwarteten Angriff auf Parihaka zugesprochen wurde. Die „aufrührerischen" Worte, um die es dabei ging, entstammten der Ansprache, die Te Whiti im September gehalten hatte. *Pakanga, pakanga, pakanga.* „Schlagt zu, schlagt zu, schlagt zu." Te Whiti hatte damit einen Rat übersetzt, den Sir Donald McLean ihm vor zehn Jahren gegeben hatte: „Seid stark darin, wie ihr eure Felder bestellt. Tragt eure Schlacht mit dem Erdreich aus." Te Whitis Stadt sollte gestürmt werden, weil er einen früheren, viel bewunderten Minister der Krone zitiert hatte.

Nach der Veröffentlichung von Gordons Vollzugsbefehl, die verschiedenen Freiwilligenkorps aus New Plymouth, Patea, Wanganui, Rangitikei, Nelson, Thames, Wellington und der Region Wairarapa einer gesetzlichen Wehrpflicht zu unterstellen, brach im ganzen Land ein Proteststurm los. Andere Städte beschwerten sich darüber, dass man sie von der „saftigen Arbeit", die man in Parihaka verrichten wolle, ausschloss. Die junge Dichterin Jessie Mackay machte sich auf der Südinsel über ihre Nachbarn im Städtchen Timaru lustig:

A voice from the North – „Who will come to our aid?
Who will face the dark Maori with bright gleaming blade?'

Loud are the shouts that the far echoes fill,
As the brave Timaruvians answer „We will!"

[Aus dem Norden schallt der Ruf – „Wer hilft in der Not?
Wes glänzende Klinge stellt sich dem dunklen Maori bis auf
den Tod?"
In fernen Echos hallen unsre Rufe hier,
wo die tapfren Timaruer heischen: „Wir!"]

Die tapferen Timaruer bemerkten ihren Spott jedoch nicht.
Mit der Bahn und per Schiff strömten die Freiwilligen nach
Taranaki. In Wellington „hallte der bemessene Schritt bewaffneter Männer in den Straßen der Empire City wider. Bürger-
soldaten raunten gegen die ‚Feinde der Königin' gerichtete To-
desdrohungen, während sie zu den Klängen von ‚Let me like a
soldier fall' [‚Wie ein Soldat will ich fallen'] zu ihrem Dampfer
marschierten." In Auckland „fuhr der Zug langsam unter dem
begeisterten Jubel einer gewaltigen Menschenmenge aus dem
Bahnhof heraus... die Damen bedienten sich ihrer Taschentü-
cher, bis diese von Tränen durchnässt waren, und schwenkten sie dann, bis sie wieder trocken waren." „Angeführt von
ihren hervorragenden Blechbläsern und zu den Klängen der

beliebten Melodie ‚The girl I left behind me' [‚Das Mädchen, das ich zurückließ'] marschierten" die Freiwilligen aus Marton „zum Bahnhof… Kinder wurden hoch gehoben, um einen Abschiedskuss von ihren Vätern zu erhalten; manche junge Frau konnte man dabei beobachten, wie sie sich weg drehte und das Taschentuch zu den Augen führte. Schließlich fuhr der Zug los, und ein ergreifender Jubel erklang aus tausenden Kehlen… Entlang der Bahnlinie versammelten sich Menschen beider Geschlechter und jeden Alters, um das Geschehen mit erwartungsvollen Blicken zu verfolgen…"

Die Kehrtwende, die bis zum November 1881 in der öffentlichen Stimmung eingetreten war, ist schwer nachzuvollziehen. Gordon meinte, dass 90 Prozent der weißen Bevölkerung den Angriff befürworteten; wahrscheinlich waren es weniger, aber es gibt keinen Zweifel daran, dass sich ein Wandel vollzogen hatte. Es wäre ein Leichtes, die Schuld daran bei der Presse zu suchen – bis auf wenige Ausnahmen stand sie Te Whiti ablehnend gegenüber, und viele Redakteure, die hochtrabenden Worten mit der natürlichen Skepsis von Journalisten begegneten, stellten das „Geschwafel" und das „tugendhafte Gerede" des „Propheten" genüsslich zur Schau. Nachdem seine Worte mehrere feindliche Schranken passiert hatten – vom Maori ins Englische, aus dem *marae* in einen Zeitungsbericht –, wirkten sie häufig haarsträubend. Doch kann das die mit Menschen überhäuften Schiffskais erklären, die Blumen und Kapellen, den Eifer der Bürger beim Gedanken daran, gegen ein Volk in den Krieg zu ziehen, das zahlenmäßig inzwischen 12 zu 1 unterlegen war? Hier schreibt der junge, vor kurzem eingewanderte Freiwillige Edmund Goodbehere aus einem der Lager am 1. November:

Liebe Mama,

vier Uhr nachmittags, und ich liege auf trockenem Farn, einem äußerst bequemen Bett gemäß den Wachen. An den Bahnhöfen auf unserer Strecke wurden wir mit großer Begeisterung empfangen und in Wanganui säumten hunderte Menschen die Straßen, um uns durchmarschieren zu sehen. Von Major Noak

[sic] inspiziert. Auf dem Hafenkai drängten sich die Menschen, die uns zujubelten und uns mit Blumensträußen überhäuften. Ich denke, dass vielleicht drei- oder viertausend dort waren, darunter Miss Gregory, Miss Halcombe, Familie Atkins und natürlich alle Halcombe-Kinder.

Die Halcombe-Kinder waren die Nichten und Neffen von Lady Fox und die Adoptiv-Cousins und -Cousinen von William Fox Omahuru. Es ist eine seltsame Vorstellung, dass sie die Männer bejubelten und mit Blumensträußen überhäuften, die aufmarschierten zur – wie es hieß – „Auslöschung" von Parihaka, wo ihr früherer Spielkamerad lebte.

An dem Tag, als Edmund Goodbehere aus seinem Lager in Rahotu einen Brief an seine Mutter schrieb, hielt Te Whiti eine letzte Ansprache im fünf Meilen entfernten Parihaka. Es gebe nichts zu besprechen, sagte er. Alles was sie tun müssten, sei fest zu bleiben und auf das Recht zu achten. „Der Südwind weiß, woher er kommt und wohin er weht. Lasst die gestiefelten Füße kommen, wann sie wollen... Das Boot, das uns retten wird, heißt Duldsamkeit. Wir wollen ruhig auf dem Land verweilen... Bleibt fest, damit die Welt davon erfahre und das gute Wort höre. Es gibt Tausende in der Welt, die das Gute anstreben, und alle Nationalitäten streben danach, zusammenzukommen..."

Zweieinhalb- oder dreitausend Menschen waren anwesend, darunter viele Pakeha. Unter ihnen war auch W. F. Gordon, der Angestellte beim Telegrafenamt, der sich mit dem jungen William Fox angefreundet hatte, als dieser in Wanganui für Buller als Anwaltsgehilfe arbeitete. Als er durch die Stadt schlenderte, traf er ihn wieder. „Er und ich waren gut befreundet", schrieb er einige Jahre später in einem Brief, „und mir tat es in der Seele weh, ihn in Parihaka anzutreffen... Er saß neben dem Propheten und entschuldigte sich höflich, als ich ihn einlud, mit mir ein wenig herumzugehen, da Te Whiti gerne erfahren wollte, was die vielen Pakeha sagten, die an diesem Tag Parihaka besuchten! Ich gehe davon aus, dass er bereute,

was er an jenem Tag tat und was zweifelsohne Sir William und Lady Fox sehr missfallen musste".

Für sich genommen ist es kein erhellender Bericht; Gordon hatte ein ausgesprochenes Talent dafür, zur richtigen Zeit am richtigen Ort zu sein, aber nichts von dem, was er dort sah, zu begreifen. Trotzdem ist diese Begegnung interessant: Es war der Moment, in dem der Sturm losbrach, und es handelt sich um den letzten eindeutigen Hinweis auf William Fox Omahurus Anwesenheit zu einer bestimmten Zeit an einem bestimmten Ort für viele Jahre.

Die meisten der 2.500 Soldaten der kolonialen Streitmacht, die aktiv Dienst taten, waren mehrere Tage vor Ablauf des Ultimatums am Samstag, dem 5. November vor Ort. Der Eingeborenenminister Bryce beaufsichtigte die Operationen höchstpersönlich und ritt über die Landschaft, um das Gelände zu erkunden – die Hügel, Plantagen und Waldstücke, die zwischen dem Lager in Pungarehu und Parihaka lagen. Am Donnerstag wurden Bryce und seine Militäreskorte am Stadtrand von Parihaka gesehen. Ein maorischer Polizist wurde herausgeschickt, um sie in die Stadt hereinzubitten. Bryce lehnte ab, versprach jedoch, ihr „am Samstag einen informellen Besuch abzustatten".

Am Samstagmorgen wurde das Lager vor Sonnenaufgang geweckt. Aus irgendeinem Grund herrschte während des Weckens Stille. Kein Horn wurde geblasen, sondern die Unteroffiziere gingen leise von Zelt zu Zelt, um die Männer aus den Betten zu holen. Um sechs Uhr früh marschierte der bewaffnete Polizeitrupp aus Pungarehu ab. Nach einer Meile schloss sich ihnen das Freiwilligenkorps an, das aus dem vier Meilen nördlich gelegenen Rahotu gekommen war. Um 7 Uhr 15 wurden die ersten Kolonnen der vereinigten Truppen von denjenigen gesichtet, die von einem niedrigen Hügel vor Parihaka Ausschau hielten. Die Soldaten marschierten gen Osten und hatten die Sonne in ihren Augen, während eine Kapelle spielte „When a body meets a body coming through the rye." [„Wenn jemand jemanden trifft, der durch den Roggen geht"] [43]

Ungefähr eine halbe Meile von der Stadt entfernt hielten die Truppen an und teilten sich auf. Bryce hatte am vorigen Abend eine Nachrichtensperre verhängt und jeder Reporter, den man auf der Straße oder auf dem umliegenden Gelände antraf, sollte sofort festgenommen werden. Die Freiwilligen gingen nach links, um die Stadt zu umzingeln und etwaige herumschleichende Journalisten aufzuscheuchen. Um acht Uhr morgens setzte der Hauptteil der Streitkräfte, der vor allem aus regulären Soldaten bestand, seinen Marsch auf der Straße nach Parihaka fort.

Doch als die Freiwilligen durch das Gestrüpp einen Kreis um die Stadt zogen, war ihnen an diesem Morgen bereits jemand vorangegangen:

...wie Indianer auf dem Kriegspfad schlichen wir vorwärts, immer in Deckung, denn überall sahen wir frische Hufspuren und wir fürchteten die Patrouillen unserer feindseligen Freunde. Es war einer dieser schönen Morgen, die unserem gesegneten Klima eigen sind, doch die glitzernden Tautropfen auf dem Farn, die aus der Ferne so hübsch anzusehen sind, durchnässen einen, wenn man nähere Bekanntschaft mit ihnen macht. Das weißhaarige Haupt des alten [Mount] Taranaki erhob sich vor uns in der ganzen jungfräulichen Schönheit, die ihm der neue Tag verlieh... Unser Führer, der vor einigen Jahren als der Held der Grenzlinienexpedition in Queensland und Südaustralien bekannt wurde, brachte uns sicher durch Farn und Wald nah an Parihaka heran, bevor der Tau auf den Blättern zu trocknen begann. Um sieben Uhr früh waren die Anstrengungen der Kapelle zu hören, die zum Ausmarsch der bewaffneten Truppen aus Pungarehu spielte.

Dieser Vortrupp bestand aus fünf Männern. Zwei von ihnen dienten als Führer: Captain Dawson, ein ehemaliger Offizier der imperialen Truppen (und möglicherweise derjenige, der Te Whiti die Nachricht von der Proklamation überbracht hatte) und ein Landvermesser namens H. Vere Barclay. Die anderen drei waren Journalisten – ein Reporter von der Lyttleton Times, ein Reporter namens Humphries, der für eine Nachrichtenagentur arbeitete, und als Sonderkorrespondent der Lyttleton Times S. Croumbie-Brown, der „verkleidete Herzog oder unverkleidete Snob", persönliche Freund Ulysses S. Grants und Korrespondent der in Edinburgh erscheinenden Daily Review während des Amerikanischen Bürgerkrieges.

Croumbie-Brown berichtete bereits seit zwei Jahren über Parihaka und hatte in dieser Zeit eine persönliche Verwandlung durchlebt. Anfänglich schrieb er in einem spöttischen Ton über den „Propheten", bot der Regierung seine Dienste als Spion in Parihaka an und lieferte einmal sogar eine Karte, die den besten Ansatzpunkt für einen militärischen Angriff auf Te Whitis Festung auswies – genau einen solchen Angriff, wie er ihn nun verhindern wollte. Später bot er sich als Vermittler für Verhandlungen zwischen Te Whiti und der Regierung an, wobei er damit prahlte, dass er „Einfluss auf das Denken Te Whitis gewonnen" habe.

Im Laufe der Zeit schien es eher, als habe Te Whiti Einfluss auf das Denken S. Croumbie-Browns gewonnen.

Er begann, die Frage nach dem Grundbesitz in einem neuen

Licht zu sehen, und in seinen Berichten äußerte er sich über Bryce und seinen Kurs zunehmend feindlich. Zwischen den beiden Männern entwickelte sich eine erbittert geführte politische Fehde. Als Bryce den Schauplatz der Invasion in Parihaka für Journalisten sperren ließ, dachte er dabei vor allem an Croumbie-Brown.

Croumbie-Brown war äußerst stolz auf ein Geschenk, dass er von Te Whiti erhalten hatte. Es handelte sich um einen Haifischzahnanhänger, den Croumbie-Brown als „Brustnadel" trug – wir würden es vermutlich als Krawattennadel bezeichnen. Bei verschiedenen Gelegenheiten erinnerte er seine Leser an dieses außergewöhnliche Objekt und daran, dass er deshalb im Umkreis von mehreren Meilen von den Maori erkannt wurde. Sie nannten ihn Mako-Taneha, „Haifischmann" – auch Te Whiti nannte ihn so, der normalerweise wenig von Journalisten und Journalismus hielt, aber in diesem Fall eine Ausnahme machte.

Als sie die Klänge der Militärkapelle hörten und bemerkten, dass die Freiwilligen im Gestrüpp unter ihnen fächerförmig ausschwärmten, machten sich Croumbie-Brown und Humphries eilig daran, vom Gipfel ihres Hügels hinunter nach Parihaka zu kommen, während die übrigen drei sich noch länger im Gebüsch auf dem Hügel versteckten, um den Anmarsch der Armee zu beobachten.

Als er durch die Stadt ging, bemerkte Croumbie-Brown, wie er später sagte, „dass unter den Menschen Traurigkeit herrschte, so als ob sie spürten, dass ein großes Unglück bevorstünde... Es war äußerst bedrückend: hier war eine fleißige, gesetzestreue, sittliche und gastfreundliche Gemeinde, die ruhig den Anmarsch von Männern erwartete, die man entsandt hatte, sie zu berauben..." Tohu kam den Journalisten entgegen und hieß sie willkommen: Ebenso wie Bryce wusste er um die Bedeutung von Augenzeugen. Den Besuchern wurden Sitzplätze auf dem *marae* angeboten, wo sich inzwischen fast der ganze Ort versammelt hatte, aber sie wollten sich lieber in einem der Kochhäuser verstecken, einem *whare* mit Binsenwänden neben dem übervollen *marae*. Durch die gitterartigen Wände dieses Gebäudes drang ein Großteil unserer Informationen über das, was sich an jenem Tag zutrug, hindurch.

Auf dem *marae* drängten sich ungefähr 2.500 Menschen, die sich in den frühen Morgenstunden dort gesammelt hatten.

Während die Armee noch immer außerhalb der Sichtweite Parihakas war, hörte die Kapelle auf zu spielen, und die Stille, die über der Landschaft lag, wurde nur durch das Bellen der Hunde beim Näherkommen der Kolonne unterbrochen.

An ihrer Spitze ritten der befehlshabende Offizier, Colonel Roberts, auf einem schwarzen Pferd und Bryce auf einem weißen Pferd. Neben Bryce ging Rolleston zu Fuß. Hinter ihnen marschierte eine Sondereinheit von 96 Männern, die man ihrer Größe und Kraft wegen ausgewählt und mit Revolvern und Äxten für die „Naharbeit" bewaffnet hatte. Es folgten die bewaffnete Polizeitruppe, die Infanterie, berittene Schützen und weitere Freiwilligenverbände. Ungefähr 400 Yards vor dem Dorf hielt die Armee etwa zehn Minuten lang an, dann wurde die Sondereinheit zum Eingang vorausgeschickt. Sobald sich die Soldaten dort sehen ließen, brach an den Toren Parihakas ein großer Jubel aus. Es waren die *tatarakiki*, Te Whitis Zikaden – 200 Kinder, die herausliefen, um die Soldaten zu begrüßen. Die Jungen stellten sich in einer Reihe quer über der Straße auf und begannen zu singen und *haka* – Tanzgesänge – aufzuführen. Etwas hinter ihnen standen Mädchen mit Springseilen und Brot; in der Nacht hatte man für die Besucher 500 Laibe Brot gebacken.

Die Vorhut marschierte auf die Kinder zu und drehte dann im letzten Augenblick ab, unsicher, wie sie weiter vorgehen sollte. Bryce befahl daraufhin eine Kavallerieattacke, aber die *tatarakihi* sangen weiter, während die Pferde auf sie zustürmten.

„Noch als ein berittener Offizier herangaloppierte und sein Pferd erst so spät zum Stehen brachte, dass seine Vorderhufe die Kinder mit Erde bespritzten, sangen die Kinder weiter, anscheinend ohne die *pakeha* überhaupt zu bemerken", erinnerte sich Jahre später Colonel Messenger, ein alter Soldat. „Ich war der erste, der die maorische Stadt mit meiner Kompanie betrat. Das junge weibliche Element war das einzige Hindernis, das sich mir entgegenstellte. Auf dem Weg waren Gruppen von seilspringenden Mädchen. ... Ich ergriff ein Ende eines Seiles und die Mädchen zogen es an seinem anderen Ende so schnell fort, dass es mir die Hände verbrannte. Um für meine Männer Platz zu schaffen, griff ich mir eine von denen, die das Seil festhielten. Das war eine fette, kräftige junge Frau, die ich kaum anheben und an eine Straßenseite tragen konnte. Sie wehrte sich zwar überhaupt nicht, aber ich war heilfroh, das dralle Frauenzimmer absetzen zu können. Als sie sahen, wie ihr Captain das dicke Mädel forttrug, mussten alle meine Männer grinsen..."

Für Bryce und Rolleston, die mit einer Armee, ja sogar der gesamten Nation im Rücken die Straße entlang marschierten, war all das tödlicher Ernst. Am vorigen Abend hatte sich im Lager in Pungarehu eine außerordentliche Szene abgespielt, die eines Cervantes würdig gewesen wäre, aber tatsächlich von John Bryce in einem Leserbrief beschrieben und veröffentlicht werden sollte, nachdem er sich zur Ruhe gesetzt hatte. Es handelte sich um ein Gespräch zwischen Bryce und Rolleston. Inzwischen stand Rolleston samt seinem Gewissen komplett unter der Fuchtel seiner Frau und hatte sich in so etwas wie den Knappen von „Sir Bryce" verwandelt.

Ich führte ein ernstes Gespräch mit meinem Freund [schrieb Bryce] und flehte ihn an, uns nicht [nach Parihaka] zu begleiten. Er war daraufhin sehr bedrückt und sagte „Sie sind hier der Captain, und wenn Sie mir befehlen, fortzugehen, dann werde ich gehen." Ich antwortete ihm, dass ich das nicht tun könne, aber dass er, soweit ich das beurteilen konnte, am nächsten Tag getötet werden könnte. „Und Sie?" fragte er, „Was ist mit Ihnen selbst?" „Ah, das ist etwas anderes, ich werde gehen, wohin mich die Pflicht schickt." „So will auch ich es halten", sagte er. Dann spielte ich meinen letzten Trumpf aus und erklärte, dass Mrs. Rolleston guten Grund hätte, mich zu tadeln, falls ihm etwas zustöße. In bedächtigem, nachdrücklichem Tonfall antwortete er: „Wenn mir etwas zustößt, wird Mrs. Rolleston sich grämen, aber sie würde mich lieber tot zu ihren Füßen liegen sehen, als dass ich unter diesen Umständen einer Gefahr auswiche, die Sie eingehen." Am kommenden Tag zogen wir gemeinsam nach Parihaka...

Weshalb diese beiden Männer geglaubt haben sollen, dass sie sich in Gefahr begaben, ist schwer nachzuvollziehen. Parihaka war unbefestigt, unbewaffnet, gründlich im Voraus inspiziert worden und umzingelt; Bryce' Motiven, Jahre später diesen offensichtlich absurden und emotionsgeladenen Bericht zu verfassen, muss mit Misstrauen begegnet werden. Gleichzeitig ist es sicher, dass es an jenem Morgen in Parihaka gefährlich war – für die Bewohner der Stadt. Zwei oder drei über jeden Zweifel erhabene Quellen weisen darauf hin, dass beim geringsten Widerstand oder auch nur Zeichen von Widerstand seitens der Maori jeder Mann, jede Frau und jedes Kind „hingerichtet" worden wäre. „Wenn nur ein Gewehr aus Versehen losgegangen wäre, hätten unsere Salven das Dorf rasch in ein Schlachtfeld verwandelt", schrieb später der Captain, dessen Einheit die Festnahmen durchführte. Es stand für alle sehr viel auf dem Spiel, als die Armee um die Straßenbiegung kam, ob es nun darum ging, getötet oder zu einem Massenmörder zu werden.

Sie wurden empfangen mit einem fröhlichen Ruf von Kindern, Liedern, Seilspringen, Brotlaiben und einer Seilverbrennung, und selbst die gemeinen Soldaten grinsten über ihren Captain. „Wenn der Krieg kommt, können wir nur zuschauen und lachen", hatte Te Whiti gesagt. Diese Prophezeiung war bereits eingetroffen. Croumbie-Brown war in diesem Moment aus seinem Versteck hervor gekrochen und schaute zu, wie ungefähr 200 Jungen den *haka* tanzten und den Invasoren Lieder vorsangen. „Es war ein reines Kinderspiel, ihre Reihen zu durchbrechen", schrieb er. Captain Messenger bestätigt dies.

Aber in einem gewissen Sinne haben sie sie nie durchbrochen. Bryce' Ruf sollte sich von diesem Moment nie erholen. Was auch immer danach geschah, dies war der bleibende Eindruck dieses Tages, und wenn man zum ersten Mal etwas darüber liest, kommt es einem zumindest als Neuseeländer so vor, als erinnere man sich daran. Bryce, seine Armee und die Kinder, sie sind alle noch da, auf der Straßenbiegung vor Parihaka.

Croumbie-Brown zog sich in die Stadt zurück und bezog wieder seinen Aussichtsposten an der Wand des Koch-*whare*. Die bewaffnete Polizeitruppe kam ungefähr um acht Uhr 45 in die Stadt. Bryce, Rolleston, Colonel Roberts und ihre Adjutanten und Mitarbeiter stellten sich auf dem an einem kleinen Berghang am Stadttor gelegenen Friedhof auf. Um neun Uhr 40 gingen Major Tuke und W. J. Butler zum Rand des *marae*, der inzwischen still und voller Menschen war, und verlasen den Riot Act [44], der Major in englischer und Butler in maorischer Sprache. Der Riot Act besagt, dass sich eine ungesetzliche oder aufrührerische Versammlung von zwölf oder mehr Menschen binnen einer Stunde nach seiner Verlesung durch eine befugte Amtsperson aufzulösen habe und andernfalls jeder, der dieser Aufforderung nicht nachkomme, als Straftäter zu betrachten sei. Croumbie-Brown nimmt die Geschichte hier wieder auf:

> ... die Maori schenkten dem nicht die geringste Beachtung, sondern bewahrten absolute Stille... Die Augen aller dort Versammelten waren auf Te Whiti gerichtet. Noch die kleinste Veränderung seiner Miene spiegelte sich auf ihren Gesichtern, und jedes der Worte, die er an Menschen in seiner Nähe richtete, wurde von einem zum anderen weitergeflüstert, bis es den äußersten Kreis der dicht gedrängten Versammlung erreicht hatte.

Um zehn Uhr marschierten 95 sorgfältig ausgewählte Männer, die mit geladenen Revolvern bewaffnet und mit Handschellen ausgerüstet waren, in das *pa* hinein und bezogen neben der Menschenmenge Posten.

Tohu sprach ein paar Worte: „Lasst den Mann, der den Krieg auferstehen ließ, heute sein Werk vollenden. Wir werden warten, wo wir sind... Leistet keinen Widerstand, auch, wenn sie euch das Bajonett an die Brust setzen."

Gemeinsam mit den anderen Journalisten blinzelte ein dritter Weißer durch die Wände der Hütte. Es handelte sich um den ehemaligen Regierungsvertreter und jetzigen freien Journalisten Thompson, der mit einer Maori verheiratet war und der sich ebenfalls aufs Gröbste mit Bryce und Sir William Fox zerstritten hatte. Er war der Freund des jungen William Fox, durch den wir von der Liebesgeschichte wissen, die den Jungen nach Parihaka gelockt hatte. Thompson sprach fließend Maori und flüsterte Croumbie-Brown eine Übersetzung von Tohus Ansprache zu.

Danach legte sich wieder Schweigen über die Versammlung.

„Bis 10 Uhr fünfzig folgte eine Periode großer Spannung", berichtete die Lyttleton Times. Bryce auf seinem weißen Pferd, der auf dem Friedhofsgelände wartete, wurde als „äußerst unruhig" beschrieben. Rolleston lächelte ununterbrochen, als ob es sich bei alledem um einen großen Spaß handele. Die Freiwilligenkorps waren auf Abhängen und Anhöhen im Westen, Norden und Nordosten des Dorfes postiert.

Croumbie-Brown beschreibt diese stille Stunde als äußerst aufregend.

Um 10 Uhr 50 blies das Horn zum „Vorrücken der Scharmützler" und die Freiwilligen kamen von ihren höher gelegenen Positionen herunter. Die Männer, die die Verhaftungen durchführen sollten, marschierten näher an die dicht gedrängten Menschen auf dem *marae* heran und auf eine Anweisung hin befahl der Dolmetscher Hursthouse Te Whiti, „mitzukommen und sich zu Mr. Bryce auf den Friedhof zu stellen".

Te Whiti antwortete, dass er bei seinem Volk bleiben werde. „Er habe nichts mit dem Kampf dieses Tages zu tun. Er sei bereit, Mr. Bryce zu empfangen, falls dieser ihm etwas zu sagen habe. Er seinerseits habe für Mr. Bryce nur gute Worte."

Bryce erwiderte, in einem Ton, der „denjenigen, die ihn hörten, scharf vorkam": „Ich bin geneigt, Ihrem Wunsch zu entsprechen und zu Ihnen zu kommen. Sorgen Sie also für ausreichend Platz, damit mein Pferd durch Ihre Leute gehen kann, dann will ich zu Ihnen kommen."

Te Whiti: „Aber einige meiner Kinder könnten dann verletzt werden."

Bryce: „Nein, das ist ein ruhiges Pferd."

Te Whiti: „Ich glaube nicht, dass es gut wäre, wenn Sie auf dem Pferd zwischen meinen Kindern hindurch reiten."

Bryce: „Die Zeit für Gespräche ist vorbei."

Te Whiti: „Seit wann wissen Sie das?"

Bryce: „Seit heute morgen."

Te Whiti: „Dann habe ich nichts mehr zu sagen."

Um elf Uhr dreißig gab Bryce Colonel Roberts den Befehl, Te Whiti und Tohu festzunehmen. Colonel Roberts gab den Befehl an Major Tuke weiter. Major Tuke wandte sich an seine Männer und ermahnte sie, ruhig zu bleiben, fügte aber hinzu, dass sie jeden Maori, der ein Tomahawk heben würde, sofort niederschießen sollten, und befahl dann Captain Newall, die Männer festzunehmen. Captain Newall gab daraufhin Sergeant Silver und einem Wachtmeister den Befehl, Te Whiti zu verhaften und, falls sie Handschellen benutzten, sie „fest anzulegen". Sergeant Silver und der Wachtmeister schritten dann in die Menschenmenge hinein, die ihnen auf ihrem Weg Platz machte.

Handschellen legte man Te Whiti und Tohu nicht an. Bevor sie fortgeführt wurden, wandte sich Te Whiti an sein Volk: „Seid guten Herzens und seid geduldig... seid standhaft in eurer Bemühung um den Frieden." Tohu sagte: „Dies ist das Werk des Krieges. ... Seid nicht traurig... Wir suchten den Frieden, doch wir finden den Krieg. Seid standhaft und großzügig. Bleibt in eurem Handeln dem Frieden treu. Verzweifelt nicht, fürchtet euch nicht, sondern seid standhaft."

„Selbst in dieser schweren Stunde war Te Whiti ganz und gar ein Häuptling", schrieb Captain Newall später in sein Tagebuch. „Sein gräuliches Kopfhaar und Bart und sein schönes, lächelndes Gesicht wirkten so gar nicht unangenehm... Seine Äußerungen waren überaus sanftmütig. Tohus Stimme erinnerte mich am meisten an ein Schiffskabel, wenn man den Anker fallen lässt."

Als Te Whiti abgeführt wurde, hörte Croumbie-Brown, wie eine Frau in der Nähe seines Verstecks anfing zu weinen. Eine andere Frau sagte zu ihr: „Warum bist du traurig? Schau! Er geht mit den Pakeha fort und lacht dabei."

14

Der nächste Komet

Te Whiti und Tohu wurden am 5. November 1881 in das nahe Armeelager abgeführt und dort sieben Tage lang festgehalten, bevor sie ins Gefängnis in New Plymouth verlegt wurden, um dort ihre Gerichtsverhandlung wegen Aufruhrs abzuwarten. Die Verhandlung wurde für den kommenden Mai angesetzt, und während der sechs Monate, die bis dahin vergingen, hätten die beiden Männer, abgesehen von einer gerichtlichen Voruntersuchung im Amtsgericht, ebenso gut vom Erdboden verschwunden sein können.

Sobald die beiden Häuptlinge Parihaka verlassen hatten, geschah dort etwas ganz Eigentümliches. In den folgenden drei Wochen sollte es in der Stadt und im Umland zu bedauerlichen Vorfällen kommen, aber hinsichtlich ihrer schieren Merkwürdigkeit stand die nächste Stunde für sich allein. Kurz gesagt – es geschah überhaupt nichts. Alle blieben, wo sie waren. Es bot sich folgendes Bild: 2.500 Erwachsene saßen schweigend auf dem *marae*, ungefähr zwölfhundert bewaffnete Männer standen um sie herum, die inzwischen verstummten Kinder blieben still am Tor, Bryce saß auf seinem Pferd und beobachtete die Menge. Direkt nachdem Te Whiti gegangen war, ermahnte ein Häuptling die versammelten Menschen, ruhig zu bleiben, „auch wenn wir alle auf dem Land, das wir von unseren Vorfahren übernommen haben, verhaftet werden." Danach – nichts. Niemand rührte sich oder sprach.

Woran dachte Bryce, als er die dicht gedrängten Menschen vom Friedhof aus 50 Minuten lang beobachtete? Hoffte er auf ein Zeichen von Widerstand, mit dem er die Anwesenheit seiner Armee rechtfertigen konnte? Selbst wenn er die Hoffnung auf tödliche Salven inzwischen aufgegeben hatte, muss er doch erwartet haben, dass etwas geschehen würde, oder zumindest, dass ihm irgendeine Vorgehensweise einfiele. Doch es geschah nichts. Zu den Dingen, die die Mächtigen im Staate besonders erzürnten, gehörte Te Whitis Behauptung, die Schlüsselfigur in einem Drama zu sein, das niemand sonst verstand, und sein Anspruch, dass das Schicksal der Beziehungen zwischen den beiden Bevölkerungsgruppen in seiner Hand lag:

„Keine Macht dem Krieg... Das alte Übel hat seine Kraft verloren. Achtet nicht auf den Donner, den Blitz und den Regen [die Armee]. Ihr alle, hört zu. *Die Glocke begann nicht erst heute zu läuten, sie läutet seit zwei Jahren, und nun wurde ein Torhüter ernannt, der denjenigen, die zu spät kommen, den Eintritt verwehrt. Ich richte meine Worte an die Menschen beider Rassen.*"

Nun hatte man diese empörende Gestalt entfernt. Und in ihrer Abwesenheit wusste niemand, was als nächstes zu tun war.

Nach einer Stunde kamen Croumbie-Brown und Humphries aus ihrem Versteck heraus: „...wenn irgendetwas in Verbindung mit einem der traurigsten und schändlichsten Spektakel, deren Zeuge ich wurde, lächerlich sein könnte, dann wäre es der Ausdruck auf den Mienen der Befehlshaber, als sie erkannten, dass ihr großartiger Plan, mit dem sie verhindern wollten, dass die Kolonie davon erfährt, was im Namen der Königin in Parihaka geschah, völlig fehlgeschlagen war", schrieb Croumbie-Brown. „Keine Handlung blieb unbeobachtet, kein Befehl ungehört." Bryce, Rolleston und ihr Stab machten sich abrupt auf den Weg nach Pungarehu, und die Freiwilligenverbände zogen sich etwas zurück und stellten eine Postenkette um die Stadt herum auf. Die Menschen auf dem *marae* blieben, bis der Mond über ihren Häusern aufging.

Am nächsten Tag begann die Auflösung und Zerstörung der Stadt. Eine amtliche Verkündigung wurde angeschlagen, die anordnete, dass jeder, der nicht aus Parihaka stammte, den Ort unverzüglich zu verlassen habe. Ein schwerer Regen ging nieder und ein stürmischer Wind kam auf; die Lager der Freiwilligenverbände waren ein Meer aus Schlamm, die maorischen Bewohner blieben in ihren Häusern, und die Verkündigung flatterte ungelesen im Wind. Am Montag wurde eine Sechspfünder-Armstrong-Kanone (die Soldaten nannten sie „bissige Bulldogge") auf dem Hügel hinter dem Friedhof (den man inzwischen „Fort Rolleston" getauft hatte) aufgebaut, und unter dieser Kanone und umringt von Soldaten gab man den Maori, die sich wieder auf dem *marae* versammelt hatten, eine Stunde Zeit, um sich zu zerstreuen. Eine Zeitung aus Nelson berichtete, wie die Freiwilligen sich damit amüsierten, schweigend auf einzelne Menschen zu zielen, und demonstrativ ihre Bajonette schwenkten. Niemand rührte sich. Nur eine einzige Gruppe verließ Parihaka im Verlauf der nächsten 24 Stunden – der bekannte Häuptling und ehemalige Abgeordnete Wi Parata reiste in Begleitung einer Anzahl von Freunden nach Wellington ab, um den Gouverneur aufzusuchen. Am folgenden Tag sollte die Identifizierung der einzelnen Stämme und ihre Vertreibung „vor den Spitzen der Bajonette", wie die Presseagentur es ausdrückte, beginnen.

Zunächst kam es jedoch zu einer Ablenkung. Das war das Werk von Sir William Fox. Die Invasion in Parihaka hatte er aus der Ferne, von Rangitikei aus, beobachtet und den Premierminister telegrafisch gedrängt, „die Nichtansässigen heimzuschicken und achtzugeben, dass sie auf dem Weg nichts anstellen". Einmal mehr war seine Obsession bezüglich der „Außenstehenden" in Parihaka, zu denen auch sein eigener Ziehsohn gehörte, offensichtlich. In einer Rede zwei Tage vor dem Angriff hatte er sich ausführlich zum „Problem Parihaka" geäußert: „Te Whiti sei ein äußerst bemerkenswerter Mann, der sich jedoch in letzter Zeit bei seinen Handlungen von Außenseitern habe antreiben lassen, die überhaupt kein Recht darauf hätten, in Parihaka zu sein – Männer, die nicht durch einen einzigen Knochen eines Vorfahren mit diesem Stück Land verwurzelt seien und nicht den geringsten Anspruch darauf hätten. Das Vorgehen der Regierung sei völlig rechtens, und wenn daraus ein Krieg entstehe, hätten die Maori es sich selbst zuzuschreiben. Es wäre ihre eigene Schuld, wenn ihr Blut vergossen würde. [Applaus] Man würde jedoch zu viel Aufhebens von den zu erwartenden Unruhen machen. Die Wachtmeister würden die Maori einfach am Kragen packen und außerhalb von Parihaka absetzen."

In der darauffolgenden Woche machte Fox einen weiteren Vorschlag. Er telegrafierte nochmals an den Premierminister: „An der Küste ist die Befürchtung weit verbreitet, dass nicht aus Parihaka stammende Eingeborene, die man zum Verlassen des Ortes zwingt, sich in der Gegend zerstreuen und Siedler auf dem Land angreifen könnten... Würden Sie es nicht für vernünftig halten, bevor sie sich verteilen, sämtliche Waffen und Munition im Besitz sowohl von Ortsansässigen als auch von Fremden in Parihaka zu beschlagnahmen?"

Das führte zu einer dritten Überlegung. Wenn man die „ortsfremden Eingeborenen" ohne ihre Waffen (zumeist Vogelflinten) vertriebe, bestünde die Möglichkeit, dass sie sich, sobald sie wieder in ihren überall in Taranaki verstreut liegenden Heimatdörfern einträfen, erneut bewaffneten. Man beschloss, Razzien nach Waffen in allen von Maori bewohnten Häusern in Taranaki durchzuführen.

Die Operation in Parihaka wurde für ein paar Tage ausgesetzt, während Bryce, Rolleston, Atkinson und einige Truppeneinheiten in alle Richtungen ausschwärmten. Die außerordentlichen Szenen, in denen Regierungsminister persönlich Türen einschlugen und Truhen aufbrachen – selbst in seit langer Zeit regierungsfreundlichen maorischen Siedlungen – sollen uns hier nicht aufhalten. Möglicherweise war es Zufall, dass der erste Name auf einer später in der Presse veröffentlichten Liste auf diese Weise besuchter Dörfer Mawhitiwhiti war.

Dann wurde die Zerstörung Parihakas fortgesetzt. Man holte Kollaborateure herbei, damit sie in die Gesichter der versammelten Menschen schauten und unter ihnen die „Ortsfremden" – Angehörige anderer Stämme – identifizierten, die dann von einer bewaffneten Wache abgeführt wurden. Bis zum 12. November hatte man weniger als einhundert Menschen fortgebracht. Während sie den Ort verließen, wurden ihre Häuser abgerissen.

Die flüchtige Braut Ellen Sturney wurde entdeckt und umringt von den New Plymouth Foot Rifles, aus ihrem Heimatstädtchen stammenden Infanteristen, nach Hause abgeführt. Presseberichten zufolge war sie es jedoch „leid, unter den Maori zu leben". Es seien „wie man es von Streitigkeiten unter Eheleuten her kennt, reichlich Tränen geflossen, aber ihr Ehemann befahl ihr, ihre Stiefel anzuziehen und sich auf den Weg zu machen."

Überall in der Stadt wurden nächtliche Razzien durchgeführt, bei denen die Soldaten in jedes einzelne Haus einbrachen und Häuser, die leer standen, für den Abriss am kommenden Morgen markierten. Berichten zufolge kam es nach diesen Razzien zu den ersten Fällen von Syphilis in Parihaka.

Eine neue Technik wurde angewandt: Über tausend Frauen und Kinder wurden zusammengetrieben und vor einem Kollaborateur aus Wanganui namens Utiku Potaka aufgestellt, von dem Bryce später behauptete, er habe „die Augen eines Habichts". „Das Verfahren erinnert auf seltsame Weise an das Treiben von Schafen. Heute wurden die Mutterschafe aus Wanganui aussortiert", berichtete eine Zeitung. Es kam zu Fehlern. Familien wurden getrennt, Frauen und Kinder auf Gewaltmärsche in die zu ihren Heimatdörfern entgegengesetzte Richtung geschickt. „Ich glaube, es könnte notwendig werden, jedes einzelne *whare* im Dorf niederzureißen, wenn die Maori weiter ausharren", telegrafierte Bryce zur Rechtfertigung seiner Handlungen an Premierminister Hall. „Nun, ich habe sie eindringlich genug aufgefordert, zu ihren Heimatdörfern zurückzukehren, doch es scheint, als hätte ich ebenso gut aus der wüsten Tiefe her rufen können." Dies war ein interessanter Satz (nicht nur, weil er im englischen Original grammatisch fehlerhaft ist: „I might as well called [sic] from the vasty deep"): Bryce, der vor seinen gebildeteren Kollegen immer gerne mit seinen eigenen Kenntnissen prahlte, hatte Shakespeares „Ich rufe Geister aus der wüsten Tiefe" falsch zitiert. [45]

In einem Freudschen Irrtum versetzte sich Bryce *selbst* in die wüste Tiefe, an den tödlichen Zufluchtsort, den das Neue Testament für denjenigen vorsieht, der „der Kleinen einen är-

315

gert": *„Und wer der Kleinen einen ärgert, die an mich glauben, dem wäre es besser, dass ihm ein Mühlstein an seinen Hals gehänget und er ins Meer geworfen würde."*

Bis zum 21. November hatte man 1.507 Menschen der Stadt verwiesen und ihre Häuser abgerissen. Oft machten sie beim Abschied gute Miene zum bösen Spiel und führten für die Zurückbleibenden einen *haka* auf. Ein Korrespondent einer Zeitung aus Nelson hörte jedoch zufällig, wie ein Maori angesichts der Trennungen und Deportationen, der fallenden Häuser und heulenden Kinder sagte: „Es wäre besser, gar nicht geboren zu sein."

Drei Wochen nach der Invasion hatte man die Bevölkerung des Ortes auf rund 500 Menschen reduziert. Eine neue Straße wurde im Landesinneren hinter der Stadt gebaut und durchschnitt weitere Anpflanzungen. Ohnehin hatte man bereits morgenweise Nutzgärten und Ernte zerstört, um einer Wiederansiedlung entgegenzuwirken. Als eine seiner letzten Handlungen ließ Bryce, der sich inzwischen Kriegsminister nannte, das große Versammlungshaus von Parihaka zerlegen. „Es war eine ziemlich schwere Arbeit, es kleinzukriegen, denn es war sehr solide gebaut", telegrafierte er an den Premierminister. „Aber wenn man hundert kräftige Männer hinter ein Seil spannt, dann muss einfach etwas nachgeben."

* * *

In der letzten Novemberwoche kam Sir William Fox endlich wieder nach Taranaki. Er reiste nach Oeo, das kleine Küstenstädtchen unterhalb von Parihaka, wo er vor nicht ganz zwei Jahren die Anhörungen der Westküstenkommission eröffnet hatte, und wo er nun den Eingeborenen- und Kriegsminister Bryce treffen wollte. Auf seinem Ritt gen Westen auf der einzigen schmalen Straße, die Oeo mit dem Süden und Osten verband, kam dem Königlichen Beauftragten eine Flut von hunderten maorischen Männern, Frauen und Kindern entgegen, die zu Fuß nach Osten unterwegs waren. Es waren Angehörige der Ngati Ruanui und der Nga Ruahine, der Stämme des jungen Fox, die in Parihaka eine der stärksten Gruppen gebildet hatten. Sie waren, teils in Handschellen, unter bewaffneter Bewachung nach Oeo marschiert und dort sich selbst überlassen worden. Mindestens 500 von ihnen hatten dort mehrere Tage lang kampiert, bevor sie sich nun in größeren oder kleineren Gruppen auf den Weg zu ihren durchsuchten Heimatdörfern machten. Unter ihnen war – möglicherweise – der junge Fox, und – möglicherweise – standen sich der Königliche Beauftragte und sein Ziehsohn irgendwann direkt gegenüber.

Hier, auf der schmalen Straße nach Oeo, umringt von Fragezeichen und mehreren *möglicherweise*, endet die Geschichte der beiden William Fox. Vielleicht sind sie einander begegnet oder haben Blicke getauscht – Hinweise, die dafür oder dagegen sprechen, gibt es nicht – aber auf jeden Fall müssen sie sich der Gegenwart des jeweils anderen bewusst gewesen sein. Der frühere Premierminister, der noch im Alter gerne ein „lebhaftes Tier, das zerrt und rast" ritt, war ein überall in Taranaki bekannter Anblick und nicht leicht zu übersehen. Und er für seinen Teil wusste genau, wer die Ngati Ruanui und Nga Ruahine waren, woher sie gerade kamen, wohin sie gingen und weshalb, und er wusste von einen jungen Mann, der wahrscheinlich unter ihnen war.

Es gibt keine Anzeichen dafür, dass Sir William und sein Sohn je wieder miteinander sprachen oder irgendwie miteinander in Verbindung traten. Als die Königliche Kommission ihre Empfehlungen hinsichtlich der Landzuteilungen an Maori 1882 veröffentlichte, wurde eine Reihe von Ansprüchen zurückgewiesen, „insbesondere ein Antrag von Wiremu Omahuru... der auf einigen angeblich von Sir Donald McLean gemachten Versprechungen beruht".

Als die Leute aus Mawhitiwhiti gegen Ende der Woche endlich ihre Heimat erreichten, taten sie etwas, das nach ihrem dreiwöchigen Martyrium unter Bryce nur natürlich erscheint. Sie betranken sich. Um genau zu sein, sie ließen sich total volllaufen. Die weißen Siedler der Umgebung, die die Zerstörung Parihakas besonders leidenschaftlich gefordert hatten, änderten nun ihre Meinung: Es kam ihnen in den Sinn, dass sie einen schrecklichen Fehler gemacht haben könnten. „Über 300 Eingeborene sind in Mawhitiwhiti eingetroffen und immer noch kommen welche nach", berichtete eine Zeitung am Samstag.

SONNTAG ABEND: Eine gewaltige Menge Bier und Schnaps wurde herbeigeschafft und nun sind wahre Saturnalien [46] im Gange. Immer noch treffen neue Gruppen von Maori ein, und in Normanby fürchtet man mit einer gewissen Nervosität, dass sie, durch das Trinken zur Raserei gebracht, zu Exzessen getrieben werden könnten. Die Stadt ist völlig ungeschützt; sowohl von der Redoute [47] in Waihi als auch von der in Normanby wurde die bewaffnete Polizeitruppe abgezogen. Nichts könnte deutlicher beweisen, welch guten Einfluss Te Whiti ausübte, als die Tatsache, dass genau die Menschen, die sich jetzt unkontrolliert betrinken und sich anderer Unsittlichkeiten schuldig machen, in Parihaka unter strengster Zurückhaltung lebten.

28. NOVEMBER: Die Maori kommen jetzt zu hunderten aus Mawhitiwhiti nach Normanby und machen sich daran, ihre Ausschweifungen auf einer Koppel in ungefähr 100 Yards Entfernung vom „Normanby Hotel" fortzusetzen. Es wurden ein Ochse und zahlreiche Schafe geschlachtet und der Vorrat an berauschenden Getränken ist unbegrenzt. Ich erwarte, dass es noch vor Einbruch der Nacht zu schockierenden Szenen kommen wird. In ihrer Art zu trinken wirken die Maori völlig unbekümmert und viele sind Europäern gegenüber sehr unwirsch.

SPÄTER: Die Maori haben ihr Lager für die Nacht nahe der Stadt auf einer Koppel aufgeschlagen. Am Nachmittag tanzten sie den *haka* mit nichts als einem Tuch um die Lenden. Eine Reihe Europäer waren anwesend, darunter ein paar Frauen. Bier wurde in Eimern herumgereicht...

An dieser Stelle, zwischen Lendentüchern, Eimern voller Bier und ein paar europäischen Frauen, legt sich das Vergessen über den Schauplatz. Nur bis hierher können wir William Fox'

Spuren mit einer gewissen Zuversicht verfolgen, und Zweifel an seiner Anwesenheit bei diesem Fest, oder seiner Gemütsverfassung, falls er wirklich dabei war, sind angebracht. Wie heimisch er sich bei „wahren Saturnalien" auf einer dunklen Koppel in der Nähe des „Normanby Hotel" gefühlt hätte, ist eine Frage, die offen bleiben muss. Dem jungen Mann, den ein Schleier aus mehreren Namen umgab, wollte der Übergang zurück in die Welt der Maori in verschiedener Hinsicht nie ganz gelingen.

Als er beschrieb, wie er William Fox vor der Invasion in Parihaka neben Te Whiti sitzen sah, erklärte der Telegrafenamtsangestellte W. F. Gordon, dass er glaube, Fox habe später „bereut, was er an jenem Tag tat" – das heißt, seine Unterstützung Te Whitis, die „zweifelsohne Sir William und Lady Fox sehr missfallen musste".

In dieser wie in vielen anderen Angelegenheiten ist Gordons Urteilskraft nicht verlässlich. Er war zwar unersättlich neugierig, was ihm als Augenzeugen einen gewissen Wert verleiht, hatte aber auch irgendwie etwas von einem Clown, und es ist gewiss, dass er den Leuten in Parihaka, wo er ständig versuchte, ein Porträt von Te Whiti zu ergattern, zur Plage wurde. In derselben Woche, in der der junge Fox seine Ansprache auf dem *marae* hielt, wetteiferte Gordon mit ihm mit einer eigenen Vorstellung auf dem Berg darüber um Aufmerksamkeit. „Mr. W. Gordon gab ein Solokonzert auf dem Kornett… auf einer Höhe von 6.000 Fuß", berichtete die Zeitung von New Plymouth. „Er spielte die Nationalhymne, das deutsche ‚Vaterland', die ‚Marseillaise' und ‚Yankee Doodle'. Das Konzert sollte auf dem Berggipfel stattfinden, doch den Musikanten umhüllte ein dichter Nebel. Der Klang des Kornetts löste im Gestein ein einzigartiges Echo aus und führte dazu, dass eine Menge loser Gesteinsbrocken von den Überhängen herunterbrachen. Soweit wir wissen, wurde ‚God Save the Queen' noch nie in solcher Höhe gespielt."

W. Gordon war vielleicht öfter, als ihm bewusst war, von dichtem Nebel umhüllt. Zweifellos lösten die Handlungen seines Ziehsohnes bei Sir William großes Missfallen aus, aber es gibt einen Hinweis darauf, dass Lady Fox mit der Abreise ihres Sohnes nach Parihaka tatsächlich einverstanden war. 1881, in genau jenem Jahr nämlich, veröffentlichte sie eine Schrift unter dem Titel: „An Neuseelands Mütter". Es ist ein seltsames, ulkiges und harmloses kleines Werk – und in einer Hinsicht rührend, denn es handelt sich um ein Traktat zur Kindeserziehung aus der Feder einer Frau, die auf diesem Feld nur begrenzte Erfahrung besaß.

„Drohen Sie Kindern nie, wenn Sie nicht auch die Absicht haben, sie zu strafen", schreibt sie zum Beispiel. „Kürzlich hörte ich, wie eine Frau ihrem Kind zurief: „Mary Jane, wenn du jetzt nicht ins Haus kommst, dann bringe ich dich um!" Mary Jane kam nicht ins Haus, und ihre Mutter brachte sie nicht um, doch hatten Mutter oder Tochter davon einen Gewinn?" Die kleine Schrift enthält auch ein Gedicht, das mit einem Zitat beginnt, in dem Sarah Fox an eine Gestalt erinnert, mit der sie sich gelegentlich identifizierte – jener Tochter des Pharao, die ein Kind des Feindes fand, ein Kind Israels „in einem mit Pech und Bitumen abgedichteten Körbchen" zwischen den Binsen.

Der Auftrag der Mutter
„Nimm dieses Kind mit und stille es mir! Ich werde dich dafür entlohnen!" – Ex. 1.9 (2. Buch Moses, Kap. 1, Vers 9)

> „Take this child and nurse it for Me",
> Thus the kindly princess spoke,
> As the lovely weeping infant
> In her breast soft pity woke...
> Let no harsh or hasty spirit,
> Rudely crush the tender shoot...
> „Take this child and nurse it for Me":
> Think – within your loving arms,
> There may lie the mighty statesman
> Or the orator that charms...

[„Nimm dieses Kind mit und stille es mir"
Die Prinzessin warmherzig sprach,
Als des schönen Säuglings Weinen
Sanftes Mitleid in ihrem Busen regte...
Gib acht, dass kein harter oder vorschneller Geist,
grob den zarten Spross zertrete...
Denk nur, in deinen liebenden Armen
Liegt, vielleicht, ein mächtiger Staatsmann,
oder ein Redner, dessen Worte verzaubern..."]

Verschnörkelt und sentimental wie sie war, verschwand das einzige je von Sarah Fox veröffentlichte Werk sofort aus den Augen der Öffentlichkeit. Ich fand die vermutlich letzte noch existierende Ausgabe im Archiv einer Bibliothek in Dunedin, von der aus man beinahe den Hafendamm sehen kann, an den viele maorische Häftlinge von Sir Fox zur Zwangsarbeit beordert wurden. Wenn man diese Zeilen liest, die im selben Jahr veröffentlicht wurden, als Fox nach Parihaka fortlief und dort seine Rede hielt, kann man sich nur schwer des Eindrucks erwehren, dass ihre Verfasserin, so schüchtern und fromm sie auch war, einem gewissen harten und vorschnellen Geist einen verschleierten Tadel aussprach, und dass sie darüber hinaus glaubte, dass ihr einziges Kind, das sie zweifellos liebte, unter seinem eigenen Volk zu einer Führergestalt werden könnte.

Der junge Fox jedoch sollte kein großer Staatsmann oder Redner werden. Dem „aufgeweckten und intelligenten" Kind wurde ein anderes, ein ungewöhnliches und exakt umschriebenes Schicksal zuteil: umkämpft zu sein. Dies passierte ihm bis zu seinem zwanzigsten Lebensjahr mehrmals in seinem Leben. Er sollte kein Anführer und nicht einmal ein Symbol werden, doch er gab Anlass zu symbolischen Verknüpfungen. Vielleicht tun das alle Kinder, ihr starrer Blick ist weniger verschlüsselt als der Erwachsener, und Verbrechen, die an ihnen verübt werden, schreien zum Himmel. In diesem Sinne hatte er eine gewisse Macht zu führen. Herewini, Buller, Richmond, Sir William Fox, Lady Fox, Te Whiti – all diesen Menschen gab die kleine und unbedeutende Person William Fox Omahuru

 Denkanstöße – und brachte sie gegeneinander auf. Sein Foto führte zum Beispiel mich, einhundert Jahre später, zu dieser Geschichte von Te Whiti, und er führte Sir William und Te Whiti nicht einfach zu einer Geschichte, sondern immer tiefer in ihre eigene hinein, die von nun an ohne ihn weitergeht.

Nicht jedoch ohne diesen einen Nachtrag: Nachdem ich aus Dunedin zurückgekehrt war, besuchte ich Miri Rangi und erwähnte beiläufig, dass ich ein Gedicht von Sarah Fox gefunden habe. Sie wollte es gerne sehen, und ich zeigte ihr die wenigen, oben zitierten Zeilen, die ich mir abgeschrieben hatte.

„Aber das ist ein großer *taonga* [ein Schatz]", sagte sie.

„Meinst du wirklich?"

„Aber natürlich ist es das", sagte sie und bat mich, ihr eine Kopie des ganzen, ungefähr 40-zeiligen Gedichts zu schicken.

„Ich übersetze das und mache ein *waiata* [Lied] daraus. Zur Eröffnung unseres neuen Versammlungshauses singen wir dann dieses Sarah-Fox-Lied."

Und so wird man eines baldigen Tages die Worte der schüchternen kleinen Sarah Fox wieder vernehmen, wenn auch in einer Form und an einem Ort, die sie sich nie hätte erträumen lassen, in Aotearoa Pa, gar nicht weit von der dunklen Wiese entfernt, wo die Leute aus Mawhitiwhiti vor vielen Jahren nach Hause kamen und sich betranken, und vielleicht auch darüber hinaus, auf *marae* überall auf der Ebene Süd-Taranakis.

322

Am 12. November 1881 wurden Te Whiti und Tohu um vier Uhr früh unter Bewachung der Mounted Rifles [„berittenen Schützen"] [48] aus Taranaki vom Wehrhaus im Lager in Pungarehu ins öffentliche Gefängnis von New Plymouth verlegt, um an diesem Tag vor dem Resident Magistrate zu erscheinen. Die Nachricht von ihrer Überführung muss irgendwie durchgesickert sein, denn als sie Pungarehu verließen, sah man Te Whitis Sohn am Rand des Lagers warten, und Te Whiti wurde ein „kurzes Gespräch" mit dem Jungen durch die Gitterstäbe gestattet, der in Tränen ausbrach.

Eine einzige Bemerkung über die Haftzeit Te Whitis im Militärlager ist überliefert. Ein Journalist, der ein wenig Zeit in Pungarehu verbrachte, hörte, worüber die Soldaten sprachen. „ Es scheint, als habe Te Whiti Einfluss auf jeden, der sich ihm nähert", schrieb er im New Zealand Herald, „und noch die raubeinigsten Männer erklären mit seltsamer Einmütigkeit, dass er ein Gentleman sei."

Im Amtsgericht von New Plymouth saßen auf der Richterbank der Amtsrichter und acht Friedensrichter in zwei Reihen. Te Whiti wurde vorgeworfen, eine „bösartige, arglistige, aufrührerische und niederträchtige" Person zu sein und:

„in bösartiger, arglistiger und aufrührerischer Weise zu planen und zu beabsichtigen, den Frieden der Untertanen Ihrer Majestät zu stören und unter ihnen Hass auf und Ablehnung der Person Ihrer Majestät und der Regierung zu schüren und anzuregen und Untertanen Ihrer Majestät zu Aufständen, Krawallen, Aufruhr und Störungen der öffentlichen Ordnung anzustiften... am 17. September verwerflicher-, ungesetzlicher- und niederträchtigerweise die unwahren, bösartigen, staatsgefährdenden und aufrührerischen Worte gesprochen zu haben: *Naku te whenua. Naku nga tangata. Ko te tino pakanga tenei o tenei whakatupuranga...*"

Versuchsweise übersetzt wurde dieser Satz als „Mein ist das Land, mein ist das Volk. Hier haben wir den großen Kampf dieser Generation." Daraufhin verkam die Vorverhandlung sofort zur Farce. Alle drei Regierungsdolmetscher präsentierten unterschiedliche Versionen der Rede vom September, über deren Implikationen sie sich völlig uneins waren; einer von ihnen lieferte gleich zwei Versionen eines Ausdrucks; einig waren sie sich jedoch darin, dass sie Te Whitis eigene Erläuterungen am Abend des 17. September nicht gehört hatten. Dann kam es zum Streit zwischen den Dolmetschern und einem der diensttuenden Friedensrichter, nämlich dem Beauftragten für Grundbesitzangelegenheiten Robert Parris: Es stellte sich heraus, dass nie jemand Te Whiti oder überhaupt irgendjemandem in Parihaka eine Karte oder einen Plan gezeigt hatte, aus dem hervorgegangen wäre, welche Parzellen ihnen zugeteilt werden sollten.

„Die Regierung ließ die Öffentlichkeit wissen, dass die Eingeborenen zwei Jahre lang beharrlich die ihnen mitgeteilten Landzuteilungen abgelehnt hätten", schrieb die Lyttleton Times. „Und nun stellt sich heraus, dass ihnen gar keine Landzuteilungen mitgeteilt wurden."

Am dritten Tag der Vorverhandlung machte Te Whiti eine kurze Aussage. Er erklärte, dass man ihn und sein Volk informiert habe, dass ihre gesamten Ländereien nach der Konfiszierung der Regierung gehörten. „Ich habe nur sehr wenig dazu zu sagen. Seit Kriegsende befinden wir uns auf diesem Land, wir bestellen das Land; wenn wir für die Ernte sorgen, dann nicht, um damit einen Streit vom Zaun zu brechen... Es ist nicht mein Wunsch, dass einer der beiden Rassen Übles widerfahre; mein Wunsch ist, dass wir alle glücklich auf diesem Land leben. Nie war es meine Absicht, Böses zu tun oder zu töten. Mein Wunsch ist, dass wir alle glücklich auf diesem Land leben. Das ist mein Wunsch. In diesem Sinn habe ich zum Volk der Maori gesprochen. Mehr habe ich nicht zu sagen."

Die Häftlinge wurden dann „ins öffentliche Gefängnis von New Plymouth eingeliefert, um dort sicher verwahrt zu werden, bis... sie entsprechend dem geordneten Rechtsweg überstellt werden."

Die Verhandlung wurde auf den 1. Mai 1882 angesetzt. Es war klar, dass sie nie stattfinden konnte. Der Staatsanwalt erklärte den Ministern der Regierung, dass die Anklage wegen Aufruhrs auf schwachen Füßen stand. Zudem hatte der Richter des Obersten Zivilgerichts, der die Verhandlung führen sollte, bereits deutlich gemacht, wie er zu den Ereignissen in Parihaka stand. Drei Tage nach der Invasion hatte Richter Gillies in seiner Ansprache an die Anklagejury bei der Anhörung eines anderen Falls in New Plymouth erklärt, er würde seine Pflicht vernachlässigen, wenn er die außergewöhnlichen Umstände in diesem Bezirk, in dem man große Gruppen bewaffneter Männer im aktiven Dienst versammelt habe, außer Acht ließe. „Der Einsatz einer Streitkraft ließe sich nur durch die Notwendigkeit rechtfertigen, entweder... einen mit Waffengewalt vorgehenden Aggressor zurückzuschlagen, oder dem zivilen Arm des Gesetzes zu Hilfe zu eilen, wenn sich dieser Arm in der Durchsetzung eines Gesetzes als unwirksam erwiesen hat; in jedem anderen Fall wäre der Einsatz einer Streitkraft illegal und eine Bedrohung, wenn nicht gar eine gröbliche Verletzung, der bürgerlichen Freiheiten."

Der Regierung war klar, dass Te Whiti, Tohu und Richter Gillies niemals in einem Gerichtssaal aufeinandertreffen durften. Mehrere Monate vergingen. Im April 1882, fünf Tage vor dem angesetzten Beginn der Gerichtsverhandlungen, wurden die beiden Häuptlinge plötzlich in die Stadt Christchurch auf der Südinsel verlegt. Dort waren die vierteljährlich stattfindenden Sitzungen gerade abgeschlossen. Bryce und die anderen Minister hatten eine Atempause gewonnen. Sie nutzten sie, um ein neues Gesetz zu erlassen, dass es erlaubte, „zwei eingeborene Häuptlinge namens Te Whiti und Tohu" auf unbegrenzte Zeit ohne Gerichtsverhandlung in Haft zu halten. Zusätzliche Informationen zur Rechtfertigung des Gesetzentwurfs wurden dem Parlament nicht vorgelegt. Einem Ergänzungsantrag, der es zugelassen hätte, dass Te Whiti und Tohu vor dem Parlamentsgericht erschienen, wurde nicht stattgegeben.

Der Gouverneur explodierte. Dieses Vorgehen sei, wie er nach London schrieb, „in der Geschichte des Parlaments vermutlich ohne Beispiel... Seit der Entziehung der bürgerlichen Rechte Sir John Fenwicks [49] vor fast 200 Jahren ist in England auf keine derartige, gegen Einzelpersonen gerichtete Gesetzgebung zurückgegriffen worden; seit dem Pains and Penalties Bill [50] gegen Königin Caroline wurde nicht einmal der Versuch gemacht, ein solches Gesetz zu erlassen, und selbst in den dunkelsten Tagen der englischen Geschichte blieb das Recht auf Selbstverteidigung unangetastet."

Bryce entwarf auch ein Indemnitätsgesetz, das ihn selbst und jeden, der in Parihaka auf seinen Befehl hin gehandelt hatte, „hinsichtlich aller etwaiger rechtlicher Maßnahmen, Klagen, Prozesse, Anzeigen, Anklagen, Strafverfolgung, Haftungsansprüche und jedweder Gerichtsverfahren freistellt, entbindet, befreit, von der Haftung ausnimmt."

Gegen die Gesetzesvorlagen wurden diesmal im Parlament viele Stimmten laut. „Hier ist Te Whiti, ein Mann ohne Stücken von [englischer] literarischer Bildung oder historischer Kenntnisse, und dennoch ist er aufgrund der reinen Kraft seines Intellekts und seines beharrlichen Festhaltens an seinem Ziel, durch seine Ehrlichkeit und Lauterkeit in der Lage, sich dem Eingeborenenminister und der groben Gewalt, die dieser gegen ihn richtet, nicht nur standzuhalten, sondern ihn in einem großen Ausmaß auch zu besiegen", donnerte ein Abgeordneter. „Diese Gesetzesvorlage, die von der Präambel bis zur Schlussklausel vor Unrecht strotzt, ist eine Beleidigung für jedes Freiheitsgefühl, das den Engländern in die Wiege gelegt wurde. Bereits die Tatsache, dass sie eingebracht wurde, ist ein Eingeständnis von Schwäche... Gut, der Eingeborenenminister bringt den Maori keine besondere Sympathie entgegen, doch die mitternächtliche Verlautbarung, das eilige Hin und Her, bevor seine Exzellenz, der Gouverneur, unsere Küste erreichen konnte – all das war äußerst seltsam... Ich drücke hiermit meine Überzeugung aus, dass die Vertreibung der Eingeborenen aus Parihaka, der Abriss ihrer Häuser, die mutwillige Zerstörung ihrer Ernten, einem himmelschreienden Skandal gleichkommt, einer grausamen und willkürlichen Schandtat gegen die Gerechtigkeit ... und die Menschlichkeit."

Ein Dutzend weiterer Redner erhoben sich, um Bryce und die Art, wie er die Maori in Taranaki provoziert hatte, zu verurteilen. Dem Wesen der Parteipolitik entsprechend stimmten anschließend selbst einige derjenigen, die gegen die Gesetzesvorlagen gesprochen hatten, für sie; sie wurden mit einer Mehrheit von zwei zu eins verabschiedet. Zwischenzeitlich sorgte die Regierung mittels einer geheimen Absprache dafür, dass Gordons Depeschen nach London, die der Kolonialbehörde alles offen legten, dem Unterhaus gar nicht vorgelegt wurden. Obwohl sie dem Schutz der britischen Verfassung unterstanden, ließ man Te Whiti und Tohu weiterhin in der Luft hängen.

Christchurch jedoch, die kalte, herbstliche Stadt, wo sie aus Taranki kommend in ihren Häftlingsuniformen eintrafen, war eine Welt, mit der Männer wie Bryce völlig unvertraut waren. Wohlhabend, liberal, snobistisch und kultiviert – dies war die Stadt der Lyttleton Times, der Berichte Croumbie-Browns, des berühmten „Maoriphilen" Fitzgerald, die Stadt Samuel Butlers: An ihrem westlichen Horizont stand ein Gebirgszug mit schneebedeckten Gipfeln, unter denen Butler von „Erewhon" geträumt hatte, zum Teil als Angriff auf rassistische Siedler. Es war die Stadt, wo die beißend sarkastische Dichterin Jessie Mackay, die wir schon in einem Zitat kennengelernt haben, dabei war, sich einen Namen zu machen. Sie hatte ihre Aufmerksamkeit bereits auf die Invasion in Parihaka gerichtet:

Yet a league, yet a league,
Yet a league onward
Straight to the Maori pah,
Marched the Twelve Hundred.
„Forward the Volunteers!
Is there a man who fears?"
Over the ferny plain
Marched the Twelve Hundred.
„Forward!" the Colonel said:
Was there a man dismayed?

No, for the heroes knew
There was no danger...
Dreading their country's eyes,
Long was their search and wise;
Vain for the pressmen five,
Had, by a slight device,
Foiled the Twelve Hundred.

Children to the right of them,
Children to the left of them,
Women in front of them,
Saw them and wondered...
When can their glory fade?
Oh! the wild charge they made!
New Zealand wondered
Whether each doughty soul
Paid for the pigs he stole,
Noble Twelve Hundred!

[Noch eine Stunde, noch eine Stunde,
Noch eine Stunde weiter,
Direkt zum Maori-pa
Marschierten die Zwölfhundert.
„Vorwärts, ihr Freiwilligen!
Hat da jemand Angst?"
Über die farnbedeckte Ebene
Marschierten die Zwölfhundert.

„Vorwärts!" der Colonel befahl:
Gab's einen mutlosen Mann?
Nein, denn unsere Helden wussten
Gefahr gab es nicht...
Aus Furcht vor den Augen des Landes
Suchten sie lange und klug,
Doch umsonst, denn fünf von der Presse
Hatten mit einen kleinen Trick
Die Zwölfhundert überlistet.

Kinder zu ihrer Rechten,
Kinder zu ihrer Linken,
Vor ihnen die Frauen,
Sie sahen sie und grübelten...
Wann wohl ihr Ruhm verblasse?
Oh, ihre wilde Attacke!
Neuseeland grübelte
Ob all diese furchtlosen Seelen
Für die Schweine zahlten, die sie stahlen
Edle Zwölfhundert!]

Sir Arthur Gordon, der in Christchurch „ein paar nette Leute getroffen" hatte, war dorthin gezogen – so weit ab von den von ihm verabscheuten Ministern seiner Regierung, wie es gerade noch hinnehmbar war. Christchurch hatte sich unter der steinernen Turmspitze seiner Kathedrale mehr als jeder andere Ort in der Kolonie eine Erinnerung an den Idealismus der Gründerjahre bewahrt. Dies hatte zum Teil recht profane und wenig noble Gründe. Mehr als ein paar hundert, vielleicht ein- oder zweitausend Maori hatten nie auf der ausgedehnten blauen Ebene, auf der die Stadt lag, gelebt; die gesamte Südinsel, ein Gebiet von der Größe Englands, hatte man den Maori zum Spottpreis von einen Viertelpenny pro Morgen abgekauft, und selbst wo es zum Betrug gekommen war (und dazu war es gekommen), waren die Stimmen, die die Beschwerden der Maori vorbrachten, so schwach, und Mischehen ohnehin so sehr an der Tagesordnung, dass man sie ignorieren und Christchurch sich tugendhaft fühlen konnte.

Die Stadt beschloss daher, Bryce zum Hohn ihre beiden Gäste, die Häftlinge Te Whiti und Tohu, als Helden zu feiern. Der Direktor ihres Gefängnisses im Vorort Addington kleidete sie in Tweedanzüge und ließ ihnen zu ihrem ersten Abendessen Dosenhummer servieren. Der Amtsrichter stürzte sich auf die Gefangenen, nahm sie unter seine Fittiche und eilte mit ihnen zum Gefängnistor hinaus, um ihnen die Sehenswürdigkeiten zu zeigen. Überall, wo sie sich zeigten, strömten Scharen von neugierigen und freundlichen Menschen zusammen. Te Whiti hatte es besonders der Fluss angetan. Nachdem Christchurch Te Whiti seine Wunder gezeigt hatte – die dampfbetriebene Trambahn, die Eisengießerei, die Lokomotivwerkhalle, eine Stiefelfabrik, in der man ihnen eine „Leviathan"-Nähmaschine vorführte – war man überrascht, als er auf die Frage, was ihn am meisten beeindruckt habe, antwortete: „Der Fluss." Lange stand er an seinem Ufer und schaute ihm ruhig zu. So ganz anders als die 24 Sturzbäche, die die Abhänge Mount Taranakis hinabrauschten, entsprang der Avon in Christchurch ein paar Meilen entfernt mitten auf einer flachen Ebene und schlängelte sich in endlosen Windungen durch die Stadt, war hinter jeder Straßenecke immer schon vor einem da, klar, schnell und friedlich, voller Schatten englischer Forellen, gerahmt von runden Ufern mit grünem Rasen, gesäumt von Institutionen der Kirche von England, Kirchen und Schulen, und beschattet von englischen Weiden und Eichen. (Ich erinnere mich daran, dass ich als katholischer Junge in Christchurch, wo Katholiken sich ein wenig von der Mehrheitsgesellschaft ausgeschlossen fühlten, den Avon immer als eine entschieden anglikanische Erscheinung wahrnahm.)

Als Bryce von den Freiheiten erfuhr, die man den beiden maorischen Häuptlingen gewährte, war er schockiert. Er beschwerte sich beim Justizminister, der den Amtsrichter verwarnte. Ihre Haftbedingungen wurden neu gestaltet und ein eigens abgestellter Aufseher wurde nach Christchurch entsandt, um die Verantwortung für die Häftlinge zu übernehmen. Dieser Mann war Bryce direkt unterstellt. Wieder einmal waren Te Whiti und Tohu Bryce' persönliche Gefangene. Die vielen Zeichen der öffentlichen Unterstützung, die den Häuptlingen in Christchurch – der damals größten Stadt der Kolonie – entgegengebracht wurde, hatten Bryce allerdings auch stutzig werden lassen. Er selbst kannte eigentlich nur einen Wahlkreis – die nach wie vor blutrünstigen Bürger von Wanganui. (Als Bryce bei einem Bankett in Wanganui erklärte, dass „jeder Mann, jede Frau und jedes Kind in Parihaka hätte exekutiert werden können", belohnte das Publikum seine Bemerkung mit lautem Applaus.) Bryce war ein brutaler Polterer oder Schlimmeres und ein Feigling, aber er war auch ein praktisch denkender Politiker in einer Demokratie. Er wusste um die Bedeutung der öffentlichen Meinung. Bei all seinem prahlerischen Draufgängertum hatte es ihn ein wenig erschüttert, wie man in der Presse und im Parlament wegen seines Indemnitätsgesetzes über ihn hergefallen war. Jetzt wusste er nicht mehr genau, wie er mit den Häftlingen verfahren sollte. Es war politisch nun ausgeschlossen, sie Entbehrungen auszusetzen. Ein Plan, sie ins Exil zu schicken – ins echte Exil, außerhalb der Kolonie – wurde geprüft, aber es gab nur einen Ort, an den die Regierung befugt gewesen wäre, sie zu schicken, und das war England. Scherzhafte Berichte trieben an die Oberfläche der Lokalpresse:

> Sir William Fox führte eine lange Unterredung mit dem ehrenwerten Mr. Bryce, bei der er sich im Gegenzug für eine schöne Entlohnung auf den Posten des Schaustellers von Te Whiti bewarb und diese Stelle auch gleich annahm. In wenigen Tagen werden sie ihre Reise nach England antreten. Der Regierung wird die Ausstellung Te Whitis einen hohen Gewinn einbringen. Ein Kommando der Königlichen Schützen begleitet Sir William als Türsteher, Kassierer, etc.

Man brauchte jedoch nicht lange zu überlegen, um die Gefahren, die in einem solchen Vorgehen lagen, zu erkennen. Te Whiti in England, unterstützt durch Bradlaugh oder durch Anhänger Selwyns, der zwar glücklicherweise nicht mehr lebte, aber immer noch über viele einflussreiche Freunde verfügte, war eine gefährliche Aussicht. Die Kolonialregierung war schamlos: Sie fürchtete sich vor gar nichts, weder vor ihrer eigenen Opposition, noch vor ihrem Gouverneur oder der Kolonialbehörde – nur die öffentliche Meinung in England versetzte sie in Angst und Schrecken.

Unter Berücksichtigung all dieser Umstände wurde beschlossen, dass die „Haft mit Samthandschuhen", in der sich Te Whiti und Tohu befanden, bis auf weiteres fortgesetzt werden sollte. Ihr neuer Aufseher hieß John Ward. Dieser geistlose, angeberische Mann, der bei den Kriegen der 1860er Jahre mitgekämpft hatte und Maori sprach, sollte Te Whiti mit seinen Theorien zur Kultur, Evolution und zum „Kampf ums Überleben" langweilen, an Schlüssellöchern horchen und seinen Häftlingen mit Schadenfreude begegnen, aber im Großen und Ganzen war er ebenso ungefährlich wie ein Polizeihund, dem man nicht befohlen hatte anzugreifen.

Der neue Plan war, Te Whiti und Tohu erst mit der Macht und dem Reichtum der Europäer einzuschüchtern und anschließend zu versuchen, ihnen ein Zeichen der Unterwerfung abzuringen. Man machte mit ihnen eine Bahnfahrt, die meilenweit über die Ebene führte, auf denen sich der goldene Mais hin- und her wiegte, und führte sie auf den Glockenturm der neuen Kathedrale, die Gilbert Scott entworfen hatte und die höchst feierlich in derselben Woche geweiht worden war, in der Bryce Parihaka angreifen ließ. Es war sechs Uhr an einem Winterabend, als die beiden Häftlinge in der Kathedrale eintrafen. Jemand spielte auf der Orgel. Te Whiti legte seinen Finger auf die Tastatur und spielte die Bass-Note. Als sie den Balkon des Glockenturms erreichten, dämmerte es; sie fanden die Aussicht auf die trübe und verstreut angelegte Stadt nicht besonders beeindruckend, freuten sich aber, dass sie in drei oder vier Meilen Entfernung die blanke Fläche des Pazifischen Ozeans gerade noch erkennen konnten, über den ihr Weg nach Hause führte.

Es folgten diverse Zwischenspiele. Ward stellte bei einer Gelegenheit erfreut fest, wie „der Prophet [Te Whiti] zitterte", als eine Lokomotive auf ihn zu donnerte. Einmal stürmte eine alberne Frau aus der Menge auf Te Whiti zu und schüttelte ihm die Hand – in ihrem Ärmel trug sie eine elektrische Batterie versteckt. Te Whiti rang nach Luft, als er den Schlag spürte, und murmelte diesen Wechselbalg von einem weder englischen noch maorischen Wort: *„taipo!"* – „Kobold". Auch daran hatte Ward seine Freude. Sie wurden durch die „Christchurch Exhibition" geführt, wo ihnen eine Menge von drei- oder vierhundert Menschen durch die Ausstellung folgte und sie sich in einen Pavillion flüchten mussten, in dem eine „armlose Frau servierte, strickte und schrieb", und wo man ihnen Bismarck, das gelehrte Schwein beim Euchre-Spiel[51] vorführte. An einem Nachmittag besuchten sie den Skulpturensaal im Christchurch Museum, wo sie Abgüsse des nackten Merkur und Herkules, der Venus de Medici, der Andromeda und anderer sahen. Te Whiti war von der Anwesenheit europäischer Damen in diesem Saal fasziniert.

„Ward, schämen sich diese Frauen denn nicht, hierher zu kommen und sich diese Skulpturen anzusehen? Ich weiss ja, dass Maori-Frauen nicht so feinfühlend sind, aber ich dachte, dass die Europäerinnen viel zu züchtig und erhaben seien, um solche Objekte betrachten zu können."
Dann sprach er die Damen auf Maori an. Ihre Antworten bestanden zumeist aus einem bezaubernden Lächeln und geflüsterten Worten wie „Oh, was ist er doch für ein netter Mann".
Glücklicherweise konnten sie seine Moralpredigt nicht verstehen. Te Whiti riet ihnen, schleunigst zu heiraten, damit sie ihre Zeit nicht länger damit verbringen müssten, sich in einem Museum nackte Plastiken anzuschauen.

Währenddessen unternahmen Te Whitis Anhänger in Parihaka Anläufe, sich wieder am 18. jeden Monats auf dem *marae* zu versammeln. Bryce befahl den Abriss weiterer Häuser. Sir William Fox hatte immer noch nicht die Zeit gefunden, die für Parihaka vorgesehenen Landzuteilungen vermessen zu lassen, aber als Strafe für diejenigen, die sich geweigert hatten, der „Mitternachtsproklamation" Folge zu leisten, zog er schon einmal 5000 Morgen davon ab.

Die vierteljährlichen Sitzungen des Obersten Gerichtshofes in Christchurch begannen im frühen Juni 1882, doch zu diesem Zeitpunkt hatte man Te Whiti und Tohu bereits in das Alpenstädtchen Queenstown gebracht, wo es ihnen schwer imponierte, dass es auf einem so weit vom Meer entfernten See einen Dampfer gab, und wo sich Tohu in ihrem Hotel in eine Dame – vielleicht die Dame des Hotels – verliebt zu haben scheint. Erst am 14. Juni setzte man die Häftlinge davon in Kenntnis, dass es nicht zu einer Verhandlung kommen würde. Bryce' Sekretär Butler eröffnete ihnen diese Tatsache, als handele es sich um ein großes Entgegenkommen, ein Zeichen der Freundschaft einer Regierung, die den Gefangenen nun „beistehen" und sie als „Gentlemen" behandeln wolle. Die in der Presse verbreitete Meinung, dass Te Whiti Bryce „bezwungen" und ihm eine „Lektion in Würde erteilt" habe, hatte diesen empfindlich getroffen und er sah sich gezwungen, irgendeine Formel zu finden, die sich als Unterwerfung Te Whitis darstellen ließ. Falls Te Whiti die ihm angebotenen geringeren Landzuteilungen annahm und versprach, keine weiteren Zusammenkünfte in Parihaka zu veranstalten, würde man ihn und Tohu freilassen.

Te Whiti: Die Regierung und mir beistehen? Pah! [Diese Aufzeichnungen wurden von Ward angefertigt] Ich will den Beistand der Regierung nicht. Sollen sie doch tun, was sie wollen.
   Butler: Das ist sehr töricht von Ihnen. Die Regierung will sich Ihnen gegenüber freundlich zeigen, und wenn Sie die Hand, die sie Ihnen ausstreckt, nicht ergreifen... dann bleiben Sie beide in Haft.
Te Whiti: Das ist mir egal. Sie können tun, was sie wollen. Ich will nichts von Ihrer „Liebe".
Butler: Wenn das so ist, dann bleiben Sie in Haft und werden nach Nelson verlegt.
Te Whiti: Das ist mir egal. Ich habe nichts damit zu tun. Das liegt bei Ihnen.
Butler: Nein, das liegt bei Ihnen, Te Whiti, aber Ihr Herz ist verbittert und Sie wollen nicht hören.
Te Whiti: Kümmern Sie sich nicht um mein Herz. Wir haben genug geredet.

Am 26. Juli waren die Gefangenen wieder in Christchurch und Butler, der die Proklamation nach Parihaka überbracht und während der Invasion neben Bryce gestanden hatte, reiste nun dorthin, um sein Anliegen noch einmal vorzubringen.

Te Whiti: Ich kam hierher, um vor Gericht gestellt zu werden. Warum stellen Sie uns nicht jetzt vor Gericht und lassen uns hinrichten?

Butler: Sie werden nicht vor Gericht gestellt und auch nicht hingerichtet. Te Whiti, Sie sind verbittert. Wir möchten Sie wie Gentlemen behandeln.

Die beiden Gefangenen wurden nach Nelson verlegt. In dieser Stadt herrschte eine völlig andere Atmosphäre als in Christchurch. In Nelson hatte früher einmal Domett gelebt, die Gegend war ein Revier der Richmonds und Atkinsons, von denen, wie die Lyttleton Times bemerkte, immer einige in Erscheinung traten, just bevor es in Neuseeland zu Unruhen zwischen den Bevölkerungsgruppen kam oder ein Krieg ausbrach, „wie Sturmvögel auf dem Ozean, wenn ein Unwetter im Anzug ist". In Nelson begegnete man den Häftlingen mit Kälte. Besuche von Gelehrten, Maori-Sprachwissenschaftlern oder freundlichen Richtern gab es hier nicht.

Butler stattete ihnen einen weiteren Besuch ab, um sie aufs Neue zu bedrängen:

Butler: Freunde, ich reise morgen nach Wellington. Haben Sie sich das Haus hier gut angesehen und sind Sie damit zufrieden? Oder braucht einer von Ihnen noch irgendetwas?

Te Whiti: Das Haus ist ein Haus. Wir haben damit nichts zu tun.

Butler: Gut. Nun, haben Sie nachgedacht über das, was wir alle in Christchurch und Oamaru besprochen haben?... Wenn Sie beide Ihre alten Gepflogenheiten aufgeben und ein Leben als ordentliche, ruhige Männer führen, dann wird Ihnen die Krone einen Rechtstitel auf Ihr Land gewähren und Sie beide werden unverzüglich zurück nach Taranaki gebracht.

Te Whiti [erregt]: Welches Land? Welches Land?

Butler: Das Land, das für Sie und Ihr Volk zurückbehalten wurde.

Te Whiti: Wo ist das Land, das Sie [die Regierung] uns gestohlen haben?

Butler: Die Regierung hat Ihnen kein Land gestohlen, Te Whiti, aber auf einem Teil des Landes, von dem Sie sprechen, leben jetzt Siedler, und der Regierung gehört ein anderer Teil.

Te Whiti: Wer hat den Europäern gesagt, dass sie sich darauf ansiedeln sollen, und wer hat der Regierung überhaupt etwas davon gegeben?

Butler: Wie Sie sehr wohl wissen, hat die Regierung es eingezogen, um damit Kriegskosten abzudecken.

Te Whiti: Und dieses Land, wer gibt es jetzt zurück?

Butler: Die Regierung, auf Bitten der Beauftragten der Westküstenkommission.

Te Whiti (spöttisch): Die Beauftragten! Sie sind Beauftragte! (Erregt) Sagten diese Männer [Fox und Bell] nicht, dass man das gesamte Land einziehen sollte und den Maori nichts davon geben?

Butler: Nein. Sie sagten, dass Sie genügend Land bekommen sollten und ... dass Sie und Tohu gut behandelt werden würden, da sie ihnen großes Wohlwollen entgegenbrächten.

Te Whiti: Nein, das stimmt nicht. Sie sagten, dass alle Eingeborenen vertrieben werden sollten und das Land von den Europäern geschluckt.

Butler: Nein, nein. Te Whiti, mit dem, was Sie über die Beauftragten sagen, haben Sie Unrecht. Sie drückten Ihnen im Besonderen und Ihrem Volk insgesamt gegenüber großes Wohlwollen aus und sie wünschten, dass Ihnen sogar noch mehr Land, als das, was ich erwähnte, zurückgegeben würde.

Te Whiti: Es ist alles mein Land, und die Regierung hat es gestohlen und mein Volk vertrieben. Ich bin hier.

Butler: Nein, sie hat Ihr Volk nicht vertrieben. Die Menschen sind alle noch da. Nur die Fremden wurden fortgeschickt. Alle Ihre Kinder sind noch da. Und Sie tragen die Schuld an dem, was geschah. Als vernünftiger Mann wissen Sie das.

Tohu (lacht): Ist die Regierung nicht mit all ihren Soldaten zu mir nach Hause gekommen und hat die Menschen vertrieben, und ich bin hier? Wer tat all das? Nun, die Regierung war's, die, wie Sie sagen, so freundlich und voller Wohlwollen ist. Was ist dieses Haus? Es ist ein Gefängnis. Der Worte sind genug gewechselt.

Butler: Die Regierung kam erst mit ihren Soldaten zu Ihnen nach Hause, nachdem Sie sie durch Ihr törichtes Verhalten dazu gezwungen haben, aber möchte Ihnen gern vergeben und die Vergangenheit zu begraben. Wenn Sie sich damit einverstanden erklären, Ihr törichtes Werk in Zukunft nicht fortzusetzen, dann wird man Sie zurückbringen und Ihnen mehr Land geben, als Sie brauchen können.

Tohu (energisch): Dieses Gerede ist Unsinn. Wer hat den Geist des Kampfes zwischen der Regierung und mir geweckt? Ich war's nicht.

Butler: Doch, Sie waren es.

Tohu: Nun, warum haben die Soldaten denn nicht gekämpft, wenn sie das doch wollten?

Butler: Wenn an jenem Morgen in Parihaka auch nur ein einziger Schuss gefallen wäre, dann wären alle Eingeborenen getötet worden. Aber die Regierung will das nicht... Die Regierung sagt: „Wir müssen die Maori schützen..."

Te Whiti: Ich habe erwartet, vor Gericht gestellt zu werden... Ich möchte vor Gericht gestellt werden. Es ist sinnlos, dass mir die Regierung jetzt, nach all dem Unrecht, dass geschah, diese Speise [freundliche Worten] bringen lässt. Warum hat sie sie mir nicht vorher angeboten?

Butler: Sie hat sie Ihnen immer schon angeboten, aber Sie haben die Speise immer fortgeschoben.

Te Whiti (sehr erregt): Das stimmt nicht. Nie wurde das Angebot so gemacht, wie ich es heute höre. Immer hieß es „Krieg! Krieg!"...

Und so ging Butler fort, die beiden blieben in Haft, Ward bewachte sie – besonders Te Whiti – und schrieb in sein Tagebuch: „Ist es nicht widerlich mit anzusehen, wenn ein Mann so stur, so starrköpfig ist wie er?" Es regnete. Die Atmosphäre war deprimierend. Die einzigen Nachrichten, die aus der Außenwelt zu ihnen vordrangen, waren die, die Ward sich herabließ, für sie aus den Zeitungen zu übersetzen.

Besonders Tohu fand die Beschränkungen des Hauses zermürbend. Eines Tages verkündete er, dass er spazieren gehen wolle. Ward erklärte, dass er zu viel zu tun habe, um ihn zu begleiten, und dass er daher im Haus bleiben müsse. Tohu beachtete ihn nicht weiter und ging die Straße hinunter. Ward eilte ihm nach. Auf offener Straße kam es zu einer Rauferei zwischen den beiden mittelalten Männern. Te Whiti kam heraus, beruhigte sie und alle gingen ins Haus zurück, aber der örtliche Polizeichef wurde herbeigerufen und der Hausarrest von da an strenger durchgesetzt. Dieser Vorfall belastete die Häftlinge sehr.

Ein wenig Hoffnung mag sie im August erfasst haben, als eine Abordnung von drei maorischen Häuptlingen in London eintraf, um der Königin eine Petition über die Wiedergutmachung des den Maori zugefügten Unrechts zu übergeben. Seitdem er an Bradlaugh geschrieben hatte, hatte Te Whiti die Vorstellung gehegt, dass in England etwas Unterstützung für die Maori gefunden werden könnte. In ihrer Petition klagten die Häuptlinge über den Versuch der Regierung, „Unfrieden" in Parihaka „zu entzünden", „unschuldige Männer zu inhaftieren... ihren Besitz einzuziehen... ihre Behausungen niederzureißen" und baten um die Freilassung Te Whitis. Der Kolonialsekretär Lord Kimberley speiste sie mit einer Audienz beim Prinzen und der Prinzessin von Wales ab und verwies die Petition zurück an die neuseeländische Regierung, an Whitaker und vor allem an Bryce, den Minister für Eingeborenenangelegenheiten und Krieg. Bevor die Häuptlinge wieder nach Hause reisten, verbrachten sie ein paar Wochen in England. Zwei von ihnen besichtigten die Lichfield Cathedral.

„Bei ihrem Besuch der Selwyn-Gedenkstätte ", schrieb der Lichfield Mercury, „waren beide Besucher überaus gerührt. Als sie davor standen und durch das schmiedeeiserne Gitter schauten, flossen ihnen die Tränen. Als sie die Kapelle in der Gedenkstätte betraten, wichen diese freudigen Ausrufen... sie bemerkten die entschiedenen Linien auf dem Gesicht des Bischofs, sprachen von seinem eisernen Willen, seiner Güte und Standfestigkeit. Besonders freute sie, dass er auf einer neuseeländischen Matte ruht, und sie fügten hinzu, dass es genau so sein solle...

Dieser Besuch der Maori hatte etwas besonders Anrührendes. Ihre Reise hierher ist das einzige ihnen noch verbleibende Mittel, eine letzte Anstrengung einer zum Untergang verdammten Rasse. Es ist allgemein bekannt, mit welcher Hingabe sich Bischof Selwyn für die Anliegen der Maori einsetzte, und wäre er noch am Leben, dann hätte man ihrer Abordnung möglicherweise mehr Aufmerksamkeit geschenkt; zumindest hätte man ihr dann einen gewissen Respekt bezeugt, den ihr Besuch bislang noch nicht hat erregen können. Es wäre eine Sache der Vernunft, dass die Kolonialregierung die mutmaßlichen Ansprüche der Maori nun unverzüglich prüft."

Dieser Artikel wurde Ende September in der neuseeländischen Presse nachgedruckt, zwei oder drei Tage nach dem Krach zwischen Ward und Tohu, als die beiden Männer kaum noch miteinander sprachen; Te Whiti und Tohu müssen jedoch vom Misserfolg der August-Abordnung schon früher durch eine telegrafische Mitteilung erfahren haben.

Eine Woche später kamen weitere schlechte Nachrichten. John Bryce war gerade von einem triumphalen Besuch in Parihaka zurückgekehrt. „Um die Eingeborenenangelegenheiten steht es äußerst zufriedenstellen", berichteten die offiziellen Quellen; die inzwischen auf ungefähr 300 Menschen geschrumpfte ansässige Bevölkerung sei „durch und durch mit Mr. Bryce zufrieden".

Bryce ritt über das Gelände der früheren Plantagen, um persönlich zu überprüfen, dass weder „unzulässige Feldarbeit" stattfand – also keine Frühlingspflanzen eingesetzt wurden, die im Sommer zu überschüssigen Erträgen für Besucher führen könnten – noch Ortsfremde an der Arbeit waren. Der neue Häuptling, den die Presse als den „alten Tummake" bezeichnete (gemeint war wahrscheinlich „Tumuaki", was Häuptling oder Anführer bedeutet), versicherte Bryce, dass Versammlungen nicht mehr stattfänden und Fremde im Ort nicht willkommen seien: „Fremde haben uns genug Ärger gemacht." Im weiteren Umland hatte Bryce den Vertriebenen Arbeit angeboten. Für den Fall, dass sie Hunger litten, sagte er, „schlage ich vor, sie für geringen Lohn bei Straßenarbeiten einzusetzen, sie dabei aber keinesfalls zu verwöhnen."

Es gibt ein Andenken an Bryce' Besuch in Parihaka im frühen Oktober. Unter seinem Tross (Bryce ließ sich auf seinen ministeriellen Exkursionen gern von Freunden und Kumpanen begleiten) befand sich ein Fotograf, der am Dorfrand kurz vor Anbruch der Dunkelheit eine Plattenkamera aufbaute und eine Aufnahme von Parihaka machte, auf der der Große Komet von 1882 über dem schneebedeckten Mount Taranaki im Hintergrund erscheint.

Erstmals war dieser Komet im frühen September am Himmel erschienen. Drei Wochen lang wurde er allmählich heller, bis man ihn auch tagsüber sehen konnte und er am Nachthimmel die Venus überstrahlte. Alle Berichte sind sich darin einig, dass er direkt vor Morgengrauen am allerschönsten war. Einige Experten glaubten, dass es sich um denselben Kometen handelte, den man im Februar 1880 gesehen hatte – das heißt, um denselben Himmelskörper, der so gewirkt hatte, als „schieße er direkt auf die Waimate Plains hinunter", während Bryce 30 Monate zuvor damit begonnen hatte, seine Streitmacht über den Fluss zu schicken, damit sie Te Whiti entgegentrat.

Bryce selbst war kein abergläubischer Mensch, und auch falls ihm die Symmetrie aufgefallen sein sollte – ein Komet zu Beginn seines Feldzugs und ein anderer, oder derselbe, zu seinem Abschluss – so wird er sie wohl kaum als Kompliment des sternenbedeckten Universums aufgefasst haben. Und doch ist dieses Foto, noch in seinem jetzigen, fürchterlich schlechten Zustand (die Platte hatte einen Sprung und war bereits beschädigt, bevor sie verloren ging, und der Komet und die Schneefelder wurden mit einem Pinsel retuschiert), eine Art Trophäe, ein Manifest von Bryce' Triumph. Er, „Sir" Bryce, der ehrenwerte John, der Freund der Siedler, hatte eine Armee auf die Ebene geschickt, hatte erleben müssen, wie man seinen Namen in den Schmutz zog, er war verraten worden, doch am Ende hatte er sich durchgesetzt, die maorische

Bevölkerung des Bezirks eingeschüchtert und versprengt und die Kolonie von Te Whiti befreit, der nun weit weg und unter seinem stillen Hausarrest so gut wie tot war. Hier, als Beweis für seine Erfolg, unter dem schneebedeckten Berg und diesem einen Pinselstrich unter den Planeten, stand das neue Parihaka, dunkel, leblos, halb zerstört und beinahe verlassen. Bryce allein hatte das unlösbare Problem von Rasse und Land in Taranaki gelöst.

„Der Westküstendiktator", schrieb eine Zeitung aus Wellington, „ritt über den Schauplatz seines späten Triumphs."

Eingesperrt in jenes Haus in Nelson „beschäftigte sich" laut Ward auch Te Whiti „in Gedanken sehr" mit dem Kometen, und die beiden Männer diskutierten sein Wesen. Te Whitis gewohntes Talent für Metaphorik und Optimismus scheint ihn dabei verlassen zu haben. Der Komet, so glaubte er, war eine ferne Welt, die in Flammen stand.

Bryce' Triumph war zwar nicht von ganz kurzer Dauer, aber allzu viele Monate sollte er sich nicht mehr daran erfreuen können. Schon als er noch über die Plantagen galoppierte, bahnte sich der Umschwung, eine unerfreuliche Überraschung für ihn an. Eigentlich war er da schon im Gange, sozusagen direkt unter ihm, unter den Hufen seines Pferdes, unter den ungejäteten Furchen der alten Gärten Parihakas. Dahinter verbirgt sich kein großes Rätsel: Auf der Taranaki (mehr oder weniger exakt) entgegengesetzten Seite der Welt, direkt durch die Erdkugel hindurch, lief in London eine Druckerpresse. Sie druckte das parlamentarische „Blaubuch", in dem die dem Parlament vorgelegten Unterlagen veröffentlicht werden.

In der jüngsten Ausgabe von 1882 sollten zahlreiche Depeschen Sir Arthur Gordons erscheinen. Gordon erlebte seine Rolle und Position in Neuseeland als undankbare Aufgabe. Als er sie antrat, war er vom Ehrgeiz beseelt, die Brutalität und die Ausbeutung zu verhindern, zu der es, wie er wusste, überall unter den Bedingungen der Kolonisation kam. Er hatte versagt, und es blieb ihm die Wahl zwischen einem Rücktritt oder einem Fortführen seiner verfassungsmäßigen Rolle. Er entschied sich für Letzteres; es wurde ihm oft zur Qual. Wenige Tage nach der Invasion in Parihaka zum Beispiel suchte der frühere Abgeordnete Wi Parata, der auf dem *marae* gesessen hatte und von Bryce' Gewehren bedroht worden war, Gordon in Wellington auf. Als seinen Dolmetscher brachte er niemand anders als Alexander McDonald mit, jener schelmenhafte Held von eigener Art, der vor Jahren den Schimmel angeschossen hatte und für seine Mühen im Gefängnis gelandet war. Inzwischen empfand Alexander die Art von Land, zu der sich Neuseeland entwickelt hatte, als äußerst bedrückend, und er gab hierfür zum größten Teil Sir William Fox die Schuld. „Wir haben es verdient, dass die Flüche eines zwar unzivilisierten, doch freien und großzügigen Volkes auf uns lasten", klagte er in einem Leserbrief. „Die Maori als Volk verfluchen uns nun aus tiefstem Herzen."

Wi Parata beschrieb Gordon haargenau, was sich in Parihaka zugetragen hatte, und er „ersuchte den Gouverneur dringend und aufrichtig um Rat, wie sie weiter vorgehen sollten". „Nachdem er ihn mit betonter Aufmerksamkeit angehört hatte, erklärte ihm" der Gouverneur „sehr sorgfältig und freundlich, dass er in diese Angelegenheit zu ihrem jetzigen Zeitpunkt korrekterweise nicht mehr eingreifen könne, sondern dass er ihn an die verantwortlichen Sachbearbeiter Seiner Exzellenz verweisen müsse." Der verantwortliche Sachbearbeiter war in diesem Falle John Bryce.

Auch für Gordon selbst war das bitter. Sein Namensvetter „Chinese" Gordon zählte zu seinen Helden. Damals wusste jeder, wie „Chinese" Gordon nur mit einem Offiziersstab bewaffnet auf einem Schlachtfeld gestanden und China gerettet hatte, und dass er dann in den Sudan gereist war und dort fast eigenhändig tausende Sklaven befreit hatte, wobei er nicht versäumte, ihre arabischen Sklavenhändler entkleiden, auspeitschen und in der von ihnen entvölkerten Wüste aussetzen zu lassen. An einer Straße, die von den Knochen toter Afrikaner gesäumt war, zeigte Gordon auf einen Kinderschädel und sagte dem gefangengenommenen Sklavenhändler:

„Der Besitzer dieser Kugel hat Allah schon von deinen Taten erzählt."

„Das war ich nicht", wimmerte der Mann.

Sir Arthur dagegen musste sich bei ihren Begegnungen vor Bryce verbeugen und ihn in seiner Abwesenheit als seinen verantwortlichen Sachbearbeiter bezeichnen [52].

Dafür sollte Gordon sich rächen. Erstens stellte er einige (ganz und gar verfassungswidrige) Nachforschungen zu Bryce-*kohuru* an und gab seine Erkenntnisse an den Historiker Rusden weiter. (Das kam später heraus und kostete ihn beinahe die Peerswürde. Sein Aufstieg ins House of Lords, seine natürliche Umgebung, verzögerte sich deshalb um einige Jahre.)

Zweitens jedoch – und seiner Rolle durchaus angemessen – verwandelte er seine Depeschen nach London in eine sorgfältig vorbereitete Anklage der Kolonialregierung, die im Laufe der Zeit dem Unterhaus und damit dem britischen Volk vorgelegt werden würde. Ein Hindernis stand seinem Plan im Weg: Lord Kimberley und Gladstone hatten weder für Gordon noch für die Maori etwas übrig. Kimberley weigerte sich mit Gladstones Unterstützung, die Depeschen einzubringen. Gladstone war es, der 1847 erklärt hatte: „Soweit es England anbelangt, gibt es keinen Vertrag, der uns stärker und strenger bindet, als der von Waitangi", und Gladstone war es, der in den 1860er Jahren die Kontrolle über die Maori-Politik in vollem Umfang den Siedlern übertragen hatte, genau wie Fox, der über den Vertrag lachte und meinte, er tauge nur für den Mülleimer. Der Historiker Rusden, der in den 1880er Jahren überall zugleich gewesen zu sein scheint – in seiner Bibliothek in Melbourne, beim Spaziergang mit maorischen Häuptlingen über gestohlenes Land in der Region Waikato, im Athenaeum Club, von wo er seine Briefe in alle Winkel der Welt abschickte – beobachtete eines Tages, wie Gladstone auf dem Vorplatz der Kolonialbehörde zufällig einer Delegation Maori begegnete, die hilfesuchend nach London gereist war.

Er beschrieb Gladstones Gesichtsausdruck: „Ich sah einen verstohlenen Blick, ich sah eine Miene, die eher Abneigung als Mitleid ausdrückte... Ich sah, wie der Führer des Unterhauses mit langen Schritten davoneilte, als habe ihn die Gelegenheit verletzt, sein großes Talent für Worte dafür einzusetzen, Sorgen zu lindern, für die er in gewissem Grade selbst verantwortlich war."

Die Kolonialminister in Wellington wussten, wie feindselig Gordons Depeschen waren, aber mit solchen Verbündeten im Unterhaus wie Gladstone und Kimberley fühlten sie sich recht sicher, dass sie nicht enthüllt würden. Doch das Unterhaus war nicht die Volksvertretung der Kolonie, wo die Verfahrensregeln zerrissen wurden, wann immer es den Ministern gefiel, und Regierungen auseinanderfielen, wann immer es der Mehrheit passte. Auch Gordon besaß Freunde im Unterhaus, und nach vielen hartnäckigen Nachfragen wurden seine Depeschen der Kolonialbehörde „abgepresst" und dem Parlament vorgelegt. Im Oktober wurden sie gedruckt und im November in England veröffentlicht.

Im Januar 1883 traf eine einzige Ausgabe des Blaubuchs in Wellington ein.

Man war konsterniert. Die Depeschen übertrafen die schlimmsten Befürchtungen. Unter der Überschrift „Korrespondenz bezüglich der Eingeborenenangelegenheiten in Neuseeland und der Inhaftierung bestimmter Maori" enthielten sie nämlich nicht nur Gordons eigene Memoranden, sondern auch Kommentare und Berichte der neuseeländischen Presse. Peinlich genau um Fairness bemüht – oder vielmehr darum, den Eindruck von Fairness zu erwecken – hatte Gordon auch Artikel der regierungsfreundlichen New Zealand

Times beigefügt, doch viel imposanter war das Artikelgewitter der Lyttleton Times.

Viele Bürger fragen sich allmählich, wo Mr. Bryce endet und die Britische Verfassung beginnt. Gegenwärtig sind beide so miteinander verwoben wie Ableger des Hahnenfuß. In der Magna Charta heißt es: „Kein freier Mann soll verhaftet, gefangen gesetzt, seiner Güter oder Freiheiten beraubt, in seinen freien Gewohnheiten eingeschränkt, geächtet, verbannt oder in sonstiger Weise beeinträchtigt werden; noch werden wir ihm anders etwas zufügen, oder ihn ins Gefängnis werfen lassen, als durch das gesetzliche Urteil von Seinesgleichen, oder durch das Landesgesetz." Mr. Bryce' Wille scheint nun „das gesetzliche Urteil von Seinesgleichen" und „das Landesgesetz" zu sein. Auf sein alleiniges Ermessen hin lässt er Männer, Frauen und Kinder festnehmen; willkürlich zerstört er ihren Besitz und beraubt sie ihrer Güter. Er sortiert Familien auseinander, wie er mit einem Kartenspiel verfahren würde, und deportiert sie en masse an Orte, die es ihm beliebt als ihre Heimat zu bezeichnen. Wenn ein Eingeborener nicht freiwillig seinen Namen nennt, legt man ihm sogleich Handschellen an und wirft ihn ins Gefängnis…

Mr. Bryce hat ein Talent. Egal, was er unternimmt, er richtet es so ein, dass er lächerlich dabei wirkt… Man lasse ihm freie Hand und mit Gewissheit wird er absurd erscheinen… Nachdem er mit größter Umsicht eine enorme Streitmacht an Soldaten aus allen Teilen der Kolonie zusammengestellt hat, muss er vor einer friedlichen Bevölkerung, die ruhig auf ihrem eigenen Marktplatz sitzt, den Riot Act verlesen lassen.

Nie zuvor haben wir gehört, dass das laute Verlesen des Riot Act eine friedliche Versammlung *de facto* zu einer aufrührerischen macht. Und auch wenn man einmal dem Gedanken folgen und annehmen möchte, dass die Worte dieses Gesetzes, wenn sie von der menschlichen Stimme ausgesprochen werden, diese wundersame Wirkung hätten, dann können wir immer noch nicht verstehen, wie sie ihre Wirkung ebenso in Dörfern entfalten könnten, die zwanzig oder dreißig Meilen entfernt und damit völlig außer Hörweite liegen. Welches Gesetz rechtfertigte die Verhaftungen, die Plünderung und die Zerstörung von Eigentum in diesen Dörfern? ...

Welches Gesetz Hat Mr. Bryce zum Herrscher über Freiheiten und Leben der Menschen gemacht? Von Gesetzes wegen hat er dazu in Parihaka nicht mehr Macht als in Christchurch...

Wir haben erfahren, dass der Finanzminister der Kolonie [Atkinson] der erste war, der in eine Hütte in einem weit von Parihaka entfernten Dorf eindrang... Man muss sich das vorstellen, als Frage des guten Geschmacks, wie ein Minister der Krone einen illegalen Raubüberfall anführt und auf der Suche nach Beute in verlassene Katen eindringt!

Es ist nicht die Schuld der Regierung, dass Te Whiti und seine Anhänger nicht wie räudige Hunde erschossen wurden. Sie hatte alle Vorbereitungen dafür getroffen... nur durch den weisen Rat und den Einfluss Te Whitis wurde ein Kampf abgewandt.

Das Verhalten der Maori in Parihaka ist der auffälligste Aspekt der Geschichte der letzten Tage. Eine solche Vollkommenheit an Ruhe und Gleichmut angesichts einer großen Provokation hat es in der Geschichte noch nie gegeben.

Und so weiter und so fort. Ganze Seiten des Blaubuchs waren mit Kommentaren dieser Art gefüllt, die Vorfälle aufdeckten, wie sie die Kolonialbehörde nie enthüllt und sie sich das Unterhaus nie vorgestellt hatte.

Aber das Schlimmste sollte noch kommen. Gordon hatte seinen Depeschen auch eine Reihe von Augenzeugenberichten beigefügt – vor allem Croumbie-Browns –, die die Ereignisse in Parihaka beschrieben. Das war verheerend. Jene anderen Dinge, die Zeitungskommentare, die offiziellen Memoranden, all das brauchte man vielleicht nicht ganz so wörtlich zu nehmen – ein Gouverneur rivalisierte mit seinen Ministern, ein Redakteur machte auf billige Weise seinem Zorn auf Politiker Luft. Aber dort auf den Seiten des Blaubuchs stand das, was man wirklich gesehen und gehört hatte und was man nicht irgendwie wegerklären konnte. Das Zusammentreiben der

Menschen, als seien sie Schafe; der Abriss der Häuser; die singenden Kinder; das Bellen der Hunde und die Stille danach; der Klang der herannahenden Kapelle aus der Ferne: „Wenn jemand jemanden trifft, der durch den Roggen geht". Und hinter der Gitterwand der Kochhütte blieb keine Handlung unbemerkt, kein Befehl ungehört.

Er befahl Te Whiti mitzukommen und sich zu Mr. Bryce auf den Friedhof zu stellen ...

Bryce, in scharfem Ton: „Sorgen Sie also für ausreichend Platz, damit mein Pferd durch Ihre Leute gehen kann."

Eine Frau weinte und eine andere sagte zu ihr: „Warum bist du traurig? Schau! Er geht mit den Pakeha fort und lacht dabei."

Den Kolonialministern und dem Obersten Richter graute es vor einer Überprüfung durch das Unterhaus. Dies mag seltsam erscheinen, wenn sie sich zugleich so wenig um die Ansichten der Kolonialbehörde und sogar der aufeinanderfolgenden Regierungen in England scherten. Aber in den 1880er Jahren war das Parlament auf dem Höhepunkt seiner Macht, und das Unterhaus besaß erheblich mehr Autorität über die Exekutive, als die gefügige und viel geprügelte Institution von heute. Zudem hatten Bryce und Whitaker vermutlich auch eine überzogene Vorstellung von der Macht des Unterhauses: Von Hause aus kannten sie eine vollkommen ungezügelte und tyrannische Volksvertretung, die die Rechte der Minderheit nach Belieben mit Füßen trat. (Fox äußerte sogar einmal die Auffassung, dass jede – egal welche – Handlung des Kolonialparlaments nicht nur legal, sondern auch verfassungsmäßig war.)

Nun müssen ihnen diverse düstere Gedanken durch die Köpfe geschossen sein. Die Aufhebung der Konfiszierung? Die Aufhebung von Indemnitätsgesetzen? Die Rücknahme der Kontrolle über Eingeborenenangelegenheiten? Richter Prendergast und verschiedene Minister versandten eilends Briefe, in denen sie Erklärungen abgaben, in Abrede stellten, sich beschwerten, und darum baten, auch diese ins Unterhaus einzubringen. Doch Kimberley war nicht mehr da. Die Kolonialbehörde antwortete ihnen kühl, dass die neue Korrespondenz „für die Öffentlichkeit nicht von genügend Interesse sei, um die Vorlage weiterer Dokumente in dieser Angelegenheit im Parlament zu rechtfertigen".

Man musste also handeln statt reden. Vor kurzem hatte man bereits ein Gesetz entworfen, das eine Amnestie für mehrere inzwischen gealterte Häuptlinge vorsah, die vor Jahren zu den Waffen gegriffen hatten. Innerhalb von wenigen Wochen wurde diese Amnestie verkündet. Doch das eigentliche Problem war immer noch die ohne Gerichtsverhandlung andauernde Haft zweier Häuptlinge, die, wie selbst Bryce einmal zugegeben hatte, niemals Waffen getragen und jahrelang für Frieden an der Küste gesorgt hatten. Es gab keinen anderen Ausweg, als Te Whiti und Tohu freizulassen.

Am achten März wurde ein gewisser Mr. Dive vom Ministerium für Eingeborenenangelegenheiten entsandt, damit er die Gefangenen von ihrer Entlassung in Kenntnis setze und ihnen fest in die Augen schaue. Die Regierung wolle die Vergangenheit begraben und sie aus der Haft entlassen, aber sie hoffe, dass sie in Zukunft „keinen Unfrieden mehr stiften" und keine Zusammenkünfte veranstalten würden. Te Whiti antwortete in gemessenem Ton: „Wenn Heuschrecken gutes frisches Gras finden, dann kommen sie. Nichts kann sie davon abhalten."

Dieses sanfte und unwillkommene Bild wurde nach Wellington gedrahtet, während die beiden Männer an Bord der „Stella" gingen, um die 130 Meilen lange nächtliche Überfahrt nach Taranaki anzutreten. Bei sich hatten sie „Kleidung etc. im Wert von fast £ 30... ein *tohu aroha*... ein Geschenk der Regierung zum Ausdruck ihres wohlmeinenden Vergebens". In der Abenddämmerung legten sie von Nelson ab.

Im frühen Morgenlicht des folgenden Tages konnte man vom Deck der „Stella", die noch weit auf See war, gerade die Silhouette des Mount Taranaki ausmachen. Tohu kam aus der Kabine herauf und sang einen traditionellen Gruß an den Berg, der sich dunkel über ihrer Heimat im Tiefland erhob. Te Whiti „war aufgewühlt, aber sehr still".

Die beiden Häuptlinge kehrten nach Parihaka zurück und verbrachten dort den Rest ihres Lebens. Die Stadt wurde in einem prachtvollen neuen Stil wieder aufgebaut, mit gewaltigen Versammlungshäusern nach europäischem Vorbild, mit Veranden und Balkonen, die in bunter Mischung neben kleinen Hütten und mit *raupo* [Reet] bedeckten *whare* standen. Die Menschen strömten wieder allmonatlich in den Ort. Der Busch wurde nach und nach gerodet und weiße Farmen umgaben Parihaka auf allen Seiten, doch die Beziehungen blieben friedlich. Die Kinder der Siedler kamen, um Te Whiti sprechen zu hören. („Wir fühlten uns zu ihm auf eine Weise hingezogen, wie wir es nur von wenigen Maori kannten", erinnerte sich ein alter Pionier sieben Jahrzehnte später. „In denen, die junge Menschen anziehen, ist immer etwas Gutes.") Ein Premierminister („King Dick" Seddon) kam zu Besuch und versuchte, die Vergangenheit zu verharmlosen, wurde jedoch zurechtgewiesen und zog sich verlegen zurück. In anderen Teilen der Provinz flammten gelegentlich Unruhen auf, wenn Maori plötzlich wieder auf konfisziertem Land auftauchten und von Farmern und Polizisten zurückgedrängt wurden. Te Whiti wurde wieder verhaftet, zum Obersten Gerichtshof nach Wellington befördert und vom Obersten Richter Prendegast zu drei Monaten Haft verurteilt.

All dies und mehr wird ausführlich beschrieben werden, wenn ein Biograf Te Whitis die Fakten und die Reden zusammenstellt, die von Maori mündlich überliefert wurden, statt sich auf Zeitungsartikel und Berichte von Bürokraten zu verlassen. Ohnehin nahm im Laufe der letzten Jahre der Strom der Zeitungsartikel und Regierungsberichte immer mehr ab. Diese Geschichte spannt einen langen Bogen von den frühen 1860er Jahren bis zu Te Whitis Tod, doch ihr Kern, ihr wesentliches Drama, spielte sich zwischen 1880 und 1882 ab.

Wie sollen wir diese Episode verstehen? Die meisten Weißen und viele Maori sahen darin für Te Whiti eine Niederlage, doch manche – Angehörige beider Bevölkerungsgruppen – sahen darin einen Sieg. Wenn, dann war es eine seltsame Art von Sieg. „Mein ist das Land, mein ist das Volk. Hier haben wir den großen Kampf einer Generation", sagte Te Whiti – aber er verlor mehr Land als jeder andere maorische Führer, und sein Volk wurde malträtiert und in alle Winde verstreut. Warum konnte er nicht, mit ein wenig mehr Beugung des Knies, die Macht der Weißen akzeptieren, annehmen, was sie ihm anboten, das Risiko eines Massakers vermeiden? Was hatte er erreicht?

Die Antwort verbirgt sich in der Bedeutung des Wortes „Land". Für Te Whiti war „Land" – auch sein eigenes, von seinen Vorfahren auf ihn übergegangenes Gebiet – nicht nur eine sozusagen materielle, mit kleinen Hügeln gesprenkelte und von der Sonne beschienene Ebene. Ihn umgab die revolutionäre Sprache Darwins, unwiderstehlich und vieldeutig, und Darwins Bild einer Welt des langsamen, geologischen Wandels, über die sich die Spezies langsam bewegten und sich blindlings veränderten, sich den Bedingungen anpassten, um für den Überlebenskampf „stärker" zu werden. Zu all dem bildete Te Whitis Vision ein sorgfältig entworfenes Gegengewicht: Es *gab* eine große Landschaft, über die sich die Menschheit langsam bewegte, aber für den Menschen war sie zugleich eine moralische Landschaft, auf der der Konflikt zwischen Gerechtigkeit und Ungerechtigkeit ausgetragen wurde. Und auch diese Landschaft veränderte sich: „Seit Kain und Abel wurde die Welt immer wieder vom Krieg überflutet... Nun soll der Krieg ein Ende haben und nicht länger zu Zwietracht führen... Das Geschlecht Adams stürzte in viele Abgründe, doch nun sind diese Abgründe unter zahlreichen Erdrutschen verschwunden und wir werden nicht wieder in sie hinabstürzen... Der einzige Abgrund, der nicht eingeebnet wurde, ist der Tod, und wir alle müssen sterben."

Dies war der Kampf, den Te Whiti auf der Ebene und zwischen den Hügeln um Parihaka herum austragen ließ. „Er will weder kämpfen, noch sich unterwerfen", klagte Hall. „Das kostet uns ein Vermögen." Zu kämpfen wäre ein Rückfall in die Vergangenheit, sich zu unterwerfen wäre ein sich Einlassen auf die Furcht vor dem Krieg, was auf das Gleiche hinausliefe. Beides lehnte Te Whiti ab. Darin, dass er sein Volk davon überzeugen konnte, an einem beispiellosen Kräftemessen beteiligt zu sein, das so aufregend und gefährlich war wie die Jagd und die Tötung eines Hais, lag sein besonderes Genie. Dieses Kräftemessen begann mit der Ankunft der bewaffneten Männer auf den Waimate Plains und endete, als mithilfe eines Herrn, der eine aus einem Haifischzahn gefertigte Krawattennadel trug, unübersehbar wurde, dass Te Whiti freigelassen werden musste. Dazwischen lagen das Pflügen, das Zäune Ziehen, die Invasion von Parihaka, die Vertreibung der Menschen und der Abriss der Häuser. Aus jeder dieser Schlachten, die gegen den Krieg selbst geführt wurden, gingen Te Whiti und sein Volk als Sieger hervor.

Kometen markierten den Anfang und das Ende dieser Zeitspanne, und als ich am Schluss dieser Geschichte angekommen war, erschien es mir, vielleicht weil ich dieses Buch bereits mit Zitaten angefüllt hatte – mancher Leser wird denken, mit zu vielen, aber die Stimmen, die ich zitiere, erzählen die Geschichte besser, als ich es vermocht hätte –, dass diese „langhaarigen Sterne", wie die Griechen sie nannten, das Erscheinungsbild von Anführungszeichen, Apostrophen, Kommata angenommen hatten. Was sollte man zwischen diese beiden großen Zeichen am Himmel, die dort über einem Zeitraum von 30 Monaten schwebten, schreiben?

Es gibt fast zu viele Kandidaten: Es gibt die Donnerschläge der Lyttleton Times, die parlamentarischen Prophezeiungen, die von der Scham künftiger Generationen sprachen, die Rufe der Siedler, die „Vernichtung als Naturgesetz" einforderten, Bryce, der „aus der wüsten Tiefe" rief.

Te Whiti allein bietet in den dreißig oder vierzig Ansprachen, die er während dieser Zeit hielt, viele weitere Möglichkeiten.

„Wenn der Krieg kommt, können wir nur zuschauen und lachen."

„Ich bin für den Frieden. Eines Tages werden die Kinder auf die Frage, wer den Frieden schloss, antworten: ‚Te Whiti.'"Alle Dinge auf der Erde wurden mit Zuneigung und Liebe geschaffen. Darum sollten unsere Angelegenheiten mit Liebe fortgesetzt werden."

„Viele Generationen haben in der Vergangenheit versucht, Geduld in Zeiten der Drangsal und Duldsamkeit in Zeiten der Not zu erringen, aber keiner ist es gelungen. Ihr seid die erste, der es gelang."

Vielleicht wäre es einfacher, ein einzelnes Wort zu finden, indem man sich an die ambivalente Macht der Anführungszeichen erinnert: Sie retten etwas vor dem Verschwinden in der Masse, heben es heraus, damit man es untersuche und bewundere, aber sie haben auch eine Tendenz zu schmälern und zu entkräften. Ein einzelnes Wort, und sei es noch so kraftvoll, fühlt sich unwohl, seiner selbst unsicher, wenn es zwischen Anführungszeichen hängt. Wenn man auf diese 30 Monate Rückschau hält, die mit der Ankunft von Bryce' bewaffneten Männern auf der Ebene begannen, fällt einem ein kurzes Wort ein. Man könnte schreiben, dass Te Whiti etwas erreichte, was nie zuvor jemandem gelungen war. Als eine große Gefahr heranrückte, konnte er sie schmälern, kleinlaut werden lassen, ihrer selbst unsicher, gar lächerlich. Er verwandelte Krieg in „Krieg".

Epilog

Te Whiti o Rongomai starb am 18. November 1907. Am Abend nach der monatlichen Zusammenkunft in Parihaka, bei der er wie üblich gesprochen hatte, war er erkrankt. An diesem letzten Abend seines Lebens soll er bedrückt gewesen sein: Tohu war vor weniger als einem Monat gestorben, und es hatten sich an jenem Tag sehr viel weniger Menschen als sonst zusammengefunden – „kein einziger Maori von außerhalb des Dorfes und nur zwei Pakeha-Besucher". So berichtete es jedenfalls der Taranaki Herald, eine nicht ganz verlässliche Quelle. Selbst in der Woche nach Te Whitis Tod konnte sich der Herald immer noch nicht entscheiden, ob es „in seinem Wesen einige edle Züge" gegeben habe, oder ob er ein „wunderbarer alter Hochstapler" gewesen sei.

Nachdem die Menge sich an jenem Tag zerstreut hatte, ging Te Whiti an der Veranda des Hauses seines Schwiegersohns entlang, wo er inzwischen wohnte (seine Frau war vor Jahren während seiner zweiten Haft gestorben), und kümmerte sich um seine zahmen Tauben. Die Taubenzucht gehörte zu den Gepflogenheiten der Pakeha, an denen Te Whiti in Christchurch Gefallen gefunden hatte, und viele Jahre lang zog seine eigene Taubenschar ihre Kreise über Parihaka. An jenem Abend saß Te Whiti allein in seinem Wohnzimmer, „hustend und etwas unruhig", vielleicht tatsächlich niedergeschlagen. Gegen Mitternacht ging es ihm schlecht; um drei Uhr früh war er noch teils bei Bewusstsein, konnte aber nicht mehr sprechen; um fünf Uhr früh starb er, kurz vor dem Morgengrauen.

Wenn der Taranaki Herald diesem Mann ambivalente Gefühle entgegenbrachte, so galt das auch für die maorische Gesellschaft selbst. Die Nachricht von seinem Tod verbreitete sich blitzartig im ganzen Land; Tausende strömten nach Parihaka – aber nicht so viele tausend, wie man erwartet hatte. Mehrere Tage lang beklagten die meisten Redner den Tod ihres Häuptlings, einige sprachen jedoch Anschuldigungen gegen ihn aus.

Zu Letzteren zählte Tohus Schwiegersohn: „Was haben sie mit ihrer Arbeit bewirkt? Ist das Land zu euch zurückgekommen? Das Land ist weg. Gerede über Worte! Wind! Was nutzen uns ihre Prophezeiungen? Keine ist eingetreten. Man hat euch betrogen. Diese Männer, Te Whiti und Tohu, konnten meisterhaft mit Worten malen, das ist alles. Ihr wurdet getäuscht."

Eine Frau war noch verbitterter: „Te Whiti war ein Schwindler", kreischte sie. „Tohu war ein Schwindler. Keine Te Whitis mehr! Keinen Betrug mehr!"

Wenn sich das Schweigen in den Pausen zwischen den Leichenreden breitmachte, konnte man manchmal in der Ferne ein Akkordeon hören; einige der modebewussten jungen Leute sah man „in den hinteren Reihen der Trauernden fröhlich den Cakewalk tanzen".

Schwärme von Kindern rannten überall herum, ohne von Cakewalk-Tänzern, alten Oratoren und den Sängern der *moteatea* [Totenlieder] Notiz zu nehmen. „Siehe, der Stern im Osten ist von Wolken verdunkelt", sang eine Frau. „Er ist verloren, für einen Tag, eine Nacht, einen Monat, doch er kehrt zurück. Doch du, Vielgeliebter... für immer ist dein Stern verloschen. Jetzt kühlt die kalte Hand des Todes deine Stirn."

Es kamen auch sehr viele Weiße nach Parihaka – der eigentlichen Beerdigung wohnten sogar mehr Weiße als Maori bei. Doch es handelte sich dabei „nur um gedankenlose Gaffer", wie der Herald streng erklärte. „Weiße und Schwarze mischten sich in einem großen Kreis. Groß war der Kontrast zwischen den gespannten Blicken der Pakeha, die angestrengt bemüht waren, kein interessantes Detail zu verpassen, und den feierlichen Mienen der Maori, die ihre Häupter in Trauer und Ehrerbietung neigten..."

Einige weiße Männer, Landvermesser, Regierungsvertreter und frühere Beamte, die Te Whiti seit Jahren gekannt hatten und ein wenig mit den Bräuchen der Maori bei einem *tangi* vertraut waren, retteten die Situation. Ein Mr. Skinner, ein Mr. Gray, ein Mr. Jack, ein Reverend Brocklehurst, ein Captain Young und ein Captain Hood betraten das *marae* als Gruppe und stellten sich mit gesenkten Köpfen neben den aufgebahrten Toten, bevor zwei von ihnen Reden hielten. Te Whiti sei *makarau* [ein von Tausenden geliebter Mann], sagte Mr. Gray, der die Stämme in Namen der Europäer des Bezirks willkommen hieß. Immer habe er dem Tag freudig entgegengesehen, an dem die beiden Völker vereint wären, und wie traurig sei es, dass es bis zu seinem Tode nicht dazu kommen sollte, usw.

Skinner, der leitende Zeichner in der Behörde für Landvermessung, sagte, dass Te Whiti, welche Fehler er auch gehabt haben mochte, immer nach dem Besten gestrebt habe.

Das Auftreten dieser Gruppe weißer Trauergäste, meinte ein Dr. Pomare, wiege die Gedankenlosigkeit aller anderen auf. „Wir haben Gefühle, und für ein solches Verhalten sind wir sehr dankbar." Pomare war eines der Kinder am Stadttor von Parihaka gewesen, auf die die Kavallerie vor 25 Jahren zugeritten war. Inzwischen war er ein Regierungsbeamter, der eine politische Karriere ins Auge fasste. Er hielt eine Ansprache, die berühmt werden und in gewissem Sinne für viele Jahre zur offiziellen Ideologie der Nation hinsichtlich des Zusammenlebens ihrer Bevölkerungsgruppen werden sollte:

Der Pakeha ist kein Fremder, wir sind von einem Blut. In der Vergangenheit, von der uns die Sagen berichten, hatten wir einen gemeinsamen Vorfahren. Dann ging der Pakeha nach Westen, traf andere Rassen und erlernte Künste und Wissenschaften, durch die er die Führerschaft über die zivilisierten Nationen errang. Unser maorischer Vorfahre ging in Richtung der aufgehenden Sonne, doch er hatte das Unglück, nicht den metallenen Schlüssel zu finden, der die weite Tür des Wissens öffnet. Er blieb beim Stein, während sein Pakeha-Bruder mit dem Metall Fortschritte machte. Der stets tapfere und unternehmungsfreudige Maori setzte über das unbekannte Wasser über, während sich sein Bruder am Land festhielt, durch Europa westwärts reiste und sich davor fürchtete, den Ozean zu überqueren und über den Rand der Erdscheibe zu fallen... Doch nach vielen Jahren haben wir uns wiedergefunden, in einem fremden Land unter neuen Himmeln, wo keiner von uns eingeboren ist... Zweihundert Jahre vor der Ankunft des weißen Mannes sagte Tiriwa, einer unserer Vorfahren: „Im Schatten hinter dem tätowierten Gesicht wartet der Fremde. Er ist weiß. Ihm gehört die Welt." Nun ist der Pakeha gekommen und Metall hat den Platz von Stein eingenommen. Der Blitz der Weisheit des Pakeha [das Telefon] spricht von nah und fern. Die alte Ordnung hat sich gewandelt; eure Vorfahren haben angekündigt, dass sie sich wandeln würde. Wenn das Netz alt und abgenutzt ist, wird es fortgelegt und das neue Netz geht fischen. Ich möchte das alte Netz nicht geringschätzen. Zu seiner Zeit war es gut und viele Fische wurden damit gefangen. Aber nun ist es vor Alter abgenutzt und wir müssen mit dem neuen Netz, das uns unser Bruder brachte, fischen gehen...

Das sei alles Unsinn, sagte ein anderer Redner. Te Whiti habe nicht gelehrt, dass Neuseeland beiden Rassen gehöre. Es gehöre allein den Maori.

Andere machten gar nicht erst den Versuch, der neuen Lage einen Sinn abzugewinnen. „Geh fort, Erhabener. Mach dich auf deinen Weg. Er war der letzte der Großen. Der Wind hat diesen Garten gnadenlos verwüstet. Dies ist der letzte Tag maorischer Weisheit; die Zeit der Maori ist vergangen, die maorische Sonne ist untergegangen, es ist vorbei, für immer vorbei. Auch ich bin mit Parihaka fertig. Ich spucke meine Missachtung aus!"

Die Streitigkeiten dauerten an, bis der Zeitpunkt für die Beisetzung gekommen war.

„Unter lauten Wehklagen wurde der eingehüllte Körper an seinen Ruheplatz hinuntergelassen. Mit kräftiger Stimme rief Taare Waitara: „Hört auf zu lärmen, lasst Frieden über die Menschen kommen." Sofort verstummten die Jammerrufe und niemand regte sich mehr. Die Stille war einzigartig."

„Es war der einzige Augenblick", erklärte der Hawera Star „während der gesamten fünf Tage des *tangi*, dass die stimmlose Ruhe der Natur unverletzt blieb." Die große Menschenmenge sah zu, wie der Verstorbene aus ihrem Blickfeld verschwand.

Sir William Fox war 15 Jahre zuvor gestorben, nachdem er Lady Fox um genau ein Jahr überlebt hatte. Zum beinahe letzten

Mal sichten wir ihn bei seiner Besteigung des Mount Taranaki. Er stellte den Rekord für den ältesten (und langsamsten) Menschen auf, der diese Leistung vollbrachte. An jenem Tag konnte man vom Berggipfel aus nur wenig sehen: Ringsum stieg der Rauch von neu errichteten Gehöften und gerodeten Wäldern auf.

„Es ist eine großartige Leistung von Sir William Fox, diesen Aufstieg in seinem fortgeschrittenen Alter bewältigt zu haben, die britischem Mut und Entschlossenheit alle Ehre macht", schrieb seine Nichte Miss Halcombe. „Es gab ein paar großartige Ausblicke auf die fernen schneebedeckten Berge. Ein klares und deutliches Panorama des Umlands bekam man nicht zu sehen, weil Buschfeuer die Landschaft verdeckten. Vom Krater aus bot sich Sir W. Fox ein Naturschauspiel, wie man es zuvor, wenn überhaupt, nur selten gesehen hat: *Sonnenuntergang*, und ein ganz wundervoller Schatten, ein klar abgegrenzter, violetter Schemen des Berges lag über dem Land; der Schatten war so vollkommen, dass er wie ein sorgfältig aus *Samt* ausgeschnittener Scherenschnitt des Berges wirkte, den man über dem Land darunter ausgelegt hatte."

Auf ihrem Weg bergauf kam die Gruppe an einem prächtigen Baum vorbei, den „irgendein Rabauke in Brand gesteckt hatte".

„Sir William äußerte sich entschieden zur Notwendigkeit des strengsten Naturschutzes."

Nach seinem Tod geriet Fox bald in Vergessenheit. Heute erinnert man sich an ihn nur einiger Aquarelle wegen und aufgrund der Rolle, die er bei der Einrichtung von Nationalparks spielte. Obwohl er einen Gutteil seiner letzten Lebensjahre in Taranaki verbrachte, begegneten er und der andere, auch nicht mehr junge William Fox einander nicht noch einmal. Geld hinterließ Sir William testamentarisch einem Kinderhort in Stepney Causeway, Dr. Barnardo's in Stepney Causeway, der Bowen Thompson Mädchenschule in Beirut, und „zur Bekämpfung des Alkoholhandels in Neuseeland, falls dieser noch betrieben wird". 15 Jahre nach seinem Tod fiel einer Zeitung in Auckland auf, dass sein Grab recht vernachlässigt und überwuchert wirkte.

Der junge William Fox ging viele Jahre lang in Parihaka ein und aus. Eine Zeitlang unterhielt er ein Büro in Tohus Versammlungshaus Rangi-Kapuia („Versammlung der Himmel"), er zahlte für eine Wiese in der Nähe von Mawhitiwhiti, die als Zeltlager für Reisende auf dem Weg nach Parihaka dienen konnte, und er half bei der Einrichtung einer nahegelegenen Schule für Maori. Zum Rechtswesen kehrte er nie wieder zurück. In Wanganui war er als ermächtigter Dolmetscher (erster Güte) tätig, und in Hawera gründete er ein Unternehmen zur Lehre der maorischen Sprache:

Fox' Fernmündlich-brieflich-postalische Lehrmethode
der
maorischen Sprache in Heimunterricht
kostenlose Prospekte anfordern
bei
Mr. W. Fox
Matapu, Hawera
Taranaki, NZ

Zu einem Zeitpunkt dachte er daran, in die Politik zu gehen, und eine landesweit erscheinende Wochenzeitung beschrieb ihn als „kultivierten Mann und in Taranaki bekannte Persönlichkeit", aber dann wurde aus seiner Kampagne doch nichts. Enge Verbindungen zu seiner Familie knüpfte er nicht wieder an, und er heiratete nie. Was war nur aus seiner Hinemoa geworden, die zusammen mit ihm in den Nebenstraßen von Parihaka auf Melonenschalen ausrutschte?

„Warum hat er denn nie geheiratet?", fragte ich Miri Rangi.

„Ach je...", sagte sie. „Ich *wünschte* mir, er hätte es getan." Ich meinte, aus ihrer Antwort ein leichtes diplomatisches Umschiffen herauszuhören und verfolgte die Frage nicht weiter. Vielleicht bezahlte er nach all den Jahren, die er als Kind in einem großen, stillen Haus verbracht hatte, wo er mit seiner Pakeha-Mutter, die er immer liebte, Geschichten las (zeitlebens sprach er von ihr als „Mama"), die Strafe für sein Schicksal und war in keiner der beiden Welten je ganz zu Hause. Vielleicht ist es das, was Schicksal bedeutet – die Strafe für das zu zahlen, was einem zustößt.

Ein- oder zweimal spazierte er nochmals über das ehemalige Schlachtfeld bei The Beak of the Bird, und er führte Briefwechsel über die Kriege mit verschiedenen alten Soldaten und Lokalhistorikern. Er starb 1918, recht jung, „von beiden Völkern geschätzt", und wurde nördlich des Berges in Leppertown beerdigt – am selben Ort, wo einst ein anderes Kind, die blonde Caroline Perrett, deren Leben sich dadurch wie seines für immer veränderte, von Angehörigen eines anderen Volkes verschleppt worden war.

Als ich 1998 an einem heißen Sommertag auf der Fahrt nach Norden durch Leppertown kam, hielt ich an und suchte nach seinem Grab, konnte es aber nicht finden. Es gab dort nur ungefähr einhundert Grabsteine, die Bienen summten hoffnungsvoll in einigen frischen Blumen, die man in einem Marmeladenglas auf dem Sockel eines Grabes aufgestellt hatte, die Sonne knallte herunter, Baumschatten verdunkelten die Grasstreifen, aber nichts deutete auf William Fox Omahuru hin. Mir kam es so vor, als habe dieser aufgeweckte, intelligente und friedliebende Mann, dessen Schicksal es war, umkämpft zu sein und nie dazuzugehören, alles eingepackt, selbst seinen Grabstein, und hätte sich ganz leise davongemacht.

* * *

1998 besuchte ich auch Parihaka zum ersten Mal. Es war dort sehr ruhig und sehr still; abgesehen vom Klang eines fernen Hämmerns, hätte man glauben können, in einer Geisterstadt zu sein. Es war einfach ein kleines, zwischen grünen Hügeln eingebettetes Dorf mit einem imposanten Berg am nördlichen Horizont. An jenem Tag blieb der Berg hinter einer hohen, grauen Wolkenwand versteckt.

Wir fanden heraus, woher das Hämmern kam. Te Miringa kam uns entgegen und schwang dabei munter einen Hammer. Te Miringa Hohaia gehört zu den führenden Persönlichkeiten der heutigen Dorfgemeinschaft in Parihaka. Aus unserer

Studienzeit erinnerten wir uns vage aneinander. Wir standen an Te Whitis Grab und schauten auf das moderne Parihaka hinunter.

Die größten der alten Versammlungshäuser mit ihren Balkonen und Speisesälen waren vor dreißig oder vierzig Jahren abgebrannt, aber hier und da konnte ich ein altes Haus mit Giebel oder ein anderes Gebäude sehen, das mir von den frühen Fotografien her vertraut war.

Zwei Paradieskasarkas [53] flogen mit einem eigentümlichen, schrillen Ruf über uns hinweg. Wir konnten ihre kontrastreichen Farben erkennen, den dunklen Kopf und Hals des Erpels, den rein weißen der Ente. „Die Rufe der beiden Geschlechter", so Buller, „unterscheiden sich auffällig: Das Männchen stößt einen langgezogenen, gutturalen Ton aus, *„tak-u-u-u, tak-u-u-u"*, und das Weibchen antwortet mit einem schrillen Ruf, der wie der hohe Ton einer Klarinette klingt."

„Sie binden sich fürs ganze Leben", sagte Te Miringa, als wir am Grab standen und ihnen nachschauten, während sie vor den Wolken immer kleiner wurden. Rangi-Kapuia, Tohus Versammlungshaus, „Versammlung der Himmel", gibt es noch, und direkt gegenüber steht eine Schule mit einem, wie ich fand, witzigen Namen – „Das Haus der Unwissenheit", oder vielleicht „Das Haus der Unwissenden".

In Parihaka gibt es nur noch ungefähr fünfzig Wohnhäuser. Einmal im Monat kommen hunderte Menschen von auswärts, und zweimal im Jahr, so erklärte man mir, steigt diese Zahl auf über tausend an. Zu meiner Verwunderung hatte ich festgestellt, dass der Ort auf keiner Karte verzeichnet ist, nicht einmal im genauesten Straßenatlas, den ich auftreiben konnte, einem Atlas, der beinahe jedes Gehöft im Land durch einen schwarzen Punkt kennzeichnet. Für die Hersteller von Landkarten existiert Parihaka nicht. Und offziell gab es auch nie eine Person Te Whiti O Rongomai. Die meisten Persönlichkeiten des öffentlichen Lebens, die in unserer Geschichte erwähnt werden, sind auf irgendeine Weise öffentlich gewürdigt worden: Nach Fox benannte man ein Städtchen an einem Strand und einen Gletscher, nach Richmond eine Stadt, nach

McLean eine Palmenallee und ein bedeutendes Stadion, selbst John Bryce zu Ehren wurde ein Berg getauft; jedenfalls gibt es einen Mount Bryce, auch wenn er sicher versteckt in einer Gruppe abgelegener, schneebedeckter Berge im Süden liegt.

Buller wurde nicht durch Namensgebungen geehrt, aber an ihn erinnert man sich seiner Bücher wegen. Sein 1888 erschienenes Werk „History of the Birds of New Zealand" [dt.: „Geschichte der Vögel von Neuseeland"] lobte ein englischer Naturhistoriker mir gegenüber einmal als das beste Buch über Vögel, das je geschrieben wurde. Als Buller starb, hing noch der Hauch eines Landverkaufskandals über ihm. Noch als er schon am Rand des Grabes stand, verlangte es ihn danach, den schönen Abkürzungen, die seinen Namen bereits zierten, weitere folgen zu lassen. 1896 fiel ihm plötzlich ein, dass er aufgrund seiner Beteiligung an einer Schlacht im Jahre 1865 mit einen bestimmten militärischen Orden hätte ausgezeichnet werden sollen. Er schrieb an den damaligen Gouverneur und Obersten Befehlshaber, der sich zwar längst im Ruhestand befand, in solchen Angelegenheiten jedoch immer noch Einfluss hatte: „Ich habe einen neuen *Larus* entdeckt, eine reizende kleine Seemöwe, und möchte vorschlagen, ihr Ihren Namen zu schenken."

Mit seiner Statue, die die schönste Straße Neuseelands bis zur anderthalb Meilen entfernten Kathedrale hinabschaut, die in derselben Woche geweiht wurde, als er Bryce' weißes Pferd in Parihaka am Halfter hielt, beherrscht Rolleston die Innenstadt von Christchurch [54]. Als wir als Kinder in Christchurch lebten, interessierten wir uns aus familiären Gründen ein wenig für diesen steinernen Mann unter den Laubbäumen auf der Rolleston Avenue: Seine Tochter war die Patentante meines Vaters. Als wir neulich noch einmal in dieser Gegend waren, machten meine Schwester und ich kurz Halt und schauten uns noch einmal an, wie er weise und ernst zwischen den neogotischen Victorianischen Gebäuden stand.

„Der alte Heuchler", sagte ich.

„Genau", meinte meine Schwester und schaute zu ihm hoch. „Er hat sogar eine Heuchler-*Frisur*, falls Du siehst, was ich meine." Und ich sah es, weil es stimmte, obwohl es ein schwer zu beschreibendes körperliches Merkmal ist. Was jedoch Te Whiti angeht... Weder auf nationaler noch auf regionaler Ebene gab es je ein Zeichen der Anerkennung seiner Existenz oder Leistungen; keine Briefmarke, keine Straße, keinen Felsen. Daran zeigt sich nicht nur die Abgeschmacktheit der behördlichen Denkweise, sondern auch ihre enorme Inkonsequenz. Keiner, der durch Foxton mit seiner Speckfabrik fährt oder über die Moräne am Fuß des Gletschers wandert, denkt dabei nämlich an Sir William Fox, und niemand erinnert sich heute noch gern an den kalten und subtilen Whitaker oder die furchteinflößende Gestalt von Bryce. Te Whiti dagegen wurde nie vergessen, und Jahr um Jahr wächst sein Ansehen still weiter.

Ein paar Monate nach meinem Besuch in Parihaka war ich wieder einmal mit meinem Schwager Dene in Taranaki unterwegs, und wir fuhren auf dem Weg nach Dawson's Falls, einem bekannten Wasserfall, auf den Berg. An diesen Ort hatte ich von meinem einzigen früheren Besuch dort ganz deutliche Erinnerungen. Es war 1951: Wir waren, glaube ich, in einem Mietwagen unterwegs, und zwar am ersten Weihnachtstag. Am Parkplatz angekommen, führte mich mein Vater zum Wiesenrand und zeigte mir die Aussicht. Da war New Plymouth, die Stadt, in der wir wohnten, da der Kirchturm, das Dach der Schule meiner Schwester, der blaue Pazifik... Später spazierten wir durch den Busch und schauten uns den Wasserfall an, der mit grauem Getöse durch die Bäume rauschte; ich erinnerte mich daran, dass tief unter uns auf einer Art Wendeltreppe Leute standen.

Nun, im Januar 1999, fuhren Dene und ich wieder durch den Wald im Nationalpark dorthin. Lange, bevor wir dort ankamen, hätte mir auffallen müssen, dass etwas nicht stimmte. Wir stellten den Wagen ab und ich ging über die Wiese, um mir die Aussicht anzusehen, die mir mein Vater vor Jahrzehnten gezeigt hatte. Erst dann fiel mir mein Irrtum auf. Wir waren auf der völlig falschen Seite des Berges. Von hier aus, den Südhangen, konnte ich ganz unmöglich das im Norden von Mount Taranaki gelegene New Plymouth gesehen haben.

Ein paar Minuten lang war ich von diesem seltsamen und willkürlichen Streich, den mir meine Erinnerung gespielt hatte, verwirrt und fühlte mich sogar verletzt. Ich muss wohl den Weihnachtsausflug mit einem anderen (inzwischen völlig vergessenen) Ausflug an den Nordhang des Berges vermischt und die Züge einer mir vertrauten Landschaft über eine Aussicht, mit der mich nichts verband, gelegt haben.

Als ich dann jedoch auf die enttäuschende Ebene hinunterschaute, verstand ich, wo ich war. Die Stadt in der Ferne war nicht New Plymouth, sondern Hawera. Dort unten im Dunstschleier lagen die Überbleibsel eines Waldes, in dem einmal eine Schlacht ausgefochten worden war. Über die niedrigen Hügel am Horizont führte eine Straße nach Wanganui, wo einst ein Kind neben einem Tisch mit einem schwarzen, gedrechselten Bein fotografiert worden war. Auf den Weiden direkt unter uns jagte einmal ein zorniger alter Ritter auf seinem Pferd seinem Ziehsohn nach, dem Gehilfen eines Anwalts, und drüben im Westen lag eine weitere Stadt, wo man einst hörte, wie eine Kapelle sich näherte, bevor eine Armee, der sich singende Kinder in den Weg stellten, um die Biegung kam.

Mit anderen Worten, wir standen oberhalb der Landschaft dieses Buches. Die Erinnerung, dieser eigenwillige Registrator, der sich weder um Genauigkeit noch um Reihenfolge kümmert, hatte eine Leistung vollbracht, die mir nie eingefallen wäre. Still und heimlich hatte sie ein einzelnes, falsches und ökonomisches Bild eines Ortes geschaffen, das mir jahrelang im Kopf blieb, und ich dachte mir, dass sie es vielleicht nicht deshalb getan hatte, weil mir dieser Ort etwas bedeutet hatte, sondern weil er mir eines Tages etwas bedeuten würde.

Der Morgen war blau, ein leichter Schleier hing in der Luft, und ich stand auf den abgewetzten Felsen über dem Parkplatz und betrachtete die Landschaft des Buches, mit dem ich nun beginnen würde. Und während wir wieder hinunterstiegen und in den Wald gingen, um uns den Wasserfall anzuschauen, dachte ich, dass es hier auch enden könnte.

Anmerkungen

1 Der Name der Bucht ist Hawke Bay, der Name der Provinz dagegen Hawke's Bay.

2 Figuren aus: Lewis Carrol: Through the Looking-Glass, and What Alice Found There *(dt. Alice hinter den Spiegeln)*, 1871, mit Illustrationen von John Tenniel.

3 Bevor er in die Schlacht zieht, verabschiedet sich Hektor von seinem Sohn, indem er ihn in die Höhe hebt. Die zum Himmel gestreckten Arme werden als „Hektors Geste" bezeichnet.

4 Benannt nach dem englischen Geburtsort von William Fox.

5 Der biblische Philosoph Daniel, der die beiden alten Richter, die Susanna des Ehebruchs beschuldigen, nachdem sie sich geweigert hat, sich ihnen hinzugeben, als Lügner entlarvt.

6 „As happy as Larry": geht entweder auf den erfolgreichen australischen Boxer Larry Foley (1847-1917) zurück oder auf den Slang-Ausdruck „larrikin" = „Rabauke".

7 Die Gegner der Tories im britischen Parlament vom 17. – 19. Jahrhundert.

8 Nach König Jakob II.: Bezeichnung für Anhänger der im Exil lebenden Thronprätendenten aus dem Hause Stuart (v.a. 1688–1766).

9 Ein Gefängnisschiff im Hafen.

10 Lady Martin: Our Maoris, London, 1884.

11 Wairoa River (dt. „der lange Fluss").

12 Zitat aus Sonett v. John Keats (1795-1821): On First Looking into Chapman's Homer.

13 Bibel: Psalmen 49:12.

14 Bibel: Psalmen 78:19.

15 J. Belich: I Shall Not Die. Titokowaru's War, New Zealand 1868-9, Wellington, 1989.

16 Von Kolonisten zur „Bereicherung" der Fauna und Flora in den Kolonien eingerichtete Gesellschaften.

17 Englischer Gelehrter, Lexikograf und Schriftsteller (1709-1784).

18 In der anglikanischen Kirchengemeinschaft der leitende Bischof einer Provinz.

19 George William Rusden: Auretanga; Groans of the Maoris, London, 1888.

20 Anspielung auf Gedicht des britischen Hofdichters Lord Alfred Tennyson (1809-1892): The Charge of the Heavy Brigade at Balaclava.

21 Der Resident Magistrate, ein von England in einer Kolonie eingesetzter Richter bzw. mit Rechtsfällen betrauter Beamter am Magistrates' Court, einem erstinstanzlichen Strafgericht niederer Ordnung, entspricht in seiner Funktion weitgehend einem Amtsrichter.

22 Bibel: Offenbarung des Johannes 6, 1-8.

23 Eine politische Reformbewegung in Großbritannien am Anfang des 19. Jahrhunderts.

24 Der Indische Aufstand von 1857 gegen die britische Kolonialherrschaft.

25 Craft Lodge, in England Bezeichnung für die Freimaurerlogen der sogenannten blauen Johannisfreimaurerei mit den logenübergreifenden Graden Lehrling, Geselle und Meister.

26 So lautet die wortgetreue Übersetzung des serbokroatischen Ausdrucks, der gewöhnlich als „ethnische Säuberung" übersetzt wird.

27 Czeslaw Milosz: Native Realm, 1968.

28 Eine im 19. Jahrhundert entstandene freikirchliche Bewegung.

29 Die Region der Westwinddrift zwischen 40° und 50° südlicher Breite.

30 Die heute als Neufundland bezeichnete kanadische Insel.

31 James Boswell: The Life of Samuel Johnson, 1791.

32 Das biblische Findelkind Mose.

33 Dt. Lappenhopf, gilt seit 1907 als ausgestorben.

34 Zu den Eulenpapageien gehörender Papagei (engl. night parrot).

35 Kleines Beiboot; auch eine Art von Jolle.

36 Ein Wortspiel: Der Ausdruck swell bedeutet sowohl „Seegang" als auch „feiner Herr".
37 John Ward: Wanderings with the Maori Prophets, Te Whiti and Tohu, Nelson, 1883.
38 Ulysses Simpson Grant (1822-1885), Oberbefehlshaber der US Army im Sezessionskrieg und von 1869 bis 1877 der 18. Präsident der Vereinigten Staaten von Amerika.
39 Die Gazette ist noch heute das offizielle, wöchentlich herausgegebene Presseorgan der neuseeländischen Regierung.
40 Ein persönlicher Adjutant einer hochgestellten Persönlichkeit.
41 R. A. Sherrin, neuseeländischer Historiker.
42 Aus einem Bericht in Rollestons unveröffentlichtem Tagebuch, Alexander Turnbull Library.
43 Der Originalwortlaut von Robert Burns' Ballade lautet: „Gin a body meet a body comin' through the rye" („Falls jemand jemanden trifft, der durch den Roggen geht").
44 Ein 1714 erlassenes britisches Gesetz.
45 „Glendower: Ich rufe Geister aus der wüsten Tiefe. Percy: Nun ja, das kann ich auch, das kann ein jeder. Doch kommen sie, wenn man nach ihnen ruft?" (William Shakespeare, König Heinrich der Vierte, Teil 1, Szene 1)
46 Im Alten Rom Festtage zu Ehren des Gottes Saturn.
47 Geschlossene Feldschanze, nach allen Seiten von gleich starken Brustwehren umgeben.
48 Queen Alexandra's Mounted Rifles (QAMR), ein 1864 gegründetes Panzerregiment der Neuseeländischen Armee.
49 Sir John Fenwick (1645-1697): ein Jakobit und Verschwörer gegen König Wilhelm von Oranien.
50 Der Pains and Penalties Bill von 1820 war eine von König Georg IV. veranlasste Gesetzesvorlage des britischen Parlaments, die es dem König ermöglichen sollte, seiner Gattin Caroline von Braunschweig wegen angeblichen Ehebruchs die Rechte einer Königin zu entziehen und die Ehe mit ihr aufzulösen. Nach einem spektakulären Prozess vor dem Parlamentsgericht, in dem Zeugen gegen die Königin aussagten, wurde die Vorlage zwar vom House of Lords angenommen, aber aufgrund des relativ knappen Abstimmungsergebnisses und der dagegen gerichteten öffentlichen Stimmung von der Regierung zurückgezogen.
51 Euchre ist ein Kartenspiel für 2 bis 6 Personen, das Grundzüge des Skat enthält.
52 Selbst vom Mittleren Osten aus blieb „Chinese" Gordon über die Vorgänge in Neuseeland auf dem Laufenden. Aus Syrien schrieb er an Rusden: „Männer wie Bryce tun Dinge und denken dabei nie an deren eigentliche Auswirkungen, und wenn sie dann sehen, wie ihre Handlungen beschrieben werden, sind sie entsetzt... Ich glaube nicht im Mindesten, dass die Zivilisation den Menschen an sich hat mitfühlender werden lassen. Er fürchtet die Kritik, aber wenn diese ausbleibt, ist er so skrupellos wie immer."
53 Der Paradieskasarka ist ein ausschließlich in Neuseeland beheimateter, zu den Halbgänsen gehörender Entenvogel (Maori pūtangitangi, engl. paradise duck).
54 Anmerkung der Übersetzerin: Während des Erdbebens im Februar 2011 wurde die Kathedrale weitgehend zerstört, die Statue stürzte von ihrem Sockel. Dabei brach ihr Kopf ab.

Englische Maßeinheiten

1 Fuß: 30,48 cm	1 Zoll (Inch): 2,54 cm	1 Yard: 91,44 cm
1 Morgen (Acre): ca. 4047 m²	1 Pint: 0,568 l	1 Unze: ca. 28,35 g

Quellen

Die Hauptschwierigkeit bei den Recherchen zum Leben des Ngatau Omahuru/William Fox war die weitgehende Zerstörung der Archive des Ministeriums für Eingeborenenangelegenheiten bei einen Brand 1907. Außerdem ist es irgendie typisch für den zu Lebzeiten so geschwätzigen und indiskreten Sir William Fox im Tode schweigsam zu sein. Sein Nachlass, der in der Alexander Turnbull Library aufbewahrt wird, ist äußerst spärlich. Bei Rusden gibt es zwar einen verlockenden Hinweis auf ein Fox-Tagebuch, aber niemand weiß, wo es sich befindet. Die im Hinblick auf den jungen Fox informativsten Briefe fand ich in Bullers Nachlass. Die für meine Arbeit an diesem Buch wichtigsten Veröffentlichungen waren James Belichs Darstellung von Titokowarus Krieg *I Shall Not Die* (Wellington, 1989) und zwei Bücher zu Te Whiti und Parihaka: *Ask That Mountain* von Dick Scott (Auckland, 1975) und Hazel Riseboroughs ausführliche Geschichte der politischen Ereignisse *Days of Darkness*, Taranaki 1878-1884 (Wellington, 1889). Auch Rusdens *History of New Zealand* (Melbourne, 1889) und sein *Auretanga; Groans of the Maoris*, (London, 1888) sowie James Cowan's *The New Zealand Wars and the Pioneering Period* (Wellington, 1922/23) erwiesen sich als wertvoll und anregend. Die wesentlichsten unveröffentlichten Quellen waren: Das Archiv des *Maori Affairs Department* (NZ National Archives), Bullers Unterlagen (Alexander Turnbull Library), McLeans Korrespondenz (ATL), Fox' Nachlass (ATL), Hadfields Nachlass (ATL) und McDonalds Erinnerungen (ATL).

Darüber hinaus nehme ich, teils in Form von Zitaten, auf folgende Quellen Bezug:

Anhänge zu den Journals of the House of Representatives, 1868-1884

Archive des Army Department, National Archives

BAUCKE, W., Where The White Man Treads, Auckland, 1928/ Bell, Unterlagen (ATL)

BOREHAM, E.W., George Augustus Selwyn, London, 1889

BROUGHTON, Ruka, Ngaa Mahi Whakari a Titokowaru, Wellington, 1993

BRYCE v. Rusden: in the High Court of Justice, London, 1886

BULLER, W., History of the Birds of New Zealand, 1888

BULLEY, E. A., George Augustus Selwyn, First Bishop of New Zealand, London, 1909/

BUTLER, Samuel, Erewhon, London, 1872

CURTEIS, George H., Bishop Selwyn of New Zealand, London, 1889

DARWIN, Charles Robert, On the Origin of Species by means of Natural Selection, or the Preservation of Favoured Races in the Struggle of Life, London, 1859

DILKE, Charles, Greater Britain, London, 1868

DOMETT, Alfred, Ranolf and Amohia, a South-Seas day dream, London, 1872

DOWNES, T. W., Old Whanganui, Hawera, 1915

Fildes Collection, Victoria University of Wellington Library

FOX, Sarah, To the Mothers of New Zealand, Wellington, 1881

FOX, William, Unterlagen im ATL/The War in New Zealand, London, 1866

GALBREATH, R., Sir Walter Buller, a Biografical Essay, 1982

GISBORNE, W., New Zealand Rulers and Statesmen 1840-1885, London, 1886

GORDON, W. F., Notes taken during the Troublous Times (ATL)

GORDON, W. F., Battlesites in Taranaki, Korrespondenz und Zeitungsartikel (ATL)

GREY, George, Sammlung, Auckland Public Library

GUDGEON, T. W., The Defenders of New Zealand, Auckland, 1887

HADFIELD, O., Unterlagen (ATL)/ Halcombe-Familie, Briefe (ATL)/ Hall, John, Unterlagen (ATL)/ Hodgson, Terence, Colonial Capital, Auckland, 1990

HOUSTON, John, Unterlagen (ATL)/ Jackson, Annals of a New Zealand Family, 1935

LECKIE, F. M., The Early History of Wellington College, Auckland, 1934

LIVINGSTONE, James, Tagebücher, New Plymouth Public Library

MacMorran, George, Some Schools and Schoolmasters of early Wellington, Wellington, 1900

McCORMICK, E. H., Paintings of Sir William Fox/ McDonnell, Unterlagen (ATL)

McLean, Sir Donald, Unterlagen (ATL)

MAIN, W., Through a Victorian Lens, Wellington, 1972

MANTELL, Nachlass (ATL), 1884

MARTIN, Mary, Lady, Our Maoris, London, 1884

MILOSZ, Czeslaw, Native Realm, 1968

New Zealand Reminiscences, New Plymouth Public Library

NICHOLAS, J. L., Narrative of a Voyage to New Zealand, London, 1817

O'BRIEN, Diana, Oeo through the Years, Hawera, 1985

RICHMOND, Briefe (ATL)

ROBERTS, C. J., Centennial History of Hawera and the Waimate Plains, Hawera, 1940

ROLLESTON-Familie, Nachlass (ATL)

RUSDEN, G. W., Nachlass (ATL)

STAFFORD, E. W., Nachlass (ATL)

Taylor, R., Te Ika a Maui, or New Zealand and ist Inhabitants, London, 1855

SCHOLEFIELD, G. H. (edit.), Dictionary of New Zealand Biography,Wellington, 1940

SCHOLEFIELD, G. H. (edit.), The Richmond-Atkinson Papers, Wellington, 1960

TEMPSKY, Gustav von, Mitla, London, 1858

WARD, E., Early Wellington, Auckland, 1909

WARD, John, Wanderings with the Maori Prophets, Te Whiti and Tohu, Nelson, 1883/

WILLIAMS, T. C., The Manawatu Purchase Completed; or the Treaty of Waitangi Broken, London, 1868/

WILSON, J. G., Early Rangitikei, Christchurch,1914/ Wilson, J. G., History of Hawke's Bay, Dunedin, 1939

Zeitungen:

Bulls Roarer, Daily Advertiser, Evening Post, Free Lance, Hawera Star, Lyttleton Times, Maori Record, Marist Messenger, New Zealand Herald, New Zealand Mail, Patea Mail, Rangitikei Advocate, Taranaki Daily News, Taranaki Herald, Under Canvas (Rahotu), Wairarapa Standard, Wanganui Chronicle, Wanganui Evening Herald, Wellington Independent

Glossar

Die angegebenen Bedeutungen beschränken sich auf den Textzusammenhang

ake ake – für immer
aroha – Liebe
haka – eine Art Kriegstanz
hapu – Unterstamm, Klan
Hauhau, Hau Hau – Anhänger der Pai-Marire-Bewegung
heitiki – Schmuck: Anhänger aus Grünstein
hongi – Nasenkuss (zur Begrüßung)
hui – Zusammenkunft, Versammlung
huia – Huia-Vogel (ausgestorben)
iwi – Stamm
kahikatea –Neuseeländ. Warzeneibe
kahu – endemische Sumpfweihe
kai – Essen, Speise
karaka – Karaka-Baum (ein Baum mit glänzenden Blättern)
kauri – Neuseeländischer Kauri-Baum
kohuru – Mord, Schlechtigkeit
kore – nichts
korero – Gespräch, Diskussion
kupapa – maorischer Befürworter der britischen Herrschaft
ma – blass, weiß
mana – Macht, Prestige, Wirkungskraft
manu – Vogel
Maori – Urbevölkerung von Neuseeland
maro – steif, hart, fest
mauri – Lebenskraft
marae – Versammlungsplatz vor einem Versammlungshaus
moa – Moa (gewaltiger, ausgestorbener flugunfähiger Vogel)
mokai – gezähmtes Tier, Haustier
morehu – Übriggebliebener, Überlebender
nga – die (best. Art. Pl.)
ngati – die (Plural), die von, die Vielen von
nikau – Nikau-Palme
pa (oder pah) – eine befestigte maorische Siedlung, Dorf
Pai Marire – synkretistische maori-jüdisch-christliche Glaubensbewegung
Pakeha – maorische Bezeichnung für Europäer
patupaiarehe – Fee, Waldgeist
paua – seeohrenartige Seemuschel
poi – stab- oder kugelförmige Elemente, die von Frauen bei Tanz und Gesang an einem Band geschwungen werden

ponga, kaponga – Silberfarn
pouri – bedrückt, traurig, melancholisch
puhoro – spiralförmige Tätowierung auf den Oberschenkeln
pukapuka – Brief
pakaru – zerbrochen, verdorben, kaputt
puku – Bauch, lebenswichtige Organe
puremu – Ehebruch
rangatira – führende Persönlichkeit, Häuptling, Adliger
rape (oder raperape) –Tätowierung auf den Gesäßbacken
raupo – Rohrkolben (Typha orientalis), Reet zum Decken von Dächern
roia – Anwalt
ruru – Kuckuckskauz
takoha – Geschenk
taipo – Dämon, Kobold
Tane Mahuta – der Gott des Waldes
tangi – Trauerfeier, Wehklagen
taonga – Schatz
tapu – heilig, verboten
taringa – Ohr
tatarakihi – Zikade
tauiwi – Fremder
taumaihi – Bollwerk
te – der, die, das (best. Art. Sg.)
tena koe – Gruß
tina – Essen, essen; fest
tito – Lügner
toa – Krieger
tohu – Zeichen
tokotoko – Häuptlingsstab
totara – großer Waldbaum (Steineibe)
totoia – gezogen werden, geschleppt werden
tui – Tui (eine Singvogelart)
turehu – Feenvolk
tutu – Coriara/Gerbersträucher (Pflanzenart mit giftigen Samen)
tutu (Adjektiv) – frech, ungehorsam
tutua – niedrig geboren
Uenuku – Gott des Regenbogens, steht mit Krieg in Zusammenhang
waiata – Lied
weka – Wekaralle (eine kleiner, angriffslustiger Laufvogel)
whare – Haus
wharenui – Versammlungshaus
wenua – Land